소로의 일기

전성기편

소로의 일기 전성기편
자연의 기쁨을 삶에 들이는 법

1판 1쇄 인쇄 2020년 7월 17일
1판 1쇄 발행 2020년 7월 30일

지은이 헨리 데이비드 소로 | 옮긴이 윤규상
기획 임병삼 | 책임편집 김지은 | 편집부 김지하 홍은비 | 표지 디자인 박대성

펴낸이 임병삼 | 펴낸곳 갈라파고스
등록 2002년 10월 29일 제13-2003-147호
주소 121-897 서울시 마포구 월드컵로196 대명비첸시티오피스텔 801호
전화 02-3142-3797 | 전송 02-3142-2408
전자우편 galapagos@chol.com

ISBN 979-11-87038-60-3 (03840)

이 도서의 국립중앙도서관 출판예정도서목록(CIP)은 서지정보유통지원시스템
홈페이지(http://seoji.nl.go.kr)와 국가자료공동목록시스템(http://www.nl.go.
kr/kolisnet)에서 이용하실 수 있습니다.
(CIP제어번호 : CIP2020028583)

갈라파고스 자연과 인간, 인간과 인간의 공존을 희망하며, 함께 읽으면 좋은 책들을 만듭니다.

THE WRITINGS OF HENRY DAVID THOREAU

전성기편

소로의 일기

자연의 기쁨을 삶에 들이는 법

헨리 데이비드 소로 지음

윤규상 옮김

갈라파고스

차례

※일러두기
이 책은 1906년에 Houghton Mifflin 출판사에서 펴낸 소로 전집 『The Writings of Henry David Thoreau』에 수록된, 브레드포드 토레이가 편집한 14권의 일기 중 제4권, 제5권, 제6권, 제7권 일부에서 옮긴이가 가려 뽑은 것이다.

1852년, 35세

인생에서 성급함은 낭비를 낳는다

"감각 또한 생각 못지않게 유유자적해야 한다."

1월 7일, 콩코드 문화 강좌의 일환으로 콩코드 중앙 학교에서 '캐나다 유람 여행'을 주제로 강연을 하다.

2월 2일, 케임브리지 하버드 도서관에서 『린네의 식물학 철학_Linnaeus' Philosophia Botanica_』과 여행기 등을 빌리고, 보스턴 도서관에서 지의류에 관한 서적 몇 권과 식물학 체계를 다룬 책들을 빌리다.

이후로도 소로는 자주 케임브리지와 보스턴으로 가서 식물학 서적, 여행기, 체류기 등을 빌린다.

2월 22일, 플리머스의 레이든 홀Leyden Hall에서 '숲속의 삶'을 주제로 강연하다.

3월 22일, 케임브리지에서 청중 60여 명을 앞에 두고 '경제생활'을 주제로 강연을 하고, 윌리엄 길핀의 책 몇 권을 빌리다.

4월 6일, 보스턴 어느 저택의 작은 홀에서 '숲속의 삶'을 주제로 강연을 하다.

소로는 7월 2일자 일기에 "올해는 내게 관찰의 해다"라고 말했듯, 생계를 위해 몇 차례 측량을 하러 갔던 일을 빼면 이 해 거의 대부분 나날을 콩코드와 그 주변 지역의 자연을 관찰하고, 그 결과를 일기에 적는 데 보낸다.

1월 1일 목

밤 9시 30분, 구름 한 점 없는 하늘에 반달보다 약간 큰 달이 떴다. 계절에 비해 꽤 따스한 밤이고, 땅은 거의 휑하니 비어있다. 별들이 눈부시게 빛난다. 천국의 입구라도 되는 양 가까운 하늘이 무척이나 환하여 뒤쪽 먼 곳은 빛을 잃고 어두침침하다.

내 친구가 나에 관한 부당한 소문을 사실이라 믿는다 말하더라도 나는 그의 말이 곧이곧대로 믿기지 않는 편인데, 그것은 진실스스로 진실을 알리는 힘이 있다고 굳게 믿기 때문이다. 의심할 테면 하라. 그대는 수백 가지 의혹에 사로잡혀 있을지 모르나, 그렇더라도 그대가 가장 미심쩍어 하는 그 의혹이 바로 진실임을 나는 알고 있다. 다른 모든 의혹은 이 주된 의심에 맛을 내는 양념에 불과하다. 양념만 따로 먹으면 혀만 아릴 뿐이다.

1월 4일 일

여기저기 눈 덮인 꽁꽁 언 강을 걸어 페어헤이븐 언덕에 가다.

호수 빙판이 쩡쩡 갈라지며 하얀 금이 그어진다. 이 금은 어떤 규칙에 따라 생겨난 걸까? 잎사귀 모양을 닮았으나 동방의 문자처럼 직사각형에 가깝다. 이 문법과 낱말을 익히면 들어가 볼 수 있으려나. 얼음 알갱이들이 녹으면서 빙판이 들쭉날쭉한 직사각형으로 갈라진다. 우아한 곡선을 그리며 이리저리 떠다니는 눈이 호수를 거의 절반 넘게 덮고 있다.

1월 7일 수

엊저녁 강연을 하러 눈보라 속을 걸어 링컨 마을에 갔다. 보이지 않는 달이 짙은 눈보라를 뚫고 빛을 비추었다. 삼나무에 잔뜩 눈이 쌓였다.

오후, 숲 골짝 바람이 미치지 못하는 곳에 선 나무에 눈이 수북이 달려 있다. 늘어진 리기다소나무 가지에 쌓인 눈이 무척이나 하얗다. 솔잎과 가지에 견줘져서 땅 위에 쌓인 눈보다 하얗게 보인다. 골짝에서 자라는 사과나무들은 큰 가지든 잔가지든 10여 센티쯤 쌓인 눈의 무게를 견뎌내며 저마다의 모양새로 구부러졌다. 어떤 나무는 가지가 바닥까지 늘어져 길을 막을 정도지만, 슬픔에 잠겼다기보다는 느긋이 겨울잠에 빠져든 듯한 모습이다.

어느덧 서쪽 들녘으로 해가 진다. 동쪽 눈구름 위로 빛깔을 알아차리기 어려운, 무어라 할까, 눈 무지개라 할 만한 하얀 무지개가 떠 있다. 서쪽 푸른 하늘은 수정처럼 맑다. 새털구름이 떠다닌다. 어떤 구름은 북쪽으로, 어떤 구름은 남쪽으로 떠가나 서로 거리는 그리 멀어지지 않는다. 이 환상의 깃털이 얇은 실 같은 수증기로 무언가를 휘갈겨 쓴다. 언제 보아도 질리지 않는 해 질 녘의 드라마다.

나는 날마다 해지기 전 밖으로 나가 15분 정도 서쪽 하늘에 어떤 그림이 그려지고, 어떤 광경이 펼쳐지는지 바라본다. 워싱턴 거리나 브로드웨이가 이보다 더 좋은 구경거리를 내놓을 수 있을까? '위대한 화가'가 반 시간가량 새로운 그림을 그리다가 물러나면 장막이 드리워진다. 하지만 해가 져도 하늘에 오래 잔광이 남아 떠돈다. 드디어 서쪽 하늘가에 연분홍빛 커튼이 드리워지고, 첫 별이 반짝이기 시작하면 집을 향해 돌아설 시간이다.

1월 11일 일

우리가 허겁지겁 끼니를 때우면서 너무 거칠고 허황한 삶을 살고 있지 않나 모르겠다. 언제까지나 한가하게 살 수만은 없으나, 그렇다고 주어진 나날이 얼마 남지 않은 양 허둥지둥 살지는 말자. 사계절과 보조를 맞추어 자연을 한껏 느끼면서 떠오르는 온갖 생각을 즐길 여유를 갖자. 우리가 잠시 머무는 나그네에 불과할지라도 자연의 왕국을 느긋하게 나아가는 삶을 살자.

여행자에게 중요한 것은 어디를 가서 무엇을 보느냐가 아니다. 자신이 누구인지, 어떤 식으로 여행하며 얼마나 진지한 경험을 하는지이다. 여행도 집에 머물러 있는 것과 그리 다를 바 없다. 무엇보다 어떻게 처신하며 사느냐가 중요하다. 달리 말해, 슈피리어호로 갈지, 래브라도로 갈지, 플로리다로 갈지 정하는 건 그리 어렵지 않다.

허나, 늘 하던 대로만 한다면 어떤 보람도 찾기 어렵다. 인간, 자연과 참된 관계를 맺으면서 낡고 진부한 자리를 피해 단순하고 소박하게 자신만의 방식으로 여행하고, 발이 아프든 시름에 젖어있든 삶을 얼마라도 정직하게 겪는다면 어디로, 얼마나 멀리 가든 그리 문제가 되지 않는다. 이래야 세상을 새로운 눈으로 멀리까지 내다볼 수 있다. 여행할 때는 가만히 서 있기보다 이리저리 움직이는 편이 더 자연스러우므로, 자연스러운 참된 삶을 사는 게 더 쉬울지 모른다.

1월 12일 월

나는 가끔씩 생각하곤 한다. 더울 때나 추울 때나, 낮이나 밤이나 좀 더 많은 시간을 야외에서 보내며 좀 더 착실히, 좀 더 열심히 걸으면서 충만한 삶을 살고, 멋진 경험을 하고 싶다고. 그러면서 좀 더 많은 공기를 들이마시며 종종 녹초가 되고 싶다고. 그러다가 갑자기 생각이 바뀌곤 한다. 그래, 참 삶의 길에서 멀리 가지 말고, 천성이 가리키는 길을 꿋꿋하게 나아가자. 가장 가까이 있는 일을 하되, 하기 어려운 일을 하자. 더 맑고, 더 깊게 생각하며 더 열심히 살자. 친구, 이웃과 올곧은 정을 나누며 참된 삶을 살자. 이렇게 사는 것이 야생을 산책하는 삶보다 나으리라. 사람들과 성실하고 진실한 관계를 맺으며 사는 게 바로 신개척지에서 사는 것 아니겠는가. 여기가 바로 거친 미답의 야생 아니겠는가. 이것이 바로 깊숙이 탐험해야 할 자연이 아니겠는가.

1월 14일 수

쑥국화, 미역취, 물레나물, 과꽃, 조팝나무와 같은 초목의 죽은 줄기가 길가 눈 위로 빼곡히 솟은 모습에서 싱싱하게 푸르던 여름날이 생각나며, 아직 해답을 듣지 못한 물음들이 떠오른다. 왜 이들은 여기에 서 있을까? 왜 죽은 옥수숫대가 산 옥수숫대보다 오래 들녘에 남아있을까? 이들 중 상당수는 새의 먹이가 된다. 이것은 인간이 일년생이 아님을 넌지시 말해 준다. 인간은 일년생 초목이 시드는 모습을 본다. 겨울은 활동이 줄어드는 철이다. 추위에 몸을 떨면서도 곳간을 아껴야 하는 철이다. 봄이 가까워 올수록 피가 세차게 흐르고, 정신의 흐름 또한 빨라진다.

여기 이곳에 마른 쑥국화 줄기가 여름내 양분을 대주던 뿌리에 여전히 들러붙은 채 빼곡히 서 있다. 하지만 두 계절의 차이는 얼마나 놀라운가. 지금은 어떤 노란 꽃잎도, 초록 잎도 없으며, 장례식장에서 풍기는 향내 같던 진한 향기도 나지 않는다. 이토록 커다란 변화를 어디에서 찾을 수 있을까? 누런 줄기에 아직 마른 꽃잎이 달려 있으나 색채, 향기, 운치는 사라지고 없다.

우리는 온갖 자연, 온갖 생물·무생물과 관련을 맺는다. 따라서 우리 또한 겨울잠을 자는 동물의 특성을 얼마쯤 지녔다. 겨울이 오면 갇혀 있는 듯한 기분에 사로잡힌다. 밤이 깊어지므로 잠 또한 길어지고, 옷 또한 두툼해진다. 그러나 정신의 활동은 움츠러들지 않고 오히려 더 활발해지는 듯하다.

나는 이제 양치식물 따위의 거친 초지 식물밖에 남지 않은 진홍 건초 더미를 바라보는 게 무척 좋아졌다. 벌이 윙윙거리던 푸른 계절이 생각나기 때문이다. 이런 건초 더미야말로 여름철의 기념비 아닌가. 눈 덮인 건초 더미 옆에 서 있으니, 겨울을 지나는 마른 초지 식물이 보인다. 우리의 희망은 아직 죽지 않았다.

1월 16일 금

빌 휠러는 두툼한 헝겊으로 발을 싸매고 좁은 보폭으로 천천히 걸어 다녔는데, 내가 알기로는 동상에 걸렸기 때문이다. 4, 5년 전 어느 날, 보이지 않는 소 떼라도 몰고 가는 듯 길 한복판을 고집하며 읍내로 들어오는 그를 만난 기억이 지금도 또렷하다. 특히 마을에서 독립전쟁을 기념하는 날처럼 중요한 행사가 열리는 때면 그런 모습의 그를 거의 어김없이 볼 수 있었다. 그가 어디에서 지내며 무슨 일을 하는가는 알지 못했다. 읍내에서 멀리 떨어진 어떤 외딴 헛간 같은 곳에서 살지 않을까 하고 생각할 뿐이었다. 그는 여느 사람과는 다른 신분인 사람 같았다. 인도의 천민 같기도 하고, 순교자 같기도 했다. 자신에게 알맞은 허드렛일이 생기면 일을 해주고 그 대가로 술을 얻어먹었다. 아무도 그가 사는 육신의 삶을 거론하지 않을 만큼 그의 삶은 숭고했다.

얼마 전 일이다. 어느 날 산책을 나갔다가 '대초원' 옆 숲속에서 나무꾼들이 지은 움집 한 채를 찾아냈다. 엉성한 골조에 마른 풀을 이어 만든 초라한 집이었다. 호기심이 생긴 나는 움집에 난 구멍으로 머리를 들이밀고 안을 살폈다. 구석에 쌓인 건초 더미 위에 몸을 웅크리고 잠자는 이가 있었다. 빌 휠러였다. 그는 곤한 잠에서 깨어나 눈을 비볐다. 내가 사냥을 하고 있다고 생각했는지 어떤 짐승을 잡았나 하고 나를 살폈다. 나는 움집을 떠나며 그의 삶을 이모저모로 생각해 보았다.

그는 어느 누구하고도 대화를 나누려 하지 않았다. 어느 누구의 밑에서 부림을 받지도 않았다. 아주 오랜 세월 인간에게 등을 돌리고 자연으로 돌아가 단순한 삶을 살고 있었다. 그는 어쩌면 소크라테스나 디오게네스보다 더 위대한 철학자일지 모른다. 그의 삶은 깊은 사고에서 우러나왔는지 모른다. 그는 자신의 사상과 씨름하기 위해 많은 것을 초개와 같이 버렸다. 사치, 안락, 인간 사회, 심지어 자신의 발까지 버렸다. 나는 가끔 그를 디오게네스로 여길 때가 있다. 한 아이가 빈손을 모아 물을 떠먹는 걸 보고 바랑에 든 컵을 내던진 디오게네스 말이다.

여기 혼자만 살아가는 이가 있다. 그는 일을 하지 않는다. 내가 알기로는 친척도 없다. 내가 알고 있는 많은 것이 전혀 그의 관심을 끌지 못한다. 그는 사람들의 의견에 귀 기울이지 않는다. 두꺼비가 정원사를 바라보듯이 그저 사심 없는 공평한 눈으로 사물을 바라볼 뿐이다. 어쩌면 그는 동시대인의 사고와 삶 속에서 단순하고 분명한 지혜를 이끌어 내는 일을 천직으로 삼은 철학 유파에 속한 인물일지 모른다. 그의 지혜는 동시대인에게는 아둔함일 뿐이다. 그가 건초 더미 위에서 고독과 사색과 인간에 대한 풍자를 탐닉하고 있었는지 누가 알겠는가? 그 건초 더미 위에 인간의 표현 능력을 넘어서는 최고의 문학, 예술이 존재하는지 누가 알겠는가? 아무도 자신을 낮추고 고행의 길을 가려 하지 않지만, 그만은 스스로를 낮추고 고행의 길을 간다. 지극히 또렷한 지각, 명료한 지식, 밝은 통찰이 그를 바보로 만들었다. 그도 우리와 같은 인간이지만, 인간들과는 통하기 어려운 의식과 말투를 지녔다. 그가 알고 있는 소식은 솔직히 그 누구의 소식도 아니다.

가끔 미심쩍은 마음이 들 때도 있긴 하나, 그는 분명 그리스나 인도의 어떤 철학자보다 더 뛰어난 선각자다. 나는 그가 이처럼 유리한 처지에서 살고 있음을 부러워한다. 물론 그의 어리석은 말 몇 마디나 술에 취해 몸을 가누지 못하는 모습에 현혹되지는 않는다. 나는 삶을 대하는 그의 태도와 그의 생애만을 애써 생각할 뿐이다.

움집에서 그를 만나고 한두 달쯤 지난 뒤에, 그 움집이 있던 언덕 뒤편 작은 숲에서 그가 죽은 채로 발견되었다는 소식을 들었다. 그곳까지 관을 가져가서 건초용 포크로 시체를 들어 올려야 할 정도로 그의 육신은 썩을 대로 썩어있었다. 나는 동네 사람들이 그를 입관시킨 일을 애석하게 생각한다. 어쩌면 그는 푹 썩어 없어질 때까지 나무뿌리와 함께 지내다가 브라만의 영혼 속으로 녹아 사라지는 브라만다운 죽음을 맞이할 수 있었을지 모른다. 이후에 나는 사람들에게서 그가 실연이라 부르는 사랑의 상처로 고통을 겪었다는 말을 들었다. 마을 사람들은 실연으로 괴로워하다 죽는 것보다 더 고귀하고 아름다운 죽음이 또 어디에 있겠느냐며, 그래서 그가 술 취하고 동상에 걸려 남은 인생을 마을 밖에서 보냈다고 했다. 왜 세상은 그의 길고 긴 시련으로부터 어떤 교훈도 얻지 못하는 것일까?

1월 17일 토

이따금 들판에 나와 큰 통에 앉거나 서서 소 떼가 흩어지지 않게 울타리 노릇을 하던 구빈원 출신의 한 마음씨 착한 거지가 어느날 나를 찾아와 나처럼 살고 싶다는 소망을 털어놓았다. 그는 꾸밈 없는 말투로 자신은 "지능이 모자라다"고 말했다. 겸손이라 일컫는 어떤 태도보다 나은, 실로 소박하고 진실한 말투였다. 하느님이 그를 이런 사람으로 만드셨다. 그럼에도 그는 하느님은 누구에게나 똑같이 돌봄을 베푼다고 생각했다. "저는 어릴 적부터 늘 이 모양이었어요. 머리가 아둔해요. 다른 아이들과는 달랐어요. 이것도 하느님의 뜻이겠죠." 나는 이런 튼튼한 기반에서 사람을 만나는 희귀한 행운을 누렸다. 그가 전혀 거짓 없는 말을 했기에 나는 숙연해지지 않을 수 없었다.

며칠 전에 내가 늘 그렇듯 바짓단을 부츠 안에 집어넣고 홀든의 집 너머 가필드의 땅을 지나가고 있을 때(홀든의 집 너머로는 길이 나 있지 않았다) 가필드의 헛간에서 몇 사람이 두런거리는 소리가 들렸다. 나는 상관하지 않고 10미터쯤 더 걸어갔다. 그때 헛간에서 누군가가 큰소리로 "이봐, 저렇게 나다니는 걸 어떻게 생각해"라고 말했다. 나는 즉각 돌아섰다. 헛간에서 세 사람이 나를 보며 서 있었다. 나는 그들을 혼내 주기로 작정했다. 내 등 뒤에서 내뱉은 말을 내 면전에서 하든가, 아니면 말투를 바꾸며 수치심을 느끼든가 해야 할 것이다. 그래서 나는 한 사람을 바라보며 큰소리로 "내게 할 말이 있습니까?" 하고 물었다. 그는 아무런 대꾸가 없었다. 나는 약간 더 다가가 다시 물었다. 그 사람이 "있긴 있죠"라 대답했다. 나는 그들이 삽질해 닦아놓은 길로 주저 않고 올라섰다. 그 사이에 다른 한 사람이 가필드의 집 쪽으로 부리나케 뛰어갔다. 내게 대답한 그 사람은 언젠가 만난 적이 있는 일꾼이었다. 그가 약간 주저하며 떠듬떠듬 내 이름을 부르더니 거의 무의식적으로 손을 내밀었다. 나는 거절하지 않고 악수를 한 다음 내게 할 말이 있느냐고 다시 엄하게 물었다. 그는 대꾸 없이 다른 사람을 손짓해 부르고는 "제 형님입니다" 하고 중얼거렸다. 나는 그에게 다가가 다시 똑같은 질문을 했다. 그는 약간 움츠러든 모습이었다. 처지가 난처해지자 나를 외면하면서, 뭔가 곰곰이 생각하는 척 했다. 그는 취해 있었고, 그의 형님은 그를 부끄럽게 여겼다. 그래서 나는 그가 주정부리듯 중언부언 용서를 빌기 전에 내 갈 길을 가기로 작정했다.

이런 겨울날 해지기 전 밖에 나가 서쪽 하늘을 바라보는 건 내게 하늘빛 생각이 있기 때문이다. 이것은 계절과는 무관한, 마음이 맑다는 상징이다. 당신이 품은 생각은 어떠한가? 저 하늘빛이 세속 더러움에 물들지 않은 내 내심의 투명한 청정이다. 내 밖에 보이는 것이 내 안 어떤 것의 상징이고, 멀리 떨어져 보이는 것이 내 안 깊은 곳의 상징이다. 그렇기에 명상하는 이는 하늘을 깊이 들여다본다. 깨끗한 생각과 고요한 마음이 하루하루를 맑게 한다.

무지개는 슬픔을 동반하는 승리의 상징이다. 우리는 시련으로 더 나아지고, 이런 까닭에 눈물지으면서도 결국 미소 짓게 되는 것이다. 이것이 바로 우리가 슬픔에 빠졌다가도 마음에 떠올리게 되는 미소다. 우리는 눈물을 흘리면서 위안을 얻는다. 어떤 이 앞에 하늘이 나타난다면 그것은 그의 마음에도 나타난다. 어떤 이는 하늘에서 구름만 보고, 어떤 이는 경이와 징조를 본다. 또 어떤 이는 짐승처럼 머리가 땅으로 향해 있어 좀체 하늘을 올려다보지 않는다. 또 어떤 이는 하늘에서 지극히 깊은 고요, 청정, 아름다움을 본다. 온 세상이 구경거리를 찾아 달려가나, 이 하늘의 파노라마를 보러 나오는 이는 드물다.

1월 20일 화

이맘때면 농부들이 꽁꽁 언 초지에서 토탄과 거름을 수레에 실어 내온다. 겨울바람을 뚫고 단단해진 초지로 힘차게 수레를 몰고 가 따뜻하고 차분한 여름날 쌓아놓았던 깨끗한 거름흙을 싣고 오는 것이다. 이 거름흙은 말하자면 그가 앞선 여름철에 땀 흘려 모아놓은 결실이다. 내 일도 이와 다르지 않다. 농부는 눈 덮인 땅을 지치며 여름철에 해 모은 땔감과 거름을 수레에 바리바리 싣고 숲에서 마을로 어렵지 않게 날라 온다. 그리고 날마다 헛간에 쌓아둔

결실을 조금씩 덜어내 젖소에게 건초를 먹이고, 젖소는 날마다 우유를 낸다. 하얀 눈 위에 검은 점처럼 보이는, 거름 실은 수레를 몰고 자기 농장 헛간 앞마당으로 가는 농부를 볼 때마다 나는 이런 생각을 하게 된다. 그와 내가 하는 일이 다르지 않으니, 내 헛간 앞마당이 바로 내 일기장인 셈이라고.

　요즘 나는《트리뷴》지를 구독한다. 주간지니까 일주일에 신문 한 부씩을 읽는 셈이나, 이것도 너무 많이 읽는 것임을 알지 못했다.《트리뷴》지를 읽고 나면 며칠간은 내가 콩코드에 살지 않는 것처럼 해, 구름, 눈, 나무가 내게 말을 걸지 않는다. 두 주인을 섬길 순 없는 모양이다. 하루에 얻는 경험을 충분히 즐기고 간직하기 위해서는 하루 이상의 헌신이 필요하다. 먼 데 큰 소식을 알고 나면 가까운 데 작은 소식들은 무시하게 된다. 그러면서 우리는 마음과 영혼이 일용할 양식을 찾아 먼 데를 바라보는 데 익숙해진다. 그렇다면 이 따분한 마을과 흔하기만 한 들판과 땅과 하늘의 경치가 내게 무슨 의미가 있단 말인가? 지난 초여름부터 가을이 깊어질 때까지 나는 무의식적으로《트리뷴》지의 소식에 맞춰 행동해 왔다. 하지만 나의 아침과 저녁 또한 소식으로 가득 차 있음을 깨닫는다. 나는 걸으면서도 많은 일을 겪는다. 유럽 정치에 참여하는 것이 아니라, 콩코드 들판에서 나 자신의 일에 참여하는 것이다.

1월 21일 수
　예전에 숲에 살 때의 일이다. 어느 날 내가 장작 마당, 더 정확히 말해 그루터기를 캐서 모아둔 곳에 가서 보니 붉은 개미 한 마리와 그보다 덩치가 훨씬 큰 검은 개미 한 마리가 지저깨비 위를 구르며 싸우고 있었다. 심각한 불화가 목숨을 건 혈투로 이어진 것임에 분명했다. 이들은 마스티프 같은 맹견처럼 버둥거리고 뒹굴면서 서로 끈덕지게 상대를 물고 놓아주려 하지 않았다. 나는 주위를 둘러보다가 깜짝 놀랐다. 지저깨비마다 이런 전투병들이 쫙 깔려 있었다. 이것은 둘 사이의 대결이 아닌 만인의 만인에 대한 투쟁, 즉 두 개미 종족 사이의 전쟁이었다.

붉은 개미 한 마리와 검은 개미 한 마리가 서로 맞붙어 싸우는 듯한 형세였는데, 붉은 개미 두 마리가 검은 개미 한 마리와 맞붙어 있는 경우도 드물지 않았다. 이런 개미들이 내가 장작더미를 쌓아두는 마당의 작은 언덕과 골짝을 가득 메웠다. 다시 살펴보니 아니나 다를까, 죽은 붉은 개미와 검은 개미가 땅바닥에 잔뜩 널려 있었다. 이것은 내가 그때까지 직접 본 유일한 전쟁이자, 전투가 격렬하게 벌어지는 동안 발을 디뎌본 유일한 전쟁터였다. 붉은 공화주의자와 검은 독재자 또는 제국주의자 사이의 대격전이었다. 이들은 사방 어디에서나 목숨을 건 백병전을 벌이고 있었으나, 내 귀에는 어떤 소음도 들리지 않았다. 제아무리 용감한 인간 군인이라도 이렇게 결연하게 싸우지는 못하리라.

나는 정오경에 지저깨비 틈새 한 양지바른 작은 골짝에서 서로 단단히 얽혀 해 질 녘까지 싸울 각오가 된 두 마리를 지켜보았다. 몸집이 작은 붉은 전사가 적의 검은 이마를 바이스처럼 꽉 물고 놓지 않았다. 이 전쟁터에서 몸부림치고 뒹굴면서도 어느 한순간도 적의 더듬이 밑동을 갉아대길 그치지 않아, 이미 검은 개미의 더듬이가 떨어져 나가기 직전이었다. 한편, 힘이 더 센 검은 개미는 붉은 개미의 옆구리를 공격하고 있었다. 내가 좀 더 가까이 가서 보니, 붉은 개미의 다리 두어 개는 이미 떨어져 나가고 없었다. 불리하든 유리하든 어느 누구도 전투에서 물러설 기미를 보이지 않았다. 이 전쟁의 슬로건은 정복 아니면 죽음인 게 너무나 명백했다. 이들은 마스티프나 불도그처럼 다리가 모조리 잘려나가더라도 문놈을 결코 놓아주려 하지 않았다. 그러는 사이에 이 골짝 비탈에서 또 한 마리의 붉은 개미가 몹시 흥분한 상태로 다가왔다. 적을 이미 해치웠거나 아직 전투에 참여하지 않은 놈으로 보였는데, 다리가 모두 성한 것으로 보아 후자가 맞을 성싶었다. 이 개미는 멀리서 이 불공평한 전투를 보고(검은 개미가 붉은 개미보다 거의 2배가량 컸으므로) 격투 중인 두 개미로부터 1.5센티쯤 떨어진 곳까지 빠른 걸음으로 다가와 경계하며 기회를 엿보다가, 검은 전사에게 달려들어 그의 오른쪽 앞다리 허벅지 쪽을 물어뜯기 시작했다. 그러자 검은 개미 또한 그의 다리를 물어뜯으면서 세 놈이 생사를 놓고, 아니 생을 걸고 죽음에 이르기까지 한 덩어리로 뒤엉켰다. 자물쇠나 시멘트보다 훨씬 성능이 뛰어난 강력 접착제라도 생겨난 듯 셋이서 단단히 엉겨 붙었다.

이 두 개미 종족 사이의 전투를 지켜보고 있으려니까, 어디엔가 이들 양 진영의 군악대가 배치되어 자국 국가를 연주하면서 생사를 걸고 싸우는 전투원들의 사기를 북돋워 주고 있지 않을까 하는 생각이 들기 시작했다(이들의 어머니는 이겨 돌아오거나 아니면 주검으로 돌아오라고 당부했을 터다). 이들이 마치 사람인 양 생각되어 나 자신도 어느 정도 흥분해 있었다. 이런 생각을 하면 할수록 사람과 개미 사이의 차이는 줄어든다. 분명 우리 콩코드 마을에는 지금 벌어지고 있는 이 전투에 필적할 만한 어떤 전투도 기록된 바 없었다. 이들 역시 우리 선조들처럼 어느 한쪽, 또는 양쪽 모두 정당한 명분이 있을 터이고, 이 전투가 두고두고 잊지 못할 중대한 결과를 낳을 게 분명했다. 게다가 이들이 보여 주는 애국심과 정의감이 차라리 인간보다 더 나았다. 전투 참여 인원과 주검의 숫자만 놓고 보더라도 아우스터리츠 전투나 드레스덴 전투*에 못지않았다. 이들은 결코 어느 쪽도 물러설 기미를 보이지 않았다.

나는 앞서 묘사한 세 마리 개미의 전투 결과가 보고 싶어, 셋이 싸우고 있는 지저깨비를 집어다 집으로 가져가서 창턱 위에 올려놓고 그 위에 유리컵을 씌워놓았다. 처음 언급한 붉은 개미에 돋보기를 들이대자 그가 적의 마지막 남은 더듬이마저 끊어내고 다시 가까운 앞다리를 맹렬히 물어뜯고 있었으나, 그 자신의 가슴은 검은 전사의 턱에 갈기갈기 찢겨 나가 생명 유지를 위한 기관들이 드러나 있었다. 검은 전사의 갑옷이 너무 두꺼운 탓에 가슴을 공격하기는 어려웠을 것이다. 그의 검은 눈알은 무시무시한 전투에서나 볼 수 있는 잔인함으로 빛나고 있었다. 이 세 마리 개미는 유리컵 안에서 다시 반 시간 넘게 싸웠고, 내가 다시 바라보자 검은 병사가 두 적의 머리를 잘라버렸으나, 두 붉은 개미의 머리는 전과

---

* 나폴레옹이 1805년 러시아 · 오스트리아 연합군을 격파한 전투와, 1813년 대對프랑스동맹연합군과 27일간 독일에서 벌인 전투.

다름없이 적을 굳게 물고 있어서 각각의 머리가 검은 개미 양쪽 옆구리에 매달려 있었다. 검은 개미는 더듬이도 없이 한두 개 다리만 남아 둘의 머리로부터 벗어나려 가냘프게 버둥거리며 안간힘을 썼다. 그가 다른 어떤 부상을 입었는지는 알기 어려웠다.

다시 반 시간 정도 흐르고 나서 이윽고 둘의 머리를 떼어낸 검은 개미는 내가 유리컵을 들어 올리자 절뚝거리며 창턱 너머로 사라졌다. 그가 결국 이 전투에서 살아남아 상이연금을 받게 되었는지는 알 수 없다. 하지만 그의 이런 악착스러운 기질도 이후로는 별반 쓸모가 없어졌을 것이라는 생각이 들었다. 어느 쪽이 이겼는지, 전쟁의 명분이 무엇이었는지는 결국 알아내지 못했다. 하지만 나는 이 일로 그날 내내 잔혹한 살육이 벌어진 인간 전투라도 보고 난 듯 마음이 흥분되고 괴로웠다.

사람은 가장 자기다울 때 최선을 다한다. 나는 지금 이 순간 나 자신에게 맞는 길을 택함으로써 내 최고의 친구와 평화롭게 헤어져야 한다는 걸 명료하게 깨닫는다. 우리가 하나로 뭉쳐있을 때보다 지금이 오히려 서로를 더 잘 이해할 수 있다는 걸. 전처럼 둘의 생각이 근본적으로 같길 기대하진 않는다. 그저 우리 두 사람의 길이 갈린 것일 뿐이니.

1월 22일 목

내가 왜 마음을 바꿨을까? 왜 월든 숲을 떠났을까? 그 까닭을 댈 수 있을 것 같진 않다. 그렇지만 다시 그곳으로 되돌아가고 싶을 때가 드물지 않다. 내가 숲에 들어갔다 나온 까닭이 더 또렷해지진 않는다. 그 까닭을 캐는 건 어쩌면 다른 이들의 몫일 뿐, 내 몫은 아닌 것 같다. 변화를 원한 건지도 모르겠다. 뭔가가 약간 고여 있었다. 오후 2시경 세상 굴대가 삐꺽거려 기름칠을 해야 할 것 같았다. 황소가 짐마차를 끌고 가고 있었는데, 그 짐을 끌고는 하루의 산등성이를 넘어가기 어려울 듯한 형세였다. 내가 거기서 더 오래 살았더라면 죽을 때까지 살았을지 모른다. 그러니 이런 조건에서는 설사 천국에 가는 일이라 하더라도 거듭 생각해 봐야 한다. 천국행 표를 사면 림보, 연옥, 지옥행 표가 반드시 따라온다. 이등석 표를 끊으면 기관실 뒤쪽 어디나 다니며 담배를 피울 수 있다. 특등석 표를 소지한 손님은 1층석에도 들어갈 수 있다. 그러나 나는 특등석 표를 바라지 않았고, 이등석으로도 가고 싶지 않았다. 오히려 세상의 돛대 앞이나 갑판으로 나가고 싶었고, "기관실 뒤로" 가고 싶지는 않았다.

내가 무엇 때문에 월든 호수를 나왔는지는 정녕 나도 모른다. 까닭 없이 그곳에 갔듯 그저 그렇게 나왔을 뿐이다. 아니, 준비가 되었기에 그곳에 갔듯 준비가 되었기에 그곳에서 나왔다고 하는 편이 맞을 것이다.

내가 겪은 일 중 일부를 추려 글로 적어둔다. 글 쓰는 일이 격려가 되어 마침내 부분들이 전체를 이룰 수 있도록 하기 위해서다. 사람들이 살아가면서 떠올리게 되는 갖가지 생각과 느낌을 붙박아서 잊지 않게 하는 일은 분명 하나의 직업으로 따로 떼어놓아야 할 값어치가 있다. 미완성의 그림이라도 꾸준히 들여다보고 있으면, 그림의 완성된 모습이 저절로 떠오르는 일과 같다. 자신이 지닌 가장 고귀한 생각을 자주 정성을 기울여 떠올려 보라. 마음에 들어 각별히 적어놓은 하나하나의 생각이 밑알과 같다. 그 곁에 점점 더 많은 알이 쌓이게 될 것이다. 우연히 떠오르는 생각은 앞으로 더 많은 생각, 더 나은 생각을 펼칠 수 있는 얼개다. 이것이 글을 쓰거나 일기를 적는 습관의 중요한 가치다. 이로 인해 가장 좋았던 때가 생각나고, 그 기억으로 자극을 받게 된다. 나의 생각은 나의 동반자다. 하나하나의 생각이 개성을 지닌 독립된 존재이며 인격이다. 따로따로 떨어진 생각들을 한곳에 나란히 적어둔다. 이렇게 한곳에 나란히 적힌 것은 우연에 불과하다. 그러나 그렇게 나란히 놓인 생각들이 머리를 싸매고 앉아 자세히 논할 필요가 있는 완전히 새로운 장을 열어준다. 생각이 생각을 낳는다.

얼굴이 얼얼할 정도로 살을 에는 추운 날씨다. 눈 덮인 벌판에 산들바람이 불어와 차라리 잔잔히 물결치는 여름 바다와 같은 모습이다.

1월 23일 금

우리에게는 정신과 동물의 삶만이 아니라 식물의 삶도 있는 게 틀림없다. 혼이 몸을 떠나 정신과 동물의 삶이 끝난 뒤에도 얼마동안 머리카락과 손톱은 자라니 말이다. 그렇다면 무기질인 광물의 삶도 있지 않을까?

1월 24일 토

당신이 작가라면 주어진 시간이 얼마 남지 않았다는 각오로 글을 써야 한다. 남은 시간은 얼마 되지 않는다. 당신의 영혼에 맡겨진 순간순간을 아낌없이 써야 한다. 영감의 잔을 최후의 한 방울까지 비워야 한다. 영감의 잔을 비우기보다 아껴두는 게 낫지 않을까 하고 두려워할 필요는 없다. 그렇게 하지 않으면 세월이 흐른 뒤 후회하게 될 것이다. 봄은 영원히 계속되지 않는다. 네 삶이 뻗어나가는 기름진 봄에는 비가 스며들어 뿌리째 젖는다. 가만히 있어도 힘이 솟아나 꽃봉오리로 터져 나온다. 그러나 이 풍요의 계절은 인생에서 아주 짧은 기간에 불과하다. 다시 말하지만 젊었을 적에 너의 창조주를 기억하라. 기억에 맡길 수 없다면 네 삶에 맡기고, 아낌없이 네 삶을 살아라.

아래층에서 누이가 피아노 치는 소리가 들린다. 한때 자주 듣던 선율이 생각난다. 나는 이 들리지 않는 리듬에 사로잡히면, 떨리는 마음으로 내 방으로 들어가 나 자신의 생각과 오래 대화를 나누곤 했다. 그 당시 신들이 준 선물을 너무 대수롭지 않게 받아들였던 것은 아닐까? 왜 그때 신들이 내게 보여 준 그 밭을 갈지 않았을까? 시간의 흐름이란 피할 수 없는 것으로, 어떤 것도 그 진행을 가로막진 못한다. 비스가 Pisgah산 정상에 올랐을 때 왜 눈을 들어 약속의 땅을 보지 않았을까? 이제 그 선율은 자주 들리지 않고, 내 마음을 사로잡던 리듬도 오래 이어지지 않는다.

아침저녁으로 샘물처럼 솟아나던 내 생각 속의 노래로 다시 돌아가고 싶다. 그러나 이제 나는 그 물을 마실 수 없게 되었고, 그 물에 나의 펜촉을 담글 수 없게 되었다. 아, 이 희미하고 미묘한 수맥이여. 오, 이루 말로 다할 수 없이 달콤했던 추억들이여!

마른 잎조차 서로 사귀길 좋아해서 눈 덮인 구덩이에 옹기종기 모여있다. 평탄한 곳에 모여있다가도 바람에 떼 지어 불려 간다. 퍼덕이며 날려 가는 모습이 목도리 두른 수줍은 소녀 같다. 참나무에 잎이 많이 달리는 것은 이렇게 눈 덮인 땅 위를 경쾌하게 날아다니며 겨울 풍경에 이채로움을 더하기 위해서가 아닐까. 참나무 잎을 모으고 싶으면 눈밭에 그저 자그마한 구덩이를 내면 된다. 내 산책 길에도 참나무 잎이 60센티 높이로 쌓일 적이 드물지 않다. 이들은 바람에 불려 이랑진 눈밭을 넘어 월든 호수를 건너다닌다. 참나무 잎 두 장이 공중에서 앞서거니 뒤서거니 하며 파닥이는 모습을 보니, 두 마리 다람쥐가 생각난다. 주로 백참나무 잎이지만 다른 참나무 잎도 섞여 있다. 적참나무 잎이 특히 눈에 띈다. 적참나무, 흑참나무, 주홍참나무, 관목참나무의 잎은 끝이 뾰족하면서 거칠고 퉁명스런 반면에, 백참나무 잎은 끝 부분이 둥글고 테두리가 부채꼴이어서 어떤 우아함이나 세련됨, 심지어 어떤 조신함마저 느껴진다.

1월 26일 월

밤에 나무들이 겹쳐 보일 때는 한 덩어리로 검게 보이지만, 나무 하나하나가 하늘에 비쳐 보일 때는 각 부분이 좌우 균형을 이뤄 나무마다 아름다운 모습을 드러낸다. 나무에 수없이 돋은 섬세한 돌출부와 우듬지가 나를 기쁘게 한다. 이것은 대지를 덮기 위해 행진하는 군대의 깃털 장식, 기치이자 창검이다. 나무는 쭉쭉 줄기를 뻗어나가 하늘에 아름다움을 드러내므로, 판자나 지붕널로 쓰기보다는 다른 용도로 쓰는 편이 더 맞을 것이다.

이 순간의 내적 박차에 따르라. 이것이 쌓여 삶의 자극과 충동이 소질로 바뀐다. 이것이 삶의 줄기를 키우는 잔뿌리다. 이 순간순간을 무시한다면, 가늘지만 질긴 잔뿌리를 잘라버린다면, 차차 시들어 가는 삶밖에 무엇을 기대할 수 있겠는가. 우리는 살면서 이 수많은 순간의 박차로 부추김을 받아야 한다. 지금 이 순간의 박차가 네 옆구리를 깊이 찌르는 게 느껴지는가? 현재란 날카롭든, 무디든 순간순간 늘 박차를 가하는 무정한 기수騎手다. 네 옆구리에는 굳은살이 박혀 있지 않은가? 기수를 믿어보자. 그가 길을 알고, 언제 속도를 내고 언제 힘을 내야 하는지 알고 있다고 믿어보자. 너는 이 박차 외에 어떤 자극을 기대하는가? 삶을 자연의 삶에 일치시켜라. 이 일치를 세심히 간직하고 굳게 지키자. 더위와 추위, 밤과 낮, 해, 달, 별이 이 이외 무엇이겠는가? 우리가 현재 자연의 삶에 공감하기에 다른 시대가 아닌 지금 이 시대에 태어난 것이 아니겠는가?

온도계 눈금이 영하 20도 이하로 내려가면 시냇물이 빙판 밑으로 흘러가듯, 생각이라는 개울물도 평소보다 더 깊이 졸졸 흘러간다. 바다와 같은 생각이란 거의 온도가 바뀌지 않는 생각이다. 아이디어란 이런 생각의 바닷속 물고기가 아닐까?

내 마음을 보려거든 하늘을 봐라. 내 기분을 알려거든 날씨를 알아봐라. 날씨에 실망하는 이는 스스로에게도 실망하는 법이다.

1월 27일 화

J. 호스머의 집 건너편 언덕 비탈에 서서 액턴 마을로 통하는 서쪽 방면의 들판을 굽어본다. 풍경이 빼어난 숲 사이에 펼쳐진 너른 들판에는 7~800미터 간격으로 농가들이 외롭게 서 있다. 아이들의 등굣길은 멀기만 하다. 정지와 침체와 한탄과 끝없는 권태와 누추함이 덕지덕지 붙어있는 시골, 우체국에서 주간신문을 보려 해도 먼 길을 가지 않으면 안 되는 그런 시골, 신혼의 아내가 적적함을 끝내 못 이겨하고, 교제를 원하는 젊은이는 말을 타고 먼 곳까지 가야 하는 시골. 젊은 J. 호스머의 집을 바라본다.

그는 한때 도회지로 떠났다가 절망 끝에 아내를 데리고 이곳으로 돌아와 살고 있다. 그가 벗어나지 못한 타르벨의 길 위에 내가 서 있다. 오랫동안 산책을 다녀보아도 이 땅의 겨울이 나의 기억에 남기는 것은 쌓인 눈 위로 멀리 굽어간 저 썰매 자국뿐이다. 유폐당한 봄은 언제 풀려날지 기약조차 할 수 없다. 살아갈 날이 얼마 남지 않은 노인네들은 죽을 날만 기다리며 세월을 보낸다. 그래도 젊은이들은 우체국과 문화회관 쪽으로 가까이 가길 간절히 원한다. 정거장을 지척에 두고 사는 젊은이는 캘리포니아로 가고 싶어 밤마다 잠을 설친다. 멀리 역마차가 지나가는 소리가 들릴 때마다 자신을 뒤에 남겨둔 채 세상이 스쳐 지나가고 있다고 생각한다. 토끼와 메추라기가 불어나고, 사향쥐 떼가 전에 없이 들끓고, 농부의 아들은 누구보다 농부가 되길 원치 않으며, 사과나무는 시들어 가고, 뻥 뚫린 땅광이 가옥 수보다 많고, 울타리는 이끼에 덮여 있다. 노처녀들은 가산을 팔고 읍내로 이사하게 되길 학수고대한 지 어언 20년이 넘는다. 그러나 방 하나만 빼면 집 안이든, 밖이든 어디에도 벽토를 바르거나 칠한 흔적이 없다. 그네들이 가산을 처리할 방도는 아무리 해도 찾아지지 않는다. 오래 전 인디언들이 쫓겨났던 땅이 이제는 지력이 다한 경작지로 변했고, 숲이 밭으로, 밭이 목초지로 변했다. 야생 숲속의 모피상이라 할 제빵업자와 도살업자만 간혹 찾아오는 집들. 도살업자는 적어도 1년에 한 번은 송아지를 찾아온다. 그가 돌아갈 때면 어미 소가 '음매음매' 울며 그의 뒤를 따른다. 허클베리가 익어가는 계절을 빼면 그들 이외에 마을 사람 누구 하나 얼씬거리지 않는다. 도살업자가 아니라면 누가 이곳을 찾아오겠는가? 몇몇 사람은 늘 럼주에 취해 산다. 불행과 고독을 달래려고 럼주를 주전자째로 들이킨다. 밤만 되면 올빼미가 세레나데를 들려준다. 나는 언덕에 서서 이 온갖 모습을 지켜보면서 전 세계가 활력과 진취성을 높이 사는, 젊고 희망에 찬 미국이 도대체 어디에 있는가 의심하지 않을 수 없다. 여기는 미국에서도 인구가 가장 많이 터를 잡았다는 고장이 아닌가. 형편없는 '구세계'의 상태란 바로 이런 상태가 아니겠는가. 이곳을 물이끼로 덮어 가려야 할 때가 지금이 아니겠는가.

새로 농토를 일구는 시골에서는 사람들이 널리 흩어져 산다. 그들은 길이 나길 기다려 집을 짓는 것이 아니라, 길이 그들의 집을 찾아간다. 한 사람 한 사람이 공국公國의 공자처럼 자립하여 살고 있다. 그러나 미개간지가 전부 없어지고 나면 사람들은 다시 마을로 모여들어 교제와 거래에 몰두한다. 온순하고 한결같은 사람 소수만 남아 산골 광산에서 일한다.

나는 일기에 적은 생각들을 토막 내어 수필집으로 묶어 내기보다는 일기 그 자체로 출간하는 편이 낫지 않을까, 하는 생각을 하곤 한다. 일기의 글은 지금도 여전히 삶과 생생히 맞닿아 있다. 그러니 글을 읽는 사람에게 에둘러 간다는 느낌은 주지 않을 것이다. 일기가 다른 글보다 덜 인공적이고 더 단순하다. 일기가 아니었다면 나의 스케치를 담을 적당한 그릇을 달리 찾기 어려웠을 것이다. 단순한 사실과 이름과 날짜가 상상 이상으로 많은 것을 전달한다. 꽃다발에 묶인 꽃이 초원에 핀 꽃보다 아름다울 수 있을까? 초원의 꽃을 따기 위해서 우리는 발을 적셔야 한다. 고정된 형식에 갇힌 아름다움에 무슨 유익함이 있겠는가.

1월 28일 수

내 생각을 담기에 일기만큼 좋은 그릇은 없는 것 같다. 수정은 동굴 속에서 가장 밝게 빛난다. 세상 사람들이 가장 듣기 좋아하는 이야기는 교훈을 갖춘 우화다. 아이들은 우화 자체로만 읽으나 어른들은 우화에서 아울러 교훈을 읽어낸다. 우화로 이야기된 진실은 추상적임에도 어디에나 적용할 수 있으므로, 추상적인 진술이 갖는 최고의 이점을 누리게 된다. 여러 생각을 이을 접착제로 우화가 아닌 그 무엇을 생각해 낼 수 있겠는가? 손질한 흔적 없이 여러 생각을 이을 방법이 우화 외에 무엇이 있겠는가? 그렇지만 플루타르코스는 이 방법을 쓰지 않았고, 몽테뉴도 마찬가지였다. 많은 사람이 일기 형식으로 여행기를 쓰긴 했으나, 누구의 생활도 매일매일 일기로 적을 만큼 그렇게 풍부하지는 않았던 것 같다.

　주민들이 내게 조니 료단을 데려왔다. 료단은 영리한 다섯 살배기 아이로, 숲속 헛간 같은 집에서 살고 있다. 추운 날씨임에도 짧은 셔츠 위에 누더기 옷을 껴입었고, 발가락이 나올 만큼 큰 구멍이 난 신발에는 눈이 그득 들어차 있었다. 지난 20년 사이에 우리가 겪은 가장 혹독한 이 1월 추위에 말이다. 날마다 아이는 외투 한 벌 없이 바람이 몹시 세찬 철로 방죽을 따라 1킬로가량 떨어진 학교까지 걸어가야 한다고 말했다. 얼마 전까지만 해도 내 바지였던 아이의 바지는 누덕누덕 기워져 있었다. 그 기운 헝겊마저도 그의 어머니가 차 탕관에 달아 쓰면 좋을 그런 낡은 것이었다. 이 작은 인간의 몸뚱이, 인간의 운명을 지닌 이 부드러운 살덩어리가 자신을 감싼 찢어진 한 장의 옷과 더불어 차디찬 세상으로 내던져졌다. 오, 나는 이 아이의 손가락과 발가락이 추위에 떠는 동안 내 몸이 온기에 싸여있길 바라지 않는다. 이 아이에게 포대나 누더기밖에는 입힐 수 없을 정도로 인간이란 비천한 것인가? 이 아이에게 차디찬 음식을 주어도 좋을 만큼 인간이란 값싼 것인가? 모진 비바람을 이겨낼 수 없는 우리 연약한 인류에게 '차디찬' 옷과 신발을 주고, 입다 버린 누더기 옷을 입혀야 하겠는가? 부유한 어른들에게 누더기와 헤진 옷을, 가난한 아이들에게 자줏빛 고운 옷을 입히자. 무고한 아이들의 운명을 떠올릴 때마다 나는 전율한다. 우리의 자선 제도는 인간애를 모독하는 것에 불과하다. 향연이 다 끝난 후에도 상 위에 남은 음식물로 상다리가 휘청거리건만, 그 상에서 떨어진 빵부스러기나 나누어 주는 것이 소위 자선이라니!

1월 29일 목

시들하고 상스러운 삶이 아니라 청정한 삶을 살고자 원한다면 부지런히 움직여야 한다. 활동이 미미한 나무, 특히 성장이 느린 나무는 기생균으로 덮여 있다. 공중에는 이끼류, 조류, 지의류, 버섯류 따위의 미세한 홀씨들이 가득하고, 이들이 한산한 곳 어디나 내려앉아 자리를 잡는다. 게으름뱅이의 손가락 사이와 손톱 밑에는 눈에 보이진 않으나 곰팡이, 조류, 버섯류 같은 식물성 늘보들이 늘 떼 지어 퍼져나간다. 여전히 삶이 존재하는 곳에서는 지의류가, 부패가 일어나기 시작하는 곳에서는 버섯류가 번진다. 이처럼 머지않아 이끼가 게으름뱅이를 덮는다. 조류가 그의 눈 안쪽에 굳어 붙고, 그의 손등 굳은살에 지의류가 끼고, 그의 머리에 버섯류가 자리를 잡는다. 가장 하등한 식물의 삶이 시작되는 것이다. 이것이 바로 오물의 정의定義로, 자연의 다른 임차인에게 자기 자리를 빼앗기는 것이다. 다시 말해 그들이 임자 없는 집인 양 내 집을 차지하는 것이다. 달라붙은 이런 씨앗들을 없애려면 마음을 다해 몸을 씻고 머리를 빗어야 한다. 청소란 한산한 선반 같은 곳에 이런 기생식물의 씨앗이 뿌리를 내리는 것을 막기 위한 활동이다.

1월 30일 금

R. W. 에머슨이 자기 손으로 손수레를 밀고 저잣거리를 지나갈 수 있을지 의문이다. 그런 일은 에머슨에게는 어울리지 않기 때문이다. 폭넓은 성격을 갖춘 사람이 될 필요가 있다.

그저 더 나아지겠다는 생각밖에 없다면 아무 것도 하지 마라. 자신을 끊임없이 단련하는 까닭은 오로지 사랑을 따르기 위해서다. 너 자신이 끌리는 대로 따라가라. 주어진 주제로 글을 쓰는 건 헛수고다. 네 마음에 불꽃이 일 때까지 기다려야 한다. 어떤 노력이든 그 뒤에는 이어주고 자라게 하는 사랑의 힘이 있어야 성공에 이를 수 있다. 결연한 의지만으로는 아무 것도 낳지 못한다. 네가 주제를 찾을 것이 아니라 주제가 너를 찾아야 한다. 시인과 그가 다루는 주제 사이의 관계는 연인 관계다. 이 관계에서는 더 이상 꼬드김이 필요치 않다. 그저 따르고, 알려라.

너무 자주 여행을 다니거나 이름난 곳을 드나들다가 나의 정신이 바싹 말라붙지 않을까 두렵다. 집 밖에서 하는 관찰보다는 집 안에서 하는 관찰을 더 소중하게 여겨야 한다고 믿는다(집 안에서도 관찰할 수 있는 대상이라면 말이다). 길은 멀리 돌수록 그만큼 값어치가 적어진다. 여행하면서 관찰하는 대상은 대부분 몸이 보고 듣고 느끼는 사건이다. 그러나 집 안에 앉아 관찰하는 대상은 대부분 정신에 나타나는 현상이다. 잠을 이루지 못하고 보낸 하룻밤이 오랜 여행보다 훨씬 더 많은 생각을 낳을 수 있다. 생각을 양이 아닌 질로 따져볼 수만 있다면, 오랜 기간의 여행보다 불면의 하룻밤이 오히려 더 나은 생각을 낳는다는 사실을 밝힐 수 있을 것이다.

1월 31일 토

가난 때문에 책과 신문을 살 수 없어 활동 범위가 좁아진다면, 어쩔 수 없이 자신에게 가장 중요하고 의미 있는 일에 몰두할 수밖에 없다. 즉, 당분과 전분이 가장 많이 든 음식 재료만 조리해 먹을 수밖에 없다. 그러니 자신을 시간 낭비에서 지킬 수 있다. 남아도는 부는 말 그대로 남아도는 물건밖에 살 수 없다. 자기 영혼에 필요한 양식을 사는 데는 돈이 필요치 않다.

한 친구는 내게 "사람을 믿지 않기로 했어. 진실, 순결, 신성함 따위는 없어"라고 말했다. 결국 그의 말인즉, 나도 사람이니 그런 미덕을 지니지 못했다는 뜻이 아니겠는가. 그러나 설령 내가 벌레라 할지라도 상대에게 그런 말을 하는 것은 그다지 현명하지 못하다. 그 말이 낳은 효과는 나 자신이 그에 대해 의기소침해졌다는 것뿐이다. 우리는 상대방을 무한히 신뢰해야 한다. 신뢰하지 못한다면, 하지 못했음을 누설하지 말아야 한다. 우리가 서로 믿지 못함은 우리 사이에 높은 담을 쌓을 뿐 아무런 이로움이 없다. 어른들이 "전에는 사람을 믿었지만 지금은 믿지 않아"라고 말하는 소리를 들을 때마다 나는 "당신이 누구이기에 세상에 실망했는가? 오히려 당신이 세상을 실망시킨 게 아닌가? 과거에 믿을 근거가 있었다면 현재에도 믿을 근거가 있는 것이다. 불평하는 당신 안에 작은 사랑만 있다면, 믿음은 충분히 그 작은 사랑 위에 세워질 수 있다"라고 말해 주고픈 충동에 사로잡힌다.

2월 1일 일

믿음이 적은 이는 저승에서 받을 상과 벌을 중요하게 여겨 그 상벌에 따라 행동한다. 이승에 실망한 탓이다. 그와 반대로 믿음이 굳센 이는 현재를 가치 있는 기회이자 소중한 활동 무대로 여겨, 현재의 일에 정성을 다하면서 함께 공감할 사람을 구한다. 또 다른 세계가 존재한다고 믿으면서도 이승은 믿지 않는 이는 자주 기독교 신앙으로 나를 몰아붙이려 한다. 그는 우리가 말하고 있는 지금 이 순간은 다음에 올 세계보다 값어치가 적고, 따라서 현실에 없으면 없을수록 더욱더 큰 희망을 갖게 되며, 모든 것은 다가올 미래의 희망에 불과하다고 믿는다. 그러나 나는 우리가 살고 있는 이 순간의 짧은 삶 속에서 우리가 얻는 아주 작은 깨달음이, 미래를 꾸미기 위해 공들여 만든 수많은 희망의 금박에 못지않게 큰 값어치를 지녔다고 믿는다.

2월 5일 목

건축처럼 문학에서도 문체의 '장식'과 관련하여 거센 논쟁이 일었다고 가정해 보자. 그렇다고 우리가 정말 아름답고 호소력 있는 문체에 어느 정도라도 이를 수 있을까? 나폴레옹이 꽤 그럴듯한 말을 했다. "터놓고 말하라. 그러면 모두가 기뻐 소리칠 것이다." 나는 진실이 아닌 장식을 마음에 두는 작가가 단 한 번이라도 성공한 적이 있었을까 의심스럽다. 이런 까닭에 미문美文, 미술美術과 같은 것들을 가르치는 교수가 생겨난다. 우리는 장식 없이도 넉넉히, 잘 살아갈 수 있다.

어린이는 처음 꽃을 꺾을 때 꽃이 지닌 아름다움과 깊은 의미를 알아차리지만, 그 어린이가 자라서 식물학자가 된다 해도 어릴 적에 지녔던 그만한 통찰력을 지닐 수는 없으리라.

2월 9일 월

강가에서 서드베리 헤인즈를 만났다. 울긋불긋한 낡은 외투를 입고 낚시를 가고 있었다. 헤인즈를 보면 언제나 인디언이 생각난다. 덕지덕지 기운 외투와 앞날을 생각지 않는 그의 삶 때문이다. 그럼에도 마을 변호사 못지않게 우리 공동체에 없어서는 안 되는 인물이다. 헤인즈는 며칠 전 이 낚시터에서 합치면 무게가 3킬로쯤 나가는 강꼬치고기 세 마리를 낚았다고 말했다. 타고난 이야기꾼인 헤인즈는 사람들을 만나면 늘 이런 이야기를 한다. 어느 누구라도 헤인즈 같이 발칙한 상상을 하지는 못할 것이다. 말을 하는 사이사이에 이 낚싯대에서 저 낚싯대로 왔다 갔다 하며 낚싯줄을 살폈다. 여름철이었으면 찌를 바라보고 있었을 것이다. 헤인즈는 운이라는 복권 한 장을 갖고 있기에 늘 세상이 뒤집힐 날을 기다린다. 그의 복권이 뽑힐지 누가 알겠는가? 그럼에도 그는 여전히 더 고기가 잡히길 학수고대한다. 이처럼 헤인즈는 늘 기다리고 믿는 사람이다. 누가 헤인즈처럼 축축한 곳에 오래 서 있을 수 있겠는가? 건초 만들던 농부가 비 피할 곳을 찾아 급히 뛰어갈 때, 헤인즈는 낚싯대를 꺼내들고 유유히 강으로 걸어 들어가 여유로운 한때를 즐긴다. 그는 자연의 주민에 가깝다. 비바람이 그를 돌본다. 그는 자연현상의 관찰자다.

2월 10일 화

내가 허영심에 들떠 다른 이들을 내려다보면서 그들의 낮은 지위를 비웃는다고 생각하는 사람이 있다면 다음과 같은 말을 해주고 싶다. 내 영혼이 내게 용기를 준다면 다른 이들 못지않게 비참한 나 자신의 이야기를 들려주고 싶다. 나의 수많은 실패 경험이 그대들에게 격려가 될지 모른다. 나는 썩은 시궁창 못지않게 비천하게 살아왔을지 모른다. 어쩌면 하늘 코밑까지 고약한 죄의 냄새를 피웠을 수도 있다. 나는 사람들이 생각하는 것보다 훨씬 형편없는 인간이다. 나라는 인간에 대해 내가 누구보다도 잘 알고 있기에 이런 말을 하는 것이다. 그러나 이 문제에 대해서만은 아주 태연한 얼굴을 하고 살아간다. 그대들이 내 말을 발설하지 않겠다고 약속한다면, 나의 비밀을 이야기해 줄 수도 있다.

마음이 뜨거울 때 글을 써라. 농부가 소의 멍에에 구멍을 뚫으려면 화롯불에 쇠가 달궈지자마자 재빨리 멍에로 쓸 나무에 지져야 한다. 일각이라도 지체하면 나무를 뚫기가 어려워진다. 달궈진 쇠는 즉각 쓰지 않으면 무용지물이 되고 만다. 생각을 적는 일을 뒤로 미루는 작가는 식은 쇠로 구멍을 내려는 것과 같다. 그런 작가는 독자의 마음을 태울 수 없다.

2월 11일 수

나는 이 지구에서 서른 남짓한 해를 살아왔다. 하지만 윗사람에게서 어떤 값어치 있는 성실한 조언 한마디 들어본 적이 없다. 그들은 내게 어떤 말도 해주지 않았다. 충고해 줄 말이 한마디도 없었는지 모른다. 내가 살아보지 못한 인생, 시도해 보지 않은 실험이 있다. 누군가가 살아본 인생, 시도해 본 실험은 내게 아무런 쓸모가 없다. 내가 언젠가 값어치 있는 어떤 경험을 하게 된다면, 나는 위 세대들이 거기에 대해 어떤 말도 하지 않았음을 떠올리게 될 것을 믿는다. 어린아이였을 때 신비였던 것들은 노인이 되어서도 여전히 신비로 남는다.

2월 13일 금

오늘 오후에 라이스에게 내가 일전에 찾아낸 벌집에 관한 이야기를 들려주었다. 그러자 라이스는 자신이 꿀벌 사냥을 다닌다고 말했다. 라이스는 이런 이야기를 했다. 그와 프랫은 1년에 한두 차례 함께 여행을 떠난다. 꿀과 농도가 비슷한 설탕물이나, 벌집에서 따온 꿀이 얼마쯤 든 작은 양철통이 필요하다. 통 뚜껑을 닫아도 벌의 등에 뚜껑이 닿지 않을 만한 높이로 통 안에 설탕물이나 꿀을 매단다. 이 통 이외에도 빨강, 파랑, 하양 등 여러 색깔의 페인트가 든 작은 병 몇 개, 자칫하면 벌의 행방을 놓치기 쉬우므로 벌들이 가는 방향을 정확히 알아낼 수 있는 정밀한 나침반이 필요하다. 그들은 준비물이 갖춰지면 말을 타고 서드베리강 서안 같이 드넓은 숲 지대를 찾아간다(지난해에는 가을에 갔었다). 계절에 맞춰 벌들이 특히 자주 찾아오고, 꿀벌이 많으리라 여겨지는 메밀밭이나 미역취 같은 특정 식물이 많이 자라는 곳을 찾는다.

그들은 통을 꽃 아래 놔두고, 벌이 꿀을 먹고 있는 꽃의 줄기를 잘라 벌과 함께 통 안에 넣고, 뚜껑을 닫은 다음 통을 내려놓는다. 얼마 후 살짝 뚜껑을 열고 벌이 꿀을 잘 먹고 있나 살피고서, 벌이 꿀을 열심히 먹고 있으면 배를 채우기 전에는 통을 떠나지 않으리라는 걸 알고 있으므로, 다시 통 뚜껑을 연다. 그리고 또 다른 벌을 잡는다. 통 안에 충분히 벌이 모일 때까지 계속 벌을 잡는다. 그리고 작은 페인트 병 안에 막대기를 찔러 넣은 다음 기회를 엿보아 벌의 몸에 뚜렷한 반점이 생기도록 막대기로 특정 색깔의 점을 찍어놓는다. 그다음 벌들이 두려워 달아나지 않도록 5미터쯤 떨어진 곳에 누워서 한눈팔지 않고 통 안의 벌들을 살피며, 벌 한 마리가 배를 다 채우고서 벌집으로 떠날 준비를 할 때까지 기다린다. 그리고 통을 떠나려는 벌에 빨간 반점이 찍혔는지, 파란 반점이 찍혔는지, 하얀 반점이 찍혔는지 주의 깊게 살핀다. 벌은 약 3미터 높이로 날아올라 윙윙거리며 빠른 속도로 빙빙 돌다가 벌집을 향해 직선 코스로 쏜살같이 날아가기 시작한다. 어떤 벌은 지름이 6미터쯤 되는 원을 한 바퀴 그리고 나서야 방향을 정해 날아가기도 한다.

그러는 사이에 벌집 사냥꾼들은 한눈팔지 않고 누워서 주의 깊게 벌이 움직이는 모습을 지켜본다. 만일 파란 반점이 찍힌 벌이 탁 트인 평야 지대로 날아간다면 즉시 통에 들어있는 모든 파란 반점이 찍힌 벌들을 통 밖으로 내보낸다. 그리고 다시 약간 떨어진 곳으로 옮겨가 새로운 장소에서 다시 통을 연다. 벌집이 있음직한 숲이나 늪으로 날아가는 벌(이 벌을 빨간 반점이 찍힌 벌이라고 치자)을 찾아낼 때까지 이런 과정을 되풀이한다. 그다음에 나침반의 방위를 정확히 알아내고 나서, 빨간 반점이 찍힌 벌이 되돌아올 때까지 기다린다. 벌이 날아간 방위를 거듭 확인하고, 회중시계로 벌이 통을 떠나 다시 돌아올 때까지 얼마나 걸리는지 재서 벌집이 얼마나 멀리 떨어져 있는가를 판단한다. 간혹 계산이 틀릴 때도 있다. 벌집이 나무 어디쯤에 매달려 있느냐에 따라 벌이 벌집으로 들어가기까지 걸리는 시간이 다를 수 있기 때문이다. 세 번째로 통을 찾아오는 벌은 대개 동료 벌들을 데리고 온다. 그다음 조금씩 전진하면서 가끔씩 통에서 벌을 내보내 가고 있는 방향이 맞는지 확인한다. 한 번 왔다간 벌은 처음과는 달리 빙빙 도는 일 없이 곧장 벌집으로 날아가는 것이 보통이다. 벌집 사냥꾼들은 나침반으로 그 방향을 주의 깊게 살피고 나서 때로는 90도 정도 방향을 바꿔 나아가기도 한다. 그다음 또 다른 벌을 통에서 내보내 그 지점에서 벌이 나아가는 방향을 관찰한다. 앞서 벌이 나아간 방향으로 그은 직선과 90도 돈 지점에서 또 다른 벌이 나아간 방향으로 그은 직선이 만나는 지점에 벌집이 있을 게 틀림없기 때문이다. 1킬로 정도 떨어진 곳에 벌집이 있다고 가정할 경우 벌이 나아간 코스가 직선에서 5~6미터 이상 차이 나는 경우는 거의 없다고 라이스는 말했다. 그들은 이런 식으로 2킬로 가까이 떨어진 곳에 있는 벌집도 찾아낼 수 있다고 한다.

벌집 사냥꾼이나 비둘기 포획꾼 들은 후버나 오듀본 같은 이름난 박물학자들도 전혀 모르는, 꿀벌과 비둘기의 자연사라 할 만한 사실들에 친숙하다. 나는 학자가 아닌 이들의 이런 지식을 그 어떤 지식보다 좋아한다. 이들의 지식에는 인간애가 가득 들어있다. 이런 지식이 진정한 스포츠로 이어진다.

2월 14일 토

겨울도 나름 철이 있어서 대체로 다음과 같은 순서를 따르는 것 같다. 먼저 바람이 세찬 으스스한 날들이 지나고 나면, 소나무와 참나무를 붉게 물들이는 강렬한 황혼이 며칠간 이어진다. 이때가 여름과 가을이 저무는 진정한 한 해의 황혼 녘이다. 그러고 나면 눈이 내리면서 겨울이 시작된다. 눈이 점점 높이 쌓이고, 추위 또한 점점 심해진다. 올겨울에는 이 단계가 12월 말 이전부터 시작되었는데, 당시 오후 산책을 나가면 무엇보다 내 마음을 사로잡은 것이 해 질 녘 서쪽 하늘이었다(어쨌거나 이때가 가장 낮이 짧고, 추위가 가장 심할 때다). 거기 구름 사이에 펼쳐진 장관 너머로 하늘이 기이할 정도로 수정같이 맑았다. 올해 어느 계절에도 보지 못한 맑은 하늘이었다. 올겨울 또 다시 이런 맑은 하늘을 볼 수 있기를 빈다. 그다음으로 여름을 거의 잊고 지내는 1월에 첫 해동기가 다가온다(올해에는 12월에 시작되었다). 놀랍게도 올해는 첫 해동이 시작되고 나서도 혹한의 날씨가 오래 이어졌다. 최근, 즉 며칠 전부터 해동과 비로 인해 쌓인 눈이 단단해졌고, 이제 수정같이 맑은 하늘은 더 이상 볼 수 없게 되었다.

여행자는 집으로 향해 갈 때 더 빠르게 나아간다고 한다. 그렇다면 애초부터 왜 집에 머물러 있지 않았는지 의아스럽다(나는 여행기를 숱하게 많이 읽었는데, 그중 반 이상이 귀환 여행을 다루고 있다). 고향 언덕이 눈앞에서 멀어지자마자 자신이 어떻게 다시 집에 이르렀는지를 이야기하기 시작한다.

2월 18일 수

나는 사실을 적기 위한 비망록과 시를 쓰기 위한 비망록을 따로 갖고 있다. 나 나름대로 이 두 비망록에 무엇을 적을지 대략 구분해 놓긴 했으나, 이 구분법대로 하기는 늘 어렵다. 매우 흥미롭고 아름다운 사실들은 시보다 더 시적이기 때문이다. 그런 사실들은 지상의 말에서 천상의 말로 옮겨간다. 내가 알아낸 사실이 대단히 생생하고 뜻깊다면, 즉 그 사실을 인간 정신의 한 부분으로 바꿔놓을 수만 있다면, 시를 쓰기 위한 비망록 하나만으로도 모든 메모를 마칠 수 있을 것이다.

시인의 시각으로 사물을 보는 이는 과학자의 시각으로 사물을 볼 수 없다. 과학의 빛은 쓸모로 차차 색이 바래지기 때문에, 과학이 시인의 두 번째 사랑은 될 수 있을지언정 시인의 첫사랑은 될 수 없다. 어떤 사람은 시적 능력이 쇠약해지면서 중년에 이르는 반면, 어떤 사람은 시적 능력이 이미 쇠약한 상태로 태어나는 건 아닐까?

2월 20일 금

두더지 한 마리가 호숫가 둑 아래로 뛰어간다. 어떤 시끄러운 소리도 내지 않고 땅에 바짝 붙어서 뛰거나, 두툼하게 쌓인 잎과 잔가지 밑으로 뛰어가므로 오래 주의를 기울여 살펴봐야 가까스로 찾아낼 수 있을 정도다. 따라서 지나간 흔적을 흔히 볼 수 있는데도, 이런 동물을 보기가 어려운 게 결코 놀라운 일은 아니다. 나는 일전에 이놈을 잡고 나서야 풀, 잎, 잔가지, 흙, 눈 가리지 않고 어디에서나 그 곁면 바로 밑에 몸을 숨기고서 얼마나 빠르게 빠져나가는지 알고 깜짝 놀랐다. 어떤 사람은 이놈처럼 의뭉스럽게 자신을 숨기길 좋아한다. 그러나 그들은 흙이나 눈을 등에 묻히고서 일어서기 일쑤여서, 자신을 감추기보단 오히려 드러내는 편이다. 그들은 두더지처럼 남의 눈을 피하려고 지하 통로로 다니길 좋아하나, 땅바닥이 종종 아치 모양으로 솟아나는데도 뗏장 밑에 깊이 숨어 있다고 안심한다. 이런 사람은 앞이나 위로 가기보다, 뒤나 밑으로 가기 십상이다.

3월 2일 수

과학은 전문용어라는 철책에 둘러싸여 있기에 어중이떠중이 달려들어도 꿈쩍하지 않는다. 그러나 학자는 그 딱딱한 용어 뒤에 편히 자리를 잡고서 자신에게 참된 학식이 없음을 감추고 있을지 모른다. 어떤 진술의 값어치는 얼마나 대중의 말로 쓰여있느냐에 따라 판정되어야 하지 않을까. 중대한 발견이라면 신문에 실어야 하지 않겠는가. 얼마 전에 과학 연구자들이 말버러 예배당에서 모임을 연 적이 있었는데, 거기에서 각 분야 전문가들은 주최 측 요청에 따라 다른 분야 사람들이 알아듣기 쉽게 전문용어를 거의 쓰지 않고 연설을 했다. 연사나 청중 모두에게 큰 도움이 되었을 것이라고 나는 믿는다. 어떤 학자가 전문용어로 동료 학자에게 변변찮은 사실을 알리는 건 용납될지 모르나, 그가 대중 앞에 섰을 때는 중요하고 분명한 사실을 전달해야 한다. 여기에서 가장 중요한 점은 서민들도 알아듣기 쉽게 이야기해야 한다는 것이다. 누군가가 어떤 생각을 한다고 우리가 꼭 그 생각을 들어야 하는가. 망상에 가까운 생각일지라도, 그 생각이 여러 신문에 크게 실리고 나면 그로 인해 온 나라가 들썩인다. 하지만 땅 일구기, 밭갈이, 나무 심기, 돌담 쌓기 등등은 신문이나 보고서에 실리는 일 없이도 여름철마다 얼마나 많이 이루어지는가. 농업 보고서가 들판 전체를 보고하지 않듯, 농부의 농사 달력 또한 두툼한 책이 아니다. 그럼에도 나는 거친 땅을 일궈 해마다 기름진 알곡과 열매를 내기까지 농장이 지나온 역사(또는 시)를 적은 기록은 예루살렘 포위 공격과 같은 하찮고 우스운 소재*보다 현대 서사의 참다운 주제에 더 가까이 가 있다고 생각한다. 콜리지가 그렇지 아니한가? 헤시오도스의 「노동과 나날」, 베르길리우스의 「목가와 농경시」도 이 서사에서 돋아난 하나의 잎에 지나지 않는다.

---

* 이탈리아 시인 타소Torquato Tasso(1544~1595)가 쓴, 제1차 십자군이 예루살렘에 도착하여 점령하기까지를 그린 종교 서사시 『해방된 예루살렘』을 염두에 둔 발언이다.

3월 5일 토

요즈음 나는 나무껍질에 붙은 작은 알갱이들, 즉 엽상체에서 돋아난 작은 컵 모양의 자낭반*을 살펴보고 있다. 내 마음 형편이 그렇기 때문인데, 나는 이를 지의류 공부라 부른다. 이것이 내게 주어진 단 하나의 전망이다. 허나 이 공부는 양분이 불충분한 식사와 같은 것이 아닐까? 더 넓게 보는 방식을 택해야 한다. 나는 나무나 바위에 붙은 이끼와 같은 식물을 골똘히 바라보는 습관 탓에 산책 중 다른 어떤 것도 보지 못하고 만다. 하늘이라는 파란 엽상체에서 빛이라는 홀씨를 무한히 우주로 퍼트리는 태양이라는 자낭반을 살펴보는 게 더 고귀한 일 아닐까? 아니, 지의류학자에게는 지의류의 자낭반이 우주 못지않게 커 보일지 모른다. 내 눈에는 세상 많은 부분이 보이지 않을 정도로, 나무꾼들도 알아채지 못하는 고착지의固着地衣의 자낭반이 너무나 큰 공간을 차지하고 있다.

3월 9일 수

간밤에 포근한 봄비가 내렸다.

오후 3시다. 이제 눈은 절반 가까이 사라졌다. 3월의 바람이 온 누리를 살아있는 기운으로 가득 채우고, 숲을 흔들고 지나가며 나무를 겨울잠에서 깨우고 수액이 흐르도록 북돋운다. 이 3월의 바

---

* 엽상체는 줄기, 잎, 뿌리 기관이 나누어지지 않은 식물로, 전체가 잎으로 작용한다. 조류, 균류 등의 하등생물이 여기에 속한다. 자낭반은 자낭균류가 만들어지는 컵 모양 외벽을 일컫는다.

람이 눈을 녹이고 물기를 걷어 감은 물론이거니와 나무에게도 같은 영향을 미칠 게 틀림없다.

다시 비가 와서 집 쪽으로 발길을 돌린다. 바위에 떨어지는 빗소리와 나무에 부는 바람 소리가 분간이 안 갈 정도로 후드둑 하고 소리를 낸다.

3월 15일 화

오늘 오후에는 외투를 벗고 산책을 나왔다. 온화한 봄날이다. 푸른 하늘에 파랑새가 떼 지어 날아간다. 눈은 거의 남김없이 녹았다. 마을 사람들도 햇볕을 쬐러 나와 있다. 일하러 밖으로 나온 이들도 모두 행복하다. 마을 공동묘지인 '슬리피 할로우'를 끼고 '큰 들' 쪽으로 간다. 나무 난간에 기대어 공중에 무엇이 있는지 듣는다. 파랑새의 지저귐이 흘러간다. 내 삶이 무한한 기쁨으로 가득 찬다. 우리의 천성만큼이나 깊은, 이 생기 넘치는 공기를 들이마시는 일은 눈으로 경치를 보는 일에 못지않게 영예로운 열매를 맺지 않을까? 대기는 내 귀가 맞대고 있는 벨벳 쿠션이다.

나는 내 삶에 새로운 요구를 하고 싶다. 나는 올여름이 순조롭게 시작되길 바란다. 올 여름철에 걸맞고 내게 걸맞은 무언가를 하기 원한다. 내 매일과 마을 사람들의 일상을 넘어서길 바란다. 내 매일이 불멸하는 성질을 지녔으니, 나 또한 그런 성질을 지니길 원한다. 콩코드 마을의 어떤 주민보다 세금을 더 많이 내고, 더 높게 값을 치르고, 더 좋은 것을 즐길 수 있길 바란다. 내 고귀함을 위해 내 모든 걸 내줄 것이다. 나는 하루하루를 온전히 내 성공에 바칠 것이다. 올봄과 올여름의 삶이 내 기억에 아름답게 남게 되길 기도한다. 단 한 번도 해보지 못한 일이라도 과감하게 하게 되길 기도한다. 전에는 참지 못하던 일이라도 오래 참게 되길 바란다. 영혼과 몸을 불과 물로 정화하듯, 나 자신이 새로워지길 바란다. 미의 사냥꾼이 될 채비를 갖추고서 어떤 아름다움도 놓치지 않길 바란다. 한 번도 이르지 못했던 젊음에 이르길 빈다. 우주의 영광을 알리길 간절히 바라니, 그러기에 어울리는 자가 되길 빈다. 끝까지 인간의 가치를 존중해서 거룩한 가치에 눈 돌리는 일이 없길 빈다. 누구든 한 해 초보다 그해 말 더 훌륭해져야 하지 않겠는가.

3월 31일 목

늪이 왜 우리를 즐겁게 하는지, 어떤 성질이 즐겁게 하는지, 어떤 날씨가 즐겁게 하는지, 우리의 기분이나 느낌을 분석해 보는 건 분명 가치 있는 일일 것이다. 모진 비바람 소리가 왜 내게 기쁨을 주는가? 내 생각으로는, 순조로운 우리 삶의 하찮음을 뒤집어 놓고, 어떤 비극적 심상을 불러일으키기 때문이 아닌가 싶다. 그 소리가 우리 삶의 영토에 들어온 침입자를 물리칠 용기를 주고, 즐거운 도전을 일깨운다. 적의 나팔 소리처럼 우리를 오싹하게 한다. 우리의 정신이 폭풍우 속 지의류처럼 기운을 되찾는다. 우리는 살아갈 어떤 값어치가 있기에 위협에 맞서는 것이다. 어떤 밤이 역청처럼 검지 않다면, 칼로 끊어낼 만큼 손에 잡히는 어둠이 아니라면, 낮이 무슨 가치가 있을 것이며, 우리 삶이 무슨 가치가 있겠는가. 마음의 빛이 그 밖에 무엇을 비출 수 있겠는가? 우리는 어떻게 이성理性의 빛을 자각해야 하는가? 육신의 추위가 없다면 이성의 따뜻함을 어떻게 알 수 있겠는가?

나는 때때로 멀리 떨어진 동굴에 3주가량 앉아 폭우를 맞으며 젖은 몸으로 추위에 떨면서 내 몸에 자극을 줄 필요가 있다고 느낀다. 바람 찬 3월이 봄을 예고하고, 여러 날 장대비가 내린 뒤 4월이 시작된다. 나는 온갖 짐승과 고통을 나누며 그들의 경험과 기쁨을 함께 누리고 싶다. 노래참새와 여우빛깔참새fox-colored sparrow가 올해 내게 어떤 메시지를 갖고 올까? 그들은 캐나다에서 더 영웅적인 삶을 이어가고 있을 것이다. 비록 몸은 작지만 틀림없이 거창한 운명으로 살고 있을 것이다. 이 작은 여행객이 이 나무에서 저 나무로 날아다니는 동안 나는 무슨 말을 하는 걸 들었을까? 여우빛깔참새가 이곳에 온 것은 내가 꿈꾸던 것 이상으로 더 진지하고 의미심장한 그 무엇 때문이 아닐까? 그가 이곳을 떠나고 난 다음에야 그 진가를 알아본다면 나 자신을 용서할 수 있을까? 하느님은 이 세상을 구경거리 삼아 만들진 않으셨다. 어찌 되건 상관없다는 식으로 만들진 않으셨다.

이 철새, 참새 들 모두 내 삶과 얽힌 메시지를 가져온다. 나는 새와 짐승을 사랑하는데, 이들 모두 신화에서 진지하게 다룰 만한 대상이기 때문이다. 나는 참새가 우주의 위대한 목적에 어울리게 쩍쩍 지저귀며 나는 모습을 본다. 인간은 자연과 하나가 아니기에 이들과 교통하지 못하고, 이들의 언어를 이해하지 못한다. 나는 나보다 하등 나을 게 없다고 생각하며, 이 새들의 이동을 무심하게 바라본 나 자신을 꾸짖는다.

4월 1일 금

그는 노동자 중에서도 가장 급이 낮은 노동자로 그저 몸만 튼튼할 뿐이다. 육체의 힘 외에는 다른 이와 겨룰 것이 없는 이다. 이 근방 나무꾼들은 나무 한 짐을 져다 내다 팔아도 손에 쥐는 건 단돈 50센트가 고작이다. 날씨가 좋고 일이 순조로우면 하루에 나무 두 짐도 할 수 있지만, 여러 달에 걸쳐 해온 나뭇짐을 모두 합쳐서 평균을 내보면 나무꾼 한 사람이 하루에 75센트를 벌기가 쉽지 않다. 그런데 다른 나무꾼에 비해 힘과 솜씨는 그리 나을 바 없으나 약간 재치가 있던 한 나무꾼이 4달러의 값을 치르고 동가리톱을 하나 사고, 그다음 하루 1달러의 삯을 주기로 하고 조수 한 사람을 부렸다. 그리고 나무 한 그루에 10센트씩 받기로 하고 겨우내 나무 베는 일을 했다. 그는 하루에 30그루나 40그루의 나무를 베어냈기에 2달러 이상을 벌 수 있었다. 얼마 동안은 동가리톱을 사서 일을 다닐 나무꾼은 없을 것이기에, 이 톱장이의 벌이가 다른 나무꾼들의 벌이 수준으로 떨어지는 일은 없을 것이다.

길핀이 쓴 『숲의 정경 Forest Scenery』*은 아주 유쾌한 책이다. 맑고 시원한 숲처럼 온화하고 절제 있고 우아하고 넓다. 간결하지는 않지

---

* 영국의 성직자 윌리엄 길핀 William Gilpin(1724~1804)이 삽화를 곁들여 저술한 책.

만 요즘에 나오는 대다수 책과는 달리, 좋았던 지난날을 정성껏 찬미하고 존경을 드러낸다. 최근에 나온 서적들을 읽다가 이 책을 읽으면 아주 기분 좋게 읽힌다. 문장뿐 아니라 생각에도 어딘가 여유가 있다. 잡목 숲에 부는 찬바람을 문법에 맞는 아름다운 문장으로 적절히 바꿔놓았다. 근래에 나온 책과는 달리, 그의 글에서 보이는 유머는 어느 것 하나 곪아터질 지경에까지는 이르지 않았다. 그저 건강한 정신이 유머로 자연스럽게 드러났을 뿐이다.

4월 2일 토

해가 높이 솟았다. 초원 연못이 고요하고 잔잔해서 구름, 언덕, 나무가 못물에 그대로 비친다. 대기는 노래참새, 개똥지빠귀, 울새, 파랑새 등 새들의 가락으로 그득하다. 종다리 소리가 들린다. 하늘과 땅 어디에서나 이들의 노래가 터져 나올 것만 같다. 구름이 겨울철에 보던 모습과는 달리 물기를 머금은 흰빛이다.

내가 멀리서 벤치의 한 부분이 아닌가 하고 착각할 정도로, 이스라엘 라이스의 개가 오랫동안 꼼짝 않고 서 있었다. 라이스의 개는 여우를 상당히 닮았고, 털이 여우처럼 부드러웠다. 라이스는 오늘 아침 날씨가 쾌적한 탓에 울안에 그대로 머물러 있고 싶어 하는 암소를 새끼가 있는 헛간으로 몰아넣으려 애썼다. 그리고 나서 우리가 빌린 배가 있는 곳까지 같이 가고 싶어 했다. 따라올 필요 없다고 말리는데도 라이스는 부득부득 같이 가야 한다고 우겼다. 그러고 나서 형편없이 생긴 커다란 보트를 보여 주면서, 그 형편없음에 대해서는 입을 다물었다. 그에게서 감사 인사나 칭찬을 받기 바란다는 건 바위에서 물이 떨어지길 바라는 것과 같을 것이다. 만일 프랑스 국왕이 훈장을 보낸다면, 그는 왜 훈장을 보냈는지 알아내려고 백과사전을 여기저기 뒤적일 것이고, 그러고 나서도 오직 훈장을 보냈다는 사실만을 심드렁하게 인정할 것이기에, 그 훈장은 애초에 의도했던 효과를 전혀 거두지 못할 것이다.

철학의 높은 언덕 위에 선 이에게는 인간과 인간의 일이 남김없이 시야 밑으로 가라앉는다는 것이 내 생각이다. 인간이 너무 지나치게 강조되어 왔다. "인간이 연구해야 할 대상은 인간"이라고 시인은 말하나, 차라리 나는 그 모든 것을 잊는 연구를 하라고 말하겠다. 우주라는 더 넓은 시야에서 바라보자. 그런 건 인간 종족의 이기주의일 뿐이다. 대체로 출판업자들에게 맡겨져 있는, 사교 모임의 잡담 같이 유치한 우리의 문학은 또 무엇이란 말인가? 또 다른 시인은 "세상이야말로 우리에게 아주 중대한 것"이라고 말했는데, 물론 이 말은 '인간이야말로 아주 중대한 것'이라는 뜻으로 새겨야 할 것이다.

제도나 상식, 널리 공표된 의견 따위에는 편협과 기만이 들어있다. 박애와 자선의 미덕을 지나치게 부풀려 인간의 가장 고귀한 속성인 양 여기게 되는 까닭은 우리가 약하기 때문이다. 세상은 인간의 연약함에 뿌리를 둔 박애와 종교에 머지않아 진저리를 치게 될 것이다. 내 영혼의 양육을 박애와 종교에만 맡겨둘 수는 없다. 그러니 그릇된 망상에서 벗어나기 위해 부득불 인간을 멀리하고, 개개의 인간이 다만 사막의 모래알 하나에 불과해지는 우주를 보려

한다. 내 생각 가운데 사회와의 관계에서 생겨났거나, 소위 거기에 들어맞는 생각이라면, 그것이 아무리 자비롭더라도 가장 지혜롭고 폭넓고 보편적인 생각일 수는 없다. 마을, 도시, 주州, 나라라는 문명하하 세계가 두대체 무엇이기에 한 인간과 이토록 많은 관계를 맺어야 하는가. 내 지혜의 눈이 뜨이는 시간에 이런 것들이 내게 미치는 영향이란, 우드척 굴집이 그 앞을 지나쳐 가는 내게 미치는 영향과 그리 다를 바 없다.

우드척이 사는 굴집 앞을 지나쳐 갈 때와 마찬가지로, 내가 가장 슬기로울 수 있는 순간에 소위 문명이라는 것들이 내게 영향을 미친다. 물론 문명 세계는 편히 몸을 누일 수 있는 안락한 곳이다. 우리는 그곳에 친구를 두고 있다. 그중 일부는 서로 마음이 통하는 사이이기도 하다. 또 몸을 덥힐 화로도 있다. 그러나 한밤중에 일어나면 문명 세계가 완전히 잠든 모습을 볼 수 있다. 아니, 낮에 얼마간 생각에 빠져있더라도 문명 세계는 잠든다. 우리의 문학을 보라. 알려지지 못할까 봐 조바심치는 얼마나 가련하고 하잘것없는 사교용 문학인가. 작가는 독자들을 걱정하지 못해 안달한다. 그러다가 결국 죽기 전에 누군가에게 걱정을 끼치고야 마는 것이다. 그는 출판업자 곁에 바짝 붙어 서서 교정지를 고치고 또 고친다. 이승에서 줄지어 행진하는 것만으로는 만족할 수가 없다는 것이니, 우리 모두 함께 천당에 가는 편이 좋으리라. 좋은 사람, 즉 좋은 이웃이 된다는 것은 좋은 시민이 된다는 뜻이다. 인류 자체가 하나의 거대한 제도다. 인류는 대부분 사람이 속해 있는 공동체다. 나는 시험 삼아 길동무에게 "당신은 인간을 잊을 수 있는가? 이 세계가 잠들어 있는 모습을 볼 수 있는가?"라고 묻고 싶다.

　나는 인간과 인간이 만든 제도가 우주에서 아주 커다란 몫을 차지하고 있고, 우리가 그런 인간적인 영역에 가장 많이 주의를 기울여야 한다는 생각에 찬성하지 않는다. 인간은 단지 내가 서 있는 자리일 뿐이다. 내 앞에 펼쳐진 전망은 무한하다. 이 전망은 내 모습을 비추는 거울로 된 방이 아니다. 나를 비추면 나 이외의 다른 무언가가 보인다. 인간은 철학적으로 지나간 현상에 불과하다. 우주는 인간의 거주지와는 비교가 안 될 정도로 훨씬 큰 존재다. 그런데도 어떤 이는 온종일 집 안에만 틀어박혀 있으려 하고, 우리 대부분이 밤에는 늘 집 안에 머물러 있으려 한다. 일생에 단 한 번이라도 야외에서 밤을 새우는 이는 드물다. 게다가 인간 세상을 넘어서는 곳까지 가서도 인간의 제도를 길가에 돋아난 독버섯처럼 여길 이는 더더욱 드물다.

　우리는 톨섬에서 내렸다. 그리 춥거나 바람 많은 날이 아니어서 강가의 풀밭이 그다지 진지한 인상을 남기진 못했다. 건초를 쌓아두는 돌밭이 강물에서 3~5센티쯤 솟아있었다. 커다란 흰 갈매기들이 강물 위를 맴돌았다. 물에 잠긴 이 풀밭은 꽤나 거친 모습이었고, 대부분 지대가 낮아서 걸어 다닐 수 없었다. 이 섬의 어떤 바위 많은 곳에서는 바람이 불어와 물결이 즐겁게 부서졌다. 우리 개는 반 시간 정도 작은 떡갈나무 아래 물속에 서서 물결이 살아있는 짐승인 양 달려들어 물려고 했다. 습기 많은 쌀쌀한 날씨임에도 아랑곳 않고 파도가 밀려올 때마다 머리를 들이밀고 덤벼들었다. 우리는 강물이 맑아졌으므로 돌아갈 채비를 했다. 비의 징조가 하늘보다 강물에 더 많이 보였는데, 이는 4월 날씨의 특징 중 하나다. 곧이어 빗방울이 떨어지며 강물에 잔물결이 일었다.

4월 12일 월

오후에 나는 우울했다. 내가 원해서 친한 사이가 된 한 동료의 추잡함과 비속함 때문이었다. 그는 항상 경의를 갖고 조심해서 다루어야 할 일들을 아주 속되게 말하는 경향이 있다. 나는 성性의 신비를 조잡한 농담 주제로 삼는 사람을 존경할 수 없다. 그는 상대방이 진지하고 심각하게 성에 대해 말하면 침묵한다. 나는 이 일만큼 불경스러운 일은 없다고 생각한다. 나는 무슨 일이 있어도 다른 이의 순수성을 존중하는 마음을 잃어서는 안 된다고 믿는다. 성은 서로에게 격려가 되는 방식으로 조심스럽게 다루지 않는다면 전혀 말하고 싶지 않은 주제다. 나는 어머니에 대한 추억을 가슴에 간직하고 있다. 이와 마찬가지로 성을 대하는 생각과 행위에서 나의 순수성을 고이 지키려 한다. 인간이 지닌 속성 중 비속함보다 더 나쁜 속성은 없다. 그가 성을 불경하게 대하는 버릇이 있다면 그와 교제를 끊을 것이다. 내가 먼저 그에게 돌을 던질 것이다. 물론 이 주제에 대해서는 경건하고 순정純正하고 꾸밈없이 이야기되어야 한다. 어린 소녀가 귀를 기울이고 들어도 좋을 만큼 말이다.

4월 16일 금

책을 내라고 충고하는 사람은 얼마나 많은가. 이와는 반대로 좀 더 내적인 인생을 살라고 충고하는 사람은 또 얼마나 적은가. 전자의 경우에는 온 세상이 충고를 해주겠다고 나서지만 후자의 경우에는 나 자신밖에 아무도 충고해 주는 사람이 없다. 대중은 저자에게 출간을 권하는데, 마치 시냇물을 유혹하는 푸른 초원과 같다. 먼 길을 마다치 않고 볕에 탄 얼굴로 달려오는 사람만이 값진 선물을 받을 자격이 있다.*

허버드 숲 모퉁이를 돌자 마멋 한 마리가 눈에 들어온다. 100미터가량 떨어진 밭 한가운데 홀로 서 있다. 올봄 처음으로 마주친 마멋이다. 숲과 맞닿은 울타리에서 30~40미터 떨어져 있다. 나는 울타리를 따라 뛰기 시작한다. 그러자 마멋도 함께 뛴다. 나는 그 놈을 가로막는다. 아니, 앞지른다. 나와의 거리가 7~8미터밖에 되지 않자 마멋이 멈춰 선다. 나도 멈춰 선다. 마멋이 다시 뛰기 시작한다. 나도 같이 뛴다. 거리가 1미터 정도로 좁혀졌을 때 마멋이 또다시 멈춰 선다. 울타리가 둘 사이를 가로막고 있기에 나는 한가로이 웅크리고 앉아 놈을 관찰하기 시작한다. 눈은 흐린 검정색이고, 홍채는 희미한 밤색으로 보이지만 꼭 그렇다고 잘라 말하기는 어렵다. 거의 표정이 없는 눈이다. 표정이 있긴 있다. 분노라기보다 체념에 가까운 표정이다. 몸 전체가 대체로 파르스름한 회색이다. 밝은 갈색 털이 위로 올라갈수록 점차 검정색 또는 진한 갈색을 띠

---

* 당시 소로는 『월든』 초고를 마친 상태였으나, 1849년에 펴낸 첫 저작인 『소로우의 강』이 거의 팔리지 않은 탓에 원고를 고치면서 출간을 주저하고 있었다.

다가, 끝에 가서는 오히려 희끄무레해진다. 다람쥐 머리와 곰의 머리를 반반씩 닮은 마멋의 머리는 꼭대기가 납작하고 진한 갈색이다. 이 갈색이 코끝으로 가면 거의 검정으로 보일 만큼 짙어진다. 수염은 5센티 정도 길이로 까맣다. 뒤쪽으로 깊숙이 박힌 귀는 아주 작고 둥글고 거의 털에 묻혀 있다. 발은 검고, 발톱은 땅을 파기에 알맞게 길고 가늘다. 마멋이 떨고 있는 것 같다. 어쩌면 추위 탓인지 모른다.

내가 움직이자 마멋이 큰소리가 나게 이를 악문다. 간혹 아래턱과 위턱이 부딪쳐 '딱딱' 소리가 난다. 때로는 한쪽 턱을 다른 쪽 턱에 갈기도 한다. 아무튼 이런 행위는 분노 탓이라기보다 본능 탓인 듯싶다. 내가 어느 방향으로 몸을 돌리든 마멋은 나와 마주선다. 30센티가량 되는 나뭇가지 하나를 집어서 마멋의 주둥이를 건드려 본다. 마멋이 앞으로 나오며 그 막대기를 문다. 둘 사이의 거리가 60센티정도로 좁혀진다. 마멋은 한번 차지한 자리를 쉽게 포기하려 하지 않는다. 나는 나무 막대기로 한동안 마멋과 가벼운 장난을 친다. 마멋의 악문 턱을 열어보고 싶다. 위아래에 각기 두 개씩 나 있는 마멋의 긴 앞니가 드러난다. 내가 여기에 이대로 계속 머물러 있으면 마멋이 잠드는 모습도 볼 수 있을 것 같다. 이따금 마멋이 똑바로 앉지 않고 고개를 숙인 채 뒷발로 서 있곤 한다. 반은 서고 반은 앉은 자세다. 그렇게 서로 마주보며 앉은 지 반 시간쯤 흐른다. 드디어 마멋과 나 사이에 황홀한 느낌이 오간다. 나는 피곤해서 뒤로 물러나며 마멋이 달아나는 모습을 볼 수 있으려니 생각한다. 그러나 마멋이 자리를 떠나지 않는다. 내가 보고 있는 한,

아니 내 눈에 그의 모습이 보이는 한 조금도 움직이려 하지 않는다. 이놈이 주위를 둘러보다가 나와 마주보기 위해 재빨리 몸을 돌린다. 나는 30센티쯤 떨어져서 이놈 옆자리에 앉는다.

나는 숲의 언어, 갓난아기의 언어로 부드럽게 말을 건다. 나의 말이 그에게 어느 정도 영향을 미친 것 같다. 이빨을 한결 덜 간다. 백옥나무 잎을 씹어 코에 들이대 본다. 더 이상 이빨을 갈지 않는다. 이빨을 너무 심하게 갈아서인지, 고운 흰 가루가 이빨 겉면에 덮여 있다. 이빨의 마모로 헤아려 본다면 분노가 굉장히 심했던 모양이다. 그는 내가 어떤 장난을 치든 마음에 두지 않는다. 나는 작은 막대기로 놈의 발 하나를 들어 살펴본다. 놈은 발을 내게 완전히 맡겨 놓는다. 나는 배 쪽이 무슨 색인지(짙은 갈색에 가까운지, 아니면 순수한 갈색에 가까운지) 알아보려고 놈을 뒤집는다. 그러자 내 생각보다 빨리 몸을 돌려 일어나 다시 선다. 꼬리는 쥐꼬리처럼 털이 없는 검은 색이 아니라 온통 갈색이고, 털은 풀쐐기 털처럼 사방으로 듬성듬성 뻗어있다. 생각과는 달리 온순한 모습이다. 나는 부드럽게 말을 건다. 백옥나무 잎사귀를 입에 대준다. 녀석의 몸에 손을 댄다. 그러자 몸을 돌리며 여전히 약간 이를 간다. 그래서 몸에 올려놓았던 손을 급히 치운다. 내가 아직 인간의 본능을 극복하지 못했기 때문이다.

나에게 철 이른 싱싱한 콩잎 몇 개만 있다면 틀림없이 그를 길들일 수 있을 것이다. 꼬리는 곱슬곱슬하다. 메추라기처럼 겸허한 흙빛이다. 꼬리가 밤나무의 짙은 갈색 잎이나, 마른 잎 위에 돋아난 빳빳하게 마른 풀처럼 보이기 때문에 몸을 숨기기 쉬울 것이다.

나에게 약간의 먹이만 있다면 틈틈이 쓰다듬어 주기만 해도 그와 잘 사귈 수 있을 것이다. 손수건으로 쉽게 감쌀 수 있을 것이다. 놈은 뚱뚱하지는 않지만 그렇다고 심하게 마른 편도 아니다. 나는 결국 놈이 이곳을 떠나는 모습을 보지 못하고 헤어져야 한다. 어줍고, 덩치 크고, 굴을 파는 다람쥐 아크토미스Acrtomys, 풀어 말하면 곰생쥐bear-mouse. 나는 놈을 이곳 원주민으로서 존경한다. 그는 이곳의 마른 잎, 시든 풀, 관목과 아주 자연스럽게 어울리는 빛깔과 습성을 지니고 산다. 지난 겨울철에는 고향 들판에서 아주 건강한 겨울잠을 즐겼을 것이다. 나는 그에게서 어떤 지혜를 배울 수 있다고 믿는다. 그의 조상은 나의 조상보다 오래 이 고장에서 살아왔다. 그는 나보다 이곳 풍토에 더 익숙하고, 이곳 자연에 더 잘 동화되어 있다. 북아메리카 원주민은 마멋을 위해 콩잎을 키웠다. 하지만 그는 그런 콩잎 없이도 넉넉히 잘 살아갈 수 있다.

4월 17일 토

길핀은 이렇게 말했다. "오리, 기러기, 홍머리오리가 날아오르는 모습 또한 갈매기가 맴을 도는 모습에 못지않게 아름답다. 이들 모두 해안, 만, 강어귀의 경치를 고귀하게 장식한다." 우리 강가에서 보이는 거친 야생의 경치에도 오리들이 날아오른다. 해마다 콩코드 하늘을 찾아오는 새 중 가장 화려하고, 우아하고, 당당하고, 아름다운 새로 여겨지는 큰 매, 붉은어깨말똥가리가 하늘로 치솟아 날고 있다. 독수리는 어쩌다가 가끔 찾아올 뿐이다. 갈매기, 물

수리, 왜가리도 흥미를 일으키긴 하나 잠시 머무는 새여서 어지간해서는 찾아보기 어렵다. 이들은 먹잇감을 찾을 때에만 날아오르거나 여행객처럼 잠시 하늘을 지나갈 뿐이지만, 큰 매는 콩코드 하늘의 주인공인 양 치솟아 오른다. 흰털발제비의 비상 역시 흥미롭다. 어릴 적 읽을 만한 책도 없이 어쩔 수 없이 집 안에서 보내야 하는 일요일이면, 해가 지기를 바라면서 다락방 창을 열고 몇 시간씩 흰털발제비가 날아가는 모습을 지켜보곤 했다.* 그러다가 매가 하늘에 나타나기라도 하면, 솜털구름을 이고 지평선 멀리 날고 있다 하더라도 운이 억세게 좋다는 느낌이 들었고, 그놈이 짝을 찾을 때까지 하염없이 하늘을 들여다보곤 했다. 그때 나는 이들로 인해 어느 정도 세속의 생각에서 벗어날 수 있었다.

4월 18일 일

나는 올봄 초원 못 속을 떠다니는 빨대잉어를 보면서 묘한 감동을 느낀다. 내 마음에는 빨대잉어가 물고기의 이상을 실현한, 전설과 신화의 물고기로 보인다. 돌고래와 프로테우스가 생각난다. 내가 보는 이 물고기는 사실 현세의 물고기가 아니다. 어느 예술가가 설계한 거룩한 생각의 상징 같다. 이 빛깔과 형상, 아가미와 지느러미와 비늘이 더할 나위 없이 아름다운 까닭은 그 모습이 나타내고자 한 그대로 내 마음에 비치기 때문이다. 이 물고기는 이제

---

* 소로가 어릴 적에는 아이들 활동마저 교회의 안식일 법에 따라 제약되고 있었다.

거의 물고기를 닮지 않은 화석 어류와 같은 모습이다. 어떤 우의寓意를 위해 만든, 고대 기념비에 조각된 형상으로 언제까지나 남아 있을 것이다.

우화에서 그렇듯 새가 날고 물고기가 헤엄칠 때 나는 평화롭고 만족스럽다. 기러기의 이동이 뜻깊고 그 안에 우의가 들어있을 때, 그날 겪은 아주 하찮은 일들이 신화적 상징으로 나타날 때 나는 평화롭고 만족스럽다. 이런 광경과 소리가 왜 우리 삶에 함께해야 하는가? 내가 왜 해마다 찌르레기가 노래하는 소리를 듣고, 스컹크의 냄새를 맡아야 하는가? 나는 이런 것들과 나 사이의 신비한 관계를 기꺼이 알아볼 것이다. 적어도 이런 것들이 근본적으로 무엇인지, 우리 삶의 궤적에 어떤 영향을 미치는지 알아낼 것이다. 그리고 나비가 거듭 찾아오는 우리 삶의 해안이 언제, 어떻게 생겨났으며, 이런 피조물들의 순환이 왜 세상을 온전하게 만드는지 알아낼 것이다. 내가 이런 기대로 자연의 순환에 이바지할 수 있을까, 어느 날 새로운 어떤 것을 내놓을 수 있을까? 우연의 일치처럼 보이는 온갖 종류의 것들을 관찰해 보자. 어떤 꽃들이 필 때 어떤 새들이 날아오는지를.

4월 19일 월

더비의 집 앞마당의 떡갈나무는 사방 어느 곳에서 보더라도 웅장한 모습이다. 운동선수처럼 꿋꿋이 서서 온갖 비바람을 다 막아낸다. 지금은 힘이 절정에 달해 어디를 살펴보더라도 허약한 데라곤 전혀 보이지 않는다. 구불구불한 나무줄기 모양새가 꼭 하늘에서 내리치는 번개를 닮았다. 하지만 이 튼튼한 줄기와 뿌리를 대서양 파도를 헤쳐나갈 배의 곡재曲材로 쓰기 위해 이미 이 나무에 가격이 매겨져 있는 건 아닐까? 지금 이 떡갈나무는 운동선수처럼 잘 발달한 근육을 한껏 뽐내며 서 있다.

베이커 농장 앞에서 걸음을 멈추고 농장 헛간으로 들어간다. 쥐가 보금자리를 튼 마른풀 더미에 앉아 마른풀이 바스락거리는 소리를 듣는다. 밖에는 폭풍우가 몰아친다. 그러나 여기는 비 한 방울 새지 않는다. 비 오는 날 마른풀 더미 위의 고요. 이루 표현할 길 없는 마른 정적만이 흐른다. 조용히 가라앉은 생각의 더미들. 마른 풀 더미에는 귀뚜라미 한 마리 찾아볼 수 없다. 밖은 온통 비에 젖고 시끄럽건만, 안은 건조하고 고요하다. 오, 끝없이 이어지는 생각들이여! 마른풀이 바스락거리는 소리는 침묵의 소리다. 마른풀은 아주 푹신한 침대여서 그 위에 앉아 생각하며 꿈을 꿀 수 있다.

커다란 야생 새를 보려거든 오늘처럼 폭우가 몰아치는 날을 택해야 한다. 이런 날에는 새들이 왕왕 마을 인근을 드나들고, 우리가 가까이 가더라도 그리 경계하지 않는다. 당신이 화창한 날에만 걷는 삶을 산다면 호수나 강에서 헤엄치는 갈매기나 이곳에서 먹이 활동을 하는 커다란 왜가리는 결코 보지 못할 것이다. 세찬 폭우가 내리는 날 이런 커다란 새들이 계절의 편지를 들고서 나타난다. 야생 동물을 보려거든 야생인 계절을 택해야 한다. 자연 애호가라면 비가 세차게 내리치고 바람이 불어 주민들이 집 안에 머물러 있는 날 밖으로 나가야 한다. 그날이 바로 자연이 야생 별장으로 돌아오는 날이다. 나비를 잡기에는 따스한 볕이 내리쬐는 쾌적한 날이 좋을지 모르나, 폭풍우가 사납게 휘몰아쳐 나무들이 쓰러지고 뱃사람들이 조난을 당할 때에야 야생 왜가리, 갈매기와 같은 야생 조류의 먹이 터에 이를 수 있다.

4월 24일 토

사람은 대개 두 부류로 나눌 수 있다. 절대 다수는 사회적 인간이다. 그들은 겉만 그럴듯한 삶을 산다. 그들은 부목(浮木)처럼 물 위를 떠다니며 일시적이고 덧없는 것들에 끌린다. 영원의 바다에 뜬 거품과 찌꺼기에 불과한 소식들만을 언제까지고 묻고 또 물을 뿐이다. 그들에게도 정책은 있다. 주제의 빈곤을 예절로 보충하는 것이다. 그들에게 성공이란 부와 사람들의 인정이기에, 언제고 써야 할 편지가 잔뜩 남아있다. 사회라는 기업이 그들의 최종 목적이다. 세상은 그들에게 충고하고, 그들은 그 충고에 귀를 기울인다. 그들은 덧없는 삶을 살아가는 상황의 피조물들이다.

그들이 가장 중요시하는 것은 싸움의 최종 승자가 되는 것이다. 그들은 진리를 거의 알지 못하지만, 아주 희미한 본능에 따라 교회와 같은 제도들을 끊임없이 되살려 낸다. 그들은 내 얼굴과 눈 바로 앞에 늘 붙어사는 각다귀와 같다. 눈에 아주 가까이 붙은 티끌과 같아서, 먼 곳을 바라보면 얼룩이 진 것처럼 보인다. 그들은 내 눈과 코끝 사이에 존재하는 반면에, 내 존재의 영토는 아득히 먼 곳에 있다. 그들이나 그들의 진보는 그 영토 훨씬 뒤쪽에 있다. 그들이 글을 쓰면 그중 으뜸가는 작품은 '우아한 문학'이라는 칭송을 받는다. 사회와 인간은 내 마음을 끌 만한 어떤 상償도 주지 못한다. 읍이나 도시에서 다수 군중의 흥미를 자아내는 일은 늘 정치와 같은 하찮은 것들뿐이다. 보통 사람들이 흥미를 갖는 일들로 나의 흥미를 끌려든다면 그것은 큰 잘못이다. 그들이 관심을 갖고 파고드는 일들이 내게는 하찮게만 보인다. 내가 가장 나답고 깨끗할 때는 인간이 가장 작게 보일 때이다. 그들은 여기저기 날아다니는 먼지와 같다. 그들이 잘 보인다는 것 자체가 온전한 시야를 갖추지 못했다는 증거다.

4월 30일 금

계절은 발작하듯이 나아간다. 당신은 계절의 나아감에도 여러 단계가 있음을 믿지 못할 것이다. 날씨가 아주 구질구질하고 으스스하더라도 계절은 끊임없이 나아간다. 날씨가 청명해지면 금세 알 수 있다. 여름의 기운과 온기가 다시 이어져 어제가 먼 옛날 같고, 한여름 삼복이 믿기 어려울 만큼 가까이 다가온 느낌이다. 어제만 해도 오늘과 같은 이런 진전이 있으리라고는 믿기 어려웠다. 오늘은 여름이 성큼 다가와 있다.

5월 5일 수

그로턴가街를 따라 걸어 올라간다. 먼 곳에서 희미한 빛이 보인다. 그곳은 집이 없는 곳이니, 땅에서 빛이 솟아나는 것 같다. 어느 여행자의 랜턴에서 나온 불빛일까? 아니면 도깨비불일까?(과연 도깨비불을 본 사람이 있단 말인가? 도깨비불은 이제 현대 신화에서 사라진 지 오래 아닌가?) 불빛이 있는 곳까지 갈 수 있을지도 의문이다. 그 불은 겉으로 보기에 이미 사그라지고 있다. 물 위에 비친 저녁별의 그림자일까? 아니면 인광의 일종일까? 하지만 지금 무언가가 타는 냄새가 난다. 저기 어둠을 뚫고 불꽃이 올라온다. 새로 쟁기질한 풀밭, 태우다 남은 한 무더기 그루터기에서 불꽃이 올라온다. 흙으로 반쯤 덮여 있다. 지금 그 안에서 은은하게 불길이 타오른다. 마치 집시들의 야영지 같다.

나는 불길이 닿지 않는 그루터기에 앉아 몸을 덥힌다. 달이 채 뜨지 않았기에 그 빛의 도움으로 글을 쓴다. 티탄과 불카누스의 불이 인적 없는 습한 땅을 태우고, 땅의 중심부를 갉아내고 있다니 얼마나 이상한 일인가. 나뭇더미가 안에서부터 타오른다. 여기 불이 숲을 향해 굶주린 입을 벌린다. 한쪽에는 견고한 나무가, 다른 한쪽에는 연기와 불꽃이 있다. 그래서 불카누스가 모습을 드러낸 것이다. 농부는 이 숲의 남은 나무들을 태워 없앨 작정으로 들개나 콘도르와 같은 불을 죽은 나무들에게 떠넘긴 것이다. 나무는 부싯깃처럼 타오른다. 나는 즐거이 연기 냄새를 맡는다. 개구리들이 잠이 덜 깬 눈으로 나타나 어슬렁거린다. 나뭇더미 안에는 주춧돌로 덮인 동굴처럼 불이 타오르는 동굴이 있다. 불도마뱀을 보고 놀랄 필요는 없다. 불도마뱀은 불에서 태어나서 불 속에서만 사는 짐승이니까.

나는 배럿 씨의 제재소 기계가 한껏 불어난 강물을 쓰기 위해 밤새 돌아가는 소리를 듣는다. 그렇다면 이번에는 물이 숲의 또 다른 파괴자로 등장한 셈이다. 기계와 물, 이 두 거친 힘이 풀려나 자연과 겨룬다. 제재소 소리는 빈 골짝을 휘달리는 소리. 인간이 쓸 헛간이나 악기 따위를 만들기 전, 나무를 길들이는 거친 일을 하는 무례한 오르페우스의 소리다. 톱장이가 랜턴과 쇠지레를 들고 랜턴 빛에 생겨난 그림자 사이에 서 있는 모습이 그려진다. 기계와 통나무가 떨리면서 날카로운 소리가 울려 퍼진다. 통나무가 고문당하면서 그 신경에서 나오는 울림 같다. 통나무의 내장이 찢겨 나간다.

5월 9일 일

일주일 전에 있던 일조차 기억하기 어렵다. 오랜 시간을 흘러 내려온 레테의 강이 계절과 계절을 떼어놓는다. 며칠 동안 천국이 사라지고 없다. 파라다이스가 그 자리를 대신한다. 우주의 바닷가도 일상의 바닷가와 그리 다르지 않다. 여름철에는 멀리 있는 에테르의 대양大洋이 눈에 채 들어오지 않는다. 여름 피서와 향락을 위해 해수욕장에 가는 마음으로 이 세상을 사는 이들은 11월의 아스라이 맑은 하늘을 결코 누릴 수 없다. 모든 여름을 파라다이스의 일종이라고 해야 하지 않을까? 호수에 몸을 담그고 다시 기운을 차려야 한다. 땅은 지금 푸르다, 언덕 근처 이 안개 속에서.

5월 17일 월

지난 나흘간 계속 5월의 폭우가 내렸고, 오늘까지도 하늘이 개지 않았다. 기억해 보면 4월 말쯤 한동안 폭우가 내려 큰물이 났다. 그다음 안개가 낀 따뜻하고 쾌적한 날이 이어지다가 4월 폭우와는 또 다른, 이 시원한 5월의 폭우가 왔다.

이달 14일까지는 계절의 진전을 꽤 꼼꼼히 지켜본 편이다(다만 초봄에 나타나는 새들에는 그리 주의를 기울이지 못했다). 그날 이후로 건강이 안 좋고 관찰할 대상이 갑절로 늘어나, 눈에 띄는 것 외에는 거의 아무 것도 적지 못했다. 배나무가 사과나무에 앞서 꽃을 피웠다. 벚나무는 지난겨울에 많이 상한 모습이다. 라일락이 꽃을 피우기 시작한다. 올해 처음으로 지난 일요일 밤에 번개가 쳤다.

5월 20일 목

최근에는 새가 너무 많아져서 어느 한 종에 주의를 쏟진 못했다. 제비 한 마리가 들판을 가로지르는 나를 따라온다. 내게는 보이지 않지만, 나 때문에 놀라 달아나는 곤충을 잡아먹기 위해서일 것이다. 끊임없이 맴을 돌며 갈지자를 그리다가, 내 주변 5미터 이내로 돌진해 오길 되풀이한다. 이렇게 제비와 더불어 산책을 하니 한층 즐거워진다.

지금은 나무에 잎이 나는 계절이자 식목의 계절이다. 들은 삼백초로 하얗다. 삼백초는 미나리아재비와 더불어 노랗게 변해갈 것이다. 잎이 넉넉히 자라나 짙은 그늘이 생기면서 여름이 시작되는 것인지도 모른다. 지켜볼 일이다. 드디어 키 큰 블루베리 나무에 열매가 맺혔다. 온갖 꽃이 아름답다. 백버들이 막 꽃을 피웠고, 큰물이 져서 들판으로 강물이 넘쳐 나는데도 부엽이 나타나기 시작한다. 야생 벗나무에 애벌레가 둥지를 틀었다.

5월 26일 수   브룩스팜에 측량하러 가다

꿩의다리가 어느새 꽃을 피웠다. 고사리에서 비릿한 내음이 풍겨온다. 매자나무의 노란 껍질을 살펴본다. 대기에 사과 꽃향기가 가득하다. 공기가 바다라도 거쳐온 듯 신선하다. 해 질 녘에 낮은 도로가를 따라 걸으니, 초원에서 달콤한 냄새가 난다. 오늘 귀뚜라미 울음소리가 자주 들린다. 이윽고 이들이 노래를 시작했다, 여름을 초대하는 노래를.

5월 27일 목   '코너 샘'에 가다

비가 내리는데도 개똥지빠귀가 노래한다. 사과 꽃잎이 떨어져 길이 하얗다. 눈길 같다. 지금은 창포 열매를 따먹기에 딱 좋은 철이다. 어린 시절이 생각난다. 이 열매는 배고픈 여행자를 달래준다. 어린아이들이 잘 알듯, 가지 안쪽 부드러운 잎은 꽤나 맛있다. 나도 사향쥐 못지않게 이 잎을 좋아한다. 잔디가 낮게 깔린 들판과 길가에는 담청색 줄무늬의 작은 꽃을 피운 부드러운 꼬리풀이 어디나 널려있다. 두꺼비와 나무개구리 소리는 거의 들리지 않는다.

초원에서 오는 내음이 매혹적일 만큼 무척 달콤하다. 뱃사람들이 바닷가로 다가가면서 맡는다는 그런 냄새다. 벌써 포도가 열렸을까? 그렇진 않을 것이다. 이 내음은 길가 도랑에서 나오는 것 같다. 청개구리는 이렇게 비 오는 날 유독 더 개골개골 운다, 미나리아재비의 키가 훌쩍 자라났다.

5월 30일 일

이제 여름이 다가온다. 산들바람에 빨래 말리기 좋은 날이다. 들판에서 풀이 물결처럼 일어선다. 벌판을 지나는 구름조차 그늘을 찾는 날이다. 풀숲 어느 둥지에 커피 빛깔 알이 들어있다. 볕이 강해지면 그늘도 짙어진다.

6월 5일 토

브라운 집사의 집 앞뜰에 개박하가 예쁜 보랏빛 꽃을 피웠다. 오늘은 무더운 날이고 잠시 천둥비가 내렸다. 하지만 저녁에는 초원에서 개똥벌레가 빛을 반짝였다.

자연은 끊임없이 묻는다. "너는 덕이 있느냐? 덕이 있다면 나를 봐라." 온갖 아름다움, 향기, 음악, 달콤함, 기쁨은 덕을 위한 것이다. 오늘 전선 하프 소리*를 들으면서 떠오른 생각이다.

---

* 바람에 전선줄이 내는 소리를 일컫는다. 이즈음 콩코드에 통신용 전선이 설치되었고, 소로는 이 전선줄이 우는 소리에서 하늘의 음성을 듣곤 했다.

지금은 층층이부채꽃(루피너스)이 전성기다. 씨앗이 아기 얼굴을 닮았다 하여 루피너스라는 이름이 붙었다. 4,000제곱미터 이상 되는 넓은 땅에 자주, 분홍, 연보라, 흰색 등 기분 좋은 갖가지 빛깔로 꽃을 피운다. 게다가 꽃송이가 투명해서 햇빛이 비치면 그 빛깔이 갖가지로 바뀐다. 루피너스가 언덕 비탈을 온통 파랗게 물들여, 페르세포네가 저도 모르게 끌려들 만한 들판으로 만들어 놓는다. 아침이면 잎이 이슬방울에 덮인다. 나는 이 파란 꽃이 빼곡히 달린 루피너스를 볼 때마다 가슴이 뛴다. 여기가 유토피아가 아닌가 싶을 정도로 극락 같은 하늘빛으로 가득하다. 어떤 꽃도 이 꽃처럼 푸름을 진하게 보여 주지는 못한다. 땅이 루피너스 꽃으로 파랗게 물들었다.

6월 9일 수

지난 일주일은 집 밖에 빨래를 너는 주간이었다. 풀이 바람에 물결치고, 나무에서는 잎이 돋아난다. 산들바람이 나무의 큰 가지까지 흔들어 댄다. 이렇게 해서 나무에 새로운 생기와 움직임이 생겨난다. 새로 돋아난 잎에서는 더 가벼운 바람이 느껴진다. 지금은 6월 초순이다. 이제 풀은 싱싱하지 않고, 부드러운 푸른빛을 얼마쯤 잃었다. 여러 풀에서 꽃이 피어났다. 꽃이 지고 열매를 맺은 풀도 더러 있다. 이 계절을 특징짓는 것은 우거진 잎과 녹음, 그리고 산들바람에 흔들리는 풀과 나뭇가지다.

바람이 그저 기분 좋은 것만은 아니다. 새들의 노랫소리가 잘 들리지 않기 때문이다. 그동안에 귀뚜라미는 합창단원을 늘렸다. 날씨가 무척 청명하고 하늘은 맑다. 강은 은물결로 반짝인다. 6월은 여행자의 달이다. 연꽃이 활짝 피어난다. 호밀밭에 바람이 일렁인다. 낙엽수 잎사귀가 상록수 사이의 빈틈을 빼곡히 메워 숲 그늘이 이제 한창이다.

예전 독일과 브리튼의 성직자들은 드루이드였다. 그들은 참나무 숲을 신성시했다. 그들의 뾰족탑 집이 이를 상징했다. 그들에게는 자연이 성전의 하나였다. 고대에는 이런 형태로 예배를 행하는 좋은 종교가 많았다. 스톤헨지는 이런 참배자들의 열정을 보여 주는 한 증거다. 나일강 점토로 만든 피라미드 역시 이런 이집트인들의 열정을 보여 주는 것이리라. 에블린은 참나무를 "튼튼한 땅의 아들"이라 칭하며 이렇게 말했다. "이 나무 그늘이 건강에 아주 좋다고 한다. 그래서 중풍 환자를 이 그늘에 눕히거나, 잠을 자게 해 병을 고친다. 또 호두나무의 나쁜 기운으로 고통받는 이들도 같은 방법으로 낫게 한다." 우리는 건강한 야생의 자연이 기운을 되살리는 효험이 있다는 이런 이야기를 그저 은유적인 표현으로 받아들여야 할까. 문명 생활의 나약한 사치품과 비교해 보라.

어린이는 양철 냄비같이 속이 빈 그릇을 막대기로 두드리고 싶어 한다. 어린이의 귀는 깨끗하고, 건강하고, 바르게 열려 있어서 가장 맑은 음악을 알아차릴 수 있기 때문이다. 그 소리에는 온갖 자연의 소리가 담겨 있다. 파란 하늘이 바로 그 어린 북재비의 공명판이 아니겠는가. 어린이는 대단히 밝고 맑은 귀를 갖고 있기에 소의 목에서 딸랑딸랑 방울이 울리는 소리나 개가 달을 보고 컹컹 짖는 소리에서도 영혼을 자극하는 아주 달콤한 멜로디를 들을 수 있다. 그 멜로디는 연상 작용으로 생겨난 것이 아니라 소리 자체에 고유한 멜로디일 뿐이다. 어른들은 때 묻고 무뎌져서 이런 흔하고 단순한 소리를 업신여긴다. 아, 내가 작은 단지에서 무한한 음악을 끄집어내는 어린이와 같은 그런 존재라면 얼마나 좋을까. 어린이의 작은 귀는 멜로디로 가득하다. 어린이에게는 소리 자체에 음악이 들어있다.

아이들은 떠드는 소리를 듣기 좋아한다. 어른들은 싫어하는 데도 떠들기 좋아하는 건 이런 까닭에서다. 아이들의 앳된 귀는 이런 소리에서 음악을 간파해 내기 때문이다.

6월 12일 토

후버드 시내 굽이진 곳에서 아이들이 멱을 감거나 보트를 타고 장난을 친다(나는 버드나무 숲에 있다). 약간 떨어진 곳에서 햇빛에 드러난 아이들의 벌거벗은 몸을 보니 즐거워진다. 평상시에는 자주 보기 어려운 살색이다. 아이들이 장난치는 소리가 강물 너머로 들려온다. 인간이 자연 속에 있다니 얼마나 놀라운 일인가. 이 땅을 찾아온 천사가 하도 기이해서 비망록에 적어갈 만한 사실이다. 인간은 알몸을 드러내는 일이 금지되어 있고, 어기면 아주 엄한 벌을 받는다니! 해가 곧 태울 연분홍 백인이여, 붉다는 인디언이나 검다는 흑인과 전혀 다른 백인이란 어디에도 없다. 사람의 피부색이란 직공이 짜준 옷 색깔에 불과하다. 나는 옷을 벗고 멱을 감으러 들어간 주인을 그의 개가 과연 알아볼 수 있을지 궁금하다.

먼 데서 들리는 기차 경적 소리가 벌이 꽃 속에서 윙윙거리는 소리처럼 들린다. 이처럼 인간의 제작품도 자연 속으로 빠져든다.

6월 15일 화

어제는 바다에서 산들바람이 불어와 진한 바다 내음이 났다. 이 것만으로도 하루가 견딜 만했다. 오늘 아침에는 소나기가 내린다. 다른 새들은 노래를 멈췄는데 울새만은 더 큰 소리로 울어댄다.

오후 1시 30분, 클레마티스 시내에 가다.

날이 꽤 덥다. 얇은 옷 한 벌이면 넉넉히 견딜 만하다. 이 찌는 듯한 나날을 또 하나의 계절로 삼아야 할 것 같다. 가뭄이 시작된 다. 매미가 마른 소리로 맴, 맴, 맴 운다. 감자가 꽤 자라 밤에는 일 어설 듯하다. 먹 감기가 생각나지 않을 수 없다. 길에서 아이들이 수영하러 강으로 내려갈지, 누구누구가 내려갈지, 엄마 아빠에게 어떻게 이야기해야 좋을지 떠드는 소리가 들린다. 창문을 열고 누 워 거리의 아이들 소리를 들어보라.

열기로 뜨거운 미저리산에 올랐다. 강이 내려다보인다. 한 시간 전 아지랑이가 와추셋산까지 퍼지더니 이제는 완전히 산을 가렸 다. 내 생각으로는 강가에도 성별이 있는 것 같다. 어떤 곳은 가파 르고, 어떤 곳은 풀밭처럼 평탄하다. 어느 강이나 이런 대조를 이 뤄, 한편에서는 둑을 개먹어 들어가고 또 한편에서는 그 찌꺼기를 쌓아놓는다. 지금은 한 해 중 남성다움이 두드러진 때로, 강가가 그 자체로 따스해 보인다. 하늘 어디에서도 봄에 보이던 담청색이 보이지 않는다.

숲 근처 하늘을 나는 매가 한쪽 날갯죽지가 꺾인 채 날카로운 울음을 운다. 먹잇감을 위협하거나 먹잇감이 있는 곳을 알아내려는 것이리라. 매의 갈라지고 굽은 부리에서 종다리를 두려움에 떨게 할 날카롭고 거친 울음소리가 터져 나온다. 매가 부리를 벌리고 하늘을 날아간다. 날개나 동작의 떨림으로 자연히 부리에서 터져 나오는 진음震音이 들린다. 매의 꺾인 날개는 새로 돋을 수 있어도, 시인의 날개는 다시 돋지 않는다.

오후 8시 강가에서—

달 없는 어두운 밤이다. 귀청이 터질 듯 울어대는 두꺼비 울음소리, 그리고 간간이 들리는 황소개구리의 울음소리. 불을 켤 때다. 고기들이 뛴다. 초원은 개똥벌레들의 반짝이는 적갈색 빛으로 가득하다. 파도치는 물결에 되비치는 초저녁별이 밝은 불꽃처럼 하늘로 끝없이 올라간다. 안개가 낮게 깔려 강에 퍼지고, 나무 그림자가 희미하나 당당하다. 안개 너머에서 아치형 돌다리가 허깨비처럼 불쑥 나타난다. 안개가 희한하게 너울거려 이쪽 안개는 짙고 저쪽은 텅 비어있다. 이쪽은 안개가 다리까지 자욱하나, 건너편은 말끔히 걷혀 있다. 분명 공기 흐름의 조화다. 안개는 공기의 이슬이다. 언젠가는 이 이슬이 우리의 몸을 적실 것이다. 배 안에 비친 별 그림자를 본다. 배 안은 4분의 1쯤 물이 차 있다. 북쪽에서 초승달이 낮게 떠 밝게 빛난다. 이따금 별이 무리 지어 나타난다 (우리는 채닝의 집에서 출발하여 물푸레나무가 철로를 굽어보는 곳까지 가는 중이다). 나는 나일강의 노라 할, 적당히 휘어지는 나뭇가지로 노를 젓는다. 큰 힘을 들이지 않아도 배는 잘도 간다. 개들이 컹컹 짖는다. 무더운 밤이다.

오후 9시 철롯둑 아래서—
지평선을 지나는 소리 없는 번개. 초원의 개똥벌레는 머리 위에서 반짝이는 저 별과 무슨 관계가 있을까? 어둠이 다가오면 하늘 아래에서 반짝이는 별. 저 개똥벌레처럼 별도 사랑을 위해 빛을 내고 있는 건 아닐까?

6월 17일 목 오전 4시
이즈음은 무더운 밤이 지나고 무더운 낮이 시작되기 전, 새벽이 가장 잊지 못할 한 해의 사건이다. 하루 중 특히 새벽이 가장 찬란한 철이다. 그 시원함이 기운을 돋우는 철이다. 이슬이 금빛 은빛으로 반짝이는, 뜨거운 여름 해나 어스레한 안개가 없는 이 여름의 영광을 즐기자. 귀뚜라미 울음소리를 들으니, 새벽에도 땅이 계속 꿈을 꾸고 있는 것만 같다. 나는 귀뚜라미가 믿음과 희망을 갖고 변함없이 찌르륵 우는 새벽 여명의 시간을 좋아한다. 귀뚜라미가 이슬에 젖어 환하게 찌르르 울고 있다. 아침의 맑고 깨끗함을 드러내 보이면서 밤이 계속 이어지고 있는 것만 같다. 귀뚜라미 울음이 퍽 향기로운 소리로 들릴 적에는 어떤 죄도 감히 범하지 못한다. 이 소리는 그리스와 로마를 영원히 무덤 속에 잠재운다. 기독교가 있기 전부터 이 소리는 있었고, 지금도 변함없이 이어진다. 건강! 건강! 건강! 하고 귀뚜라미는 노래 부른다. 물론 잠을 푹 자고 난 사람은 이 노래처럼 순수하고, 건강하고, 희망차다. 잔디에서 노래하는 귀뚜라미의 울음소리가 우리 귀에 들릴 때, 우리에게 세상이 그다지 벅찬 것만은 아니다.

　나는 이런 우주의 새벽 소리를 들을 때면 한편으론 놀랍고 또 한편으론 기쁘다. 듣고 또 들어도 전에는 한 번도 들어보지 못한 소리 같다. 귀뚜라미는 얼마나 꾸준히 울고 있는가. 얼마나 오랫동안 땅을 고향으로 삼고 지내는가. 귀뚜라미를 괴롭히는 것은 습기차지도 건조하지도 않고, 차지도 덥지도 않은 기후다.

　신중한 농부는 해의 열기가 너무 뜨거워지기 전 이른 아침부터 황소를 부려 부지런히 일을 한다. 그렇지만 아직은 낫을 갈 때가 아니다. 아침은 불노불사의 음식이고, 낮은 흙의 낙원이다. 온갖 향기가 가득하여 기운을 북돋우는 시원한 아침이다.

6월 19일 토

　주머니를 빵, 버터, 치즈로 채우고 채닝과 함께 오전 8시 30분에 출발하여 스토, 액턴, 박스버러 마을을 기슭으로 거느린 '깃대봉Flag Hill'까지 갔다가, 해 지기 직전에 애서벳강에서 멱을 감고 집으로 돌아오다.

시인이 모은 사실들은 결국 시인의 기대로 물든 진실이라는 날개 달린 씨앗, 즉 시과^{詩果}로 땅에 내려앉는다. 아, 나의 언어가 산처럼 늘 푸르렀으면! 시적 관찰자에게는 사실이 무르익은 씨앗과 같다.

집이나 경작이 잘 된 농토를 피해 들판을 가로질러 가는 일은 기계공이나 총 제작공 못지않게 복잡한 기술을 필요로 한다. 사람들은 대부분 길 없는 벌판을 가로질러 가는 일을 별로 좋아하지 않는다. 하지만 우리가 굳이 이런 가옥 없는 길을 가는 까닭은 간섭이 가장 적은 길일 뿐 아니라, 단연 기분 좋은 길이기 때문이다.

풀이 우거진 곳들을 뚫고 어느 집 근처를 지나쳐야 한다거나, 적이 방어선을 친 듯 가옥이 빼곡히 들어찬 곳을 지나가야 한다면, 둔덕이나 나무로 몸을 가린다거나 사과나무 한 그루로 집의 창문들을 다 막아내야 한다. 여기 언덕 서쪽에 깨끗하고 우람하게 자란 단풍나무 한 그루가 서 있다. 내가 늘 보아오던 나무다. 우리는 납작 엎드려 기어서 늪가를 지나간다.

200미터가량 떨어진 지점에 창문으로 경치를 훤히 내다볼 수 있는 집이 한 채 서 있다. 그 집 창문에서 우리를 가려주는 것은 울창하게 우거진 관목 숲이다. 넓은도랑을 몇 개 건너뛴다. 늪지대를 벗어나 초지로 들어섰을 때 다시 그 집 근처 멋진 사과나무 몇 그루가 우리를 가려준다.

옥수수 밭이나 못자리는 피해 갔지만, 근처 밀밭이나 영국식 목초지와 맞닥뜨려 오도 가도 못하게 되는 경우란 극히 드물다. 그러나 풀이 우거진 곳을 뚫고 가야 한다면 걸음을 조심하고, 앞서 간

사람이 디딘 발자국을 밟고 다니는 것이 좋다.

야생 난초는 간직하기에 좋다. 오늘 아침 모자에 담아 하루 종일 갖고 다닌 이 난초는 집에 가져가도 하루나 이틀은 싱싱하게 살아있을 것이다. 초원에서 자줏빛 난초나 쉽싸리를 보는 날은 특별한 날이다. 산책자가 가장 맞닥뜨리고 싶은 벌판은 관목 숲에 둘러싸이고, 시내와 초원이 한눈에 내다보이고, 모래땅 여기저기에 뗏장이 자라고, 전에는 호밀과 귀리가 자랐으나 지금은 블랙베리와 패랭이꽃이 자라는 기복 많은, 탁 트인 벌판이다. 아니면 풀이 그리 높이 자라지 않고, 경작지가 없고, 근처에 집이 없는, 이런 돌 많은 목초지일 것이다.

깃대봉은 "도로로 가면" 콩코드에서 12킬로쯤 떨어져 있다. 우리가 걸은 길이 얼마나 더 고결한 길인가. 박스버러까지 마차를 타고 갔더라면 어찌 되었을 것인가? 여러 차례 수레를 앞질러 가다가 먼지를 뒤집어쓰고, 농부의 헛간을 수도 없이 지나치고, 두 벽 사이를 내달리다가 화이트 씨의 선술집 마구간에서 말에게 꼴을 먹이고, 돌아올 때에는 손에서 가죽과 말총의 기름 전 냄새를 맡으면서, 이륜 유람 마차가 찌그럭거리는 소리를 들으며 어떤 새로운 꽃도 찾지 못하고, 기분 좋은 경험도 하지 못한 채 집에 이르렀을 것이다.

오늘은 대체로 아주 좋은 날이었다. 아침은 시원했고, 가장 더운 낮에는 구름이 넉넉히 그늘을 드리워주었으며, 저녁에는 다시 서늘해졌다.

6월 21일 월

한 이틀 전부터 왠지 모르게 자연이 휑뎅그렁하고 메말라 보인다. 우리는 나를 둘러싼 세상을 느끼면서, 사실은 자기 육신의 순화과 그에 어울리는 정신의 순환을 읽고 있는 것이다. 그런데 어째서 내가 평생 동안 매혹을 느꼈나 모를 정도로 갑자기 자연이 천박해 보였다. 그러나 오늘 저녁 들판을 지나다가 예상치 못하게 아름다운 사과나무 한 그루를 보고서 용기가 났다. 아름다움을 느끼느냐, 못 느끼느냐가 정신이 온전한가, 그렇지 않은가를 시험한다.

6월 22일 화

오늘 천둥비가 몇 차례 내리더니 해 질 녘 무지개가 걸렸다. 세상은 얼마나 순결하게 이루어져 있는가. 이 활은 쏘기 위한 활이 아니다. 인간이란 순수한 만큼만 위대한 것이 아닐까? 비 내린 후 신이 하늘에 활을 걸어놓았다. 세상에는 아름다움이 널려 있다. 누가 범인인지 묻는 회의주의자에게 무지개가 왜 생겨났는지 물어보라. 사람이 땅에서 꽃을 가꾸는 동안 하느님은 하늘에서 꽃을 가꾸신다. 하느님이 하늘 화단과 정원을 맡아 가꾸신다. 무지개는 희미하게 드러난 하느님의 얼굴은 아닐까? 이 아치 아래에서 꾸려가는 인간의 삶은 얼마나 영광스러운 것인가. 무지개보다 더 놀랄 만한 현상이 어디에 있겠는가.

천둥비가 좀 더 이어질 것 같다. 초원에 개똥벌레가 아주 많아졌다. 번개가 개똥벌레들의 빛을 다시 채워준 게 아닐까 싶다. 북동쪽 지평선으로 멀리 물러난 뇌운이 가끔씩 섬광을 번쩍일 때마다 그 아래 낮게 깔린 형상들이 드러난다. 개똥벌레처럼 날개를 치며 날아오르려는 것만 같다.

6월 24일 목

 육지 생활자가 하늘에 떠다니는 부드러운 흰 구름과 맺는 관계는, 바닷가에 사는 이가 바다에 뜬 흰 돛배와 맺는 관계와 같다. 어느 쪽이나 넓게 퍼지는 감흥을 일으킨다. 노동자가 풀밭이나 그늘에 누워 쉴 때 구름이 싫증을 일으키는 일은 없을 것이다. 흰 구름은 조용히 흘러간다. 흰 구름이 누군가의 눈을 아프게 했다는 말은 들어보지 못했다. 흰 구름은 인간이 가본 적 없는 곳을 향해 바다를 지나는 흰 돛배와 같다. 흰 구름은 우리가 모르는 사이에 우리 머리 위를 떠간다. 마치 일상에서 헤아려 보아야 할 온갖 위대한 글감을 닮았다. 멀리서 평온하게 하늘을 떠가는 흰 구름은 조금도 거슬리지 않는 대상이나, 가까이에 낮게 깔린 먹구름은 번개를 내리치고 천둥으로 귀를 먹먹하게 한다. 우리는 테르나테섬이나 티토레섬* 이상으로 장엄한 섬은 알지 못하므로, 구름이 어디로 가는지 상상하기 어렵다. 오늘 하늘에는 새털구름이 많이 떠간다. 사람은 구름을 바라보면서 무엇을 배울까? 무심결에 우리 머리 위를 지나가는 대상은 한이 없을 만큼 많다. 또렷한 윤곽을 지닌 저

---

* 테르나테섬은 인도네시아 북동부 몰루카제도 중앙에 있는 섬. 티토레섬 역시 몰루카제도의 화산섬으로, 향신료 무역 기지로 유명했다.

흥미로운 구름도 중천 아래 낮은 하늘을 떠가며 우리에게 아랫면만을 드러낸다. 구름은 자연의 영예로운 대상 가운데 하나다. 구름 없는 하늘은 꽃 없는 초원이고, 돛배 없는 바다다. 언젠가는 고등어잡이 돛단배 선단을 보게 될 날이 있을 것이다. 하지만 지독히 부지런한 우리 마을 일꾼들은 그늘에 몸을 눕히는 일이 거의 없다. 그들도 이탈리아인들처럼 낮에 쉬면서 몸과 마음의 긴장을 풀고, 한낮에는 거의 어떤 일도 하지 않으면서 작은 안식일을 즐긴다면 얼마나 좋을까.

6월 26일 토

나는 어두운 밤이나 달밤에 산책을 다니면서 어스레함이나 어둠을 넉넉히 집어넣지 못했다. 모든 문장에는 황혼과 밤이 얼마쯤 들어있어야 한다. 모든 문장이 노랗거나 흐린 달빛, 아니면 섬세한 별빛을 내뿜어야지, 낮의 밝은 빛을 내뿜어서는 안 된다. 문장이 어스레하고 고요해서 작가가 어둡다고 이야기하지 않더라도 독자가 지금은 저녁이나 밤임을 알 수 있어야 한다. 그렇지 않으면 독자는 당연히 대낮이라고 상정할 것이다.

6월 27일 일

베어힐 아래 예전에 화이트 씨가 살던 집 앞에서 22일 오후 4시경에 번개가 내리친 지름 1미터가량의 제법 큰 흰 물푸레나무를 보았다. 번개가 나무 꼭대기를 내리쳐 3~4미터 아래까지 껍질과 잎을 그슬려 놓았다. 그다음 나무속으로 들어가면서 갈라진 좁은 틈과 균열을 거칠게 만들어냈다. 그리고 위쪽 큰 가지 하나(명백히 쪼개져 있었다)에 이르러 두 방향으로 갈려 내려가면서, 더욱더 깊게 나무를 뚫고 들어갔을 게 분명하다. 이렇게 두 가닥으로 갈린 번개는 나무 중심부를 죽 관통하면서 먼저 주요 가지들의 밑동을 날려 버렸다(이 가지들이 떨어져 나가면서 땅을 쳐 땅이 파였다). 번개가 이렇게 나무 중심부를 관통함으로써 나무줄기가 3~6미터 길이의 여섯 조각으로 터져 나가면서 각 조각이 약 30도 각도로 기울어졌다. 이 조각난 나무줄기들은 여전히 뿌리와 붙어있으나, 나무바로 밑의 땅이 드러났다. 번개는 뿌리를 거쳐 나가면서 뿌리에 깊은 상처를 남겨 놓았다. 그리고 땅을 거치면서 한 방향으로는 쟁기처럼 20~25미터 길이로 이랑을 짓고, 또 한 방향으로는 9미터 떨어진 그 집의 광을 지나 양철 우유 접시를 그슬리고 흙탕물을 우유통에 뒤집어씌우고, 집 뒤쪽으로 빠져나가면서 벽의 판자들을 쪼개놓았다. 이 물푸레나무의 줄기를 사람 다리만한 큰 조각으로 자른다면 그 안에 금이 없는 조각은 찾아보기 어려울 것이다. 창문이 여러 장 깨졌고, 그 집 식구들이 이 충격으로 까무러쳤다. 이런 놀라운 일이 엄청난 소리를 내는 번개, 또는 벼락이라 일컫는 하늘의 불이 내리치면서 순식간에 이루어졌다. 무슨 까닭일까?

옛사람들은 이 벼락을 죄 지은 자를 벌하는 제우스의 불이라 불렀고, 현대인들도 그 이상으로는 잘 알지 못한다. 세상을 창조하고 파괴하는 거대한 힘이 그 모습을 드러냈다. 이 폭력은 아직까지

인생에서 성급함은 낭비를 낳는다··85

조금도 길들여지지 않았다. 이 힘은 야수의 성격을 지닌 것일까, 아니면 자비와 지성의 인도를 받는 것일까? 자연스럽게 떠오르는 인상을 믿는다면, 이 힘은 다소나마 정의가 뒤섞인 야만스런 힘 또는 복수의 표현 같다. 그렇지만 이것은 복수라는 연상을 일으키는 우리 자신의 죄의식의 발로일지 모른다. 의인이라면 두려움을 느끼기보다 장엄함을 느낄 것이다.

6월 30일 수

자연을 알기 위해서는 온전히 인간의 자리에서 바라보아야 한다. 다시 말해 자연의 경치는 인간의 애착과 밀접하게 연결되어 있다. 예를 들어, 고향의 경치는 여느 경치와는 다르다. 자연은 그 찬미자에게 가장 큰 의의를 지니고 나타난다. 자연의 찬미자는 인간의 찬미자이기도 하다. 만일 내게 어떤 벗도 없다면 자연이 나에게 무슨 의의가 있겠는가? 그렇다면 자연은 나에게 아무런 도덕적 의미도 지니지 않게 될 것이다.

7월 1일 목

어제 오후 천둥비에 이어, 오늘 아침 하늘이 흐리고 보슬비가 내린다. 오전 9시 30분경에 셔먼 다리까지 갈 작정으로 길을 나선다. 오늘은 하얗게 핀 수련 꽃을 보는 게 길 떠나는 한 목적이다.

코너 다리에서 수레 목수 브리검에게 보트를 빌릴 수 있겠느냐고 물었더니, 흔쾌히 빌려주면서 노 손잡이를 대패로 말끔히 깎아 다듬는 수고까지 아끼지 않았다. 브리검은 대패질을 하면서 영혼을 살피는 문제를 놓고 나와 대화를 나누느라 일이 늦어지곤 했다. 브리검은 내게 영혼을 깊이 살펴봤는지 물어왔다. 친절하고 자상한 브리검은 내가 빈둥거리는 것이 아니라, 자연의 작품을 찾아 돌아다닌다고 이해하고 있었다. 비록 브리검은 내가 종교적인 이유에서 그런다고 믿고 있긴 했지만 말이다. 대부분 사람에게는 그편이 훨씬 더 진지하게 여겨질 것이다. 사냥이나 낚시를 하지 않으면서 들을 쏘다니는 행위는 종교적 행위라거나, 실연 따위로 말미암은 것으로 여겨진다.

내가 강에 보트를 띄우려 할 때 인상은 험악하나 이야기하기 좋아하는 한 마을 주민이 다리 위에서 류머티즘에 좋은 약초가 무엇이 있냐고 물었다. 나는 효험이 있다고 들은 약초가 꽤 많지만 어느 누구의 말도 그다지 신뢰가 가지 않아서 다 잊고 말았다고 답해 주었다.

라이스의 선착장에서 점심을 먹은 뒤 강에 가서 보니, 하얀 수련 꽃이 남김없이 닫혀 있었다. 이 수련 꽃들은 오후 내내 이렇게 꽃잎을 오므리고 있을 것이다. 내가 정오 전에 꺾어 강물에 띄운 수련은 떠내려가다가 물풀 사이에 머물러 있었다. 아직 성성하긴 했으나 꽃잎을 오므릴 힘은 없는 듯 보였다.

정오경 이 수련 무리가 꽃잎을 일제히 오므리는 광경을 지켜보는 일은 흥미로운 일이 아닐 수 없다. 내가 정오에 점심을 먹기 전까지만 해도 무수히 많은 수련이 꽃잎을 활짝 펼치고 있었으나, 점심을 먹고 나서는 오늘 내내 어느 곳에서도 꽃잎을 연 수련 꽃을 한 송이도 보지 못했다.

7월 2일 금

올해는 내게 관찰의 해다. 내 친구들 또한 전보다 외부 세계 관찰에 더 열을 올리고 있으니 마치 유행병이라도 도는 듯한 느낌이다. 허버드 작은 다리로 시내를 건넌다. 컴컴한 밤에 시원하고 산뜻한 향내를 맡으며 오리나무와 양치류가 자라는 풀밭 많은 곳을 걸으니, 영혼이 건강해지는 느낌이다. 봄과는 달리 지금 이 계절에는 일반적으로 경치가 지닌 특징에 눈길이 쏠리기보다는 세세한 모습을 좀 더 골똘히 바라보게 되는 것 같다. 봄철 초원이 강물에 잠겼을 때는 초원 너머로 멀리 펼쳐진 숲과 언덕의 경치가 또렷이 보이므로, 그 경치에 좀 더 주목하게 된다. 하지만 지금은 넓게 펼쳐진 강이나 풍경에 대해 그다지 할 말이 많지 않다. 대상들이 다채로워 약간 당혹스러울 정도다. 좁은 시야에는 어떤 빈약함이 있고, 넓은 시야에는 어떤 적나라함이 있는 게 분명하다.

7월 4일 일

오전 3시에 수련 꽃이 피었나 보러 코난텀에 가다.

멀리 떨어진 축사에서 수천 년간 이어져온 습관대로 수탉이 이따금 꼬끼오 하고 운다. 내가 어렸을 때에 울었듯 내가 늙고 난 다음에도 울 것이다. 축사 마당을 가로질러갈 때 청개구리 우는 소리가 들린다. 놀랍게도 벌써 새벽이 아주 가까이 다가왔다. 동쪽 지평선에 누르스름한 빛이 돋으면서 별빛이 어슴푸레해진다. 그러면서 이지러지며 기우는 달에 빛을 보탠다. 높은 지대에서는 이슬이 거의 보이지 않는다. 검은머리방울새와 노래참새가 조용히 지저귀다가 더러 청아한 노래를 부른다. 강에서 이따금 황소개구리가 우는 소리를 들으며 축사 뒷길을 따라 걷는다.

동쪽 지평선에서 불그스레한 기운이 올라온다. 저녁의 서쪽 구름 조각처럼 작은 구름 조각들이 이 떠오르는 빛에 이미 거무스름하고 어둡다. 지금은 일요일 새벽이어서, 이런 시각에 서둘러 마차를 몰고 다리를 건널 농부는 없을 것이다. 귀뚜라미 울음소리가 들리나 또렷하지는 않다. 그러기에는 아직 이른 철이다. 숲에서 쏙독새 울음소리가 날아온다. 코너 큰 길 울타리에서 파랑새 한두 마리와 참새 무리가 지저귄다. 벌써 햇빛이 달빛에 맞선다. 밤이 얼마나 짧은가. 이 낮의 마지막 흔적은 오후 9시 30분, 혹은 10시 전까지 사라지지 않을 것이고, 오전 3시 전 아마 2시 30분경이면 다시 이 흔적을 동쪽에서 볼 수 있을 것이다. 이렇게 해가 곧 다시 돌아오니, 밤다운 밤은 이제 기껏해야 꼬박 다섯 시간에 불과하다.

해가 뜬다. 내 뒤편 언덕 꼭대기가 금빛으로 물든다. 해 자체는 동편 언덕과 강기슭의 숲에 가려져 있다. 강 어디에선가 희미하게 안개가 일어난다. 이윽고 저 야생 호수의 관목 우거진 섬 동쪽 끝을 금빛으로 물들이는 서늘한 첫 햇빛을 보면서, 나는 잊지 못할 고요하면서 찬연한 기분을 느낀다. 하데스가 생각나는 아주 차분하고 평안한 빛이다. 이 빛은 식물을 키우는 해의 꽃가루다.

강 아래위를 조심스럽게 살핀다. 건너편 강둑 너머에서 해가 떠오르자 15분가량 수련 꽃이 피어나기 시작한다(해 뜨고 나서 45분가량 지났을 것이다. 지금은 4시 30분이다. 한 수련 꽃은 20분쯤 늦게 피어오른다). 6시 15분경 다리를 건너오면서 살펴보니, 10여 송이 수련이 활짝 꽃을 피웠다. 그중 벌레 먹지 않은 수련 꽃은 찾기 어려웠다. 이제 막 피어나기 시작한 꽃봉오리까지도 벌레 먹어 구멍 난 것이 많고, 물속에서는 썩어간다. 우리도 벌레 먹지 않으려면 일찍부터 서두르지 않으면 안 된다.

오후 2시 30분이다. 도드의 집 뒤편에서 강을 내려다본다. 암청 회색 강물이 거의 흐름을 느끼지 못할 만큼 고요하게 흘러간다. 꼭 두서니, 버드나무가 많은 가파른 둑과, 풀과 물옥잠만이 자라는 평탄한 둑이 뚜렷한 대조를 이룬다. 가파른 강둑 너머의 강물은 깊어서 물 위에 평탄하게 누운 초록과 자줏빛 부엽 무리가 가장자리, 즉 외변을 멀리까지 넓히고 있다. 반면에 평탄한 강둑 너머에서는 물옥잠 무리 2~3미터 바깥에 부엽이 펼쳐져 있고, 빛을 받아 번쩍이는 부엽 밭 사이에 하얀 수련과 노란 수련이 점점이 흩어져 있다. 강은 이런 목도리 같은 깃털을 둘렀고, 그리하여 강에서 땅이 점차 멀어져 간다. 자연의 정맥이 드러난 부드러운 곳, 자연이 부엽 무리로 다리를 놓는 시늉을 하는 곳이다.

버드나무에서는 검정깃찌르레기들이, 느릅나무와 참나무에서는 딱새들이 떨리는 소리로 지저귄다. 바람이 불면 부엽이 강물과 더불어 일렁이면서 강을 누그러뜨리고 가라앉힌다. 지하를 흘러온 강인 양, 강이 부드럽게 드러나 있다. 하지만 기다란 실로 강바닥에 붙들어 맨 비늘 같은 부엽의 방패로 자연이 강에 다리를 놓는 체한다. 콩코드강은 이렇게 지구의 한 부분을 떠간다.

7월 5일 월

유리는 얼마나 뛰어난 발명품인가. 유리창이 아침저녁으로 햇빛을 되비치는 건 어떤 목적에서일까? 유리창은 빛의 관문으로, 이렇게 햇빛을 되비치며 해 못지않게 번쩍인다. 이 창은 자연의 운행 질서에 따라 발명된 것이 아닐까? 해는 우리의 창에 경례하며 떠올랐다가, 작별을 고하며 세상을 떠난다. 불투명한 덧문이나 동물 뿔로 만든 불투명한 판, 종이 대신 이렇게 햇빛을 밝게 비치는 응고된 공기를 갖게 되다니! 창은 우리의 문명, 계몽과 뗄 수 없는 관계다. 이런 지성, 광채, 광휘가 호수, 벼랑, 돌비늘에만 나타나는 게 아니라 인간의 거주지에서도 나타난다는 게 얼마나 놀라운 일인가.

계절이 나아가는 모습을 묘사하기란 거의 불가능하다. 날이 다시 더워지고 있으나, 이 더위는 예전에 우리가 겪었던 더위와는 사뭇 다르다. 우리는 아카시아 나무 그늘에 누워있다. 농부와 아이들이 건초 마차를 타고 지나간다. 야생 딸기를 따서 맛보고 싶어진다. 소귀나무와 소나무의 마른 잎 냄새가 난다. 여새가 바로 옆 나무에 내려앉는다. 이렇게 한결같고 튼실한 더위가 열매를 익게 한다.

주민들이 허클베리를 따러 가는 계절의 더운 날씨가 다시 이어진다. 지금 자연은 꽃과 더불어 열매를 내놓는다. 우리는 여름에 익숙해진다. 계절이 어떤 영원성을 띤다. 땅은 메말라 있다. 매미 수리 또한 계절을 알린다. 농부들은 유월에 내린 비의 양으로 풀이 얼마나 우거질지 가늠한다. 매미 소리가 들리는 이런 나날들을 또 하나의 계절로 독립시키고 싶다. 지금은 타는 듯한 더위의 구간을 지나고 있다. 열매를 여물게 하는 데 없어서는 안 되는 열기와 건조함이다.

개똥지빠귀의 노래는 오페라가 아니다. 작품이라기보다 가락이자 울림이다. 끝없이 뜨고 지는 아침과 저녁 대기의 몇 마디 서늘한 음악이다. 이 소리는 순서에 맞춰 이어지는 노래가 아니다. 여러 새의 울음소리를 들어도 무더움은 여전히 가시지 않는다. 그러나 개똥지빠귀의 울음은 정오에 듣더라도 샘에서 막 길어온 듯한 청정한 느낌을 준다. 오직 개똥지빠귀만이 숲속의 부와 정열이 영원히 이어진다는 것을 자신 있게 노래한다. 여기 그 자연의 이야기를 노래하는 새 한 마리가 있다. 인간은 미학이라는 과학을 통해 가까스로 그 이야기를 알아들을 뿐이다. 그러나 이 노래가 들릴 때마다 듣는 이는 젊어지고 자연은 봄처럼 화창해진다. 이 노래가 들리는 곳이 곧 신세계이자 자유의 나라다. 이 노래를 듣는 이에게는 천국의 문이 열린 채로 남아있다.

다른 새는 거의 다 평범한 일상의 즐거움을 노래한다. 기쁨의 찬가다. 그러나 개똥지빠귀는 내가 숨 쉬는 공기보다 더 순수한 공기로, 영원히 없어지지 않을 아름다움과 생기를 노래한다. 이 노래의 빛 안에 든 온갖 것들이 의미가 깊어진다. 이 노래는 사물을 좀 더 깊고 진실하게 바라볼 것을 요구한다. 이 노래는 인간의 제도를 고치도록 요구한다. 농장에서 일하는 노예와 토굴 감옥에 갇힌 수인囚人, 그리고 향락의 집에 갇힌 노예와 질 낮은 사고에 갇혀 사는 수인을 해방하고 싶어 노래하고 있는 것이다.

7월 6일 화

호즈머는 건초를 만들면서도 흔히 그렇듯 대화에 더 마음이 쏠려있었다. 나는 저녁 식사 때 그의 뿔피리를 불어보았다. 뿔피리 소리가 크게 나더라도 괜찮겠냐고 물었더니 그가 괜찮다고 답했다. 하지만 읍내로 가던 그의 아내가 뿔피리 소리에 되돌아왔다. 내 솜씨가 형편없었는데도 말이다. 알고 보니 이 뿔피리를 제대로 불기 위해서는 놀라울 정도로 꽤 오랜 숙련과 긴 호흡이 필요했다.

호즈머는 이제 재산을 넉넉히 쓸 만큼 모았으므로 더 모을 필요가 없다고 인정하고, 힘든 일을 그만두고, 농장을 세주고, 남은 생을 느긋하게 보내겠다고 말하는, 콩코드에서 아니 어쩌면 미들섹스카운티에서 가장 슬기로운 농부다. 그런데도 아직까지 손으로 하는 노동 이외에 자신을 헌신할 다른 방법을 찾지 못하고 있었다. 호즈머는 이야기에 집중하고 싶어 하던 일을 한동안 중단했다. 재간 많고 영리한 호즈머는 가끔씩 이웃을 위해 하루 날품을 판다고 말했다. 호즈머는 읍내 저잣거리에 앉아 시간을 보내지는 않을 것이다. 하지만 근본적으로 더 나은 삶을 궁리하고 있지는 않았다.

과민하게 자란 이는 말채나무가 자라는 늪가에서 늪의 기운을 쐬는 것이 큰 해가 될지 모른다. 그는 자연의 거친 기운과는 너무 멀리 떨어져 살아서 자연의 힘을 자신에 맞게 바꿔놓지 못한다. 방 탉아는 아침 공기를 쐬면 병에 걸릴지 모른다. 방탕아에게는 어떤 초본도 우호적이지 않고, 결국에는 모든 게 독물인데다가, 약이 되는 것이 전혀 없어 죽고 만다. 즉, 공기가 그를 살해한다.

해 지기 직전 구스 호수에서 오리 한 마리가 구슬프게 울고 있다. 올가미에 걸리거나 여우에게 붙들린 것 같지는 않은데 말이다. 조용히 관목 숲을 헤치고 가서 보니 원앙새인 듯한 새 한 마리가 갑자기 날아올라 사라진다. 하지만 짝을 찾는 듯 여전히 구슬픈 울음소리가 들려온다.

7월 7일 수 새벽 4시

이렇게 안개 자욱한 아침은 처음이다. 아직 잠자리에서 일어나기 전 안개 낀 아침을 노래하는 새들의 노랫소리가 들린다. 안개 거품이 터져 음악이 된다. 병에서 마개가 뽑히면서 터져 나오는 액체의 거품 같다. 이 안개의 노래가 아침 공기를 금빛으로 물들인다. 땅과 물 표면에 맺힌, 크고 달콤한 거품 같은 안개에서 공기가 막 빠져나와 거품이 터지면서 음악 소리가 나오는 듯싶다. 밤의 지하실에서 막 꺼내온 아침 공기가 터지며 퍼져나가는 소리다. 아침 새들의 지저귐이 이 소리와 빈틈없이 조화를 이룬다. 오늘 아침 깨달음을 얻은 듯하다. 지난해와 올해 사이에 아침은 늘어나고 낮은 줄어들었다. 이렇듯 또렷하게 아침을 맞이하기 위해서는 어떤 지나친 일도 해서는 안 된다. 전날 물을 너무 많이 마셔도 이렇게 또렷하게 아침을 맞이할 수는 없다. 그러나 건강한 아침에는 소의 목에서 울리는 방울소리가 곧 하늘의 음악이다.

7월 8일 목

멱 감기는 살면서 꼭 필요한 일이 아닐까 싶다. 그런데도 어떤 이들은 멱 감기를 거의 거들떠보지도 않기에 놀랍다. 우리는 어떤 면에서 보면 실로 남태평양제도 원주민보다도 못한 거칠고, 불결하고, 바쁜 삶을 살아가고 있는 것 같다.

남자아이들이 하던 들일에서 빠져나와 멱 감기를 즐기고 있다. 하지만 멱 감기가 가장 필요한 농부들은 시내나 호수에 몸을 담그는 일이 거의 없다. 마이넛이 이렇게 말했다. 간밤에 괭이질을 마치고 나서 비누를 들고 월든 호수로 가서 몸을 깨끗이 씻어볼까 생각했었는데, 뜻밖의 일이 생겨 하지 못했다고. 이제 마이넛은 추수철까지 씻지 않고 지낼 것이다. 아니, 어쩌면 다음 해 괭이질이 끝난 다음에나 씻을까 모르겠다.

7월 9일 금

새벽 4시에 클리프스Cliffs*에 가다.

이슬도 보이지 않고, 이슬에 젖은 거미줄도 보이지 않는다. 하늘은 맑지 않고 안개처럼 희미하다. 새벽빛이 엷은 자줏빛으로 흐려져 간다. 드디어 해 뜨기 전 붉은빛이 얼마쯤 동에서 서로 옮겨 간다. 동쪽 하늘에는 거의 어떤 빛깔도 남아있지 않다. 온갖 새가 아침 성가대로 모여들어 그리 길지 않은 곡조로 가냘프게 지저귄다. 무더운 밤을 지내는 동안 귀뚜라미 부대에 증원군이 온 모양이다. 아침놀에도 오로라와 같은 이름을 붙여 주어야 마땅할 것이다. 오로라란 태양이라는 보트 뱃머리에서 일어나는 붉은 거품이다. 태양이란 보트가 지나간 자리에는 어디에서나 늘 이 붉은 거품이 남는다.

모턴**은 자신의 저서『아메리카의 두개골Crania Americana』에서 이집트학의 창시자인 존 G. 윌킨슨 경의 글을 근거로 삼아 다음과 같이 말했다. "중국에서 빚은 사기그릇이 최근 이집트 테베 지하 묘지에서 여러 차례에 걸쳐 발굴되었다. 그중 몇몇은 연대가 파라오 통치기까지 거슬러 올라간다. 중국학자들이 사기그릇에 새겨진 글을 어렵지 않게 해독해 낼 수 있었다. 사기그릇 세 개에는 다음과 같은 동일한 글이 새겨져 있었다. '보라, 꽃이 피니 한 해의 시

---

* 페어헤이븐 언덕 남쪽 기슭의 낭떠러지가 많은 곳을 일컫는다. 소로의 일기에 나오는 땅 이름 중에는 소로 자신이 소유주의 이름, 식생 등 여러 특성을 고려하여 명명한 것들이 적지 않다.

** 새뮤얼 조지 모턴Samuel George Morton(1799~1851). 미국의 의사, 자연과학자이자 작가이다.

작을.'" 이렇게 오래 전부터 봄이 옴을 기리는 글월이 새겨져 있었다는 사실은 우리에게 중요한 무언가를 말해 준다. 얼마나 긴 세월 동안 꽃이 피어나고 새해가 시작되었겠는가. 우리에게 전해져 내려온 글월 중 이처럼 기운을 북돋워 주는 글은 드물 것이다. 봄은 나이가 무수히 많은데도 이렇게 여전히 기운 찬 젊은 모습이니! 자연에서 어떤 부패가 느껴지는가? 예전 이 지구에 살던 주민과 관련하여 이 짧고 단순한 글월에 얼마나 많은 증거가 담겨 있는가. 사기그릇에 새겨진 이 하나의 문장이 넌지시 알리고 있다, 봄이 얼마나 많은 세월을 거쳐 이어져 왔는지를. 그때나 지금이나 변함없이 맞는 말이다.

7월 10일 토

요 근래 어느 날보다 더운 날이다. 이렇게 3~4일간 무더웠는데도 비는 내리지 않는다. 마당 잔디밭 흙이 30센티 두께가량 잿더미처럼 메말랐다. 어린 나무들이 고난을 겪으며 죽어간다.

강을 나와 얼마동안 숲속을 걷다가 다시 강물로 뛰어든다. 예기치 않게 강물이 너무 따뜻해서 깜짝 놀란다. 불 지핀 솥 안에 든 물처럼 뜨뜻해서 계란을 쪄 익혀 먹을 수도 있을 것 같다. 이처럼 맑은 강물 속을 왔다 갔다 하며 걷다 보면, 흥미로운 연구 대상을 많이 찾아볼 수 있다. 강바닥의 모든 기복과 대상이 흥미롭다. 잉어 보금자리가 멋져 흥미롭고, 모래사장 위를 흐르는 얕은 물이 알맞게 덥혀져 있어 잉어 알도 머지않아 부화할 것 같다. 어떤 물고기가 지어놓은 건지는 알 수 없으나 돌무더기가 수없이 쌓여 있고, 그중 상당수는 물 위로 솟아있다. 강바닥에서 자라는 수초를 보니 바다가 생각난다.

물고기는 거의 보이지 않는다 묵 깊은 데로 물러나 게 틀림없다. 강가 근처 흙탕물이 약간 이는 어느 한 곳에 이르자, 베도라치 어미 한 마리가 어린것들과 더불어 유유히 떠돌고 있다. 내가 가까이 다가가자 어미는 급히 달아나나 어린것들은 남아있다. 이 어린것들은 1센티에서 1.5센티 길이까지 갖가지 크기로, 베도라치임을 알 만한 모양새를 갖추었다. 모조리 검은색 일색이다. 작은 놈일수록 도리어 머리가 더 뚜렷이 발달되어 있다. 이들은 지름 40~50센티의 원형 또는 렌즈 모양으로 무리를 이뤄 끊임없이 움직인다. 추정컨대, 적어도 1,000마리는 넘을 것 같다.

이내 어미가 다시 나타나 새끼들을 이끈다. 새끼들은 어미를 뒤따라간다기보다는 암탉 주위의 병아리처럼 어미 가까이로 모여든다. 그러나 이 어미는 새끼가 너무 많아서인지 어떻게 해야 할지 모르는 것 같다. 이런 어미는 어미로서의 열망이 대단할 게 분명하다. 원래 무리에서 절반쯤 떨어져 나갔던 무리가 다시 어미를 찾아 달려와, 작은 구름처럼 오롯이 어미를 에워싼다. 곧이어 어미의 짝으로 보이는, 어미보다 덩치가 약간 작은 수놈이 다가와 무리에 합류한다. 이러는 사이에 아비어미든, 어린것이든 내가 꽤 익숙해졌는지 내 다리 주위를 오간다. 아비어미의 수염이 다리에 닿는 게 느껴진다. 아비어미가 내 발가락을 살짝살짝 물어뜯는 동안, 어린것들은 내 발을 반쯤 가리고 있다. 때때로 아비어미가 지나가는 잉어나 농어를 몰아내려고 급히 달려가곤 한다. 어미는 새끼들이 일정 범위 안에서 흩어지지 않게 하려고 새끼 둘레를 끊임없이 맴돌고 있다. 새끼 중에 누구라도 무리에서 멀어지거나 잡아먹힐 위험에 처한다면, 어미가 그것을 모를 리 없다.

취침 전 점호 시간이 따로 정해져 있는지, 어미가 충지한 목자로서 강 골짝 산사나무 밑에서 자신이 겪은 이야기를 들려주는지 궁금하다. 어미는 목장의 우리 안으로 들어오려는 늑대와 언제라도 싸울 준비가 되어있다. 어린 베도라치 새끼들도 마찬가지로 한철 동안 아비어미의 보호를 받는다.

7월 11일 일

천재성이란 풍부한 삶이나 건강한 삶을 일컫는 또 다른 이름일 뿐이다. 저쪽에서 음매음매 우는 소의 울음소리나 딸기의 맛과 같이 나의 감각에 전해져 오는 온갖 것들이 나를 건강한 도취 상태로 빠뜨린다.

어둠이 몰려오기 직전이다. 소의 울음이 산중턱을 따라 시원하게 메아리친다. 산중턱은 이슬에 젖고, 공기는 향긋하다. 그리고 끝없는 고요와 생기와 영원히 더럽혀지지 않을 아침에 대한 기대가 있다. 광경, 소리, 냄새, 맛이 저마다 나를 취하게 한다. 졸아들었던 생의 냇물이 다시 불어나 둑 너머로 흘러넘쳐 너른 저지대를 옥토로 만든다. 세대를 이어 살림을 꾸려갈 삶의 터전을 만든다. 이것이야말로 진정한 나일강의 범람이다. 이렇게 해서 우리 감각이 부드러워지고 차분해진다. 따라서 우리의 소중한 운명을 포옹하지 않을 도리가 없다. 우리 스스로는 괴로움과 무관심이 아닌 기쁨이자 축복이다. 이 거룩한 생명의 즙을 헛되이 써 버리지만 않는다면, 생명력이 단순히 우리의 몸속을 두는 것만으로 끝나지는 않을 것이다.

소의 울음은 공空이다. 천국은 그 울음 속에 있는 것이 아니라, 울음소리를 듣는 자의 건강 안에 있다. 내가 저 평범한 맛의 은혜로 어떤 깨달음을 얻고, 혀로 영감을 받고, 그 자양분으로 뇌를 성숙시킨다고 생각할 때 나는 전율하지 않을 수 없다. 여기 언덕 중턱에서 발아래를 굽어보며, 담백하고 건강에 좋은 향긋한 과일을 먹고 난 후 감각이 예민해지고 다시 젊어진 나 자신을 발견한다. 내가 서 있든 앉아있든, 나는 예전의 그 피조물이 아니다.

7월 12일 월

이번에는 또 다른 강의 산책로에 대해 이야기해 보자. 강물 위에는 늘 공기가 흐른다. 강의 흐름을 따라 바람이 상류와 하류로 오간다. 이 길은 가장 서늘한 교통로다. 몸이 햇볕에 타지 않도록 셔츠와 모자는 그대로 두고 나머지 옷을 모두 벗고 나면 이 강을 산책하기 위한 준비는 끝난다. 옷자락을 많이 접어 올리거나 적게 접어 올림으로써 원하는 강의 깊이를 택해 걸어갈 수 있다. 길 한가운데 깊은 곳을 택해 걸어갈 수도 있고, 보도와 가까운 얕은 곳을 택해 걸어갈 수도 있다.

여기 먼지 한 점 날리지 않으며 가뭄에 갈라질 염려가 없는 길이 있다. 발이 부드러운 모랫바닥을 만나면 넓게 퍼진다. 이와는 반대로 조약돌 밭을 밟고 가는 발은 오그라든다. 비누같이 매끄럽고 기름진 진흙 밭에서는 발이 쑥쑥 빠져 들어간다.

작은 잉어나 농어 무리를 모조리 몰아낸다. 햇빛을 피해 수련 잎 아래에 숨은 강꼬치고기 한 마리가 놀라 달아날 때도 있다. 이 강은 본류인 사우스브랜치강만큼이나 맑아서 강바닥까지 훤히 들여다보인다. 가끔씩 더 한가롭게 강물을 거슬러 오르던 거북이 한 마리를 만나 본의 아니게 그의 앞길을 가로막을 때도 있다. 어떤 때는 모래사장에 파인 고랑을 건너기도 한다. 이 고랑은 사향쥐가 만든 고랑으로, 오른쪽으로든 왼쪽으로든 둑 안 갱도까지 이어진다. 수면 바로 밑에 파인 갱도 입구에 발을 들이밀어 본다. 그 입구에 사향쥐가 둥지를 만드는 데 쓴 풀과 골풀의 줄기들이 흩어져 있다. 강가 얕은 물을 걷던 발이 머지않아 갑작스레 물이 차가워지므로 어디선가 샘물이 흘러나오고 있음을 알아차린다.

목이 마르면 손으로 모래사장에 작은 우물을 파둔다. 그리고 우물의 흙탕물이 가라앉기를 기다려 다시 우물로 돌아간다. 그곳의 차고 맑은 물을 한 모금 마신다. 물고기들은 이런 곳을 알아내는 데 아주 재빠르다. 내가 보기에, 개구리들도 작지만 차가운 샘 하나쯤은 차지할 자격이 있는 것 같다.

7월 14일 수

나무는 대체로 한 해에 두 번 자라난다. 봄의 자람과 가을의 자람. 봄보다 가을에 더 많이 자라는 나무도 적지 않다. 우리는 첫 번째 자람이 어떤 이유로 억눌렸는지, 가뭄 때문인지 추위 때문인지 알 수 있고, 여름철에 무엇이 이런 마름병을 일으켰는지 짐작해 볼 수 있다. 인간의 경우에도 그리 다르지 않다. 대다수 사람은 봄에 자라고, 젊음의 희망을 말려 죽이는 이 마름병을 결국 이겨내지 못한다. 하지만 체질이 더 억세고 질긴 초목, 혹은 더 알맞은 토양에서 자라는 초목은 빠르게 건강을 되찾고, 실망스러운 기억 속에 흉터와 혹이 남아있을진 모르나, 다시 밀고 올라와 새로운 봄에 못지않은 활기찬 가을의 성장을 보여 준다. 지금 참나무 순에서 이 두 가지 자람을 똑똑히 볼 수 있다. 두 번째 자람도 첫 번째 자람에 거의 뒤지지 않는다는 걸 알 수 있다.

젊은이는 지구와 달을 이을 다리를 세우기 위해, 아니면 지상에 왕궁이나 사원을 짓기 위해 부지런히 자재를 모은다. 그리하여 마침내 중년의 사내는 그 자재로 장작을 쌓아둘 헛간을 짓는다.

7월 17일 토

비가 조용히, 꾸준히 내리는 서늘한 날이다. 비가 일으킨 이 서늘함. 봄비처럼 기운을 북돋우는 시원한 비가 아니라 가을을 떠올리게 하는 사색의 비다. 이렇게 조용하고 축축하고 압제가 없는 날, 옥수수와 감자가 자란다. 천둥과 번개가 없는 부드러운 비가 하루 종일 그치지 않고 내린다. 내 생각으로 이런 비는 이보다 더 일찍 오지는 못할 것이다.

생각에 잠기기 좋은 날이다. 나뭇잎에 부드럽게 떨어지는 빗소리가 어디에서나 들리지만, 몸에 딱 알맞게 기온이 따스하다. 오늘은 여러 농부가 일손을 놓고, 읍내에 들러 장을 보거나 낚시를 가는 날이다.

7월 21일 수

해 질 녘이라고 해서 풍경이 언제나 그럴싸한 것은 아니다. 오늘 저녁 서쪽 하늘에는 구름 한 점 없다. 해가 겸손히 지고 있다. 하루 따뜻한 날이 지나고 나서 땅 가까이 짙은 대기에 놀이 희미하게 남아있다. 오늘 저녁은 특히 고요하다. 새 한 마리 울지 않고, 귀뚜라미 울음소리만 가늘게 울려온다. 지평선 위의 대기가 검붉어지기 20분 전쯤, 개밥바라기별이 떠오른다. 그러나 저 대기의 붉음이 희미해지기 전까지는 별빛이 아니다. 내 말은 뚜렷한 별빛은 아니라는 것이다. 낮과 밤 사이에 어스레함이 끼어들어 둘 사이를 떼어놓아야 한다. 아직은 촛불을 켤 때가 아니다. 우리가 물구나무를 서서 지평선을 바라보면 온갖 색깔이 더 강렬하게 보이듯, 이 불그스름함 또한 강물에 되비칠 때 더 강렬해진다. 예기치 않게도 서쪽 상층 대기에 금빛과 호박 빛깔의 밝은 빛이 있으므로, 비할 데 없이 매끄러운 강이 금빛과 붉은 빛 하늘을 되비춰 준다.

저녁에는 이와 같이 호수와 강이 잔잔해진다. 물고기와 곤충이 일으키는 잔물결이 낱낱이 드러난다. 저녁이 호수와 강에 내려 앉는다. 안개가 전혀 올라오지 않고, 서늘함과 축축함도 거의 없기 때문이다. 저녁에는 낮의 역순에 따라 모든 단계가 응축되고 부풀러진다.

7월 24일 토

아침 해가 뜬 직후다. 하이든이 황소를 몰아 수레를 끌고 간다. 수레가 정으로 다듬은 무거운 돌을 차축 아래에 매달고 천천히 굴러간다. 하루가 시작되는 가운데 근면함이 대기를 감싸고 있다. 이것이야말로 모든 사람이 존중하고, 사회가 소중하게 여기는 노동이다. 세상을 떠받치는 정직하고 평화로운 근면이다. 온갖 나태하고 게으른 자들에 대한 질책이다. 하이든은 한 쌍의 소와 어깨를 나란히 한 채 잠시 멈추어 선다. 몸을 반 바퀴 돌려 채찍을 부드럽게 한 번 휘두른다. 소들은 다시 얼마쯤 그와 거리를 두고 걸어간다. 그의 이마에 땀방울이 맺힌다.

나는 생각한다. 이렇게 정직하게 땀 흘리는 노동을 보호하기 위해 미국 의회가 존재하는 것이라고. 하루해가 가장 길 때에도 안심하고 일을 맡길 만한 사람. 단조롭고 고되지만 꼭 필요한 일을 묵묵히 해내는 경건한 사람 중의 한 사람. 자신의 빵 맛을 달게 만들고, 사회의 빵 맛을 달게 만드는 노동.

나는 하루해가 다 가고 저녁이 왔을 때 어느 부잣집 마당 앞을 지나가게 되었다. 많은 하인을 거느리고 떵떵거리고 살면서 돈벌이와 상관없는 곳에도 돈을 물 쓰듯 쓴다는 소문이 자자한 부자다. 거기 티모시 텍스터 나리의 저택에 장식용으로 꾸며놓은 기묘한 구조물 옆에 하이든의 돌이 놓여 있었다. 이 모습을 보는 순간, 하이든의 노동이 내게 준 위엄은 사라졌다. 나는 측량 일을 하려고 농장을 방문하곤 한다. 나는 측량 일로 나의 고용주보다 더 많은 이익을 얻긴 하지만, 그렇다고 그 일이 내세울 만한 일이라고는 생각하지 않는다. 그저 하찮은 일에 불과하다. 나는 애써 하고 싶은 소중한 가치가 있는 마을 일을 한 번도 맡아본 적이 없다. 소작농의 근면함이란 그 유래를 캐보면, 하이든과 마찬가지로 대개 부자의 어리석은 일을 돕는 데 불과하다.

읍 북쪽에 거칠고 사납고 돈벌이에 유능한 한 사내가 살고 있다. 그는 언덕 아래쪽 자신이 소유한 들판 가장자리를 따라 제방을 쌓을 생각을 하고 있다. 불의의 재난을 겪고 싶지 않은 것이다. 그 일을 해낼 능력도 있다. 그는 내가 자신과 함께 3주 동안 그곳에서 땅 파는 일을 해주기를 바란다. 그 일이 마무리되면 그는 아마 금고에 약간의 돈을 보탤 수 있을 것이다. 아니면 자손이 허황한 곳에 흥청망청 쓸 돈을 지금보다 약간 더 많이 물려줄 수 있을 것이다. 내가 이 일을 한다면 마을 사람들은 나를 근면하고 성실한 사람이라고 칭찬해 줄 것이다.

반면 돈벌이는 안 되지만 실제로는 더 이익이 될 노동에 힘을 쏟으면 마을 사람들은 나를 게으름뱅이로 여길 것이다. 그러나 나에게는 의미 없는 노동을 감시인으로 삼아 나를 규제하도록 내버려 둘 까닭이 없다. 그 일이 아무리 그 사내를 즐겁게 해주더라도 그의 사업이 아무런 값어치가 없다면, 나는 오히려 또 다른 배움터에서 교육을 끝마치기 원한다.

나는 작물보다 잡초를 더 편들어 주고 싶다. 잡초는 작물보다 더 큰 활력을 드러내면서 작물을 억누른다. 잡초는 땅이 기꺼이 내놓는 더 진정한 작물이다.

땅이 아주 메말랐고, 과일들도 쪼그라들었다. 비가 왔다고 이야기한 지가 꽤 오래 지났다. 정원사들이 물뿌리개로 화초에 물을 준다. 자작나무의 시든 잎들이 떨어지면서 대지가 붉게 물든다. 이 열기와 가뭄이 제법 가을의 효과를 낸다.

7월 30일 금

이번 달에는 한동안 아주 무더운 나날이 이어졌으나, 가을로 향해가는 이즈음에는 서늘한 기운이 느껴져 가을을 기다리는 마음을 갖게 된다. 봄은 건초 만들기를 시작하는 때부터, 여름은 7월 중순에 정점에 이르는 것 같다. 7월 중순 이후에 피는 꽃들을 보면 거의 어김없이 가을이 생각난다. 한여름이 지나고 나면 우리 모두 게으름뱅이로 지낸 듯한 뒤늦은 후회에 휩싸인다. 마치 중년에 인생의 마지막을 내다보듯이 말이다.

8월 3일 화

피아노 현의 울림이 채소밭을 여럿 지나 느릅나무 숲을 거쳐 내 안으로 스며든다. 나는 이 소리가 언제 나의 마음에 파고들었는지 알지 못한다. 생각과 상황이 우연히 맞아떨어져 나의 마음이 우주의 가락과 어울린다. 나의 귀는 이 가락에 귀 기울이고, 나의 존재는 이 가락의 영역으로 들어선다. 나의 상상이 극도의 자극을 받는다. 이런 자극은 처음이다. 이제 내가 서 있는 땅은 더 이상 무디고 흐릿한 땅이 아니다. 여기에서 나는 전보다 더 숭고한 삶을 살게 되었다.

벌써 말은 뛰고 기사는 박차를 가해 앞으로 달려 나가고 있다. 생각이 이른바 실제라는 인생과 그 비천한 영광에게 작별을 고하고 난 뒤이다. 이것이 바로 건강한 영혼이 내리는 판결이다. 병든 영혼은 나 자신의 삶과 전망만이 진실하고 정상적인 것이라 우긴다. 용기가 있느냐 없느냐에 따라 동일한 사물이 얼마나 다른 모습으로 나타나는가. 이는 영혼의 부단한 흐름이 무엇을 낳는지를 말해 준다.

8월 8일 일

요즘에는 새로 피어나는 꽃이 아주 드문 편이다. 작은 열매들이 그 자리를 대신하면서 여름이 이제 옛이야기가 되어간다. 더 이상 꽃이 피지 않듯, 새들도 이제 더 이상 노래하지 않는다. 꽃이 피는 것과 새의 노래 사이에는 정비례 관계가 있는 것 같다. 이제 미역취가 꽃을 피우자 황금방울새가 날아든다.

많은 사람이 땅길과 뱃길로 지구를 돌고 있지만, 상식이라는 시야에서 벗어나 정말로 지식의 대륙과 대양을 가고 있는 이는 얼마나 보기 드문가.

즐겁고 기운찬 한 가지 생각만으로도 모든 사람을 하나의 종교로 묶을 수 있다. 종교의 종파가 많은 것은, 사람들의 생각이 순수하지 않기 때문이다. 고대인들의 어떤 생각은 시간의 넓디넓은 심연을 건너왔을지라도 전혀 낯설지 않다. 예를 들어 나는 최근에 언젠가 내가 했던 생각과 아주 비슷한 생각을 고대 페르시아의 시인인 사디도 했다는 것을 알았다. 그 후에도 사디의 생각과 내 생각 사이에 어떤 근본적인 차이를 찾을 수 없었다. 그는 나에게 페르시아인도 아니고, 고대인도 아니다. 조금도 낯설지 않은 나의 이웃이다. 그는 여전히 내 안에서 나와 같은 생각을 하며 살아있다.

우리가 어떤 흙으로 빚어졌는가는 그다지 중요하지 않다. 사디의 실체는 지금 내 앞에 서 있는 그 모습 그대로이지, 그 이상의 어떤 대단한 비밀이나 개성이 아니다. 그는 지금 이 순간 나의 생각 속에 벌거숭이로 다가온다. 그가 이 모습 이외에 또 다른 비밀스럽고 근본적인 어떤 성스러운 자아를 지닌 것은 아니다. 진실이나 진실한 사람은 공개된 어떤 것이지, 사적인 것이 아니다. 만일 사디가 이 세상에 다시 태어나 역사 속의 사디가 아닌 개인인 사디라고 주장한다면, 그 순간 그는 우리 가운데 이미 많은 사디가 있음을 알게 될 것이다. 그러면 그는 자신을 둘러쌀 생명의 껍질을 얻을 수 없게 될 것이다.

개인의 본모습을 그대로 간직하고픈 욕구의 상징적 표현이 지하 동굴에 갇힌 미라다. 미라의 가죽은 멀쩡하다. 그러나 그 속에는 생명이 없다. 한 인간의 생명은 살아가면서 공동의 재산으로 바뀐다. 나는 사디에게 공감함으로써 그의 몸에 내장을 넣어준다. 나는 내 생각을 통해 그의 한 견본, 그의 핵심인 한 조각을 얻는다. 한때 사색가를 이루던 뼈가 지금 어디에 놓여 있는가는 조금도 중요하지 않다. 내가 얻어낸 생각에 대한 권리는 물론 그에게 속한다. 그의 권리를 인정하지 않고서는 내가 그 생각을 얻을 수 없다는 것 또한 엄연한 사실이다. 지금 이 순간이나 어떤 미래에 한 사람이 후손으로부터 섬김을 받거나 받을 것이라고 해보자. 섬김을 받는다고 해서 섬기는 자와 섬김을 받는 자가 완전히 가려질 만큼 그들 사이에 대단한 차이가 있는 것은 아니다. 다시 말해 나도 사디가 알고 있던 고대의 가치에 대해 근본적으로 사디 못지않게 친밀해질 수 있다고 생각한다.

나는 나 자신을 인간적 실재로만, 다시 말해 갖가지 생각과 느낌의 무대로만 알고 있다. 나는 다른 사람들은 물론이고, 나 자신으로부터도 멀리 떨어져 있는 '나'라는 어떤 이중성을 느낀다. 나의 경험이 아무리 강렬하다 해도, 나는 말하자면 나의 일부가 아니라 관객일 뿐인 또 다른 나 자신의 존재와 그의 비판을 의식하고 있다. 또 다른 나는 나와 경험을 공유하지 않고, 다만 내가 겪는 일들을 주시하고 있을 뿐이다. 또 다른 나는 더 이상 내가 아닌 너다. 인생이란 연극(그것도 비극일 수도 있겠는데)이 끝나면 관객은 제 갈 길로 가버린다. 그 관객의 눈으로 볼 때, 나의 인생극은 일종의 허구이자 상상의 작품일 뿐이다.

8월 11일 수

지난 9일과 10일에 올콧_{Alcott}[*]이 이곳에 와 있었다. 영혼의 철학자인 그가 몇 개월 동안 자신의 족보 연구에 골몰해 있었다. 인류의 족보, 하느님에게서 비롯한 인간 혈통에 관심을 두어야 할 그가 말이다. 올콧은 족보를 연구하기 위해 고향 마을인 코네티컷 주 울콧_{Wolcott}으로 가서 인근 15개 마을의 기록을 샅샅이 뒤지고, 교회 부속 묘지들을 찾아가 묘비명을 읽으면서 올콕_{Alcock}^{**}이라는 성이 나올 때마다, 그 성 및 성과 관련한 모든 기록을 옮겨 적었다. 원래의 성이 꽤 의미심장한 올콕_{Allcock}이었으나, 그의 증조부가 필립 올콕_{Philip Alcock}이라고 불렸음을 알아냈기 때문이다(필립 올콕의 아들이 영리하게 성을 다시 올콧_{Alcott}으로 바꿨다).

'인류의 문화'를 다룬 책을 펴냈고, 복음서를 주제로 대화 모임을 이끌고, 지난겨울에는 수면, 건강, 예배, 우정 등 주제로 강연한 올콧이 이제 고문서 연구자나 족보학자에 못지않은 열의를 발휘하여 올콕들의 유언장과 묘비명을 뒤지고 다닌다. 올콧은 조지 올콕이라는 이가 1630년에 윈스럽_{Winthrop}과 함께 미국으로 건너와 록스베리_{Roxbury}에 정착했음을 알아낸다(조지 올콕은 후에 조지 집사로 널리 알려진다). 그리고 교회 기록에서 조지의 행적을 다룬 엘리옷의 글을 읽고, 조지의 인물됨에서 "선한 품격이 풍긴다"라고 묘사한 구절에 특히 끌렸다고 한다. 하지만 올콧은 그의 자손을 찾

---

[*] 에이머스 브론슨 올콧Amos Bronson Alcott(1799~1888). 『작은 아씨들』의 저자인 루이자 메이 올콧의 아버지. 초월주의 클럽의 주요 멤버였다.

^{**} Alcock은 "작은 헨리(little Henry)"라는 뜻으로, 'cock'은 여기서 "작은(small 혹은 little)"을 뜻한다.

아내진 못했다. 그저 그 집안이 코네티컷 우드스톡에 땅 몇 필지를 소유하고 있음을 알아냈을 뿐이다. 그럼에도 올콧은 이 정도로 성이 비슷하면 조사해 볼 가치가 충분하다고 생각하여, 그 희미한 흔적을 찾아 나섰다.

세계적으로 알려진 도자기 품평회에서 상을 받은 '훌륭한' 도공 가문인 잉글랜드 스태퍼드셔의 올콕들과 거래를 하는 보스턴의 한 도자기 상인을 찾아가, 제작자 올콕의 성이 새겨진 찻잔 두어 개를 얻어냈다. 지금 올콧의 집에 그 찻잔들이 모셔져 있다. 도자기 상인에게서 스태퍼드셔의 올콕들이 어떤 사람들인지, 어떤 모습인지 캐물어서 그들이 분명 자신과(심지어 코 모양까지) 어떤 연관이 있음을 알아낸다. 그리고 보스턴 그래너리 공동묘지의 존 올콕 박사의 무덤을 찾아가 묘비명을 옮겨 적는다. 그리고 또한 돗갑는 일을 한다는, 보스턴에 단 한 명뿐인 올콕 성을 지닌 생존자를 찾아가(아담을 통한 연관 관계 이외에 어떤 연관 관계가 있다는 증거도 없는데도) 그와 정보를 주고받는다. 그는 콩코드를 조사해서 올콕 성과 관련이 있는 집은 모조리 찾아봐야겠다고 말한다. 옛 기록의 필사본이 인쇄본보다 더 좋다고 칭찬하면서도, 묘비명을 모아 출간해 보겠다는 복안도 얼마쯤 갖고 있다. 조상의 흔적을 찾는 자신과 같은 이들의 수고를 절대적으로 줄여 주기 위해 누군가가 모든 묘지의 모든 묘비명을 쓰여 있는 그대로 모으고, 완벽한 색인을 붙여 출간해야 한다고 생각한다. 즉, 올콕이라는 성을 찾고 있다면, 나라의 묘지 전체를 뒤지지 않더라도 어디에 묘가 있는지 알수 있게 해야 한다는 것이다.

올콧은 그러잖아도 언젠가 한번은 가 보고 싶었다며, 잉글랜드로 건너가 스태퍼드셔의 올콧들을 만나볼 생각도 갖고 있다. 오늘은 천육백 몇 년도엔가 록스베리 가문이 양도받은 12제곱킬로미터의 땅이 있는 곳을 알아내기 위해 애서벳 강가로 갔다. 그리고 가끔씩 품에서 길쭉한 수첩을 꺼내 묘비명을 그대로 베낀 글을 참조하면서, 토지소유권이 사라질 가능성 등등에 대해 어느 변호사와 이야기를 나누었단다. 올콧은 어느 묘지에서(찰스타운이라 했던가?) 내 외증조모뻘 되는 분의 묘비명을 수첩에 베껴 적었다는데, "내가 흥미를 가질 만하다"고 생각해서였다니!

8월 21일 토

감자밭에 잡초가 무성하게 자라났다. 여름이 지금보다 더 길어져서 식물이 지배권을 갖게 된다면, 인간의 운명은 어떻게 될까? 문명이라는 눈초리에 주눅 들지 않고 새의 먹잇감을 마련하면서 가꾸어질 차례가 오길 기다리는, 저 길들여지지 않는 식물들.

날씨가 하루 이틀 사이에 아주 서늘해졌다. 얇은 겉옷 한 벌만 입은 게 후회될 정도다. 그렇지만 어떤 이들은 이렇게 날씨가 많이 바뀌었는데도 요사이가 한 해 중 가장 더웠다고 말할지 모른다. 타는 듯이 더웠다며. 이런 말은 8월 가장 뜨거운 날에 붙이면 정말 알맞을 것이다. 어린 칠면조가 뛰어다니며 풀밭을 어지럽히자, 메뚜기 떼가 이리저리 흩어진다.

도학자는 인간을 놓고 이렇게 말한다. 그 열매로 그들을 알지어

다. 하지만 식물학자는 식물을 놓고 이렇게 말한다. 그 꽃으로 그들을 알지어다. 대체로 아주 타당한 말이나 가끔은 열매가 꽃보다 더 매력적일 때도 있으니, 이럴 때는 예외로 쳐야 할 것이다. 마찬가지로 인간에게도 꽃이 가장 뜻깊은 단계에서는 인간을 꽃에 견주어야 마땅할 것이다. 나는 지금 식물을 놓고 이렇게 말한다. 그 열매로 그들을 알지어다.

가을로 향해가는 이즈음에는, 잎이 색을 입으면서 붉어지는 모습이 흥미롭다. 늦더라도 아예 안 하는 것보다 낫다는 해의 속삭임에 속아 넘어가기라도 한 듯, 잎이 농익은 즙을 가득 담은 꽃처럼 변해 간다. 온갖 이파리가 열매나 마른 씨앗을 둘러싼 꽃잎처럼 울긋불긋해지면서 결국 식물 전체가 하나의 꽃처럼 바뀐다. 열매가 여물었음을 경축하는 두 번째 꽃이다. 첫 번째 꽃이 혼인 가능한 시기에 이르렀음을 경축한다면, 두 번째 꽃은 부모됨의 성숙기, 즉 슬기롭고 충만한 시기에 이르렀음을 경축한다.

8월 24일 화

우리는 멀리 떨어져 있지만 서로를 끌어당기고 있다. 나를 심각하게 오해하는 사람이 있다.* 아마 나 또한 그를 오해하고 있을지 모른다. 그럼에도 나는 분명 그에게 끌린다. 나는 그에게 큰 호감을 갖고 있지만, 우리를 멀어지게 한 오해가 무엇인지는 알지 못

---

* R. W. 애머슨을 일컫는다.

한다. 나는 친구가 지닌 미덕에 대해서만 친구가 되려 한다. 이 경향이 아주 심해서 대부분의 경우 나는 침묵할 수밖에 없다. 친구가 되려는 그에게는 분명 악덕이 남아있기 때문이다. 나는 이 제3자로 인해 벙어리가 되고 만다.

나는 나의 지기 중 가장 훌륭한 인물과 성실한 관계를 맺기 원한다. 이 때문에 나는 진실을 말할 기회가 1년에 한두 번 있을까 말까 할 정도다. 사람들은 나를 초대하고 나는 그들을 보러 간다. 그러나 그들은 자신을 보여 주려 하지 않는다. 그들은 과연 어떤 사람들인가? 나는 그들 곁에서 굶주려 수척해진다. 너그러운 이라면 진실을 말할 것이고, 사람이 살아 숨 쉴 만한 곳으로 나를 부를 것이다. 우리가 서로에게 어떤 빵 부스러기를 나눠주는지 생각해 보라. 이 결핍을 어떻게 고깃덩이로 메우려 하는지 생각해 보라. 왜 우리는 짐승의 고깃덩이를 나눌 뿐, 인간의 진심은 나누려 하지 않는 걸까. 어째서 나는 사람들에게 이런 요구를 하면서 끊임없이 실망하게 될까? 내 친구들은 내가 얼마나 실망하는지 알고 있을까? 이 모든 게 내 잘못인가? 내게 진심이 없는가? 내가 너그럽게 받아들일 수는 없는 일인가? 다른 온갖 일에 대해서는 차라리 스스로를 나무라야 하는가?

나는 내가 걸어 다닐 만한 넉넉한 공간을 내주는 친구를 한 사람도 만나보지 못했다. 나는 겨우 몇 걸음 비척거리며 나아가다가 멈출 뿐, 어떤 길도 걷지 못했고, 어떤 모험에도 나서지 못했다. 그들은 내가 이런 병아리 고기, 유아용 음식을 안 받는다고 괴팍하다고 여기는 걸까? 거짓 없는 인간이라면 서로 나눌 무언가가 있어야 하지 않겠는가? 나의 무언의 기대가 초대 제의이자 기회 아닌가? 내 벗은 나를 한탄하고 심지어 저주까지 하지만, 내게 영향을 주지는 못한다. 나는 그가 이야기하는 사람이 누군지 모른다.

나는 처음부터 끝까지 벗들에게 실망했으나, 그들을 결코 탓하지도 않고, 그걸로 하소연하지도 않는다. 내가 그들과 세우고자 하는 관계는 결코 아무렇지도 않은 하찮은 관계가 아니다. 세상이 바라는 게 진심이 아니라, 고작 아이스크림이라니! 나는 일찍 벗들과 헤어진다. 나는 진실한 우정을 간직하기 위해 그곳을 떠난다. 벗 사이의 우정만큼 위대한 것이 어디에 있겠는가? 내 친구들이 나를 이렇게 다루기에 나는 수천 킬로는 떨어져 있는 사람 같다. 서로의 관계상 무엇보다 먼저 소개를 필요로 하는, 언어가 다른 생판 낯선 이 같다. 나를 진정한 내 모습과는 다른 나로 생각하길 그치지 않으니, 입을 다물게 될 뿐이다. 사람들과의 사귐이란 얼마나 하찮은 것이 되어버리는가! 우리가 사람을 사랑하는 게 얼마나 드문 일인가! 우리는 양키가 아랍인을 만나듯 그렇게 서로를 만나지 않는가. 우리는 누군가가 공손히 길을 알려 주기만 해도 얼마나 고마워하는가. 꽤 절친한 친구 사이라 해도 여전히 사랑과는 얼마나 동떨어져 있는가. 서로를 믿을 수 있는 경우가 얼마나 드문가. 단 한 순간이라도 동료를 굳게 믿고, 그가 되고자 열망하는 바대로 그를 대해 주는 것이 우리가 하는 가장 용감한 행위다. 하지만 우리는 금세 그 믿음을 거둬들이고 만다.

우리는 오징어처럼 주위에 먹물을 뿌리고, 그 어둠 속에 자신을 감춰버린다. 우리는 속이 분명하지도 맑지도 않다. 진정으로 나 자신의 모습을 알려 주는 첫 생각, 나 자신보다 더 낫지도 못하지도 않은 생각, 꽃이 피어나듯 그 자체로 맑고 깨끗한 생각을 터놓고 말할 수 있는 이를 그리워한다. 우리는 죄와 수치로 인해 자신이 티 없는 생각을 드러내지 못하고 만다. 나는 곧바로 내 속을 보여 줄 수 있는 어떤 사람도 알지 못한다.

나는 오징어의 삶을 살고 있다. 누군가가 나타나면 내 주위 영역이 착색되어 나는 감춰진다. 내 첫 생각은 맑은 하늘빛이다. 거기서 꽃이 피어나고 이슬이 맺힌다. 나는 내 첫 생각으로 젖꼭지 같은 부드럽고 순박한 촉수를 내뻗는다. 나는 오직 한 친구에게만 내 첫 생각을 드러낼 수 있다. 어떤 모임이든, 심지어 처녀 총각의 모임일지라도, 모인 이들이 서로 속을 감추지 않고 터놓고 말한다면 더 이상 꾸밈은 필요 없을 것이다. 나는 사람들이 겉으로 드러내는 그런 친밀함에 놀라지 않을 수 없다. 그 내면을 보기 때문이다. 우리가 서로 생각을 충분히 주고받는다면, 거짓 겸양의 저 덮개는 금세 벗어던질 수 있을 것이다.

한 해란 하루하루의 이어짐에 불과하다. 어느 날이나 그날에 따라 해야 할 일이 있고, 이런 하루하루를 모으면 한 해의 역사가 됨을 깨닫는다. 모든 일은 제때 이루어져야 하므로, 어느 날이라도 한가하게 남는 날은 없다. 어미 새는 새끼들이 때맞춰 알에서 깨어나면 둥지를 떠난다. 며칠 전 한 둥지에서 때까치가 어린것들을 먹이는 모습을 보았는데, 지금 그 둥지가 비어있다. 깃털이 다 나자 새끼들이 날아가 버린 것이다.

8월 25일 수

어제는 더웠으나, 오늘은 구름이 잔뜩 끼고 산들바람이 불어와 생각에 잠기기 좋은 날이다. 귀뚜라미가 큰소리로 울어대며 기운 찬 폭풍우를 알린다. 우리는 얼마나 감사하는 마음으로 가을을 맞이하는가. 봄이 지나가고 난 다음 아직까지 폭풍우다운 폭풍우는 없었다. 이 어둡고 쓸쓸한 날은 내 영혼이 즐기는 샐러드가 아닌가. 구름이 잔뜩 낀 흐린 날씨가 최근 이삼 일간 이어졌으나 비는 오지 않는다.

해 지기 전 드디어 비가 내린다. 하지만 언제부터 비가 왔는지는 자신 있게 말하기 어렵다. 어두워지고 나서 창밖에서 빗방울이 후드득 듣는 소리가 아주 기운차다. 이 소리를 들어본 지도 꽤 오래됐다. 때에 맞춰 내리기에 얼마간 짐작할 수 있는 소나기와는 달리, 가을비는 대개 심상치 않게 찾아오는 폭우다. 잠시 한때 비를 떨구는 구름이 아니어서, 우리 마음속 또 다른 분위기나 계절에 들어맞는다.

8월 29일 일

지난밤 바람이 불고 따스한 비가 내리더니 오늘 오전까지 이어진다. 나무들이 첫 낙엽을 떨구기 시작한다. 오늘 아침 노란 낙엽 몇 장이 비를 맞고 흩어져 바람에 날리다가 길가에 누워있다. 과수원 곳곳에 낙과가 널렸다. 지금 떨어지는 열매는 대개 흠집이 있는 것들이다.

9월 1일 수

꽤나 따스하고 고요한 저녁이다. 월든 호수가 아주 잔잔하다. 소금쟁이들이 일정한 간격을 두고 서로 떨어져 호수 어디에서나 잔물결은 일으킨다. 지는 햇빛을 받아 자묵격이 곱게 반짝이다 엉겅퀴 갓털 하나가 수면 위를 떠돈다. 엉겅퀴 갓털이 이렇게 숲 그림자가 가득한 잔잔한 호수 수면에 내려앉는다는 건 가을이 다가온다는 은근한 알림이자, 물고기들에게는 한 해가 무르익었다는 신호다. 해마다 이 요정 나라의 하얀 배가 물고기의 하늘 덮개 위를 떠돈다. 오, 인간이여, 첫 엉겅퀴 갓털이 공중으로 날아오를 때 그대 자신을 생각해 보라. 언덕과 들판 위 대기 속을 온종일 떠돌던 갓털이 저녁 이슬 탓인지 천천히 호수 수면으로 내려앉는다. 어떤 것도 엉겅퀴 갓털을 멈춰있게 할 순 없으나, 9월 바람이 불면 영락없이 돛을 올린다. 억누르지 못하는 시간의 혁명이다.

9월 5일 일

자줏빛 제라르디아Gerardia 꽃잎이 시내에 흩뿌려져 있다. 시냇가에는 오리나무와 같은 나무들의 붉은 잔뿌리가 잔뜩 널렸다. 옥수수밭, 풀밭을 비롯하여 땅이 노랗게 마른 모습을 띠기 시작한다. 바람이 불면 바스락거리는 소리가 들린다. 강가에서 자라는, 키가 3센티밖에 안 되는 어린 붉은단풍나무 몇 그루가 더욱더 붉게 변했다. 엉겅퀴 갓털이 떼 지어 공중에 떠다니나 엉겅퀴 꽃 일부는 여전히 지지 않고 남아있다.

9월 13일 월

어제 종일 비가 내리고 세찬 바람이 불고 나서 들판 곳곳에 배와 사과알이 흩어져 있다. 마을 어디서나 주민들이 떨어진 과일을 줍느라 바쁘다.

나는 지금보다 좀 더 자유로운 산책을 해야 할 것이다. 꽃과 돌을 세심히 살피는 일 못지않게 별과 구름을 세심히 살피는 일도 그리 좋은 일은 못 된다. 감각 또한 생각 못지않게 유유자적해야 한다. 내 눈은 보되, 보지 말아야 한다. 잘 보는 방법은 의도적으로 보는 데 있다고 칼라일은 말했지만, 나는 오히려 의도적으로 보지 않는 데 있다고 말하고 싶다. 나는 지나치게 골똘히 바라보는 버릇이 있다. 긴장이 이어지면서 쉬지 못한 나의 감각이 고통스럽다고 하소연한다. 보는 일에 마음을 빼앗기지 말아야 한다. 대상에게 다가가지 말아야 한다. 오히려 대상이 다가오도록 만들어야 한다. 나는 나 자신도 모르게 늘 발밑을 내려다보면서 꽃만 찾고 있다는 걸 알았을 때, 이 버릇을 고치는 방법으로 구름을 살피는 데 몰두하면 어떨까 생각했다. 그러나 예상과는 달랐다. 이 방법도 마찬가지로 좋지 않았다. 지금 나에게는 보지 않으려는 태도가 필요하다. 눈의 진실한 산책 말이다.

9월 18일 토

이제 가난한 학생들이 볕을 그리워하는 철이다. 나도 오전에는 햇볕을 쫓아 집 안 동쪽 방으로 옮겨 간다. 해와 새로운 관계를 맺게 되니 즐거워지는 기분이다. 가끔 아래층에서 난롯불을 지피기 시작한다.

나뭇가지가 열매 무게로 화환처럼 사방팔방으로 휜 모습이 보기 좋다. 열매가 점점 무거워지면서 나무에 우아한 모습을 더해 준다. 내 손은 가시투성이이지만, 내 바구니에는 물과일이 그득하다.

우리는 생각이나 공기와 같은 미묘한 무형의 것으로 사랑을 주고받으면서 서로를 풍부하게 한다. 숨을 들이쉬고 내쉬면서 사라지거나 날아가 버리는 공기와 같은 것들이 우리 자신의 최상의 모습이다. 사랑하는 이만이 이런 인간의 향기를 맡을 수 있고, 그 속에서 살아갈 수 있다. 그런 이에게 인간애는 꽃이면서, 그 꽃이 내뿜는 향기이자 운치이다.

9월 27일 월   C. 스미스 언덕에 오르다
스미스 언덕 위에서 멀리 산세가 그려놓은 지평선을 바라본다.

우리는 흔히 고향 마을 낮은 언덕이나 먼지가 이는 큰길가에 서서 저 산악지대 너머 아련히 푸른빛으로 솟아난 높은 산봉우리를 바라다보곤 한다(8킬로쯤 떨어져 있다). 하지만 그 산봉우리가 그곳에서 가까운 원시의 숲 골짜기에서 얼핏 바라다본 그 산봉우리와 같은 것임을 누가 믿을 수 있겠는가? 나는 얼마 전에 거의 이틀 동안 농부의 땅을 가로지르기도 하고 도중에 빈둥거리기도 하

면서 원시 숲과 늪지를 거쳐 피터버러산과 모나드녹산* 사이 높은 멧부리들을 넘어 다녔다. 하지만 지금 땅 저편에 아련히 솟은 모나드녹산 정상을 바라보니, 이제 한 달이 채 지나지 않았음에도 내게 친숙한 들판과 작은 숲들이 나와 그 산 사이 거의 대부분을 차지하는 듯 보인다.

나는 거친 숲을 뚫고 상쾌한 향내를 맡으며 오랜 시간 줄곧 걸어 이르렀던 저 산기슭에 여전히 조 이블린의 집이 자리 잡고 있다는 게 도대체 실감이 나지 않는다. 저 서늘하고 푸른 산등성이에 마치 산에서 푸름을 빌려오기라도 한 듯 예사 물과일보다 푸른 물과일들이 여전히 많이 달려 있으리라는 것 또한 도무지 믿어지지가 않는다. 우리는 저 산등성이에서 고향 언덕들을 알아보지 못했으나, 고향 언덕에서는 멀리 떨어진 저 푸른 산이 빤히 바라다보인다. 저 산이 우리 고향 언덕들을 굽어보고 있는 것만 같다.

나는 콩코드의 한 옥수수밭에서 북서쪽에 솟은 그 산봉우리를 바라보면서도, 나와 그 산 사이에 온갖 짐승이 지나다니고, 두메 외딴 농가, 호젓한 물레방앗간, 바위 많은 거친 초지, 외로운 산중턱에 새로 일군 밭들이 자리해 있으며, 골짝마다 초목이 우거지고, 숱한 시내가 원시의 숲을 졸졸 흐르고 있다는 것이 아무래도 실감이 나지 않는다. 나는 이런 온갖 것들을 얼마나 대강 보아 넘기고 마는가. 나는 틀림없이 저 봉우리를 보고 있지만, 나와 봉우리 사이에 존재하는 얼마나 많은 것을 보지 못하고 지나치고 마는가. 나

---

* 뉴햄프셔주에 있는 산으로 높이가 965미터다. 주변 어떤 산보다 우뚝 솟아 대략 160킬로에 걸쳐 뻗어있다.

는 얼마나 많은 것들을 무시해 왔는가. 우리는 별을 볼 때에도 이런 식으로 보고 만다. 그러니 별 또한 하나의 희미한 푸른 구름, 사라져 버릴 안개 외에 무엇이겠는가. 그렇지만 이와는 반대로 날마다 봉우리를 오르면서, 숲을 헤치고 나아가 이 숲과 저 숲 사이 언덕을 오르고, 거기서 자라는 라즈베리와 블루베리를 맛보고, 숲 기슭에서 솟구치는 샘물을 마시며 바위투성이 비탈을 오르느라 녹초가 되기도 하고, 산꼭대기에서 찬 기운을 느끼다가 구름 속에서 길을 잃기도 하는 이에게는 저 산봉우리가 과연 무엇이겠는가?

9월 30일 목

오전 10시경에 프랫, 라이스, 헤이스팅스와 더불어 꿀벌 사냥을 위해 마차를 타고 페어헤이븐 호수에 가다.

어젯밤은 된서리가 내리고 무척 추웠으나, 오늘은 해가 뜨자 날씨가 맑아졌다.

꿀벌 사냥에 나서려면 다음과 같은 준비가 필요하다. 지름 10센티, 깊이 1.5센티가량의 둥근 양철통에, 같은 크기와 모습의 비어있는 벌집 한 조각을 꼭대기 1센티정도를 남겨 놓고 채워 넣는다. 또 하나는 한 변이 6센티가량인 정사각형 나무통이다. 나무통 한 면에 위쪽 3분의 2를 차지하도록 여닫이 판이 달린 유리창을 달고, 유리창 양쪽 나무판에 공기는 통하면서 벌은 빠져나가지 못하도록 작은 구멍을 두서너 개 내고, 나무통을 양철통 뚜껑보다 약간 큰 둥근 바닥 위에 얹어놓는다.

얼마 지나지 않아 꽃이 거의 다 지게 되므로, 우리는 이번 주에 꼭 벌집 채취에 나서고 싶었다. 하지만 간밤에 내린 된서리 탓에 벌들이 밖으로 나오길 주저하지 않을까 염려스러웠다.

우리는 베이커 농장에 도착한 뒤, 꽃을 찾아보고 꿀벌을 잡기 위해 내가 예전에 표시해 놓은 나무 근처 너른 들판을 찾아 나섰다. 우리는 시내 둑을 따라 얼마쯤 더 올라갔다. 그곳 미역취는 꽃이 거의 남김없이 졌고, 우리가 기대했던 과꽃은 아주 드물었다. 연못가도 사정은 그리 다르지 않았다. 된서리 탓에 꽃이 더 드물어진 게 아닌가 싶었다. 미저리산 북쪽에서 클레마티스 시내로 다시 방향을 바꿨으나, 클레마티스 냇가에서도 꿀벌 한 마리 보이지 않았다. 결국 우리는 날씨가 너무 추워졌고, 이미 시기가 늦었다는 결론을 내렸다.

점심을 먹고 나서 귀로에 접어들었다. 월든 호숫가 양지바른 언덕 비탈 중턱에 미역취와 과꽃이 제법 생기 있게 꽃을 피우고 있었다. 우리는 마차에서 내렸다. 거기서 벌들이 윙윙거리는 소리가 들려왔다. 이때가 오후 1시경이었다. 오늘 어느 곳에서 본 꽃보다 훨씬 많은 꽃이 피어있었고, 나비, 파리, 장수말벌과 더불어 상당히 많은 수의 호박벌과 꿀벌이 날아다녔다. 그래서 우리는 양철통 안에 든 빈 벌집 조각에 꿀물을 붓고, 한 손으로는 양철통 뚜껑을, 또 한 손으로는 나무통을 들고서 꿀벌을 잡으러 나아갔다. 나무통의 둥근 바닥과 양철통 뚜껑으로 꿀벌을 삽시간에 가둬 넣는 동시에, 뚜껑 끝으로 꽃대를 잘라내기 위해서였다. 우리는 양철통 뚜껑과 나무통을 두 손에 마주 잡고서 벌이 빛에 이끌려 나무통 안으로 들어가도록 나무통 바닥 여닫이 판과 아울러 위쪽 유리창을 덮은 여닫이 판을 빼냈다. 꿀벌이 안으로 들어가 유리창에 부딪히며 윙윙거리자마자 아래쪽 여닫이 판을 닫고, 뚜껑과 함께 꽃을 빼냈다.

　이런 시오로 번은 몇 마리 더 잡고 나서 꿀물이 가득한 벌집 조각을 넣어둔 양철통을 나무통 밑에 바짝 붙여 대놓고, 다시 바닥 여닫이 판을 끼운 뒤에 위쪽 여닫이 판도 닫아 안을 어둡게 했다. 우리가 나무통을 살짝 들어 올려 살펴보았더니, 대략 1분 이내에 꿀벌들이 양철통으로 내려가 꿀물을 먹기 시작했다. 그러고 나서 나무통을 통째로 치워버렸으므로, 꿀벌들은 환한 햇빛을 받으며 꿀물을 받아먹게 되었다. 2~3분이 채 지나지 않아 꿀벌 한 마리가 꿀물을 잔뜩 먹고서 통을 떠나려 했다. 벌이 양철통 둘레를 30센티 정도 앞뒤로 윙윙거리며 날아다니다가, 너무 많이 먹었다는 걸 알고 속을 비우려 했는지 아니면 다리를 닦기 위해서인지 몇 차례 내려앉고 나서 또 다시 날아올라 들쭉날쭉한 원을 그리기 시작했다. 처음에는 이 자리를 다시 찾아올 수 있을지 확인이라도 해보려는 듯 지름 30~60센티인 작은 원을 그렸으나, 갈수록 더 높이 올라가 점점 더 넓게, 그리고 빠르게 원을 그렸다. 마지막에는 꽤 높은 곳에서 지름 3~4미터의 원을 그렸으므로 그 모습을 눈으로 뒤쫓기가 쉽지 않았다. 숲이나 언덕을 배경으로 바라보았다면 특히 더 그랬을 것이다. 하늘을 배경으로 꿀벌이 가는 방향을 알려니 납작 엎드리지 않을 도리가 없었다(그러므로 숲이 아닌 탁 트인 공간을 택해야 한다). 벌이 이렇게 하는 이유는 벌집까지 가는 길을 확인하기 위해서인 듯싶었다. 벌은 그렇게 위로 날아오른 지 1분이 채

안 되어 하늘을 배경으로 40~50미터가량을(내가 볼 수 있는 한도였다)벌집을 향해 물결 같은 선, 또는 왼쪽이나 오른쪽으로 기복이 진 선을 그리며 쏜살같이 날아갔다(벌이 언제 어디서 느닷없이 방향을 바꿀지 알 수 없으므로, 그야말로 세심히 주의를 기울여 눈을 떼지 말고 벌의 전 경로를 따라가야 한다).

우리는 열두어 마리 벌을 놓아주었는데, 대략 세 방향으로 날아갔으나 모조리 마을 쪽 우리가 아는 양봉장이 있는 곳이었다. 이 벌들은 내가 들은 바와는 달리 일직선으로 곧장 날아가지는 않았다. 우리가 지켜보는 동안 30여 미터를 날면서 1미터쯤 좌우 여유를 두고 날아갔다. 한 양봉장에 속한 벌들은 어느 사과나무를 피해 옆길로 새 날아갔다. 우리가 바라는 방향으로 날아간 벌이 하나도 없으므로, 우리는 선을 그으려는 시도조차 하지 않았다.

반 시간이 채 안 되어 첫 번째 벌이 땔나무 더미에 놓인 양철통으로 되돌아왔다. 벌들이 다시 속속 찾아와 또 다시 배를 채우고 떠나갔으나, 이제 이들은 경로를 알아서 그랬는지 전처럼 원을 그리는 비행은 거의 하지 않았다. 바싹 마른 가루 형태로 빨강, 파랑, 초록, 노랑, 하양 페인트가 든 작은 통들을 꺼내놓고 꿀물을 빨아먹는 한 벌의 등에다 막대기를 가볍게 대서 빨간 가루를 묻혔더니, 등에 난 잔털 사이로 페인트가 스며들며 벌 등에 선명하게 빨간 반점이 찍혔다. 이 벌은 다른 벌 대부분과 마찬가지로 1~2킬로쯤 떨어진 벌통을 향해 날아갔다. 우리는 회중시계로 벌이 떠난 시각을 확인했다. 22분 만에 빨간 반점이 찍힌 벌이 되돌아왔다. 등에 페인트 가루가 충분히 남아있었기에 분명히 알아볼 수 있었다. 이 벌은 1~2킬로 이상 떨어진 거리를 갔다 왔을 것이다. 어쨌든 벌은 배가 빵빵하게 부른 채 역풍을 견뎌내야 했을 것이다. 벌들은 한 치의 오차도 없이, 도중에 쉬거나 하는 일 없이 빠르게 벌집으로 날아갔다. 마을 벌통의 벌들이 꿀을 찾아 얼마나 멀리까지 날아가는지 예전에 들은 일이 있긴 하지만 실제로 보고 나니 깜짝 놀라지 않을 수 없었다.

마을에서 멀리 떨어진 숲과 초지를 산책하는 이는, 외진 곳에 피어난 희귀한 야생화 위를 부지런히 윙윙거리고 있는 벌이 자신과 마찬가지로 마을, 아니 어쩌면 바로 자신의 집 앞마당에서 날아와서 벌통에 채울 꿀을 모으고 있으리라고는 거의 생각하지 못할 것이다. 우리가 본 꿀벌들은 과꽃 위가 아니라 철 늦게 꽃을 피워 지금까지 기분 좋은 달콤한 향내를 내뿜는 푸른 줄기의 미역취 위를 윙윙거리고 있었다.

나는 이 꿀벌들을 보면서 꽤 값진 경험을 했다고 느꼈다. 나는 이 일로 내가 걷는 길 앞에서 꾸물거리는 곤충이나 벌레라도 빈둥거리기 위해서가 아니라 자신만의 특별한 볼일을 보러 나왔음을 알게 되었다. 지금 이 시각에도 그들은 제각각 자신의 일에 열중해 있다. 따라서 언덕 중턱에 여전히 향기를 내뿜는 꽃이 피어있다면 숲과 마을의 벌들이 반드시 찾아내고야 말 것이다. 꽃이 언제 피어나고 언제 시드는지 알고 싶은 식물학자라면 반드시 벌에 관심을 가져야만 할 것이다.

빨간 반점이 찍힌 우리의 벌은 새에게 잡아먹히지 않고 안전하게 하늘 여행을 끝마쳤다. 지금은 꽃이 얼마 남지 않은 철이다. 이제 머지않아 벌들이 저장해 둔 꿀을 먹기 시작할 것이다. 따라서 지금은 벌집이 꿀로 가득 차 있을 때라, 꿀벌을 잡아 꿀을 채취하기 좋은 철이다.

10월 11일 월

거의 모든 나뭇잎이 얼마쯤 시들고 바래 색깔이 그리 밝지 않다. 밤나무 잎이 바람에 바스락거리는 소리가 숲을 쓸고 지나간다. 밤나무에서 밤이 와르르 떨어진다. 우엉 열매 안에 맺힌 토실토실한 견과가 탐스럽다. 이런 견과가 길가 패인 곳마다 그득하고, 숲길 한가운데 수북이 쌓인 낙엽 사이에 흔하다. 아이들이 나무를 흔들어 대고 발로 찬다고 어치가 야단치고, 청설모가 꾸짖는다. 지금이 진정한 가을로 모든 게 바삭하게 익어있다.

10월 12일 화

가을날에는 땅이 어떤 빛도 흡수하지 못하는 듯, 대기에 놀라울 정도로 빛이 넘쳐 난다. 가을 색조는 이렇게 대기에 가득 찬 눈부신 빛에서 생겨나는 게 아닐까 싶다.

숲에 새로 솔잎 융단이 깔린다. 겨울을 날 채비를 하기 위해서다. 마을 느릅나무가 잎을 떨구면서 새의 둥지들이 드러난다.

오늘 오후 철둑에서 덩이줄기 몇 개를 손으로 캐냈다. 이제 덩굴은 말랐다. 달걀만 한 덩이줄기가 땅 30센티쯤 아래서 뿌리에 붙어있거나 끝에 매달려 있다. 저녁에 이 덩이줄기를 굽기도 하고 끓이기도 하여 먹어보았다. 껍질이 감자 못지않게 쉽게 벗겨졌다. 구운 덩이줄기는 섬유질이 많긴 했으나 감자와 아주 비슷해서 먹을 만했다. 눈을 감고 먹으면 누눅해진 감자를 먹는 듯한 느낌이 들 것이다. 끓인 덩이줄기는 약간 질기고 견과와 비슷한 맛이 나긴 했으나, 예상과는 달리 아주 퍽퍽했다. 하지만 배고픈 이라면 소금을 약간 곁들이기만 해도 이 덩이줄기로 맛난 식사를 즐길 수 있을 것이다. 지금은 덩굴이 바싹 말라서, 덩이줄기가 자라는 곳을 미리 알지 못하면 찾아내기가 쉽지 않을 것이다.

10월 20일 수

산에 갔다 왔다고 하면 망원경을 갖고 갔었냐고 묻는 이들이 적지 않다. 물론 망원경으로는 맨눈으로 보는 것보다 더 멀리까지 볼 수 있고, 특정 사물들을 더 똑똑히 볼 수 있다. 이를테면 교회 수를 더 많이 헤아릴 수 있다. 하지만 망원경을 들여다보는 동안 아름답고 웅장한 경치를 보는 건 포기해야 한다. 산꼭대기에 올라가야 볼 수 있는 경치를 말이다. 내가 산에 오른 까닭은 가까이에 있는 대상들을 자세히 보기 위해서가 아니라, 갖가지 대상들이 다채로운 관계를 맺으면서 하나의 그림으로 모아지는 광경을 보기 위해서다. 시와 견주어 볼 때 과학이란 산 위에서 망원경을 들여다보며 사실을 캐내는 일과, 교회 수를 헤아리는 일과 같다.

10월 23일 토   오후에 코난텀에 가다

봄날같이 화창한 날이다. 안개가 자욱해서 먼 산이 보이지 않는다. 쓴박하 빛깔이 진홍색이나 암적색으로 바뀌었다. 허버드 농장 개울에 뜬 노란 수련 잎이 최근에 자라난 듯 싱싱하다. 강에는 아직 하얀 수련 잎이 많이 남아있으나, 노란 수련은 거의 보이지 않는다. 들판이 갈색조로 물들었다. 줄무늬 뱀 한 마리가 나와 있다. 이제 아스클레피아스도 빠르게 수가 줄어든다. 아스클레피아스에 창끝처럼 생긴 꼬투리가 열려 햇볕에 마르거나 아주 가볍게 힘을 받더라도 씨앗이 튀어나온다. 씨앗 하나하나가 미세한 실에 매달려 가볍게 흔들리는 희고 보드라운 타래 모양을 짓고 있다가, 바람이 불면 공중으로 날아오른다. 이 씨앗이 흩어지는 모습을 보고 있자니 즐거워진다. 참피나무가 잎을 거의 다 떨궜다. 아이들은 껍질이 채 벌어지지 않은 히코리 열매를 열심히 주워 모은다. 청설모가 호두나무 숲에서 찍찍거린다. 박새가 무엇이 궁금한지 내 가까이에서 수십 미터나 나를 따라오며 찌릭, 찌릭, 찌리릭 울다가 소나무 위에서 아래로 곤두박질친다. 스트로부스잣나무가 잎을 떨구면서 풀밭에 노란 카펫이 생겨난다. 반면에 리기다소나무는 아직 그대로 푸른빛이다.

나를 만나 있는 그대로 나를 받아들여 주는 이가 바로 내 친구다. 이와는 반대로 본연의 내가 아닌 다른 누군가로 나를 대하는 이가 바로 남이다. 이 경우에는 서로를 알아보기 전까지 이야기를 주고받으며 교감을 나누기 어렵다. 제3자를 상정하고서 이야기를 하므로, 그가 그 제3자와 대화를 나누도록 내버려 두는 수밖에 없다. 그러므로 일부러 오해받을 짓을 한다는 건 자살행위이다. 의혹이 커지면 친구라도 남이 되고 만다. 나는 내 친구 어느 누구라도 나를 오해하도록 부추기는 일은 하지 않을 것이다.

사람들이 수영이라 부르는 사회의 미덕은 짚 속에 누운 돼지의 미덕에 불과하다. 그들은 서로 바짝 붙어 온기를 나눈다. 사람들은 이런 사귐을 위해 호텔 바와 같은 곳으로 떼 지어 몰려드나, 미덕이라는 이름을 붙여 줄 만한 값어치가 있을지 의문이다.

10월 28일 목

똑같은 기분과 감정이 여러 차례 이어진다. 저녁이 되자 밖으로 나간다. 왠지 몇 년 동안 집 안에 꼼짝없이 갇혀 있었던 것만 같은 느낌이 든다. 늘 같은 위치에서 작은곰자리를 이루는 몇 개의 별을 바라본다. 별이 모여 이루는 기하학은 영원하다. 좀 엉뚱한 비유지만, 어둠이 짙어지면서 푸른 하늘에 나타나는 이 밝은 점들이 언덕에서 익어가는 여름철 산딸기 같다. 새들의 바다인 푸른 하늘에도 작은 섬들이 점점이 박혀 있다. 하늘 바다 서쪽 먼 곳에 서쪽 나라의 섬들이 있다. 어둠이 오면 이 해안가에서 그 섬의 불빛을 볼 수 있다, 콜럼버스가 산살바도르의 불빛을 보았듯이.

대략 6월 1일에서 10월 1일까지 초록 잎으로 대표되는 넉 달에 걸친 성장기가 여름이라면, 또 다른 넉 달은 땅이 눈으로 하얗게 뒤덮이는 계절이 아닌가 싶다. 그러고 나면 봄과 가을이 각기 두 달씩 남는다. 10월이 열매가 여물고 잎이 색색으로 물드는 달이라면, 11월은 시든 잎들이 나뭇가지에서 떨어지는 달이다.

생각과 감정에 치우침이 없으려면 생활에서 겪는 건강한 경험이라는 중심추가 필요하다. 따라서 되도록 자주 밖으로 나와야 한다. 건강은 이러한 이완, 목적 없는 삶을 필요로 한다. 어떤 사람이 집 안에만 틀어박혀 자연에 대한 생각을 깊이 했다고 해보자. 그가 집 밖으로 나오면 집 밖의 자연이 여전히 그에게 새롭게 다가올 것이다. 내가 집 밖에 나와 있는 것은 내 안에 있는 광물, 식물, 그리고 동물을 위해서다.

나의 생각은 세상이 지닌 의미의 한 부분이다. 따라서 나는 세상의 갖가지 것들을 내 생각을 나타내는 상징으로 쓴다.

11월 16일 화

오전 9시에 보트를 타고 강을 거슬러 '리의 다리Lee's Bridge'까지 가다.

날씨가 더 차가워졌고 바람이 세차게 부나 아직 눈은 내리지 않는다. 어젯밤에 언 얼음이 아직 다 녹질 않아서 강가를 따라 약간의 얼음이 남아있다. 사향쥐들이 어느새 집을 지었다. 이맘때쯤이면 강 유역에 새로이 나타나는 흥미로운 원뿔꼴 물체다. 이것이 한두 개라도 보이지 않는 강이라면 그 강을 우리 강이라 부르기는 어려울 것이다. 800미터쯤 떨어진 거리에서도 또렷이 보인다. 이 강의 경치에 빠뜨려서는 안 되는 너무나 중요한 요소다.

11월 23일 화

오늘 아침에 내리는 눈으로 온 누리가 하얗다. 몇 주 전 한 10여 분 눈이 내려 잠시 땅이 하얘진 적이 있으나, 이번 철에 이렇게 새하얘진 건 처음이다. 첫눈이 집을 둑처럼 에워싸고 지붕을 하얗게 덮고 나서 날씨가 상당히 따스해졌다. 경치가 한결 풍부해진 느낌이다. 손이 시리기는 하나 아직 장갑을 낄 정도는 아니다. 첫눈에는 11월 추위를 얼마쯤 누그러뜨리는 상냥함이 곁들여 있는 것 같다. 이제 이 눈도 곧 녹겠지만, 이 눈과 더불어 올해 꽃 피는 계절은 끝이 났다고 봐야 할 것이다.

간밤 꿈속에서 어떤 생각을 했는데, 너무나도 낯선 생각이어서 깜짝 놀랐다. 마치 전생 경험에 근거한 생각인 양 깨어나고 나서도 어리둥절했다. 생각이나 말 모두 기이하기 짝이 없었으나, 조금 지나자 이 꿈이 진실이고 현 상태의 내 경험에 들어맞는다는 깨달음이 생겨났다.

11월 25일 목

나는 여러 해 동안 차와 커피를 거의 마시지 않았고, 육식도 거의 하지 않았다. 육체적으로 내게 어떤 나쁜 영향을 끼쳤기 때문은 아니고(물론 나는 이 점에 대해서도 폭넓게 이론적 근거를 댈 순 있다) 내 생각에 맞지 않았기 때문이다. 나로서는 검소하게 살면서 근근이 지내는 게 여러 가지 점에서 더 아름다워 보였다. 내가 실제로 그렇게 산 건 아니지만, 내 상상력을 어느 정도 만족시키는

데 성공한 건 사실이다. 하지만 이 점과 관련하여 지금은 그다지 구애받지 않고 지내는 편이다. 식탁에 앉는 자세를 좀 더 공손히 하거나, 축복 기도를 요청하거나 하는 일이 많이 줄어들었다. 그것은 내가 좀 더 지혜로워져서가 아니라, 부끄럽긴 하나 좀 더 솔직히 고백을 하자면, 해가 지날수록 내가 더 거칠어지고 무관심해졌기 때문이다.

12월 2일 목

사람들은 소질을 각 개인의 독특한 속성인 양 이야기하는 경향이 있다. 하지만 나는 오히려 소질을 인간 모두가 두루 물려받은 은혜라 생각한다. 누군가가 어떤 소질을 쓰고 누리지 않는다면, 그 사람은 자신의 이웃이 그 소질을 쓰고 누리는 모습을 보게 될 것이다. 이 세상은 인간을 떠받드는 곳이 아니다. 우리가 무엇보다 이해해야 할 점은 특정인이 '그의' 소질과 맺은 관계가 아니라, 어떤 소질 자체와 그이가 맺고 있는 관련이다.

12월 28일 화

지혜를 인생의 안내자로 삼는 일은 분명 가치 있는 일이다. 작은 일에는 지혜로우나 큰일에는 어리석은 나 자신을 발견할 때가 드물지 않다. 어떤 특정한 일을 그런대로 잘 처리하긴 하나, 나의 인생 전체는 형편없다. 어떤 책을 읽어보면 여가를 폭넓게 즐기는 생활이 무척 아름답게 그려져 있다. 그런 책에 나오는 묘사만큼이나 인생의 여가란 아름답다. 집안일도 서두르면 낭비가 생기듯이, 인생에서도 성급함은 낭비를 낳는다. 시간을 지켜라. 열차 시간이 아닌, 우주의 시간을 지켜라. 우리가 섬사 일흔을 산다 해두, 자신의 삶이 우주의 삶에 일치하는 경건한 여가의 순간을 누리지 못하고 급하고 거칠게만 산다면, 그런 인생에 도대체 무슨 의의가 있겠는가? 우리는 너무 급하고 거칠게 산다. 음식을 너무 빨리 삼키기 때문에 음식의 진짜 맛을 알지 못하는 것과 같다. 우리는 자신의 타고난 천재성을 참고로 삼기보다는 자신의 의지와 이해와 기대에 자문을 구한다. 떠맡기 어려운 짐을 자신에게 지우고 온힘을 다해 스스로를 으깬다. 유감이지만 나 자신도 너무나 자주 그런 짐을 떠맡고 싶어 한다.

인생에는 많은 시간을 써야 얻을 수 있는 어떤 순간들이 있다. 이때의 시간이란 일하는 데 걸리는 시간이 아니라, 대부분이 준비와 초대에 걸리는 시간이다. 사람들은 지금 당장 톱질에 온 정력을 쏟지 않는 사람을 게으름뱅이라 부른다. 하지만 그는 평생 동안 천국의 문을 두드려왔고, 지금 그의 눈앞에선 천국의 문이 열리려고 한다. 천국의 문을 여는 일보다 더 숭고한 인생의 목적은 없다. 이 목적을 이루려면 고되고 힘든 훈련을 견뎌내야 한다.

단 한 가지 현상이라도 제대로 알아내기 위해서는 일생 동안 얼마나 많은, 얼마나 끝없는 여가가 필요한가. 나에게 주어진 역사의 땅에 들어가기 위해서는 그곳 주변에서 야영을 하면서 그곳을 떠나지 말고 온몸과 온 마음을 바쳐야 한다. 나에게는 이 약속의 땅이 나의 전 세계이자 삼라만상을 상징한다. 나의 시야가 조금이라도 치우쳐 있다면 내가 겪는 일들이 영영 값싼 것이 되고 말 것이다. 각다귀가 윙윙거리는 소리가 천상의 음악으로 들리고, 천상의 음악이 각다귀가 윙윙거리는 소리로 들리지 않는 한 이 두 소리는 내게 아무 것도 아니다. 이 윙윙거리는 소리가 과학사에 도움이되는 소식이 아니라, 나를 북돋우고 만족시키는 위대한 이야기 그자체여야 한다.

1853년, 36세

오늘은 이름 없는
위대하고 아름다운 꽃이다

"인간은 나로 하여금 또 다른 세상을 꿈꾸게 하나
자연은 나를 이 세상에 만족케 한다."

1월, 액턴 마을에서 엘리야 데이비스의 식림 용지를 측량하다.

11일과 12일 양일에 걸쳐 농장 두 군데와 식림 용지 한 군데를 측량하고, 이밖에도 두어 군데서 측량 일을 하다.

이 해에는 지난해와 달리 자주 측량 일을 하는데, 이는 첫 번째 책 『소로우의 강』을 출간하느라 진 빚을 갚기 위한 것으로 여겨진다.

'캐나다 유람 여행' 총 5회 연재물 중 1회분이 《퍼트넘》지에 실리다.

2월, 1월에 이어 또 다시 몇 차례 측량 일을 하다.

2월 9일, 케임브리지 하버드 도서관에서 『뉴잉글랜드의 버지니아 일반사 *A generall historie of virginia, New Enlgand*』 등 책을 여러 권 빌리다.

4월 11일부터 4월 28일, 케임브리지와 보스턴을 거쳐 메리맥강 하류에 있는 해버힐로 가서 측량 일을 하다.

6월 30일, 저명한 생물학자 루이 아가시가 '미국 어류 자연사 박물관'을 설립하기 위해 소로에게 콩코드 주변 지역의 어종을 수집하여 보내줄 것을 부탁하는 편지를 보내다.

9월 13일부터 9월 27일, 이미 원주민 가이드를 고용하고 기다리고 있는 외사촌 조지 태처를 만나러 메인주로 두 번째 여행을 떠나 2주가량 머물다 돌아오다. 이 여행이 훗날 출간된 『소로의 메인 숲』「체선쿡」편의 기반이 된다.

12월 14일, 콩코드 문화 강좌의 일환으로 중앙학교에서 '무스헤드 호수로의 유람 여행'을 주제로 강연하다.

1월 3일 월

상록수에 낀 얼음이 다른 어떤 나무의 얼음보다 빨리 녹는 것 같다. 잎이 빛을 반사하기 때문일 것이다. 단풍나무, 히코리와 같은 가지 많은 나무가 얼음 나무 중 가장 빼어난 모습을 보여 준다.

오후에는 눈이 내린다. 나무에 엉겨 붙은 얼음 위로 눈이 내려앉는다. 나무가 얼음 나무로, 영靈의 나무로 바뀐다. 이 모습이 보기 좋다. 유리창에 낀 성에꽃 대신 숲이 온통 은빛 가지로 가득하다. 방죽길이나 울타리를 따라 늘어선 나무들이 은빛 다발로 바뀐다. 어디에도 그늘은 보이지 않고, 온통 은빛 반짝임뿐이다. 나무의 줄기, 큰 가지, 잔가지 모두 반짝이는 은으로 바뀐 게 아닐까. 산 울타리마다 탄성이 터져 나온다. 자작나무 수풀이 우아한 타조 깃털처럼 한 중심에서 퍼져나가며 사방팔방으로 늘어진다. 갑자기 세상이 수정 궁전으로 바뀐다. 얼음에 싸인 채 축 처져 뻣뻣해진 나무들이 대리석 조각 같다. 상록수일수록 특히 더 그렇다.

눈이 내리면서 대기가 두툼해지고 어둑어둑해진다. 숲이 하얀 화관과 같은 눈주름을 뒤집어쓴다. 만물이 하얀 방한 외투를 입는다. 숲길이 온통 하얗다.

내가 자연을 사랑하는 까닭 중 하나는 자연은 인간이 아니고, 인간과는 떨어진 은신처라는 점이다. 인간의 제도로는 자연을 통제하거나 지배하지 못한다. 자연에는 인간 세상과는 다른 종류의 권리가 두루 퍼져있다. 나는 자연 속에서 온전히 기쁨을 누릴 수 있다. 세상이 온통 인간의 것으로 차 있다면 나는 기지개를 켜지 못했을 것이고, 온갖 희망을 잃어버리고 말았을 것이다. 나에게 인간은 제약인 반면, 자연은 자유다. 인간은 나로 하여금 또 다른 세상을 꿈꾸게 하나, 자연은 나를 이 세상에 만족케 한다. 자연이 주는 기쁨은 인간의 통치와 정의에 지배받지 않는다. 인간의 손이 닿으면 더러워지고, 생각을 하면 생각마다 도덕화하고 만다. 자유롭고 기쁨에 찬 노동을 즐기고 있다고 생각하는 이는 그리 많지 않을 것이다. 그러나 자연에 바탕을 둔 기쁨은 작은 기쁨마저도 얼마나 끝없고 순수한가! 자연이 주는 기쁨은 사랑하는 이가 털어놓는 솔직한 사랑의 말 한 마디에 빗댈 수 있을 것이다.

"인간이야말로 악, 모든 악의 원천." 이런 글을 쓰는 산문 작가의 도덕과 법률은 얼마나 따분하겠는가. 그들은 인간이 얼마나 즐거울 수 있는지 알지 못한다. 어떤 지혜, 어떤 경고라도 기쁨을 이겨내지 못한다. 아무리 가혹한 법률이라도 작은 기쁨을 누리고자 하는 이를 막지 못한다. 나는 나 자신만의 여유로운 공간을 갖고 있으니, 그것은 자연이다. 인간 정부의 재판권이 미치지 못하는 곳이다. 슬픔의 기록이자 도덕과 법률의 기록인 책들은 구석진 곳에 쌓아두라. 밖에서 대자연이 웃고 있다. 유쾌한 자연의 벌레가 머지

않아 그 책들을 좀먹어 쓰러뜨릴 것이다. 대초원에는 법률이 미치지 못한다. 자연은 무법자의 대초원이다. 우체국과 자연이라는 두 세계가 있고, 나는 이 둘을 알고 있다. 나는 은행을 잊고 지내듯, 인간과 인간의 제도를 잊고 지낸다.

1월 7일 금

겨울에 가끔씩 찾아오는 쾌적한 아침이다. 강이 밤새 꽁꽁 얼어붙었으나 공기는 여전히 고요하다.

땅 가까이에 맑고 깨끗한 하얀 수증기가 자욱하나, 해 뜨고 한 시간 정도 지나자 햇볕이 따스하게 느껴진다. 마을 굴뚝에서 연기가 올라오고, 수탉이 활기차게 울어대고, 학교 가는 아이들이 외치는 소리가 들린다. 철도 노동자들이 망치로 레일을 두드리는 소리조차 음악 소리로 들린다. 이런 것들이 완벽한 겨울날을 약속한다. 하늘은 해의 고도를 빼고 나면 여름날과 같은 상태고, 땅은 맑고 밝고 고요하다. 온 자연을 버텨내는 건 오직 추위여서, 몸과 마음 역시 긴장하게 된다.

1월 9일 일

오후 3시, 월든 호수와 클리프스에 가다.

오늘은 봄 같은 날이다. 철로를 따라 걸으면서 이따금 해자 비탈에서 돌이 구르고 흙이 떨어지는 소리를 듣는다. 땅이 거의 완전히 드러났고, 여기저기 쌓인 눈이 기껏해야 3센티 높이를 넘지 않는다.

햇살을 받으며 클리프스를 오르다가 마른 바위 위에 앉아 꿈을 꾼다. 시간이 영원으로 물들던 저 여름철 한때를 떠올리며, 그 안으로 달려가 한 덩어리가 된다. 우리가 중년에 접어들었을 때 자신이 겪은 일 중 얼마나 많은 것들이 젊음의 기억으로 녹아들 것인가. 나는 내가 어떻게 자라났는지 기억하고 있다.

클리프스에 돋아난 물레나물을 잡아 뽑다가 뿌리 근처에서 성장이 멎지 않았다는 낌새를 알아채고 깜짝 놀란다. 5센티 길이로 자라난 싱싱한 어린 가지에 붉은 잎들이 앙증맞게 달려 있다. 뿌리 쪽은 고스란히 초록이다. 미나리아재비의 잎 또한 온통 초록이어서 생각을 봄으로 데려간다. 나무 막대기로 미나리아재비를 파낸다. 미나리아재비를 잡아 뽑다가 땅바닥 바로 밑에 돋아난 못대가리 크기의 절반쯤 되는 새하얀 꽃눈을 찾아낸다. 거기서 꽃눈은 세상이 한 번도 보여 준 적 없는 봄에 대한 믿음으로 가득 차 끈기 있게 앉아있다. 이 봄의 약속과 예언이 둥근 꽃봉오리 같은 지붕에 덮인 어느 동양의 사원 같은 모습이다.

1월 21일 금

달빛이 비치는 고요하고 맑고 따스한 저녁이다. 달은 둥그나 꽉 차지는 않았다.

밤하늘의 빛이 낮의 하늘 빛깔과 같은 푸른빛이라는 게 나를 놀라게 한다. 하늘에는 한밤중에도 빛이 넘쳐 나기에, 밤의 베일 너머로 낮처럼 푸른빛이 보이는 것이다. 공기가 맑을 적에는 밤이 검지 않고 낮의 빛깔 그대로 푸르다. 우리의 어설픈 밤으로는 빛과 에테르의 너른 대양에 영향을 미치지 못한다. 흐린 날이 아니라면 한밤중에 걷더라도 내 머리 위에는 항상 푸른 하늘이 아치처럼 걸려 있다.

1월 25일 화

월든 호수의 강꼬치고기! 낚시꾼이 파 놓은 물 고인 얼음 구덩이나 빙판 위에서 이 강꼬치고기들이 퍼덕이는 모습을 본다. 나는 이 보기 드문 아름다움에 항상 감탄을 금치 못한다. 이들은 전설 속의 물고기 같다. 콩코드 거리는 물론 콩코드 숲과도 어울리지 않게 이국적이다. 우리가 전날 본 창백하게 야윈 대구와는 견주기 어려울 정도로 눈부시게 빼어나고 아름답다. 꽃이나 보석, 금이나 에메랄드 같다. 콩코드에서는 아라비아가 먼 이국이듯, 강꼬치고기도 먼 이국의 물고기다. 어쩌면 아라비아와 콩코드라는 지구 양 끝의 두 고장이 한 지점에서 모인 것인지 모른다. 강꼬치고기의 빛깔은 소나무와 같은 초록빛도 아니고, 돌과 같은 잿빛도 아니며, 하늘과 같은 파란빛도 아니다. 하지만 소나무나 돌이나 하늘 빛깔보다 훨씬 드문 매우 귀한 빛이다. 본디 열대어종에 속하는 이런 물고기가 이 호수에서 잡힌다는 사실이 놀랍기만 하다.

저 멀리 아래쪽에서 월든 가도를 지나가는 소달구지와 이륜마

차가 덜컹거리는 소리가 들린다. 썰매가 딸랑딸랑 방울소리를 울리며 지나간다. 그렇지만 여기 깊고 너른 호수에는 멋진 황금빛과 에메랄드빛의 물고기가 헤엄치며 놀고 있다. 진짜 황옥이다. 나는 이 강꼬치고기든이 어디에서 왔는지 알 것 같다. 월든 호수의 물 일부가 물고기로 바뀐 월든의 진주인 것이다. 나는 시장에서 이런 강꼬치고기를 한 번도 본 적이 없다. 강꼬치고기는 약간의 변고만 생겨도 자신의 엷은 영혼을 포기한다.

1월 26일 수

오전 9시에 언 강을 거슬러 올라가다.

공기가 살을 엘 듯 차갑지만 꽤 산뜻한 겨울 아침이다. 요즈음에는 이런 겨울 아침이 드물지 않다. 어느 계절이든 세상이 새로 시작되는 것 같은 그런 아침이 있다. 그렇다고 어제와 과거의 삶이 그 아침 뒤에 있는 것은 아니니까 기억을 더듬어 올라갈 필요는 없을 것이다. 이런 서리가 내린 날 아침이면 어떤 창조의 힘이 발휘되어 세상이 밤에 재창조된 것 같다. 이런 아침을 창조의 아침이라 부르자. 이런 아침이 창조의 에너지가 활발해졌음을 보여 준다. 해가 유난히 반짝이며 떠오를 때 나는 이런 창조의 날을 찾아 뒤돌아본다. 어두운 밤이 아니라, 아직 어떤 이도 깨어나지 않은 새벽을 그려본다. 기독교의 창조 저편으로 우리를 데려가는 아침, 얼음 결정이 녹지 않은 싱그러운 아침, 이때가 시인의 시간이다. 인간이 새로 태어나는 아침으로, 이 아침에 인간 삶의 씨앗이 들어있다.

누구나 자신에게 맞는 길을 따라 걷는다면 놀라울 정도로 넓은 자연의 공간을 걸을 수 있다. 나는 들판과 숲이 멀리까지 펼쳐져 있는 여기 강가에서 행인 한 사람 만나지 못했고, 농가 몇 채를 지나쳐 가면서도 농부 한 사람 만나지 못했다. 인디언 사냥꾼이 이 숲을 거닐던 3세기 전으로 거슬러 올라가도 사람을 만나지 못하기는 매한가지일 것이다. 나는 초기 정착민들의 은거와 고독을 즐긴다. 인류가 땅의 일부를 개간해 왔다. 나는 숲에서 도끼로 나무를 찍거나, 밭에서 씨앗을 뿌리거나, 개간지에서 괭이질하는 사람을 먼 거리에서 보곤 한다. 그렇지만 마을에는 서점과 도서관이 하나씩 갖춰져 있고, 밤이 오면 문화 강좌가 열릴 것이다. 누구나 한 시간이면 보스턴까지 달려갈 수 있고, 하루 낮 동안이면 다섯 번을 오갈 수도 있다.

1월 27일 목

한두 주 전에 막 떨어진 싱싱한 리기다소나무 솔방울을 집으로 가져가서 식탁 서랍에 넣어두었다. 그때는 서랍이 솔방울로 가득 차 빈틈없이 꽉 닫혀 있었다. 그러나 오늘 서랍을 열어보니 솔방울이 마르면서 가지런히 벌어진 채로 서랍에 가득하다. 단단하고 날카로운 솔방울이 둥글고 열린 솔방울로 바뀌었다. 여느 꽃의 꽃잎처럼 단단한 비늘 꽃으로 가지런히 펼쳐져서 날개 달린 씨앗을 무수히 내놓았다. 비늘이 하나같이 오밀조밀하고, 아래쪽은 날카로운 짧은 가시로 무장했다. 다람쥐나 새로부터 씨앗을 보호하기 위해서인 듯하다. 단단히 닫힌 솔방울은 억지로 열려는 어떤 폭력적인 시도도 거부한다. 칼로 힘써 잘라야 간신히 열릴 뿐이다. 그러다가 온기와 건조의 부드러운 설득에 굴복한다. 솔방울이 열리는 시기 또한 그 히나의 계절이다

사람은 시대의 지혜로 지혜로워지고, 시대의 어리석음으로 어리석어진다. 가장 위대했던 인물들이 어떻게, 어느 정도로까지 자기 시대의 미신에 굴복하는가를 보라.

2월 11일 금

일전에 내가 헌트 농장에서 측량 일을 할 때, 시몬 브라운의 집 뒤편에서 메아리 소리가 들려왔다. 나는 측량 일을 할 때면 농장 여기저기서 내 조수를 큰 소리로 부르곤 한다. 따라서 하루에 몇 번쯤은 내 메아리 소리를 듣게 된다. 내가 일전에 들은 그 메아리는 마음을 진정시키고 용기를 북돋우는 내가 원한 메아리였다. 어리석은 동반자들과 별 의미 없는 힘들고 따분한 일을 며칠 계속하고 난 후에 듣는, 공명하는 자연 속의 여유, 이 장난 같은 놀이, 이 푸근함. 나는 나 자신의 더 나은 부분과 이야기를 나눈다. 나 자신과 이야기하는 것보다 조금이라도 나으면 나았지, 못하지는 않다. 아, 시몬 브라운의 농장에서 시몬 브라운이 알지 못하는 한 사내와 한 처녀가 고용살이를 하고 있구나. 내가 듣고자 원한 누군가의 목소리다. 나는 그와 더불어 사회를 이룰 것이다. 나는 하루 종일 거기 머물면서 공중에 대고 부르고, 부른 내 말이 반복하는 소리를

듣고 싶었다. 그러나 일상의 필요 때문에 내키지 않는 걸음으로 그 농장을 나올 수밖에 없었다. 나의 등에 대고 소리치는 측량 조수의 케케묵은 대답 소리만 들으며.

사람들이 메아리를 듣고도 전혀 놀라지 않는다는 사실이 나에게는 이상하기만 하다. 메아리는 우리 목소리를 비춰주는 거의 유일한 소리다. 나는 여행자가 훌륭한 메아리에 좀 더 관심을 기울이지 않는 것을 납득할 수 없다. 길에서 만나는 온갖 사물에는 유난스럽게도 관심을 보이는 여행자들이 말이다. 자연에는 사실 메아리와 같은 중복성이 반드시 필요하다. 우리가 일상적으로 듣는 소리만이 우리가 들을 수 있는 소리의 전부라면 어떻게 되겠는가? 그 메아리는 올겨울의 계절적 특성과 관련이 있지 않을까? 이후에 무어의 농장에서도 그런 메아리 소리를 다시 들을 수 있었다.

그날 가장 나의 기억에 남은 사건은 내가 들은 그 메아리였다. 동료들이 한 말도, 내가 만난 여행자도 별로 기억에 남지 않았고, 내가 혼자서 한 생각도 거의 기억에 남지 않았다. 전부 내가 전에 여러 번 듣고 생각한 것들의 단순한 반복이거나 가장 나쁜 의미의 메아리일 뿐이었다. 그러나 그 메아리만은 새로웠다. 그것은 내 목소리의 반복이지만, 소리를 두 배로 늘려 놓는 이상의 어떤 것이 담겨 있었다. 말을 한 나에게 말로 할 수 없는 생각들을 떠올리게 하는 한결 심오한 소크라테스식 대화법이었다. 내가 진심으로 더불어 말하고 싶은 상대였다. 이런 좋은 후원자와 더불어 나 자신과 대화하고, 나 자신을 반성해 볼 수 있었다.

3월 5일 토

　일전에 워싱턴에서 과학진흥협회 회장이 내게 인쇄된 회장回章을 보내왔다. 아마 그는 이런 인쇄된 회장을 수천 장 갖고 있을 것이다. 그는 몇 가지 질문을 하고 나서 빈칸에 답을 채워줄 것을 요구했다. 그중에서 가장 중요한 질문은 내가 종사하는 과학이 어느 분과에 속하느냐였다. 이제 나에게는 선택된 소수에게나마 내가 종사하는 인간 탐구의 한 분과를 진술할 기회가 주어졌다. 이 기회를 이용하여 나의 의견을 말하는 것은 기쁜 일이다. 하지만 내가 특별히 관심을 기울이는 과학의 분과를 그들에게 묘사하려고 함으로써 그들 협회와 과학계의 웃음거리가 될지도 모른다는 느낌이 들었다. 그들은 더 높은 법칙을 다루는 과학을 믿지 않으려 들 것이기 때문이다. 나는 하는 수 없이 그들이 이해할 수 있는, 나의 가장 초라한 부분만 진술하지 않을 수 없었다. 사실 나는 신비가이며, 자연철학자이다. 돌이켜보면 그들에게 초월주의자였다는 말을 덧붙였어야 했는데, 그러질 못했다. 그랬더라면 내 설명을 이해하지 못할 그들에게 가장 요령 있는 대답이 될 수 있었을 것이다.

　나는 그들 중 일부가 그러하듯이, 늘 자연을 가까이하며 살고 있다. 또 그들 대부분이 그렇듯 기질적으로 타고난 훌륭한 관찰자이기도 하다. 그런데 자연과 나와의 관계를 다룬 진실한 보고가 단지 그들의 비웃음을 일으킬 뿐이라니. 만일 플라톤이나 아리스토텔레스가 회장으로 있는 협회였다면 나는 내가 하는 연구에 대해 주저하지 않고 즉각 별개의 보고서를 적어 보냈을 것이다.

3월 10일 목

오늘이 실제로는 올해 첫 봄날이다. 어디에서나 햇빛이 밝게 반짝인다. 도보 여행자라면 그늘진 길거리 북쪽을 걷고 싶어지는 날이다. 겨울 끝 무렵 날마다 봄을 기다리는 나날이 이어지다가 어느 날 드디어 봄이 찾아온 것이다.

강가 존 호즈머의 수로 옆에 앉은부채가 싱싱하게 돋아났다. 땅에서 이제 막 포엽* 끝부분이 모습을 드러냈다. 여기 하천 근처에서 자라는 소리쟁이와 같은 초목의 뿌리잎에 또렷이 봄의 영향이 느껴진다. 황어 떼가 쉴 새 없이 꼬리를 흔들며 물살을 거슬러 오르다가, 내 눈에는 보이지 않는 작은 먹잇감을 낚아채기 위해서인 듯 가끔씩 옆으로 급히 내닫는다. 이 모든 게 기운을 북돋우는 아름다운 광경으로, 겨울의 불만을 치유하는 일종의 건강 음료다.

3월 12일 토

어젯밤 다시 진눈깨비가 내려 땅이 하얗다. 얼마 전부터 공중에서 푸른 물결 같은 지저귐으로 노래를 들려주던 파랑새 무리가 지금은 어디론가 가고 없다.

오후에 클리프스와 페어헤이븐 호수에 가다.

진눈깨비가 내리면서 참나무 숲 북쪽 기슭이 겨울 못지않게 땅

---

* 잎의 변태로, 싹이나 꽃봉오리를 싸서 보호하는 작은 잎.

뿐 아니라 숲까지 온통 하얗다. 어두운 공간과 뚜렷이 대비를 이루면서 물에 흠씬 젖어 녹고 있는 이 진눈깨비는 무엇보다 먼저 발을 적신다. 아직 강이 완전히 풀리진 않았다. 페어헤이븐 호수가 거의 반나마 열려 있다. 하지만 갈매기도, 오리도 보이지 않는다. 낭떠러지 아래 벌판에 돋아난 어린 참나무에는 마른 잎이 아직 꽤 많이 남아있다. 오늘은 보기 드문 이끼의 날이다. 늪지 단풍나무에 겨우살이들이 많이 자라나 열매가 알차게 달렸다. 죽은 스트로부스잣나무 껍질을 까 보니 수없이 많은 작은 각다귀들이 생기에 넘쳐 해가 나자마자 나올 채비를 갖추었다. 각다귀들은 이렇게 껍질 밑 나무좀이 남긴 먼지 속에 숨어 지내면서 떼 지어 날아다닐 날을 기다린다. 여기가 이들이 동면하는 곳이다. 눈이 걷힌 곳에서는 떡쑥의 짙은 적갈색 잎이 눈길을 끈다.

학자가 연구에 정성을 쏟듯, 사람은 누구나 자기 삶에 맡겨진 일이면서 이바지할 일에 정성을 바칠 필요가 있다. 물론 그 일이 그 사람의 기질이나 의지, 상상력에 어긋나서는 안 될 테다. 학자라면 경험을 통해 어떤 연구가 밝게 빛날 보람 있는 연구이고, 어떤 연구가 불모의 메마르고 어두운 연구인가를 알 수 있다. 어두운 지하실의 식물이 빛을 향해 나아가려고 애쓰듯이 슬기로운 이라면 메마르고 어두운 것을 참고 견디며 못 본 체하지는 않을 것이다. 그는 가능한 한 자신의 오감으로 체험한 삶을 자세히 관찰하는 데 온 정신을 기울일 것이다. 그가 하는 생각은 육체의 활기와 함께 살아있어야 하고, 육체의 활기를 북돋우는 것이어야 한다.

3월 13일 일

오전 6시, 아침 하늘에 사프란 꽃과 같은 자줏빛이 점점 짙어져 간다. 요즘은 아침과 저녁의 지평선 불빛이 따스하다.

새로 온 봄 새의 노랫소리를 들으러 클리프스에 간다. 새들이 아침이면 노래하기 때문이고, 여기가 조용해서 더 잘 들리기 때문이다. 까마귀와 어치와 박새 지저귀는 소리밖에 들리지 않는다. 몇몇 파랑새와 종다리 외에는 아직 봄 새들이 오지 않은 게 분명하다. 숲은 조용하다.

모든 사업은 자활 자급하고, 수지가 맞아야 한다. 심오한 삶의 기술은 영혼의 남은 활력을 육체의 활력으로 바꿔놓는 데 있다. 그래야 삶이 실패로 끝나지 않는다. 예를 들어 시인은 자신의 시로 자신의 육체를 길러야 한다. 상인들 사이에 떠도는 이야기처럼 100명 중 99명의 인생이 실패로 끝나며, 따라서 파산은 거의 확실히 예정되어 있다. 사랑으로 생계를 꾸려야 한다. 친구들의 자선이나 정부의 연금으로 부양받는 것은 사설 구빈원에 들어가는 것과 다를 바 없다. 재산을 상속받는 것은 태어나는 것이 아니라 오히려 사산死產의 몸이 되는 것이다.

3월 14일 월

오후에 보트를 수선하다.

세차게 부는 바람이 갈수록 차가워지면서 땅이 다시 딱딱해졌다. 지난겨울에도 귀가 이렇게 시리지는 않았던 것 같다. 3월은 바람이 유별난 달이라는 말이 틀린 말은 아니다.

3월 15일 화

지난겨울에도 어젯밤만큼 추웠던 밤은 거의 없던 것 같다. 저녁 내내 방에 불을 땠는데도 거북을 기르고 있는 화분대의 물이 꽁꽁 얼어서 거북이 얼음에 갇혀버렸고, 들통의 물도 두툼하게 얼었다. 하지만 난롯불에 거북을 녹였더니 등딱지에 얼음 흔적이 남은 거북이 평소보다 더 활발하게 움직인다. 처음에는 진흙 속으로 기어들어 가듯이 지저깨비 밑으로 파고들려 했다. 오늘 날씨가 이만저만 추운 게 아니다. 방을 따뜻하게 하는 일마저 쉽지 않다.

오후에는 산책을 나갔다. 지난 겨울철에도 오늘 오후처럼 이렇게 바람이 사나운 적은 없었다. 커다란 뉴펀들랜드종인 우리 개가 피터의 집 너머 숲속에서 무언가를 향해 컹컹 짖어댔다. 가서 보니 흥미롭게도 커다란 혹이 달렸고, 혹 바로 위가 잘려나가 일그러진 신상神像 같은 어른 남자 크기의 검은 참나무 한 그루가 서 있었다. 우리가 물라고 부추기는데도, 녀석은 감히 10미터 이내로는 다가가려 하지 않았다.

3월 18일 금

잠시 주춤하던 봄이 다시 본격적으로 모습을 드러내기 시작한다. 봄은 늘 이런 식으로 오는가? 여름 뒤에 이어지는 인디언서머처럼 봄은 항상 이렇게 일찌감치 도착을 알리는가? 인디언의 봄, 또는 거짓 봄이 진정한 봄에 앞선다. 우리의 기대를 자극하나 곧 겨울이 되돌아와 우리를 실망에 빠뜨릴 뿐인 첫 번째 거짓 약속이다. 그렇지만 이런 겨울 같은 날에도 계절은 나아가는 듯 보인다. 봄이 어느 한순간에 시작되었을 리는 만무하기 때문이다.

집 밖으로 나서자마자 숲을 제외한 온갖 곳에서 파랑새의 노랫소리가 들린다. 푸르게 굽이치는 이 지저귐. 고요하고 따스한 날의 선구자. 공중 여기저기서 작게 멜로디가 흐르는 하늘빛 실개천. 공중에 떠 있는 이 짧은 지저귐이 얼음과 눈을 녹이고, 시내가 다시 흐르도록 북돋운다. 겨울이라는 마비된 덩어리를 깨서 녹이는 타래송곳 같은 노래다. 곧 강을 따라, 또는 해안을 끼고 오리들이 빠르게 날갯짓하는 모습이 보일 것이다. 오리들은 말몰이꾼보다 더 공들여 날씨를 살핀다. 이렇게 온갖 자연이 계절의 순환과 더불어 나아가기 위해 움직인다.

나는 이제 발소리를 죽이고 조용히 서서 새로 온 새의 노랫소리가 들리는지 귀 기울인다. 오늘같이 조용한 오후라면 상당히 멀리 떨어져 우는 새소리라도 충분히 알아차릴 수 있을 텐데, 거의 아무런 소리도 들리지 않는다. 그러나 내가 새로 온 새의 노랫소리가 듣고 싶어 밖으로 나올 때 실망하고 돌아선 적은 거의 없다. 이렇게 한동안 귀를 기울이자, 비록 눈에 보이지는 않더라도 하늘에서 쩍, 쩍 하고 우는 찌르레기 울음소리가 들린다. 아주 작은 새여서 사방이 탁 트인 곳인데도 넓디넓은 하늘에서 찾아내기가 쉽지 않다. 눈에 보이는 곳에 있더라도 보지 못하는 사이에 우리 머리 위를 지나가는 매는 얼마나 많을 것인가.

절벽 앞에서 커다란 갈매기 한 마리가 물고기를 잡고 있다. 갈매기가 이윽고 물속 사냥감을 덮치나 동작이 굼떠 보인다. 갈매기 이 동작이 우아해지기 위해서는 세차게 부는 맞바람이 필요하다 짝은 보이지 않는다. 폭우가 끝나기 전에 이곳으로 올라온 놈이 틀림없을 것이다. 페어헤이븐 호수의 얼음이 반 이상 녹았다. 건너편 숲이 잔잔한 호숫물에 비친다. 아주 오랫동안 흐릿한 빙판이었던 물이다.

날씨가 갈수록 차차 좋아진다. 어제 이 시간에는 지난 겨울날보다 더 얼얼하고 바람이 거셌으나, 오늘은 여름날보다 더 온화하고 부드럽다. 이렇게 큰 대비를 이루는 것도 드물 것이다. 꽥꽥하는 희미한 소리에 하늘을 올려다보니, 거무스름한 오리 두 마리가 강 흐름을 따라 북쪽으로 빠르게 날갯짓하며 올라간다. 해가 온 누리에 따스하고 밝은 빛을 던지며 지고 있다. 가을밤에 여행자가 외투 깃을 여미고 겨울을 준비하러 총총 집을 향해 가던 지난해, 그 한 해를 즐겁게 회상하는 늦은 저녁놀이다. 그리고 지금 이 빛은 한 해의 새벽노을이다. 이제 산책자는 저녁마다 여름을 꿈꾸며 오던 길로 돌아선다.

3월 20일 일

오전 8시에 집을 나와 월든, 구스, 플린트, 비버 호수를 거쳐 스토니 시내 골짝을 따라 링컨 마을 남쪽 경계까지 가다.

온화한 날에 뒤이어 산들바람이 부는 꽤 서늘한 아침이다. 우리는 점심 식사용으로 빵과 치즈를 챙겨서 봄 새들의 노랫소리를 들으러 간다.

월든 호수 빙판이 빠르게 녹고 있다. 그러면서 북쪽 기슭을 따라 10여 미터 너비의 수로가 하나 생겨났고, 동쪽 끝에 그보다 더 넓은 수로가 또 하나 생겨났다. 햇빛에 반짝이는 이 물줄기들의 활력과 기쁨을 바라보는 건 대단히 즐거운 일이다. 근래에 한때나마 혹독한 추위가 닥쳐 유난히 단단해진 반투명의 얼음 위로 서풍이 불면서 물결무늬를 수놓아 호수 표면이 모자이크 무늬 마루나 카펫 같은 모습이다. 바람은 서쪽으로 미끄러지듯 불고 있으나, 물이 흐르는 수로로 스며들기 전까지는 아직 아무것도 하지 못하는 죽은 바람이다. 허나 바람은 거기서 호수 표면에 무수히 찬란한 반짝임을 일으킨다. 기쁨과 젊음과 봄의 표현이다. 황어 비늘과 같은 은빛 반짝임이다. 호수 전체가 봄날 활발히 움직이는 커다란 한 마리 물고기 같다. 겨울과 봄은 이렇게 다르다. 휑뎅그렁하던 호수 표면이 기쁨으로 반짝인다. 빙판 가장자리에 생겨난 수로는 또 얼마나 보기 좋은가. 부드럽게 굽이도는 기슭과도 잘 어울리는 모습이 아닌가.

오늘 처음으로 언덕 비탈 바위틈에서 자라는 참나무와 같은 몇몇 나무의 마른 잎에서 여름을 알리는 훈훈하고 메마른 냄새가 풍겨온다. 멀리 떨어진 여름의 냄새라고나 할까. 우리는 이 포근함으로 다시 젊어진다. 도로에서도 먼지와 같은 어떤 메마름이 느껴진다. 먼 산이 눈에 하얗게 덮여 있다. 바람은 북서풍이니 분명 겨울

바람이다. 그러나 지금은 북서풍이라도 좀 더 서쪽으로 기울어져서 부는 바람이다.

3월 21일 월

오늘은 기운을 북돋우는 온화한 날이다. 서풍의 따스함이 그윽한 방향芳香 같은 날이다. 굳고 메마른 우리의 육신이 부드러운 공기에 누그러진다. 두어 군데서 들다람쥐들이 새나 귀뚜라미 못지않게 활기차게 쩍쩍 우는 소리가 들린다. 직접 보진 못했으나, 들다람쥐도 오늘 분명 햇볕을 즐겼을 것이다.

그러니까 그때, 막 석회 굽는 낡은 가마를 지나 이 등성이의 길을 오를 때 멀리 어떤 늪지 웅덩이에서 청개구리가 우는 소리가 희미하게 내 귀로 스며들어 왔다. 작은 청개구리 한 마리가 누그러진 날씨에 겨울잠에서 깨어나 둑이나 관목 위로 기어올라 마른 잎 위에 쭈그려 앉았다가, 한 음표나 두 음표로 노래를 시도한 것이다. 그 소리는 가까스로 공기를 갈랐으나 서풍에는 어떤 해도 끼치지 못했다. 하지만 온갖 장애물을 뚫고 울창한 단풍나무 숲을 지나 높은 지대를 거쳐 귀를 열어둔 이 자연주의자에까지 이른 것이다. 이 세상에서 다시는 그 피리 연주자를 보지 못할 것이다. 아마 다음 생에서도 그 피리 연주자를 만나지는 못하리라. 그 소리는 한 해가 새로이 태어남을 알리는 희미한 첫 외침이다. 오랫동안 쏴쏴, 윙윙하는 바람 소리밖에 들리지 않던 이곳에서 오늘 갑자기 먼 곳에서부터 팽팽한 공기를 뚫고 내 귀에 들려온 이 소리는 무엇을 말하려는 걸까? 단 하나의 기쁨만으로도 온 자연이 기뻐한다. 그 청개구리가 다시 태어난다면 그게 바로 내가 아닐까?

사회적 지위나 성별에 관계없이 인생이란 용기를 보여야 하는 전쟁터다. 비애는 겁쟁이의 몫일 뿐이다. 인생은 병상에서 죽든, 벌판 텐트 안에서 죽든 하등 차이가 없는 공정한 경기다. 이 둘 사이에 차별을 두려는 어리석은 행위를 결코 용납하지 않는다. 지금 해야 할 일을 뒤로 미루고 절망하는 것은 비겁한 패배자의 행위다. 인간은 실패하기 위해서가 아니라, 성공하기 위해서 태어난다.

3월 22일 화

축축한 뜨락에 눈이 싹 걷히고 정말로 따스한 봄이 오자 별꽃이 예쁘게 피어났다. 새들이 노래하는 봄날 아침이 다가오면 일찍 일어나게 된다. 나를 깨우는 건 나의 천재성이다. 나는 들리지 않는 멜로디에 잠에서 깨어나 기쁘고 설레는 고요한 마음으로 새벽을 기다린다. 나는 봄과 약속이 있다. 그녀가 창가로 와서 나를 깨우므로 평소보다 한두 시간 일찍 일어나게 된다.

3월 23일 수

오전 5시, 침상에서 일어나기 전 울새가 노래하는 소리가 들린다. 상쾌하고 시원한 봄날 아침이다. 배꽃의 꽃눈이 초록빛이다. 개암나무에서 심홍색 별이 총총 박힌 꽃들이 피어나기 시작한다.

아직 꽃차례는 열리지 않았다. 오리나무는 꽃이 거의 다 활짝 피어나 노란빛에 가까운 우아한 황갈색 샹들리에같이 아주 멋지고 흥미로운 모습이다. 바람이 불자 꽃이 귀고리처럼 흔들린다. 자연이 스스로를 꾸미는 새해의 첫 장식품이다. 누런 꽃가루가 떨어져 나무 사이를 지나가는 나의 외투를 유황빛으로 물들인다.

나는 땅이라곤 한 뼘도 소유하지 못했지만, 강에 대한 시민권은 갖고 있다. 즉, 땅의 주인은 아니지만 물의 주인이긴 하다. 그러므로 일종의 물의 손수레라 할 보트를 갖고 있음은 너무나 당연한 일이다. 다른 큰길은 무수히 많은 사람이 오가지만, 이 길은 온전히 우리 소수에게 맡겨졌다. 그러니 내가 이 농장을 개량하는 것은 당연하다. 나는 호수와 강이 많아서 활동 범위가 넓은 마을을 내가 살 곳으로 택할 것이다. 강에 관한 한 나의 자연권은 거의 침해받지 않았다. 강은 아직까지 남아있는 광대한 '공유지'이다. 문명 이전의 권리 일부가 가장 문명이 발달한 나라들에서도 여전히 건재하다. 나를 위해 법률을 제정할 필요는 없다. 법률이 제정되어서는 안 되는 길이기 때문이다.

나는 누군가가 나의 생각을 알려 할 때 기쁘기도 하거니와 놀랍기도 하다. 연장을 능숙하게 다루듯 그렇게 나를 쓰고자 하는 이는 아주 드물다. 나를 원하는 이가 있다면 그것은 대개 내가 그의 땅이 몇 제곱미터나 되는지 알려 주기 때문이다. 또는 기껏해야 그에게 사소한 뉴스를 전해 주기 때문이다. 사람들은 나의 껍데기를 좋아할 뿐, 나의 알맹이를 쓰려 하지는 않는다.

3월 24일 목

　남아도는 물기를 말리는 3월의 바람 많은 날이 며칠간 이어진다. 아직 강은 햇빛을 반짝이는 잔잔한 수면을 대낮까지 이어가진 못한다. 초원 대부분이 비어있고, 강 수위는 내려가나 4월의 비가 다시 강을 채울 것이다. 요즘 강에는 아침마다 아주 희미하게 하얀 안개가 낀다.

　기억을 뒤져보아도 지난겨울만큼 특이한 겨울은 없던 것 같다. 거의 겨울 내내 땅이 드러나 있었고, 강 또한 그만큼 열려 있었다. 눈다운 눈은 1월 13일에 처음 내렸으나, 이삼십 센티를 거의 넘지 않았고, 게다가 곧 녹아버렸다. 나는 2,000제곱미터 이상 되는 넓은 공터에서 스케이트를 지칠 기회를 단 한 차례밖에 갖지 못했다. 수레보다 썰매를 몰고 다니는 게 훨씬 좋았던 날이 단 하루라도 있었을까? 썰매에서 울리는 방울소리를 거의 들어보지 못했다.

　오후에 보트를 타고 애서벳강을 거슬러 오르다.

　하늘이 비 올 듯 흐려 보이는, 따스하고 축축한 4월 같은 오후다. 해가 진 직후부터 폭풍의 기세가 몰려온다. 온 천지가 어두컴컴한 가운데 들리는 소리는 울타리를 따라 노래참새가 지저귀는 소리와 멀리서 청개구리 몇 마리가 우는 소리뿐이다. 빗방울이 후드득 듣는 소리에 서둘러 집을 향해 돌아선다.

3월 27일 일

맑은 날씨가 한동안 이어지다가 어젯밤 처음으로 4월다운 비가 내렸다. 하지만 오늘 아침 서늘한 산들바람이 불면서 날이 다시 맑아졌다.

철롯둑 버드나무들이 무척 그립다. 지금쯤이면 잎이 파릇파릇 돋아나기 시작했을 것이다. 하지만 지난겨울 기관차 화통에서 뿜어져 나온 불티가 산불로 번지는 걸 막기 위해 모조리 베어졌다.

개암나무가 꽃을 피웠다. 날짜를 따지자면 지금보다 며칠 이른 23일쯤에 꽃을 피웠을 것이다. 여러 가지 점에서 퍽 흥미로운 꽃이다. 꽃이 아주 작아서 박물학자나 일부러 찾아다니는 관찰자가 아니라면 알아차리기 어렵다. 꽃봉오리 끝에서 10여 개 방사조직이 아주 풍부하고 진한 빛깔로 돋아난다. 일부는 밝은 적자색, 일부는 어두운 적자색 꽃을 피운다. 이 개암나무 꽃이 봄에게 예쁘게 인사를 한다. 거의 어떤 생명의 조짐도 보이지 않고, 꽃차례도 거의 닫혀 있는 수풀에서.

숲속 못에 낮은 소리로 개골개골 우는 개구리들을 보러 간다. 이들은 대단히 겁이 많고, 부끄럼을 잘 탄다. 눈과 코를 물 밖으로 쑥 내밀고 울고 있다. 내가 못에서 5미터쯤 떨어진 못가에 이르자 일제히 울음을 멈추고 물속으로 몸을 숨긴다. 못가 수풀 속에서 꼼짝 않고 서 있었더니, 처음에는 한 마리가, 좀 더 지나자 대여섯 마리가 모습을 드러낸다. 모두 나를 주시한다. 그러면서 차차 1미터 이내까지 다가와 나를 정찰한다. 내가 반 시간 넘게 기다렸는데도 어떤 소리도 내지 않고, 눈을 내게서 떼지도 않는다. 호기심을 느끼는 게 분명하다. 몸길이가 5센티 정도에 진한 갈색이나 암녹색으로, 울음을 울 때마다 눈과 코가 튀어나온다.

3월 29일 화

해가 막 떴으나 동쪽 지평선 가까이에 자줏빛 띠처럼 해의 엷은 기운이 남아있을 뿐, 나머지 하늘은 온통 구름에 덮여 어둡다. 그런데도 기분 좋은 노란 햇살이 서쪽 저편의 들판과 강둑을 비추고 있다. 그렇다면 이 노란 햇살은 어디에서 온 것일까? 위에 어두운 구름이 없다면, 또 다른 빛이 반사된 것인지 모른다. 어제보다는 조금 더 온화한 아침이고, 강 또한 평소와 다름없이 아주 잔잔하다.

숲 북쪽 가장자리에는 눈과 얼음이 아직 많이 남아있다. 어떤 곳에는 얼음 두께가 15센티를 넘긴다.

월든 숲에 살 때의 일이다. 한 방문객이 늦도록 내 오두막에 머물다가 돌아간 적이 두어 차례 있었다. 밤이 칠흑 같이 어두워지고 난 뒤여서 오두막 뒤편에 난 달구지 길까지 배웅한 다음, 어느 방향으로 가야 할지 알려 주어야만 했다. 그래서 경험자의 관점으로 이럴 때는 눈보다는 발에 의지하여야 한다고 조언해 주었다. 어느 날 깜깜한 밤에는 호수에서 고기를 잡던 두 젊은이에게도 그런 식으로 길을 알려 주었다. 그러지 않았더라면 두 젊은이는 어디로 가야 할지 몰라 난처한 처지에 빠졌을 것이다. 사실 그들은 호수에서 1.5킬로 정도밖에 떨어지지 않은 곳에 살고 있었으므로, 그 길은 그들이 자주 다니던 익숙한 길이었다. 그러나 며칠 지나 그중 한 젊은이를 만났는데, 그의 말에 따르면 그날 밤에 집 근처에서 길을 찾지 못해 거의 밤새도록 헤맸다고 한다. 게다가 한밤중에 숲의 나뭇잎이 흠뻑 젖을 만큼 두어 차례 소나기가 내려 집에 이른 즈음에는 자신들도 비에 흠뻑 젖고 말았다고 털어놓았다.

말 그대로 칠흑같이 어두운 밤에는 마을 거리에서도 길을 잃고 헤맨 사람이 적지 않다는 말을 들었다. 마을 변두리에 사는 어떤 이는 물건을 사러 마차를 몰고 장에 왔다가 그날 밤을 읍내에서 묵지 않을 수 없었다. 또한 마을을 찾아온 외지의 신사와 숙녀 들도 발로 도로를 더듬으며 가다가 어디에서 방향을 바꾸어야 할지 알지 못해 800미터가량 길을 잘못 들어 어쩔 수 없이 불 밝힌 첫 번째 집을 찾아가 길을 물어야 했다. 마을 의사 한 사람은 밤에 왕진을 갔다가 마을 한복판에서 길을 잃어 담장과 울타리를 더듬으면서 거의 그날 밤 내내 헤맸다는데, 길을 묻기가 창피해서 그랬다고 한다. 누군가가 올빼미 눈을 갖고 있어서, 또는 대낮이어서 그 의사의 동작을 지켜보았더라면 그의 꼴이 얼마나 우습게 보였을 것인가.

평소 자주 다니던 길에서 이와 같은 일을 겪는다는 건 기이하면서도 잊기 어려운 경험이다. 또 한 가지 덧붙이자면 숲에서 특히 밤에 길을 잃는 것은 꽤나 소중한 경험이 될 수 있다. 낮이라도 눈보라가 몰아칠 적에는 익히 아는 길을 가고 있다 해도 어느 방향으로 가야 마을이 나오는지 알기 어려운 경우가 드물지 않다. 이성적으로는 수백 번 다녀본 길이니 금방 알 수 있을 것 같지만, 눈에 익은 물체가 전혀 보이지 않으므로 마치 시베리아에라도 와 있는 듯 느껴지는 것이다. 물론 밤에는 이런 당혹감이 훨씬 더 커진다.

우리는 사실 채 의식하지는 못하더라도 수로 안내인처럼 자신이 익히 아는 등대나 곶 머리를 길잡이 삼아 꾸준히 방향을 정해 나아가는 것이다. 평소 다니던 길에서 벗어난다면 자신이 익히 아는 가까운 곶 머리의 위치를 잘 기억해 내서 길을 잃고 빙빙 도는 일이 없도록 해야 한다. 이 세상에서 눈을 감고 있다가 길을 잃고 빙빙 도는 일은 한 번이면 족하기 때문이다. 우리는 자연의 광활함과 기이함을 잊지 말아야 한다. 그렇지만 사실 우리는 길을 잃고 나서야 비로소 자신이 어디에 있는지 인식하기 시작하고, 우리를 둘러싼 관계망이 무궁함을 깨닫기 시작한다.

오후에 해가 나고 화창해졌으나, 바람이 불고 꽤 쌀쌀하다. 오늘은 날씨에 내분이 생기는 그런 날 중 하나다. 즉, 바람은 차가우나 햇살은 눈부시다. 그러나 이 차가움은 이 지역 고유의 날씨와는 거의 아무런 관련이 없는 것으로, 눈 덮인 북서쪽에서 떠오는 공기 탓으로 여겨진다. 바람이 없는 곳은 꽤 따스하다. 그러나 얼마 지나지 않아 햇살이 바람을 빠르게 압도하면서 어느덧 집을 나올 때보다 날씨가 훨씬 더 포근해졌다.

루핀 언덕 아래 초원 가장자리를 따라 걷던 나는 뗏장을 밟다가 한 사향쥐의 굴에 발이 빠지고 말았다. 굴을 덮은 뗏장 두께가 6센티 정도에 불과하여 결빙이 풀리자 내 발 무게를 견뎌내지 못했던 것이다. 나는 손으로 굴을 열어젖혔다. 거기에는 길이 5미터가 넘는 서너 개의 도랑 또는 구멍이 뚫려 있었고, 모두 굴 입구로 향해 있었다. 강 쪽으로 뻗어나간 이 통로들은 깊이 10센티가량으로, 갈수록 불분명해지다가 강가 크랜베리 덩굴과 풀이 돋아난 곳에서는 종적을 찾기 어려웠다. 굴 입구는 둑이 완만하게 경사져 올라가기 시작하는 지점에 있었다. 아마 6주 전쯤에는 강이 수면 바로 밑이었을 것이다. 이 둑은 훨씬 뒤쪽에 놓인 진정한 강둑과는 100미터가량 떨어져 있었다. 그 입구에서부터 지름 15센티쯤 되는 쭉 뻗은 2.5미터 길이의 굴이 위쪽으로 경사를 이뤄 둑과 이어져 있었다. 따라서 굴 끝이 입구보다 30센티쯤 더 높았다.

　굴 안에는 아직 낫 자국이 생생한 꺼끌꺼끌한 작물 밑동이 9리터가량 들어있었고, 아울러 함께 자라난 아주 적은 양의 이끼가 섞여 있었다. 이 굴 끝에서부터 60센티 길이밖에 안 되는 세 개의 짧은 통로가 완만하게 경사진 둑 쪽으로, 말하자면 방사형으로 이어져 있었다. 갑자기 물이 불어났을 때를 대비하여 뚫어놓았을 것이다. 굴 안은 푹 젖어있어서 인간의 눈으로 볼 때에는(사향쥐가 이 안에서 숨을 쉬긴 하겠으나) 기거하기에 거북할 것 같았다. 하지만 그 안에 있던 풀로 사향쥐가 치통을 앓지 않는다는 건 알 수 있었다. 뿌리째 뽑힌 풀이긴 했으나 초원의 풀 못지않게 싱싱했으므로, 지난겨울에 만들어 사용한 굴임을 알 수 있었다. 굴을 파면서 나온 모래 일부는 초원에 낮게 쌓여 있었으나, 그곳에는 어떤 풀도 자라지 않았다.

3월 30일 수

온화한 산들바람이 숲속을 떠돈다. 여윈 모습의 어린 참나무들이 잎을 떨군다. 처음에는 새가 아닌가 여겨질 정도로 마른 잎들이 공중을 가볍게 날아다닌다. 멀리 떨어진 큰길이 뿌옇게 먼지에 싸여 모래 많은 메마른 들 같다. 강에서는 물결이 상류로 거슬러 올라갈 듯 힘차게 일렁인다.

아, 이젠 다시 돌아오지 못할 젊은 시절의 나날이여. 그때는 걸으면서 어느 한 대상에 지나치게 호기심을 갖는 일 따위는 없었다. 나 자신만을 보고, 듣고, 맛보고, 느꼈다. 나 자신, 나의 자라나는 육체, 지식, 가슴 안에 자연이 담겨 있었다. 어떤 벌레나 곤충, 짐승과 새도 나의 시야를 제한할 순 없었다. 나의 눈은 무한한 우주로 열려 있었다. 하늘을 나는 한 마리 새였으나, 이제는 한갓 눈 속의 한 점 티끌이 되었다.

4월 2일 토

그제 밤부터 내리던 비가 어제 오후에 개더니, 오늘 아침은 안개마저 걷혀 공기가 아주 맑다. 대기 중에 끓어오르는 아른아른한 빛이 남아있으나, 멀리 떨어진 집의 윤곽까지도 또렷이 보인다. 특히 나무 뒤에 나무가 서 있고, 은빛으로 빛나는 솔잎 탑 위에 은빛 솔잎 탑이 솟아있는 소나무 숲의 모습이 그늘에 대비되어 더 뚜렷이 드러난다. 멀리서 보이는 숲 언저리 풍경은 평탄한 면이 아닌, 어떤 깊이를 지녔다.

청개구리들이 두 음조, 또는 두 음색으로 운다. 한 음조 뒤에 또 다른 음조가 이어지므로, 한 마리가 우는 소리처럼 들릴 수도 있다. 거기에서 개구리들 또한 아주 기운차게 울어댄다. 내가 가까이 다가가자 큰 소동이 일어난다. 수십 마리가 반은 뜨고, 반은 머리만 내민 채 헤엄치며 서로를 뒤쫓는다. 여러 마리가 쉬지 않고 개골개골 우는 소리만 들리는 것은 아니고, 더 낮고 쉰 듯한, 머뭇거리는 듯한 개골 소리도 들린다. 아마 암놈의 소리인 듯하다. 내가 더 가까이 다가가자 뿔뿔이 흩어져 못 바닥 물풀 사이에 숨는다. 두어 마리만 수면에 사지를 뻗고 있다가 내가 한 발짝 더 다가가자 급히 몸을 숨긴다.

놀랍게도 바위취가 꽃을 피웠다. 내가 이 바위취를 찾아낸 건 말하자면 순전히 우연에 의해서다. 어느 그루터기 남쪽 후미진 곳에 툭 튀어나온 바위 밑을 내려다보니, 작은 식물이 절벽 높은 곳에 서너 송이 꽃을 열고 있었다. 어떤 식물이 그 해에 첫 번째로 피운 꽃을 찾아내려거든 구석구석 꼼꼼히 살펴야 한다. 당신은 일주일 내내 어떤 꽃을 찾아 헤매다가 찾지 못하고 발길을 돌릴지 모른다. 어느 해에는 어떤 꽃들이 유리한 처지에 있었으나, 그다음 해에는 그렇지 않을 수도 있다. 지난겨울과 마찬가지로 올봄에도 눈이 유난히 적게 내렸다. 이것과 아울러 이 바위취가 추위에 강한 특성을 지녔기에 이렇게 일찍 꽃을 피운 게 아닐까 싶다. 이 바위취는 바위 갈라진 틈 축축한 이끼 바닥에 납작 엎드려 자랐기에 습기와 열기를 간직할 수 있었다. 즉, 바위틈에서 철저히 보호를 받으며 따스한 햇볕을 넉넉히 쬐었기 때문이다. 바위 처마 30센티쯤 아래서 남동쪽을 향해 돋아난 이 바위취는 작은 딸기 같은 싹을 주렁주렁 달고 있다. 그러나 꽃받침 모양을 한 잎사귀 위쪽에는 돋은 싹이 없었다. 이것이 바로 피난처 속의 피난처였다. 이 바위취는 돌풍이 휩쓸고 지나가더라도 날씨가 따뜻해지면 싹을 틔울 것이다. 좀 더 노출이 심한 곳에서 자라는 잎들은 붉게 변했다. 바위취는 아주 아담하고 어여쁜 식물이다. 가장자리가 톱니 모양인 잎 또한 이 계절에 보이는 가장 단정하고 귀여운 모습이다.

4월 4일 월

어젯밤에 얼마쯤 녹은 눈이 한두 시간 비가 내리자 사라져 버린다. 하루 종일 비가 내린다. 안온한 지붕 위, 그리고 지붕 없는 풀잎 위와 우산 위로 떨어지는 온화한 빗소리가 편안한 느낌을 불러일으킨다. 우리는 밖으로 나오면서 등딱지 달린 거북처럼 천천히, 그러나 확실히 만족을 느낀다. 이렇게 우산 속에서 조용히 비를 맞고 서 있을 때보다 더 편안하게 느껴지는 것은 없다. 생각이 모이면서 야무져진다. 지붕 밑을 걷듯 구름과 안개 밑을 걷는다. 이제 우리는 얼어붙은 지면에 속절없이 떨어지는 비가 아닌, 땅을 흠뻑 적시는 빗소리를 듣는다. 우리 또한 비가 스며들어 다시 살아난다. 목마른 풀들이 얼마나 기뻐하는지. 풀이 눈에 띄게 쑥쑥 자라나 어제는 온통 갈색이던 들판이 벌써 초록으로 엷게 물들어 있다. 우리 또한 기쁘지 않을 수 없다.

허버드 다리 아래에서 빗방울이 시내로 떨어지면서 텅텅 울리는 소리를 듣는다. 시냇물에 무수히 많은 파문이 일렁인다. 빗방울이 제각각 거품을 일으키며 하류로 떠내려간다. 지의류를 보고 있으려니까 바다가 생각난다. 금방이라도 부서질 듯 발밑에서 파삭대던 깐대기지이가 촉촉이 비에 젖어 활력이 넘친다 바위가 몸에 새겨진 이야기를 들려준다. 이들의 비명碑銘이 세상에 드러난다. 잠시 멈추어 서서 그 글을 읽어본다.

산책자에게 비 내리는 날은 밤처럼 고독과 은거에 잠기는 날이다. 이런 날에는 대다수 여행자가 반쯤 몸을 가리고 주로 큰길로만 다니므로, 이런 오솔길에서 여행자를 만나게 되는 경우란 거의 없다. 생각 또한 평소와는 다른 수로를 따라 흐른다. 지금은 어둠의 낮이라고 해야 할, 가벼운 밤이다.

4월 6일 수

뜨락과 숲 어디에서나 날아다니는 울새가 현재 가장 빼어난 노래꾼이다. 아침저녁으로 날아와 느릅나무에 앉아 노래를 부른다. 노래참새도 어디에서나 보이나, 노래가 그렇게 강한 인상을 남기지는 못한다. 종다리도 늘 아침저녁으로 노래를 부르나 일정한 장소에만 나타나고, 찌르레기도 어느 정도는 그렇다. 파랑새도 가냘프나 달콤한 소리로 지저귀며 공중을 노래로 채우는 데 일조를 하고, 딱새 또한 자기 몫을 한다.

오늘 아침에는 청개구리와 개구리 울음소리가 들리지 않는다. 이들이 나오기에는 날이 너무 차가워진 것일까? 하늘이 구름 한 점 없이 맑으나, 이런 아침이 더 아름다운 건 아니다. 지금은 오전 8시 30분이고, 비가 내린다. 4월 날씨라 그렇다.

4월 7일 목

오전 10시에 채닝과 함께 보트를 타고 베드포드 마을에 가다.

서늘한 북서풍이 부나 햇빛이 맑은 날이다. 지난 비로 강물이 많이 불어났다. 우리가 물에 잠긴 '대초원'을 건너갈 때 멀리서 오리 떼가 놀라 날아오른다. 강가에는 오리 사냥꾼들이 제법 많이 나와 있으나, 오늘은 '금식일'이다.

베드포드로 건너갈 때 사람들이 우드척의 굴을 파헤친 흔적이 보인다. '대초원' 너머 남서로 누워 흐르는 강이, 은이 반짝이는 박판薄板 같다. 관목 숲 가장자리를 끼고 강 너머로 넓은 호수가 펼쳐진다. 오후 두세 시쯤 된 지금, 강은 북으로 흐른다. 바람이 불어오는 강가 쪽 강은 검푸른 모습이다.

오후 5시에 노쇼턱트 언덕에 서서 초원을 굽어본다. 해가 서쪽에 낮게 떠 있고, 북동쪽으로 흐르는 강이 영묘한 담청색으로 하늘빛보다 아름답다. 헤아릴 수 없이 많은 만과 어귀를 거느린 너른 강이 양쪽 강가를 끼고 흘러간다. 그러다가 다리나 방죽에 종종 갈리기도 하는데, 마치 하늘에서 뽑아낸 귀한 정수精髓가 땅으로 흘러드는 듯한 모습이다. 황갈색 땅이나 어슴푸레한 하늘과 뚜렷이 대조를 이룬다. 그렇더라도 이 강은 홍수가 진 초원 위에 길게 이어진 한 가닥 줄에 지나지 않는다.

4월 9일 토[*]

따스하고 흐릿하나 바람이 부는 날이다. 노동자들이 해머로 철로를 내리치는 소리가 무더운 여름날처럼 흐릿한 하늘 지붕 밑에 울려 퍼진다. 낮게 깔린 하늘과 땅 사이에서 메아리치는, 어딘가 억눌린 듯한 소리이면서 어떤 면에선 길들여진 소리다. 겨울이라면 이 해머 내리치는 소리가 아주 다른 소리로 들릴 것이다.

사람들이 송어 낚시를 하고 있다. 꼬리가 약간 검고, 등에 밝은 색 줄무늬가 하나 그어진 15센티 길이의 작은 담갈색 도마뱀이 J. P. 브라운의 도랑에서 올챙이처럼 날쌔게 몸을 흔들며 달아난다.

제재소 길가 개간지에 엷은 오렌지색 나비들이 날아다닌다. 언덕 가파른 비탈면이나 따뜻한 남쪽 숲 가장자리의 햇살 맑은 탁 트인 곳에서는 이 나비와 테두리가 담황색인 큰 나비를 흔히 찾아볼 수 있다. 개미탑이 꼭대기만 내놓고 뗏장에 덮여 있다. 최근 숲이 베어져 마른 잎과 잔가지들이 많이 흩어져 있는 곳이다.

개천 바로 건너편 사시나무에서 꿀벌, 파리 등이 잉잉거린다. 사시나무 수나무는 암나무와 멀리 떨어져 있는 경우가 드물지 않다. 이때에는 주로 벌과 같은 곤충이 꽃가루를 암나무로 옮기는 것인지 모른다. 나는 처음에는 꿀벌이 윙윙거리는 소리가 어디에서 나는지 몰랐다. 귀뚜라미가 찌르륵 울어대기 전 지금처럼 조용한 철에는 벌 소리가 아주 또렷이 들리기에 허공에 퍼지는 자그마한 윙윙 소리라도 놓치지 않고 들을 수 있다. 버드나무보다는 사시나

---

[*] 이후 소로는 4월 11일 오전 9시에 집을 나서, 케임브리지와 보스턴을 거쳐 보스턴 북쪽 메리맥강 하류에 있는 해버힐에 갔다가 4월 29일 집으로 돌아온다.

무에 벌이 더 많이 모여있는 것 같다. 우리가 흔히 볼 수 있는 버드나무에는 꽃가루를 옮기는 벌보다도 파리, 무당벌레와 같은 곤충들이 더 많다. 꽃꿀이 아니라면 파리가 여기 수꽃에서 무엇을 얻어갈까? 허버드 다리 옆의 저 버드나무는 줄기 밑동이 아주 무르나, 위쪽 줄기는 부러뜨리기 어렵다. 버드나무는 공부하면 할수록 헷갈리는 알기 어려운 나무다.

5월 4일 수

쌀쌀한 북서풍이 분다. 고동색과 녹색을 띤 경치에 갈아엎은 밭이 엷은 황갈색을 띠고 점점이 널렸고, 그 사이사이에 불그스레한 갈색 참나무 숲이나 푸른 소나무 숲이 봉긋 솟아있다. 여기저기서 검푸른 호수물이 보인다. 초록빛이 짙어진 싱싱한 초원에서 기운을 돋우는 진한 향기가 산뜻하게 떠온다.

박새가 '투르르울르' 하고 지저귄다. 까치밥나무에 꽃이 피었다. 캐나다자두나무도 오늘쯤은 꽃을 피울 것이다. 휘파람새의 노랫소리가 들린다. 흰 자작나무에 새로 돋아난 잎이 기름기로 반짝반짝 빛난다. 그 향기를 애써 맡아본다.

지금 숲과 숲 근처 길에서 방울새가 짤랑짤랑 은빛 소리를 내고, 갈색지빠귀들이 혼성곡을 부른다. 되새는 키 작은 나무 꼭대기에서 찌르릉 울며 너는 누구냐고 묻는다. 그러는 사이에 그의 짝이 나무 아래 메마른 잎을 긁고 있다. 흑백 얼룩이 박힌 나무발바리가 머리를 숙이고 참나무 가지 사이를 깡총깡총 뛰어다니다가, 잠시 멈추어 서서 톱날을 가는 듯한 곱고 미묘한 소리를 낸다.

5월 9일 월

　나는 오늘 하루 대부분을 올콧 씨와 보냈다. 그는 관대하고 온화하나 막연하다. 어떤 사람은 그를 연약하다고 말하기도 한다. 그의 연설은 감정은 풍부하나 공허해서 아무것도 만져지지 않는다는 것이다. 그에 대한 아주 부정적인 평가다. 하지만 올콧은 그런 방식으로 날카롭고 명확한 정신이 제시할 수 있는 것보다 훨씬 많은 것을 제시한다. 그의 사상을 얼마간이라도 받아들인 이들은 모이기보다는 흩어진다. 그들의 이해의 폭이 어떠한지를 보여 주는 한 증거다. 그와 교제하는 인물 중에서 마음에 희미하게 떠오르는 공상이나 생각을 어느 정도나마 성공적으로 자유롭게 표현할 수 있는 인물은 아마 나밖에 없을 것이다. 우리의 만남에 장애가 되는 것은 아무것도 없다. 그는 어떤 신조도 신봉하지 않는다. 그는 제도에 얽매어 있지 않다. 그는 내가 아는 사람 중 가장 온전한 정신의 소유자이며, 가장 변덕이 적은 사람이다.

　이런 생각이 떠올랐다. 나는 오늘 하루 그와의 교제를 즐긴 반면에 왜 나의 생각을 들려주진 않았을까? 우리는 각자 자신이 지닌 사상의 널빤지를 건조시키며 걷다가, 노란빛이 도는 늙은 스트로부스잣나무의 청아한 나뭇결에 감탄하면서 생각의 널빤지를 갖고 앉아 조금씩 깎아내면서 우리의 칼을 시험해 본다. 서쪽 하늘에 평화롭게 떠가는 저 구름처럼 사상의 물고기가 놀라 달아나지 않고 자유로이 오갈 수 있도록 경건히 그리고 조심스럽게, 또는 부드럽게 서로를 부축하며 내를 건넌다. 우리가 이렇게 서로를 부축하며 걸으니 마치 하늘과 땅이 만나는 것 같고, 정의와 평화가 서로 입맞춤하는 것 같다. 또 하늘에서는 무지개 색조들이 모였다 흩어졌다 하며 오간다. 나는 대적大敵과 함께 싸울 동지 한 사람을 얻었다. 푸른 옷을 입은 이가 푸른 하늘 아래 살고 있다. 그에게 가장 잘 어울리는 지붕은 이렇게 그의 평온함이 비치는 푸른 하늘이다.

해 질 녘 노를 저어 강을 거슬러 올라간다. 알락해오라기 한 마리가 초원 너머 늪지에서 울고 있다. 지금까지로 봐선 강가 근처 물풀이 가장 싱싱하고 무성하다. 요즘엔 저녁이 되면 강물이 가라앉고 공기가 온화해지기에 노를 저어 강을 거슬러 가는 일이 무척이나 즐겁다. 곧 둥지로 날아오를 찌르레기가 쉬지 않고 큰소리로 지저귄다. 흑버들은 꽃을 피우기 시작했으나 꼭두서니는 좀 더 기다려야 한다. 별빛이 밝아지면서 쏙독새와 도요새가 높고 날카로운 울음을 우나 날아오르는 놈은 없다. 밤의 첫 박쥐 떼가 머리 위 어스레한 공기를 뚫고 지그재그로 날아오른다. 어두컴컴한 데서 나와 어두컴컴한 데로 사라진다.

5월 10일 화

딱따구리가 쪼아대는 소리는 얼마나 멀리까지 들리는가. 빠르고 세게 쪼아대므로 구멍이 뚫리지 않을 도리가 없다. 게다가 죽어 마른 나무는 소리 또한 크게 울린다. 딱따구리는 나무 이쪽을 쪼아

대며 이런 음조를 내다가, 약간 떨어진 또 다른 쪽을 쪼아대며 또 다른 음조를 낸다. 그러는 사이에 단단한 꽁지깃으로 몸을 지탱한다. 각종 새무리가 잇달아 이 고장의 벌판을 찾아와 군복 입은 병사처럼 흩어진다.

숲을 나와 실개천을 끼고 스미스 언덕으로 올라간다. 언덕 위에서 서쪽 경치를 굽어본다. 이 동쪽 언덕에서는 서쪽 하천 골짝이 훤히 내다보이나 산들은 여전히 높다. 산을 오르면 가까이에 있는 낮은 언덕들은 가라앉으며 펑퍼짐해지고, 먼 산들이 하늘을 가리면서 솟아오른다. 진정으로 거대한 것들이 눈에 들어온다. 이제까지 감춰져 있던 토대의 일부가 푸르게 드러난다. 이토록 웅장한 사원이 돔 지붕뿐 아니라 본채 정면을 서서히 드러낸다.

안개가 저쪽 풍경 일부를 덮었고, 계곡마다 안개가 깔려 있으나 아직 자욱할 정도는 아니다. 지평선에 보이는 먼 산은 좋은 강연 주제일 수 있다. 변치 않는 진정한 가치를 논하는 일종의 산상수훈이다. 하늘에 이르는 디딤돌이다. 기수가 발판을 디디고 말에 올라타듯, 우리는 저 산들을 오르면서 하늘로 가는 순례를 시작한다. 젊은이들은 하늘 빛깔을 거의 지니지 않은 이 맨땅에서 아득히 먼 산을 바라보면서 순례의 길을 떠날 준비를 하기 시작한다.

삶을 생생히 그려내는 비유와 상징의 재료로 자연을 이용하는 이가 으뜸가는 부자다. 축 늘어진 황금빛 버들가지는 우리가 겪은 어떤 아름다움과 약속에 어울리기에 감명을 준다. 지금 나는 버드나무의 황금빛 문으로 들어가려 한다. 내가 삶을 넘치도록 살면서 많은 일을 겪었으나 표현력이 모자라다면, 자연이 나의 언어를 시로 가득 채울 것이다. 온갖 자연이 전설이 될 것이고 온갖 개개의 자연현상이 신화가 될 것이다. 표현이 아니라 표현되어야 할 사실만을 구하는 과학은 오직 죽은 언어로 자연을 탐구할 뿐이다. 나는 자연을 의미심장하게 해줄 그런 내적 경험을 갈구한다.

5월 12일 목

속새가 작은 대나무처럼 30센티쯤 자라났다. 어느 동양 숲의 귀한 나무나 보석 공예품 같다. 내가 샘가에 앉아있는 동안, 피어나는 꽃봉오리 주위를 작은 새들이 떼 지어 날아다니며 지저귄다. 꽃이나 잎과 마찬가지로 이 새들도 나무의 일부처럼 여겨진다. 새가 작은 발로 내려앉는 순간 나뭇가지도 기쁨을 느낀다.

강가에 서서 따스한 햇살을 받으며 황소개구리가 내는 저음의 나팔소리를 듣는다. 여름 오케스트라가 악기를 조율하는 소리처럼 반쯤 억눌린 바순의 소리다. 그러다가 사방이 다시 잠잠해진다. 이처럼 버들이 우거진 철이니, 둑방의 공기는 얼마나 달콤함에 푹 젖어있겠는가.

멀리 따스한 언덕 비탈에서 자라난 풀들이 엷은 아랫도리를 드러내고 물결친다. 가장 앞서 나온 풀이다. 수영이 자색을 띤다. 마치 오늘이 부드럽고 차분한 6월 같다. 그러나 벌써 한 해가 저무는 기색이 풍경 여기저기서 엿보인다. 지금은 또한 쌀새의 계절로, 사과나무가 꽃망울을 터트릴 준비를 한다. 여름 모험에서 퇴각하기에는 이미 너무 늦었다. 이제 루비콘강을 건넜으니, 여기에서 여름을 나야 한다.

니사나무가 새잎을 피워 올릴 조짐을 보인다. 흑버들보다 늦긴 했으나, 세팔란투스보다는 약간 이른 편이다. 이제 그늘이 다시 살아난다. 여름이 이 땐드를 단단히 고정시킨 것이다. 머지않아 새들이 둥지를 지을 만한 은밀한 곳들도 무수히 늘어날 것이다.

오후에 돛을 펴고 코난텀을 지나다.

방목장의 암소들이 푸른 초원의 향락을 즐기고 나서 사과나무 아래 옅은 그늘에서 되새김질을 한다. 평화로운 풍경이다. 페어헤이븐 입구 강가에서 우리 돛에 놀란 청왜가리 두 마리가 푸드덕 날아올라, 뒤쪽으로 다리를 쭉 뻗고 천천히 위아래로 날개를 움직이며 퍼덕인다. 그렇게 퍼덕이며 높이 올라가서는 우리를 정찰하러 다시 돌아온다.

그 왜가리 두 마리가 참나무에 앉아있는 모습이 멀리서도 또렷이 보인다. 우리가 거기 근처에 배를 대자 다시 그들이 멋지게 날아오른다. 예상치 못하게 6월의 따스함이 느껴진다. 이 절벽 남쪽 기슭은 식물 생장이 다른 곳보다 2주쯤은 더 이른 것 같다. 예쁘고 귀여운 베로니카는 벌써 꽃을 많이 피웠고, 동이나물과 매발톱꽃은 이미 전성기가 지났으며, 바위취는 씨앗이 여물었고, 세팔란투스가 반짝이며 언덕 비탈을 노랗게 물들였다.

우리는 돛을 접고 노를 저어 귀로에 접어들었다. 공기가 맑고 곱다. 바람이 일었으나 아직 서늘한 바람은 아니다. 라이스의 선착장을 나오고 나서 다시 순풍이 불어왔다.

5월 15일 일

수영이 피어나 은빛으로 엷게 물든 풀의 물결과, 미나리아재비 꽃, 은백색 양지꽃, 첫 사과나무 꽃이 우리를 또 다른 계절로 이끈다. 어느덧 카스텔레야(인디언페인트브러시)가 활짝 꽃을 피웠다. 가는 잎 20센티쯤 위에 불꽃처럼 피어난 이 꽃은 초원과 맞닿은 언덕 가장자리, 즉 언덕 발등에 서서 그 강렬한 색으로 7월을 이야기한다. 우리가 아직 겪어보지 못한 열기를 약속한다. 이제 들판이 좀 더 여름에 가까이 누워있다. 노랑이 봄의 색이라면, 빨강은 한여름의 색이다. 우리는 옅은 금빛과 초록빛을 거쳐 미나리아재비의 노란빛에 이르고, 주홍을 거쳐 격렬한 붉은 7월, 즉 붉은 수련에 이른다.

올 들어 처음으로 귀뚜라미의 울음소리가 들려와 다른 모든 것을 잊고 만다. 다른 것들은 언제든 떠나갈 표피에 불과하다. 그 아래 깊은 곳에 귀뚜라미가 늘 머물러 살고 있다. 귀뚜라미가 벌써 가을을 알린다. 언덕 비탈의 마른 바위 언저리 깊숙한 곳에 귀뚜라미는 앉아있을 것이다. 전에는 빼어나게 아름답게 들리던 새소리마저 피상적이고 하찮게 느껴질 정도로, 귀뚜라미의 노래는 깊고 의미심장하다. 귀뚜라미의 노래를 듣는 순간 나는 생각에 잠기고, 철학자가 되고, 슬기로워진다. 숲의 개똥지빠귀와 견줄 때 귀뚜라미의 노래는 선율이 그다지 아름답진 않으나, 훨씬 잘 여문 슬기로운 소리다. 이 노래로 인해 나는 이제 여름을 넘어 가을까지도 명확히 느낄 수 있다.

어떤 때에는 여름의 작용이 하찮게 느껴질 때도 있다. 몹시 바쁘게 윙윙거리며 오가는 꿀벌을 붙잡고, 도대체 네가 무슨 일을 하는지 아느냐고 묻고 싶다. 나는 단 한 번의 도약만으로도 꽃이 막 피어나기 시작한 미나리아재비로부터 다년생 초목에게로 건너뛸 수 있다. 귀뚜라미는 기을을 개척하는 가수다. 그의 노래는 계절을 초월한다. 아니면 계절에 한참 뒤처져 있다. 일종의 고귀한 자각이다. 귀뚜라미의 울음소리는 시간과 공간을 소멸시킨다. 여름은 시류에 편승하는 자들의 계절이다.

5월 16일 월

오늘은 숨 막힐 듯 더웠다. 올해 처음으로 정말로 무더운 날이어서 저녁에 천둥비가 내린 게 전혀 놀랍지 않다.

오후 5시, 메리맥강 계곡 너머 북쪽 지평선에 어둡고 무거운 구름이 나타났다. 그러나 그 구름은 강 골짝을 따라 흘러내려 가서, 여기에는 비 한 방울 내릴 것 같지 않았다. 먹구름이 지나가며 북쪽 하늘에서 소낙비가 쏟아진다. 구름 가장자리가 엷게 흘러가는 서쪽 하늘은 노란빛으로 그득하다. 무더운 저녁, 주민들이 문가에 서서 멀리서 우르릉하는 천둥소리를 들으며 땅 쪽으로 내려오기도 하고 구름 쪽으로 올라가기도 하는 번개를 본다. 올해 처음으로 무더운 날이고, 첫 천둥비다. 내가 4월에 해버힐에 갔을 때에도 천둥비가 내렸다. 자연이 위기를 넘긴 것 같다.

미끄덩한 양서류는 사는 동안 대개 깨어있다. 두꺼비의 물에 젖은 꿈이 새로운 소리를 얻었다. 초원에서 청개구리 울음소리가 또렷이 들리고, 느릅나무에서 회색청개구리 울음소리가 자주 들린다. 이 무덥고 축축한 공기가 개구리들을 다시 살려 냈다. 폭우가 지나가면서 공기에서 싱싱하고 서늘한 냄새가 난다. 그리고 이제 날이 어두워지며 먹구름 가장자리에서 금방이라도 소낙비가 쏟아질 것만 같다. 서쪽 구름 우측에서는 쉴 새 없이 번개가 내리친다. 폭우가 내리는 구름 뒤편에서는 오른쪽 구름 날개가 쉬지 않고 전진하며 포화를 퍼부어 댄다. 번쩍할 때마다 구름의 윤곽이 드러난다. 가끔 어둠 속에서 개똥벌레 유충 같은 밝은 빛이 나타나 우리의 눈을 멀게 하고, 곧 우르릉하는 천둥소리가 이어진다. 처음으로 빗방울 듣는 소리가 들린다. 서쪽 창을 서둘러 닫는다. 시력이 약해진 이들은 창문에 등을 기대고 앉아 블라인드를 내린다.

5월 17일 화

무덥고 축축한 지난밤 사이에 모든 게 현저히 달라졌다. 거리의 어린 단풍나무와 몇몇 나무에는 벌써 파릇파릇한 빛깔이 어려 있다. 공기가 그다지 서늘하진 않으나, 칼새가 일주일 전과 마찬가지로 강 위에 낮게 떠 강물을 스치며 바쁘게 오간다. 세팔란투스는 작고 부드럽고 둥근 연록의 싹에 첫 소생의 조짐을 보여 준다. 긴 자루 달린 숟가락 모양의 폰테데리아가 물 밖으로 모습을 드러냈다. 지금은 보드랍고 어린잎을 숭앙해야 할 철이다. 적참나무가 볕가리개처럼 우거진 어린잎 아래 꽃을 피웠다. 둑, 언덕 비탈, 마른 초원에 양지꽃이 노랑 반점을 박은 듯 눈부시게 피어났다. 어쩌나 발랄한지 가장 흥미로운 노랑꽃의 하나다. 지금 들판은 삼백초로 하얗다. 오늘 비로소 조름나물이 기묘한 보풀 모양으로 꽃을 피웠다. 하지만 그 잎은 이제 눈길을 끌지 않는다. 초원이나 어린 숲에 사는 애기풀이 유독 보드랍고 미묘한 잎을 달고 희귀하고 풍부한 붉은 색채의 꽃을 피워 나를 놀라게 한다. 꽃의 색채는 한여름으로 다가갈수록 더 강렬히 불타오른다. 꽃은 햇빛의 또 다른 색이다.

이제 해 지기 한 시간 전쯤인 이 따스한 저녁에, 페어헤이븐 서쪽 비탈의 한 바위에 앉는다. 사과 꽃의 달콤한 향내가 대기 중에 가득하다. 서쪽 낮게 뜬 구름에 해가 얼마쯤 가려져 있다. 지난 저녁 천둥비로 공기가 맑아졌다. 온화하고 담백한 산들바람이 여기까지 불어오긴 하나, 햇빛에 반짝이는 아름답고 고요한 강에는 서쪽 잔잔한 하늘과, 하늘에 걸린 어두운 숲의 물그림자가 비친다. 아, 낮의 빛과 밤의 고요함이 얼마쯤 뒤섞이는 이 하루 마지막 시간의 아름다움이여. 어떤 힘이 공기를 달래고, 강물과 마음을 가라앉힌다.

천천히 돌아오다가 스트로부스잣나무 옆 과수원 돌담에 앉는다. 암소들이 음매음매 울고, 강은 해 지기 직전의 금빛으로 반짝인다. 강 수면에 일몰이 비치면서 강이 자줏빛으로 물든다.

5월 20일 금

오늘은 맑지만 북서풍이 거센 서늘한 날이다. 하늘에 옅은 구름이 낮게 떠가는 지평선의 산악이 평소보다 어두운 흙빛으로 비친다. 배꽃이 지고 사과 꽃이 피는 철이다. 숲속 새들의 노랫소리가 들리지 않을 만큼 바람이 요란한 소리를 내며 지나간다. 호수의 물결이 기슭에 철썩 부서지는 소리 또한 우렁차다. 호숫가에 딱새들이 점점이 흩어져 있다. 딱새 무리가 양 떼처럼 듬성듬성 흩어져 동남쪽 호숫가로 달려간다. 여기 호수 가까이 언덕 비탈 어린 숲에 최근 불이 났다. 불길이 어찌나 깔끔하게 땅을 휩쓸고 지나갔는지, 움푹 파인 곳에 축축이 썩은 잎만 남았다. 하지만 이 검게 탄 땅에서 패모와 솜대가 벌써 30센티 높이로 쑥쑥 자라났다.

5월 22일 일

이틀 동안 비가 내리더니, 사흘 연속 바람이 거세다. 오늘은 이 계절에 흔히 찾아오는 빨래 너는 날이다. 비가 오고 나서 풀이 마법처럼 쑥쑥 자라난다. 온 누리에 생기를 불어넣는 이 기운차고 유쾌한 바람을 뚫고 새들의 노랫소리가 들려온다.

어제 나는 누이 소피아와 함께 보트를 타고 노를 저어 프리처드 씨의 땅을 지나가고 있었다. 강가에는 느릅나무들이 줄지어 서 있고, 버드나무들이 멋들어진 가지를 드리웠다. 저녁 6시경에 외마디 비명소리가 들렸다. 흉내지빠귀종인 캣버드의 소리 같았다. 흉내지빠귀 특유의 크고 떨리는 소리였다. 캣버드의 '야옹'하는 소리를 봄이 떨리는 소리로 멋들어지게 흉내 내는 것도 같았다. 찌르레기와 여러 새들이 주변을 날고 있었다. 분명 그곳에는 그들을 끌어들인 무언가가 있었다. 나는 성마른 캣버드나 검정깃찌르레기일 것이라 생각했다. 그래서 처음에는 그 소리를 무시했다. 그러나 다시 생각을 바꿔 기슭으로 뱃머리를 돌렸다. 기슭의 바닥뿐 아니라 나무들도 여기저기 살펴보았다. 어떤 새가 뱀에게 먹힐 지경에 처했거나, 나뭇가지 틈에 걸려 괴로워하고 있지 않을까 염려해서였다. 가까이 다가가자 우짖던 새들이 흩어졌다. 우리가 말채나무로 덮인 기슭을 향해 다가가자 고통의 음조가 더 크고 가까워졌다. 그 소리는 말채나무가 아니라 땅에서 났다. 나는 말채나무 밑에서 보트를 향해 서둘러 달려오는 작은 짐승을 볼 수 있었다. 어린 사향쥐일까, 아니면 밍크일까?

사향쥐도, 밍크도 아니었다. 어린 고양이였다. 얼굴에서 꼬리 끝까지 몸길이가 기껏해야 18센티를 넘지 않는 새끼 고양이였다. 무척 잘 자란 멋진 놈으로, 몸 상태가 아주 좋아 몸의 너비가 길이의 3분의 1을 넘었다. 새끼 고양이는 연약한 다리로 한껏 속력을 내서 돌밭을 넘어 연신 '야옹' 소리를 내며 곧장 내 쪽으로 달려왔다. 나는 그 새끼 고양이를 집어 배 안으로 옮겨 놓았다. 내가 배를 밀어 기슭을 떠나려 할 때 고양이는 소피아가 앉아있는 고물 쪽으로 뛰어갔다. 내가 집을 향해 노를 젓는 동안 소피아가 그 고양이를 안고 있었다. 분명 그 고양이는 젖도 채 떨어지지 않은 어린것이었다. 내가 아는 어떤 고양이보다 작았다. 정말로 아주 작은 고양이였다. 그렇지만 이 고양이는 생명의 위협을 느끼자 지나가는 배에 구조를 청해 스스로 자기 목숨을 구했다. 나이와 경험의 폭을 고려해 볼 때 이 고양이가 한 일은 내가 책에서 읽은 어떤 수학자나 음악의 신동이 한 일보다 멋졌다.

이 고양이가 어떻게 인가로부터 수백 미터 떨어진 그곳까지 갈
수 있었는지에 대한 추측은 다양했다. 해답은 셋으로 좁혀졌다. 첫
째, 이 고양이는 거기에서 태어났을지 모른다. 둘째, 어미 고양이
가 거기까지 옮겨놓은 것인지 모른다. 셋째, 인간의 손에 의해 옮
겨진 것이다. 첫 번째 경우라면 이 고양이의 형제나 자매가 하나
둘쯤 그 근방에 있을 것이고, 어미가 그들을 두고 떠난 이유는 먹
이를 구하기 위해서일 것이다. 따라서 어미 고양이는 머지않아 그
리로 되돌아올 것이다. 두 번째 경우에도 역시 어미는 다시 돌아올
것으로 예상된다.

어쨌든 토론이 끝나기 전에 우리는 집 근처 기슭에 닿았다. 하
지만 이내 궁지에 빠졌음을 깨달았다. 이 새끼 고양이가 적지 않게
우리의 흥미를 끌긴 하나, 당분간은 누군가가 돌봐 주지 않으면 안
된다. 물론 그 사람과 교대할 또 다른 사람도 필요하다. 게다가 우
리는 거의 다 자란 또 다른 고양이를 키우고 있다. 그 고양이가 어
린 이방인에게 성깔을 드러내 보일지 모른다. 어린 고양이를 혼자
내버려 두면 어느 순간에 물어 죽일지도 모른다는 우려를 하지 않
을 수 없다. 그러나 우리 중 누구도 이 어린 고양이를 물에 빠져 죽
게 하고 싶지는 않았다. 일부러 고양이를 물에 빠뜨리는 일 따위는
더더구나 생각조차 할 수 없었다. 여러 차례 거른 우윳빛처럼 담청
색을 띤 이 순진무구한 어린 고양이의 눈을 한번 들여다본다거나,
이 어린 고양이가 우리의 손이나 턱을 빨며 작은 발톱으로 장난을
치고 있는 모습을 머릿속에 떠올려 본다면, 그런 끔찍한 생각을 한
다는 것만으로도 정말 용서받지 못할 일이었다. 그래서 우리는 당

분간 고양이를 기르면서 달리 적당한 해결책을 찾아보기로 했다.

그날 저녁에 고양이는 무릎으로 안거나 덮개로 감싸 주어도 편히 쉬지 못했다. 어미와 입에 익은 어미의 젖 맛을 그리워하며 가냘프게 울었다. 사람이 움직이면 쫓아 떨어갔고, 사람 소리가 나면 그쪽으로 뛰어갔다. 누가 방을 질러가면 어김없이 고양이도 빠른 속도로 그 뒤를 따라갔다. 이 고양이는 어리지만 다 큰 고양이의 습성을 남김없이 지니고 있었다. 아주 멋지게 가르릉거렸고, 등을 곤추세우고 구두나 신발에 몸을 문질러 댔다. 때론 발을 들어 귀를 문지르면서 마루 위로 벌렁 나자빠졌다가 앞으로 굴렀다. 그러나 결코 '꽝'하고 마루에 세게 부딪치는 일은 없었다. 사람이 앉으면 곧장 그 위로 올라가 턱을 빨았다. 희미한 울음소리가 내내 그치지 않았다. 처음에는 우유 접시에 머리를 들이밀곤 했다. 접시 안의 우유는 어린 고양이에게는 보이지 않았으므로, 우유가 그저 고양이의 턱을 적실 뿐이었다. 그러나 곧 어린 고양이는 우유 안에 담겼다 나온 발가락을 빨았다. 그것은 더 즐거운 장난이었다. 그러다가 마침내 잠이 들어 편히 몸을 눕혔다.

5월 25일 수

어제 오후부터 내리는 비가 오늘도 연이어 내린다. 흔들림 없이 곧장 떨어지는 착실한 '어부의 비'로, 땅에 후드득 떨어져 넘쳐흐르고, 사과나무와 가시나무에서 꽃을 떨군다. 일주일 남짓한 사이에 풀과 잎 그늘이 여러모로 짙어졌다. 누구나 지난 수요일에서 오늘로 건너뛴다면, 경치가 너무나 많이 변해 깜짝 놀랄 것이다. 특히 우거진 풀숲이 어두운 남색을 띤 초록으로 변한 데 놀랄 것이다. 어린 가지들은 얼마나 빠르게 자라나는가. 풀과 나무의 각가지 잎이 나오자마자 오랫동안 억눌려 있었다는 듯 힘차게 앞으로 뻗어나간다. 다른 계절에는 이렇게까지 빨리 자라지 않는다. 이 계절에 자라는 많은 식물이 한 해 성장의 대부분을 한두 주 만에 끝낸다. 지금은 식물이 쑥쑥 자라나, 나머지 철에는 튼실하게 익어간다. 하지만 늦여름이나 가을에 두 번째 봄을 맞이할 수도 있다.

5월 27일 금

근 사흘 계속 비가 내리더니 어젯밤에야 갰다. 18일과 19일 연이어 내린 비와 더불어 이 비가 우리의 5월 비다. 두 번에 걸친 이 비가 올봄에 내린 비 나머지를 모두 합한 양보다 더 많다. 비가 그친 후 밖으로 나간다. 옷을 두툼하게 껴입었으나 예상치 못하게 무척 따스하다. 그렇지만 아직 공기 중에 떠도는 습기가 어느 정도는 열을 식혀 준다. 여름이라는 새로운 계절, 잎의 계절인 6월이 다가왔다. 느릅나무의 가지가 처지기 시작하면서 그늘이 짙어져 간다. 느릅나무에서 때까치가 여느 때보다 큰소리로 지저귄다. 일주일에 걸쳐 점점 커져가는 귀뚜라미의 울음소리 또한 어느 것 못지않게 새로운 계절을 알린다. 귀뚜라미는 이 세상, 이 빈약한 평범한 세상으로 생각이라는 물품을 수입한다. 이 품목의 도매업자다. 나는 요즘엔 그늘에 앉는다. 황소개구리들이 호수 수면에 사지를 쭉 뻗고 누워있다.

　비 온 뒤 따뜻해진 이 저녁부터 곤충의 치세가 시작되었다. E. 우드의 집 너머 리기다소나무 숲에서 희미하게 잉잉거리는 소리가 들린다. 마치 멀리 떨어진 공장에서 새어나오는 기계 소리 같다. 이 소리를 별빛 저택에서 번지는 향기로운 어떤 소리라고, 온갖 작은 숲에서 속삭이는 희미한 하프 음악이라고 상상해 본다. 이윽고 내 손과 얼굴에서 곤충이 느껴지고, 풍뎅이 한 마리가 윙윙거리며 스쳐 지나간다.

5월 28일 토

　오후 5시에 보트를 타고 루핀 언덕에 가다.

　올해의 카니발이 시작되었다. 공기는 따스하고 축축하고 몽롱하다. 잔잔히 가라앉은 강물이 보기 드물게 수위가 높아져 흘러넘치면서 노란 수련이 수면 아래 모조리 잠겨 있다. 벌써 두꺼비 우는 소리가 강 따라 여기저기에 울려 퍼진다. 이따금 황소개구리가 트룩 하고 우는 소리도 들린다. 비 온 뒤 어제부터 시작하여, 지금 이 시기 가장 특이한 것은 이 돌연한 열기다. 낮에 흔히 들리는 건 곤충의 소리이고, 저녁과 밤이면 두꺼비와 나무개구리의 울음소리가 크게 울려 퍼진다. 사라세니아 꽃이 특히 눈에 뜨이나 아직 꽃가루는 생기지 않았다. 습지 난초Arethusa bulbosa는 아마 어제쯤 꽃을 피웠을 것이다. 그 아름다움에 깜짝 놀란다. 아직까지는 단연 가장 귀하고 화려한 색이다. 녹색 초원에서 두드러지는 강렬한 색이어서, 꽃이 실제 크기보다 두 배쯤은 더 커 보인다. 화려한 반점이 찍혀 있고, 둥글게 말리고, 까끄라기가 난 입술꽃잎이 있어서, 이 고장 초목과는 사뭇 다른 낯선 모습이다.

잠자리가 날기 시작한다. 6시인 지금 이 어슴푸레한 저녁에 해가 빛을 잃어 루피너스 꽃이 그 아름다움을 얼마쯤 잃었다. 루피너스 꽃은 투명해서 연보라 색조가 햇빛에 비쳐 보일 때가 가장 아름답다. 해 지기 한 시간 전쯤, 약간 높은 지대의 풀들이 이슬에 젖어 있다. 서쪽 하늘에 뜬 해가 커다란 붉은 공처럼 45분가량 강물에 비친다. 처음에는 주홍빛이었으나 가라앉으면서 점차 진홍과 적포도주 빛깔로 바뀌며 커진다. 한 줄기 푸른 구름이 해를 가로질러 간다. 기복이 심한 둑 아래 강물 속에 여전히 해가 비친다. 하늘 덮개에 둥근 구멍 하나가 나 있고 그 구멍을 통해 진홍빛 대기를 보고 있는 듯한 느낌이다. 이 장면을 충실하게 화폭에 담는다면, 자연스럽지 않은 풍경이라는 말을 들을 것이다. 푸른색을 칠한 집이나 헛간은 멀리 떨어져 봐야 그 푸름이 돋보이는 반면에, 루피너스가 우거진 언덕 비탈은 바로 가까이에서 봐도 변함없이 그 푸름이 두드러져 보인다.

5월 29일 일

소 떼가 다리 아래 강물에 서서 더위를 식힌다. 어느 틈엔가 야생 장미에 꽃망울이 맺혔다. 이 야생 장미는 또 어느 사이엔가 꽃을 피울 것이다. 어느덧 꽃이 지고 열매를 맺은 조밥나물과, 민들레의 둥근 씨앗 뭉치로 들판이 하얗다. 일부 초목은 벌써 가을에 이르렀다. 요즈음에는 오후마다 밤이 오기 전에 천둥비가 내릴 것만 같다. 서쪽에서 일어나는 화덕의 열기 같은 몽롱한 공기 너머로 뭉게구름이 거무스름한 윤곽이 어렴풋이 보인다. 라즈베리가 꽃을 피웠다. 누구나 이 아담하고 흥미로운 작은 꽃에 절로 눈길이 가게 된다. 황량하던 방목지가 이제 풍성한 녹색의 옷을 입었다. 습기 찬 방목지 작은 웅덩이에, 그리고 그루터기 주위와 길가 도랑에 베로니카가 작은 초승달 모양으로 무리 지어 방긋 겸손한 얼굴을 내밀고 있다.

5월 30일 월

오전 5시에 클리프스에 가다.

블랙베리가 꽃을 피웠다. 새벽녘에 헤이든의 집 앞을 지나가며 보니, 가축을 돌보기 위해서인지 방문이 열려 있다. 아침을 차리는지 베이컨 튀기는 냄새가 진하게 풍겨온다. 헤이든의 개는 새벽 공기를 즐기려 앞발을 문지방에 척 걸쳐놓고 누워있다. 시스투스가 단순하면서도 우아한 꽃을 피웠다.

날씨가 바뀌었다. 어젯밤부터 쌀쌀해지더니 공기가 아주 맑다. 이제 잎은 어지간히 다 자라나서(이것이 5월이 하는 일이다) 여름 진초록의 기운을 띤다. 마을 주민들이 텃밭에서 잡초를 베어내기 시작한다. 5월은 꽤 즐거운 달이다. 며칠간 땅에 곧장 후드득 떨어지는('어부의 비'라 불리기도 하는) 부드러운 비가 내렸고, 지난

주는 무더울 정도로 무척 따뜻했다. 파종과 식목을 거의 대부분 이달에 끝냈다. 북서풍이었다가 남서풍이었다가 남풍으로 바뀐, 세차고 요란하나 차지는 않은 바람이 5, 6일간 불어왔다. 놀랍게도 곤충이 잎을 침범하여 벌써 무수히 많은 잎이 잎말이병에 걸리고, 각종 혹이 생겨났다. 블랙체리, 관목참나무와 같은 많은 나무가 잎이 나오자마자 애벌레의 공격으로 고스란히 발가벗겨졌다.

오후에는 채닝과 더불어 칼라일 다리까지 가다.

세차면서 다소 야단스러운 남풍을 받으며, 한 시간 남짓한 사이에 집에서 빠르게 칼라일 다리에 이른다. 강 수위가 이례적으로 높다. 하늘에는 구름 한 점 없으나, 강에는 안개가 자욱하다. 어제의 열기로 공중으로 올라간 수증기가 오늘 좀 쌀쌀해지면서 응축된 모양이다. 강물은 흐릿한 암청회색이다. 물결이 제법 높게 인다. 물결이 부서지는 곳의 강물은 칙칙한 노란색이다. 흰 거품이 남북 방향으로 끝도 없이 길게 뻗어있다. 볼스힐에서 푸른 창포가 막 꽃을 피웠다.

6월 1일 수

언덕 비탈에 노루발풀이 자라났다. 밝고 번지르르한 담녹색 잎이 새로 돋아나나, 철 지난 잎들이 오히려 더 밝게 반짝인다. 노루발풀은 겨울에도 이와 같은 모습일까? 이렇게나 마르지 않는 윤기를 지닌 식물이 또 어디에 있을까.

언덕 비탈을 오르다보니 2, 3미터 떨어진 곳에서 쏙독새가 놀라 일어난다. 이 얼룩무늬 짐승이 날개 달린 두꺼비처럼 반은 퍼덕이고 반은 깡충깡충 뛰며 멀리 언덕 아래로 내려간다. 가만히 서서 주위를 둘러보니, 언덕 비탈 약간 터진 곳 어떤 틈에나 둥지도 없는 맨땅에 흩어진 솔잎과 모래 위에 쏙독새의 알 두 개가 놓여 있다. 일단 눈에 뜨이기만 하면 쉽게 알아볼 수 있으나, 알이 놓인 장소에 따라 하얀 반점의 진회색에 청갈색이나 회갈색, 밤색 바위나 화강암과 같은 위장색을 띠고 있어서 얼핏 보아서는 잘 알기 어렵다. 나는 알을 집으러 몇 걸음 나아간다. 몸을 굽히는 순간 땅에 그림자가 어려 올려다보니 그 쏙독새다. 어설프게 눈 먼 시늉을 하며 언덕 아래로 퍼덕거리며 뛰어가던 놈이 어느새 내 머리 위에 낮게 떠 빠르게 날아간다. 두 날개에 하얀 반점이 보인다. 내가 50, 60미터쯤 갔을 때 다시 공중 높은 곳에 나타난다. 놈이 그 특유의 날갯짓으로 절뚝거리듯 날며 어둠 속의 작은 악마처럼 나를 향해 내 머리 위 2, 3미터 떨어진 곳까지 소리 없이 내려왔다가 호수 너머로 날아간다. 그리고 땅 위에 놓인 자신의 알은 잊고 먹잇감을 뒤쫓기라도 하듯 이쪽저쪽으로 나를 향해 달려들며 위협한다. 미신이 어떻게 해서 쉽게 경외감을 일으키는지 알 것 같다. 뻐꾸기 울음소리가 귀에 또렷이 들린다.

어느덧 여름이 다가온다. 대부분 나무에서 꽃이 피어나고, 열매가 맺히기 시작한다. 물과일들이 갓 생겨났고, 새들도 알을 품는다. 소나기가 내린 뒤 따뜻해진 첫날 저녁이어서 곤충들이 떼 지어 나타났다. 안개 자욱한 아침이 시작된다. 초목이 빠르게 자라난다.

오늘 농부들이 밭을 김매러 나간다. 지금은 성장의 계절이다. 첫 번째 개화기는 끝났다.

6월 2일 목

새벽 3시 30분에 깨어 새들이 여기저기서 낮게 짹짹 지저귀는 소리를 듣는다. 하루의 마개가 뽑히면서 표면에서 터지는 거품 같다. 먼저 오는 이가 먼저 대접을 받는다. 오늘의 기운을 정말로 얻고자 원한다면, 오늘의 감로주 첫 잔을 맛보아야 한다.

새벽 4시다. 50, 60미터 앞밖에 보이지 않는 안개를 뚫고 강 따라 노를 젓자 강둑에서 어둡고 희미한 나무의 윤곽이 나타난다. 한편으로는 안개 속에서 나를 만나러 나오고, 또 한편으로는 물러나 이내 안개 속에 파묻힌다.

노쇼턱트 언덕 북쪽 기슭을 오르다 내가 새와 수탉을 분발시킨 기운과 똑같은 새벽 기운에 영향을 받고 있음을 깨닫는다. 아침에는 나도 수탉처럼 저녁 걱정을 하지 말고 새로운 날의 원기를 한껏 기뻐하며 환호해야 할 것이다. 얼굴이 금세 안개에 젖는다. 안개는 넓게 퍼진 이슬이 아니겠는가. 구름 또한 또 다른 이슬이 아니겠는가.

4시 45분경 해 뜰 무렵 언덕 꼭대기에 오르니, 주위가 온통 안개의 바다다. 넓게 펼쳐진 하얀 안개가 언덕 꼭대기까지 올라와 멀리 떨어진 높은 산봉우리 몇 개만 너른 바다의 섬처럼 점점이 박혀 있다. 서쪽 멀리 와추셋산이 아틀란티스섬 같이 떠 있다. 나와 와

추셋산 사이에 기항할 만한 곳은 거의 어디에도 보이지 않는다. 높은 산 정상에 올라 발아래 구름을 보는 듯한 느낌이다. 한쪽의 안개는 기하학적인 선으로 언덕을 끊어낸 듯 평탄했으나, 동쪽 방향에서는 헤일 엉창으로 어기저기기 부풀어 오른다. 저 시패에서 미을을 지나가는 첫 화물열차의 기적 소리가 들려온다.

그러는 사이에 내 손이 추위에 곱고, 젖은 발이 시려온다. 지금은 오전 5시 15분이다. 남서풍이 불어와, 남서쪽에서는 어느덧 안개가 가는 천처럼 얇아져 안개 저편으로 숲과 들이 보인다. 이와는 반대로 해 뜨는 쪽에서는 잠시나마 안개가 아주 두툼하게 쌓여 마치 어둡고 낮은 구름처럼 보인다. 높은 산에 올라가야 보이는 그런 어둡고 낮은 구름이다. 이제 길고 어두운 숲 언저리가 안개 속에 떠오른다. 강에 반사되는 햇빛이 안개 속에서 붉은빛으로 반짝인다. 지금은 5시 30분이다. 나무 사이로 강과 푸른 초원이 맑은 빛을 되비치며 반짝인다.

6월 4일 토

살갈퀴가 막 진보랏빛 꽃을 피웠고, 고추냉이도 어김없이 꽃을 피웠다. 나도옥잠화가 전성기를 맞아 언덕 기슭을 따라 무수히 널려 있다. 이제 밤마다 황소개구리 울음소리가 들려오기 시작한다. 회색청개구리가 물러난 자리를 황소개구리가 대신 차지한 것이다.

오늘 저녁 읍사무소에 가서 오래된 마을 기록들을 뒤져보았다. 1652년 토지대장에 "월든 호수", "페어헤이븐"과 같은 이름이 적혀 있어 깜짝 놀랐다. 노스강과 사우스강이라 표기되어 있고(애서 벳이라는 이름은 나와 있지 않았다), "구스 호수Goose Pond", "미스터 플린트 호수Mr. Flint's Pond", "밤들Nut Meadow", "버드나무 습지Willow Swamp", "가문비나무 습지Spruce Swamp" 등 이름은 지금과 다른 데가 없다. 그러면 "사우스 시내South Brook", "개구리 호수Frog Pond" 등등은 어디일까? 이런 야생 상록수 지대나 특정 늪지와 숲 이름을 읽고 개간지 또는 매립지라 불리는 초지, 방목장 등에 대입해 보는 건 꽤나 즐거운 일이었다.

6월 5일 일

창포가 쑥쑥 자라났다. 수위가 낮아진 강이 이제는 어느 정도 여름 강의 모습을 띤다. 30센티쯤 높이로 자란 물옥잠이 특히 눈에 두드러진다. 부엽이 지천으로 널렸고, 가래와 마디풀도 자라났으며, 니사나무에 녹색 꽃이 피어났다. 블루베리와 허클베리에 열매 같기도 하고 꽃 같기도 한 커다란 녹색 혹이 달렸다.

이제 세상에는 파릇함과 향기가 넘쳐 난다. 맑아진 공기를 통해 수영으로 붉어진 먼 들판과, 싱싱한 풀로 가득한 물기 머금은 푸른 초원이 보인다. 나뭇잎도 얼룩이 묻지 않은 깨끗한 초록으로 밝고 아름답다. 5월은 여름을 맞아들이는 서늘함과 습기와 몇 일간의 따뜻한 날로 잎을 틔우고 꽃을 피운다. 6월은 무덥지 않은 열기가 기분 좋은, 푸름과 성장의 계절이다.

우리 대부분은 여러 고대 문명에 미신이 널리 퍼져있었다는 사실을 믿지 않으려 한다. 예컨대 우리가 현재 빼어난 시로 받아들이는 그리스 신화를 그리스인들이 문자 그대로 받아들였다고 주장하면 미심쩍은 표정으로 고개를 갸우뚱하기 마련이다. 우리 이웃들이 고대인들과 마찬가지로 신기한 미신에 사로잡혀 있다는 것을 아는 방법은 간단하다. 여기 뉴잉글랜드 주민들이 안식일을 얼마나 '거룩한' 날로 여기고 있으며, 안식일을 '어긴' 이들이 어떤 공포에 사로잡히는지 기억하는 정도로 충분하다. 뉴잉글랜드인의 종교와 로마인의 종교 사이에 그다지 큰 차이는 없다. 둘 다 죄의 그림자를 숭배한다.

죄는 우리를 위해 사원을 짓는다. 여호와가 주피터보다 더 우월한 신은 아니다. 뉴잉글랜드인들도 낡아빠진 신조라는 젖을 먹는 이교도에 불과하다. 뉴잉글랜드에서는 항상 미신이 크게 세력을 떨쳤다. 나들이옷을 곱게 차려입고 열 지어 교회로 가는 이 농부들은 로마의 농부들과 크게 다르지 않다. 단지 신들의 이름과 숫자만 바뀌었을 뿐이다. 지금의 농부들이 선하듯이 로마의 농부들도 선했다. 뉴잉글랜드의 농부들이 서로 사랑하는 만큼 로마의 농부들도 서로 사랑했다. 아니, 뉴잉글랜드의 농부들이 서로 사랑하지 않는 만큼, 로마의 농부들도 서로 사랑하지 않았다.

6월 6일 월

새벽 4시 30분경에 '린네풀 숲'으로 가다.

풍금조가 많기로 이름난 곳이다. 강에 안개가 꽤 자욱하다. 이렇게 강 따라 누운 안개의 둑만큼 상쾌한 광경은 보기 드물 것이다. 린네풀이 막 꽃을 피웠다. 허버드 숲 근처 강에서 뱃전 너머를 바라보니, 누런 물속에 어린 물레나물이 돋아나 강바닥을 뒤덮었다. 물레나물 잎겨드랑이에 작은 은빛 공기 방울이 달려 반짝인다.

오후 3, 4시경 강 따라 노를 저으며 가다보니, 코난텀 절벽과 언덕 암벽 밑 짙은 그늘이 커다란 흥미를 끈다. 이런 빛과 그늘의 대조가 아주 유쾌한 인상을 준다. 그러나 강물 속의 그늘은 그리 유혹적이지 않다. 강 골짝에서 바라보니, 맑디맑은 공기가 경치를 휩쓸며 스쳐 지나간다.

메마른 바위 언덕에서 계절의 빠른 순환이 느껴진다. 불모의 암석조차 흠뻑 젖어들던 물의 치세가 지나고 뒤이어진 태초太初의 봄도 어느덧 지나갔다. 얼마나 많은 초목이 벌써 바싹 말랐는가. 이끼와 조류는 물론 바위취, 아네모네, 매발톱꽃 등의 식물이 벌써 예전 세世에 속하는 양 기억에 아련하다. 나는 지금 '리의 절벽' 위에 앉아있다. 이곳에서는 축축한 이른 봄에만 성장이 이루어진다. 지금 여기 뗏장이 얼마나 메마르고 파삭파삭한가.

6월 7일 화

오후에 월든 호수에 가다.

클로버가 들판 여기저기를 붉게 물들이고, 속새가 방죽을 이끼처럼 촘촘하게 초록으로 뒤덮었다. 멀리서 메추라기 울음소리가 들린다. 당장은 기운찬 들풀도 벌써 줄기가 허옇게 시들고 벌레에

오늘은 이름 없는 위대하고 아름다운 꽃이다 · · 197

파먹혀 얼룩덜룩한 모습이다. 다종다양한 미나리아재비로 강변 풀밭에 노란빛이 돈다. 아직 기세가 당당한 양지꽃이 풀과 보조를 맞추어 들판에 지천으로 널렸다. 이러한 것이 6월의 특징이다. 솔송나무 숲에서는 듬성듬성 둘러싼 부케꼴 무늬로 함룻새 어린 가지들이 자라나 층 위에 층, 단 위에 단을 쌓았다. 자수품이 산더미처럼 쌓인 시원한 시장처럼 보인다. 이 그늘은 어찌나 밀도가 높은지 땅광처럼 어둡고 서늘하다. 이 밑에서는 아무 것도 자라지 못하나, 땅바닥은 붉은 솔잎에 덮여 있다.

나의 쏙독새 둥지를 찾아간다. 2미터밖에 떨어지지 않은 곳에서 내게로 머리를 향한 채 알을 품고 앉은 쏙독새를 보고 있으면 내 눈을 의심하지 않을 수 없다. 이 새는 지구상에 마지막 남은 토성인처럼 보인다. 스핑크스 같기도 하다. 주피터가 다 파괴하지 못한 토성 치세의 한 유물이다. 인간이 스스로 돌에 머리를 들이박고 싶게 만드는 수수께끼로, 도저히 살아있는 짐승이라고는 믿어지지 않는다. 더구나 공중을 나는 날개 달린 짐승이라고는 생각조차 할 수 없다. 단지 돌이나 청동으로 만든 형상, 그리핀이나 불사조 같은 기발한 상상의 작품 같다.

가슴을 쏙 내민 쏙독새는 색깔과 몸집 때문에 부리는 좀체 눈에 띄지 않는다. 개간지에 가면 흔히 볼 수 있는, 타다 남은 나무의 끝을 보는 듯한 느낌이다. 숨을 쉴 때마다 얼룩얼룩한 가슴에 암갈색과 회색이 번갈아 나타난다. 볏은 평평하고 바랜 회색이다. 쏙독새는 눈을 거의 감다시피 하고 있다. 자신을 노출시키지 않으려는 소름끼치는 스핑크스의 교활함이다. 벽난로 선반을 장식하기에 알맞을 기묘한 청동 조각품. 이 모습을 보면 누구나 경외심을 느끼지 않을 수 없을 것이다. 알을 품고 앉은 이 짐승은 장엄한 구체求體를 보는 듯한 느낌을 갖게 한다. 거기에 이상한 점은 없다. 이 청동 스핑크스는 자고 있는 듯 전혀 미동도 하지 않지만 사실 눈꺼풀 속의 저 작은 틈을 통해 내심 불안감을 감추고 나를 지켜보고 있다. 나는 한 걸음 더 다가간다. 청동 스핑크스는 양쪽 날개 끝으로 지면을 스치며 언덕 아래로 푸드득거리며 날아간다. 그런 식으로 강까지 몇십 미터를 날아간다. 다시 강물을 수십 미터가량 스치듯 날아간 뒤에 비로소 쏙독새는 내 머리 위 하늘로 치솟아 오른다.

얼마나 멋진 짐승인가! 바람을 가려줄 나무 한 그루 변변히 없는 황량한 언덕에서 세차게 퍼붓는 우박과 비바람을 견디며 미동도 하지 않은 채 알을 품고 앉아있는 모습이 마치 바위나 땅의 일부인 것만 같다. 날개를 접고 눈을 감은 채 폭풍우를 견디며 그렇게 이틀을 지냈을 것이다. 그러니 이 쏙독새가 틀림없이 류머티즘의 대명사와 같은 존재로 변했으리라고 생각하기 쉽다. 그러나 바로 그때 갑자기 쏙독새가 날개와 관절 어느 것 하나 경직되지 않은 가장 유연하고 영묘하고 우아한 짐승이 되어 하늘로 날아오르는 것이다. 나는 코카서스의 바위에 묶인 프로메테우스를 만나게 될 것이라 예감한다.

6월 8일 수

초지 근처 작은 못가에 서자 매가 날카롭게 울부짖는 소리가 들린다. 위를 올려다보니 멀지 않은 하늘에서 꽤 커다란 매 한 마리가 빙빙 맴을 돌며 그치지 않고 울어댄다. 처음에는 어떤 먹잇감이 있나 놀라게 하여 알아내려는 건가 여겼으나, 내가 남쪽으로 움직이지 계속 올부짖으며 내게로 더 가까이 맴돌며 내려온다. 근처에 둥지가 있고, 내가 자신의 영역을 침범해서 화가 난 것이 분명하다. 매는 내가 움직이는 대로 따라오며 울어댄다. 때로는 사냥총 사정거리 안까지 내려왔다가 다시 빙빙 돌며 멀리 사라지거나 하늘 높이 날아오른다. 나는 이 매가 하늘에서 보이는 유일한 매라 생각하며 하늘을 올려다보다가, 우연히 창공의 푸른 심연을 들여다보고, 거기서 그 매의 짝이 까마득히 높이 떠 유유히 날고 있는 모습에 섬뜩 놀란다. 이처럼 구름 한 점 없이 파란 하늘에서 놀랍게도 이렇게 나를 지켜보는 눈이 있다니.

아래서 빙빙 돌며 울부짖는 놈은 암놈이다. 그놈이 서서히 하늘로 올라가더니 수놈과 합류한 다음 둘이서 같이 맴을 돈다. 이 모습에서는 어떤 불안의 낌새도 느껴지지 않는다. 하지만 내가 둥지가 있을 성싶은 큰 나무들로 더 가까이 다가가자, 암놈이 다시 내려와 내 근처 큰 나무들의 우듬지를 스쳐 날아가며 울부짖는다. 그러다가 내가 늪지에서 난초를 찾는 동안, 100여 미터 떨어진 한 스트로부스잣나무에 내려앉는다. 늪지 가장자리 한 우람한 소나무 줄기 높은 곳에 지름 1미터가량 되는 마른 나뭇가지로 만든 매 둥지가 달려 있다. 어미 못지않은 크기로 자란 어린 매가 둥지 가장자리에 서서 고개를 갸웃거리며 내가 움직이는 모습을 내려다본다. 깃털이 다 자라지 않은 어린 매가 고개를 천천히 움직이는 모습에서 커다랗고 섬뜩한 대머리수리가 연상된다. 목과 가슴은 연한 갈색이고, 날개는 암갈색 또는 거무스름한 색이다. 밑에서 올려다본 어미는 옅은 갈색으로, 특히 궁둥이 쪽이 밝은 갈색이다.

6월 9일 목

쌍안경을 들고 매 둥지를 살피러 간다. 둥지에서 800미터가량 떨어진 곳인데 어미가 벌써 나를 알아채고 내 머리 위를 맴돌며 울어댄다. 어린 참나무 가지 아귀에 쌍안경을 걸쳐놓고 엎드려 어린 매를 살펴본다(혼자서 둥지 가장자리에 서 있다). 눈의 깜박임과 홍채 빛깔까지 샅샅이 보인다. 나보다도 그놈이 나를 더 뚫어지게 보고 있다. 목을 빼고 두 눈으로 보다가, 고개를 돌리고 한 눈으로 보곤 한다. 눈과 머리 전체에 화가 난 기색이 역력하다. 그 기색이 부리보다는 눈에 더 잘 드러난다. 눈 위쪽과 턱은 회색빛을 띤 흰색이다. 그동안 어미는 새끼와 내 주위를 쉴 새 없이 빙글빙글 돌며 울부짖는다. 내 가까이서 또는 멀리서 맴돌다가 때로는 400미터쯤 떨어진 곳으로 훌쩍 물러났다가, 어느 순간 거의 사냥총 사정거리 안에 있는 스트로부스잣나무에 내려앉기도 한다. 그래서 나는 어미가 다시 날아가기 전에 쌍안경을 어미 쪽으로 돌려 솔잎 사이에서 어미의 성난 눈과 간간히 마주치곤 한다.

내가 한 시간가량 거기 엎드려 있는 동안, 어미는 부리를 벌리고 1분도 채 안 되는 간격으로 울부짖는다. 가끔 딱새나 찌르레기가 어미 매를 성가시게 하려는 듯, 어미 매의 등 쪽으로 날아올랐다가 쏜살같이 내려오곤 한다. 이러는 동안에도 수놈은 어떤 동요도 없이 하늘에 높이 떠 날고 있다. 사냥을 하려는 게 아니라, 서늘하고 옅은 공기 속에서 한때를 즐기고 있는 듯한 모습이다. 기하학자처럼 자신이 그리는 원에 만족히면서 장엄하게 경치를 내려다보고 있는 듯한 모습이다. 땅 아래 어느 먹잇감에 눈을 두고 있는 건 아닐 것이다.

페어헤이븐 언덕에서 딸기를 두어 줌 땄는데, 벌써 시들기 시작한다. 땅이 내놓는 첫 열매는 공기가 낳은 봄 향기를 내뿜어야 한다. 말하자면 첫 열매는 당연히 봄 향기를 구체화한 것이어야 한다. 오래전 대기 가득 향내를 풍기던 곳에서 찾아낸 이 딸기는 그 향기의 만나manna다. 언덕 비탈의 몇 군데 자연 화단과 밭에서 이 열매가 메마른 땅을 붉게 물들였다. 이런 첫 열매의 과즙은 공기를 증류한 것이 아닐까 싶다.

6월 10일 금

오늘 아침 또 안개가 짙게 꼈다. 집집마다 주민들이 뜰로 나와 풀을 베어내기 시작한다. 기분 좋은 서늘한 동풍이다. 느릅나무의 푸른 그늘이 드리워진 가로街路가 멀리 지평선에 놓인 숲까지 뻗어 있다. 여름을 준비하는 맑은 공기를 들이마시며 느릅나무 그늘을 걸어 마을을 빠져나오다가, 울새 어미가 날갯짓을 갓 배우는 새끼들을 부르는 서늘한 삐악 소리를 듣는다. 어느새 주엽나무 꽃이 활짝 피어나 그 달콤한 향기가 거리를 가득 메웠다. 하지만 코보다는 눈을 더 즐겁게 한다. 흑버들의 솜털 덮인 씨앗과 갓털이 가득 강 위를 떠다니다가 물 위로 내려앉아 강 수면을 하얗게 덮는다.

6월 12일 일

오늘 새벽에도 안개가 자욱하다. 간밤에 처음으로 모기에 약간 시달렸다. 어둑어둑한 강에서 아직도 황소개구리와 두꺼비 울음소리가 들린다. 6월 산지의 들은 풀의 씨앗이 여물어 가면서 벌써 초록빛을 얼마쯤 잃어버렸다.

오후에 베어힐에 가다.

개똥지빠귀의 노래가 여전히 얼마쯤 남아있는 내 서늘한 아침 활력에 화답한다. 숲이 우거진 언덕 비탈 메마른 잎 사이에 돋아난 털사철란의 잎이 산책자를 놀라게 한다. 무척 단순한 모습이나 하얀 잎맥이 가로세로로 풍부하게 뻗어있어 마치 하나의 예술품 같다. 매와 마찬가지로 까마귀가 숲 위를 빙빙 돌며 침입자를 날카롭게 꾸짖는다. 그 둥지가 어디쯤에 있을지 짐작할 만하다. 지금 숲에서 가장 흔히 들리는 새소리는 붉은눈때까치의 울음소리다.

언덕을 오르다가 자고새와 그 새끼들을 놀라게 한다. 어미가 곧장 내게로 1, 2미터쯤 떨어진 곳까지 우당탕탕 달려 내려오는 동안, 막 부화한 병아리만한 어린것들이 땅에서 30, 40센티 위를 날며 7, 8미터 떨어진 관목 숲 너머로 흩어진다. 어미는 내 주의를 끌려고 내 근처에 남아 매가 나타났을 때처럼 꽥꽥 꼬꼬 울며 시끄럽게 군다. 그리고 걸음을 옮겨 관목 숲 위로 고개를 쳐들고 암탉처럼 꼬끼오 하고 운다. 어린것들이 삐악 울어서 정체가 드러나는 일이 없도록 어린것들을 조용히 시키는 저 본능이란 얼마나 놀라운 깃인가.

다시 매의 둥지를 찾았다. 어린 매가 둥지 1미터 위 나무 그늘에 앉아있다. 놈은 곧 날아오를 것이다. 그렇다면 지금 이 호젓한 숲에는 얼마나 많은 어린 매들이 날개가 다 자라기를 기다리며 둥지 가장자리나 근처 가지 위 그늘에 기품 있게 앉아있을 것인가. 그동안 부모 새들은 또 얼마나 부지런히 먹이를 물어오고 있을 것인가. 어미 새는 내가 눈에 보이는 한 새끼가 있는 둥지로 날아가지 않을 것이다. 내가 발걸음을 돌리자 어미 매가 800미터가량 나를 뒤쫓는다.

6월 14일 화
오후에 채닝과 화이트호수에 가다.

채닝이 어제 말버러 길가 숲에서 한 "무법자"를 보았다며 이렇게 말했다. 사내가 재채기라도 하는 듯한 듣기 싫은 소리가 계속해서 들려왔는데, 알고보니 어떤 사내가 헐떡거리는 소리였다. 그는 반백의 늙은이였다. 희끗희끗한 턱수염이 30센티쯤 자랐고, 옷은 누더기 중의 누더기였다. 비참한 거지같기도 하고, 숲속으로 숨어든 도망자 같기도 했다. 배를 움켜쥐고 헐떡거리는 모습이 얼마 지나지 않아 곧 죽을 사람 같았다. 그는 습지를 곧장 헤쳐 나온 듯 보였다. 또한 그가 1급의 무법자(채닝의 말마따나 우리 부류의 한 사람)임을 알 수 있었던 것은 잘 익은 호밀밭을 아무 거리낌 없이 곧장 뚫고 나왔다는 사실이다. 채닝은 그가 자신을 밭 주인으로 오인해 기분이 상할까 염려되어 호밀밭 가장자리에 숨으려고 했으나 그만 맞닥뜨리고 말았는데, 무법자는 가볍게 고개를 숙이고는 길 건너편 숲속으로 사라지고 말았다는 것이다. 그는 어떤 것이나 가리지 않고 곧장 뚫고 지나갔다.

길가 관목 숲에서 올해 처음으로 메뚜기 울음소리가 들려온다. 열기와 더불어 메뚜기가 나타났다. 요즘에는 희끄무레하게 바라진 뱀 허물이 더러 눈에 띈다. 말버러 길가 호밀밭 너머 2, 3미터 높이로 자란 어린 참나무 몇 그루가 몇 주 전 내린 된서리에 많이 상했다.

오후 5시. 지금 호수는 무척 잔잔하고 아름답다. 호숫가 나무에 도끼를 댄 흔적 또한 거의 보이지 않는다. 우리 개는 몸을 식히려 납작 엎드려 있다. 우리는 호수 기슭이 보고 싶어 물이 새는 낡은 보트를 울타리용 가로대로 쓰던 갈래진 막대기로 저으며 호수 한가운데로 나아간다. 호수 바닥에 커다란 나무줄기와 큰 돌들이 기묘하게 여기저기 흩어져 있다. 모래톱 너머 자그마한 만으로 간다. 어느덧 바닥의 돌들이 아련해지고, 조금 지나자 호숫물이 초록빛 도는 물로 변해 바닥이 거의 보이지 않는다. 곡선을 이룬 아름다운 북동쪽 기슭에 소나무와 같은 몇몇 나무들이 우거져있다. 이 숲은 벌목한 곳이나 일군 밭이 전혀 없는 온전한 모습이다.

보트에서 물이 새어 나와 보트가 빠르게 기울며 가라앉기에 호숫가로 급히 되돌아간다. 깨끗한 물에서 자라나 기슭을 빙 둘러싼 푸른 창포가 무척 아름답고, 특히 그 물그림자가 아름답다. 이 푸른 잎이 초록빛 호숫물과 절묘한 조화를 이룬다. 송홧가루가 기슭부목과 물위로 솟은 관목 죽기들을 노랗게 물들이고, 그 작은 알갱이들이 수면 멀리까지 퍼져나간다.

이제 호수 너머를 바라보자 건너편 숲이 은은하게 보인다. 한 시간 전과는 달리 경치가 어슴푸레하나, 이것은 물 위의 아지랑이가 가라앉아 두툼해지는 일종의 박명의 어둠함이다. 이때 나무가 나무에 녹아들어 즐거이 한 덩어리가 된다. 이것이 해 지기 전에 찾아오는 박명으로, 이 뒤에 경치 전체가 차차 어둑어둑해지기 시작한다.

개똥지빠귀가 소나무 숲에서 저녁 노래를 부른다. 누구도 흉내 낼 수 없는 순수한 멜로디로 온 생명과 영혼과 심장을 바쳐 격앙되지도 소란스럽지도 않은 소리로 짧은 소절을 노래한다. 그리고 듣는 이와 자신을 위해 노래를 중단하고 이미 부른 한 소절의 노래를 삭일 시간 여유를 갖는다. 개똥지빠귀의 노래는 적절한 간격을 두고 한 소절, 한 소절 이어진다. 사람들은 흉내지빠귀 같은 지빠귀과 새나 나이팅게일과 같은 새들의 노랫소리를 듣고 무척이나 의미심장하다고 말한다. 사람들은 자신이 하는 말이 무슨 뜻인지 모른다. 그런 새들의 노래와 개똥지빠귀의 노래 사이에는 제임스 톰슨의 『사계절 The Seasons』과 호메로스의 『일리아드』 사이만큼이나 큰 차이가 있다. 개똥지빠귀의 노래에는 늘 아침의 서늘함이 깃들어 있다. 하루가 얼마나 달콤한가는 이 서늘함으로 정해진다.

6월 15일 수

아침, 안개가 자욱하다. 지금은 클로버가 한창이다. 아마 클로버 들판보다 더 풍요로운 들판은 없을 것이다. 아무리 메마른 땅이라도 클로버가 가득 돋아나면 기름져 보인다. 이 또한 곤충이 잉잉거리는 소리가 가득 들리는 6월 특유의 특징이 아닐까 싶다. 세찬 남풍이 분다.

여기 숲 북동쪽에 야생 장미가 많이 피어났다. 이 꽃은 흔해서 얕보기 쉽지만, 사실은 꽃의 여왕이라 할 만하다. 야생 장미 초록잎 그늘에 반쯤 숨어 얼핏 보이는 그 꽃잎은 얼마나 넉넉하고 선명한가. 이 꽃에는 야생성이 아닌, 미묘하고 고귀한 정중함이 깃들어 있다. 6월의 긍지다.

6월 16일 목

새벽 4시다. 오늘은 안개가 없고, 지대가 낮은 곳이 아니면 이슬도 거의 맺히지 않았다. 공기가 약간 살랑이는데, 간밤 불던 바람이 아직 남아있는 탓이다. 오늘은 건조하고 더운 날이 될 것이다.

지평선 위 산꼭대기에 막 떠오른, 빛을 잃은 붉은 해가 하층부 굴절이 불규칙한 탓에 배[梨] 모양이 되었다가 어느덧 거칠어진 공기 탓에 하반구가 어두침침한 붉은 타원형으로 바뀐다. 이 시간 먼 강은 은처럼 빛나면서, 푸름이 아닌 강의 빛만을 되비친다.

오후에는 보트를 타고 베이커 농장에 갔다가, 돌아올 때는(바람이 대체로 강 흐름과 비슷한 각도에서 불어왔기에) 오는 내내 돛을 펼치고 나아갔다. 우리는 보트 한쪽에 앉아 그 테두리를 용골로 삼으면서 배의 방향을 조종해 나갔다. 우리 개는 뒤에서 헤엄치며 먼 거리를 따라왔다. 숲 그늘을 지나칠 때는 조용히 앉아있었고, 다시 쳐친 맞바람을 헤쳐 가기가 그 영향에서 그러저러 벗어나곤 했다. 하지만 바람은 특히 둑이 높은 곳일수록 물 흐름을 따라 부는 경향이 있으므로, 돛을 펼치고 나아가는 일은 강을 올라가든 내려가든 언제나 가능했다.

간혹 익히 아는 샘에 들러 둑에서 솟아나는 시원한 샘물을 마시곤 했다. 그럴 때마다 개보다 앞서려고 서둘렀는데, 그렇지 않으면 놈이 샘에 몸을 담그고 있을 게 뻔하기 때문이었다. 때로는 둘이 노를 젓는 동안 선체를 균형 잡기 위해 개를 태워 선미에 앉혀 놓곤 했다. 우리 개는 덩치가 무척 컸으므로, 그렇게 해서 뱃머리가 물에 깊이 잠기는 걸 막을 수 있었다. 그러다가 개가 드디어 뱃전 너머로 훌쩍 뛰어내리더니 강기슭을 따라 우리를 뒤쫓아 오기 시작했다. 우리는 개가 우리에게서 너무 멀리 떨어지지 않도록, 만이나 습지에 막혀 먼 길을 도는 일이 없도록 이따금 개를 기다리곤 했다. 그러면서 놈이 얼마나 현명하게 강을 건널 지점을 고르는지 지켜보며 즐거워했다.

6월 17일 금

간밤에 또 산들바람이 불어왔다. 오늘 아침에는 개구리 울음소리가 들리지 않는다.

노예제도, 금주, 교회 등을 주제로 강연을 다니는 급진 개혁가 세 사람이 우리 마을에 왔다. 그들은 지난 3, 4일 동안 주로 우리 집과 브룩스 부인의 집에서 묵으며 지냈다. 뉴햄프셔주의 홉킨턴에서 한때 침례교 목사로 일한 적이 있는 포스A. D. Foss와 여행하는 목사라 할 수 있는 로링 무디Loring Moody와, 이단적인 책을 여러 권 써내 미국의 나이 지긋한 여성들을 깜짝 놀라게 한 라이트*가 바로 그들이다.

포스는 다른 두 사람과 초면이었으나, 그들과 오래 사귀어온 친구 사이인 양 허물없이 굴었다(그들이 우리 마을에 모인 것은 순전히 우연이었다). 그들은 상대방을 서로 세례명으로 불렀다. 그리고 사람을 만날 때마다 거의 어김없이 친절의 표시로 자신의 기름기 많은 뺨을 문질러 댔다. 그들은 사람들과 거리를 두려 하지 않았다. 날씨가 아무리 더워도 바싹 붙어있으려 했고, 침대가 아무리 비좁더라도 꼭 껴안고 누우려 했다. 나는 그들 중 한 사람의 인자함 때문에 끔찍이도 괴로웠다. 내 몸이 온통 기름투성이가 되는 것은 아닌가 하는 두려움을 느꼈다. 그래서 풀을 먹여 옷을 빳빳하게 만들려 애써 보기도 했다. 그는 『주먹 한 대에 키스 한 번A Kiss for a Blow』이라는 책을 쓴 이였다. 그는 주먹과 키스 이외에는 두 사람 사이의 관계를 대체할 만한 것은 없다고 생각하는 것 같았다. 우리 사이에 다툼이 있거나 의견의 일치가 있는 것도 아닌데, 그는 나

---

* 헨리 클라크 라이트Henry Clarke Wright(1797~1870). 미 북부를 대표하는 노예제 폐지론자 중 한 사람이며, 평화주의자, 무정부주의자이자 여성의 재생산권 보장을 지지한 페미니스트다.

에게 키스하기로 작정한 것 같았지만, 나로서는 주먹이 더 좋았다. 나는 그가 등을 좀 똑바로 펴기를 바랐다. 늘 인자하게 눈웃음을 치는 통에 눈가에 생겨난 잔주름도 좀 펴고, 건강한 침묵이 깃든 솔직한 태도로 무엇인가를 말해 주기를 바랐다. 그의 끈적끈적한 자비로부터 멀리 떨어지는 일은 쉽지 않았다. 그는 상대방을 송두리째 입에 넣고 내장에서 삭히기 위한 전 단계로, 먼저 상대를 품에 넣어야 했을 것이다. 나는 어쩌면 요나보다 훨씬 더 비참한 운명이 되었을지 모른다.

나는 흔히 사람들과 만나면서 느끼는 인정 이상으로 더 깊숙이 그의 인정 속으로 말려들어 가기를 결코 바라지 않았다. 그는 어미소가 어린 송아지에게 하듯이 먼저 상대를 핥고, 자신의 인정 속으로 둘둘 말아 넣기를 원했다. 그는 나와 처음 눈이 마주치고 나서 1분이 채 안 되어 나를 '헨리'라고 불렀다. 내가 무슨 말을 하자, 그 말을 받아 느릿느릿 다음과 같이 공감을 표했는데, 내게는 느끼하게 느껴졌다. "헨리, 당신이 무슨 말을 하려는지 다 알아요. 당신을 이해하고말고요. 내게 설명 따위는 필요 없어요." 그리고 다른 사람에게는 이렇게 말했다. "나는 헨리의 깊숙한 곳까지 잠수해 들어가 보렵니다." 나는 말했다. "바닥에 머리를 다치게 되는 그런 불상사는 일어나지 않을 겁니다." 그는 침묵에 잠긴 어두운 방에서 조용히 눈을 감고 낮에 그 자리에서 만난 사람 가운데 진정으로 자신이 사랑한 이가 있었는지 물어보아야 할 것이다. 꽃이 매력적인 가장 큰 이유는 그 아름다운 침묵에 있다.

나는 이 월든 호수만의 독특한 배로 한 세대를 떠돌다가 물이 스며들어 가라앉은 옛 통나무 카누*를 그리워한다. 이 호숫가에 우뚝 서 있다가 이런저런 연유로 호수로 텀벙 쓰러진 스트로부스 잣나무로 만든 그 카누들은 얼마나 원시적인 배였던가. 지금도 어렴풋이 떠오르는 기억에 따르면, 내가 처음 이 호수에 배를 띄우고 노를 저을 적에만 해도 커다란 나무줄기들이 적지 않게 호수 바닥에 누워있었다. 그 나무줄기들은 여기 나무들이 더 우람했을 적에 쓰러진 것이거나, 나무 값이 훨씬 쌌을 때 베어졌다가 호수 얼음 위에 버려진 것이리라. 하지만 이제 그 나무줄기 대부분이 사라지고 없다. 인디언들이 만든 우아한 카누를 대신하던 그 옛 통나무 카누가 그립다.

이제는 그 옛 통나무 카누도, 호수 바닥의 나무줄기도, 호수를 둘러쌌던 어두운 숲도 사라지고 없다. 그 옛 통나무 카누가 어떤 모습으로 바닥에 놓여 있었는지 알 리 없는 마을 주민들은 이 호수에 와서 멱을 감거나 물을 마시는 대신, 이 물을 파이프로 마을까지 끌어와 자신의 집 지붕만큼 높은 급수 통을 만들어 접시를 닦는 일 따위의 부엌 허드렛일을 맡길 생각을 하고 있다. 통에서 사과술을 받아 마시듯이 꼭지를 돌리거나 마개를 따서 갠지스강보다 더 성스럽게 여겨야 할 이 호수의 물을 받아 마실 궁리를 하고 있다. 온천이 철마鐵馬가 마시는 음료수 통으로 전락했고, 월든 숲이 철마의 사료로 잘려나간다. 저 무도한 철마가 날카로운 소리로 귀를 찢으며 마을을 가로질러 간다. 온천수를 받아 마시면서 그 발로 샘

---

* 스트로부스잣나무 통나무 두 개의 속을 파내고 핀으로 연결한 다음, 송진을 칠한 통나무 카누를 말한다.

을 더럽히고, 이 호수 주변의 숲을 모조리 뜯어 먹는다. 게다가 물 과일까지 좋아해서, 그 콧구멍으로 더러운 숨을 토해 내면서 그 변태의 식욕으로 이 고장 아이들의 우유까지 강탈해 간다. 저 트로이의 설마에는 배 녹에 천 명의 그리스 용병이 숨어 있다. 칠미는 인간 사냥개처럼 매의 울음을 울며 숲을 누비고, 대를 이으려 사람들을 수천 명씩 지옥 같은 자신의 집으로 데려간다.

오후에 월든 호수에 가다.

오늘 오후에는 보기 드문 세찬 남풍이 불고 서늘했다.

쏙독새 알 하나가 부화되었다. 그 어린것의 모습이 영락없이 땅에 떨어진, 5센티가 채 안 되는 아주 작은 토끼털 뭉치나 솜털 뭉치 같다. 나로서는 생전 처음 보는 모습이다. 털 뭉치 중간에 가지런히 돋아난 미세한 새털이 장차 날개와 꼬리로 자라날 터이다. 그런데도 이 어린것은 내가 잘못 보지 않았다면 실눈을 뜨고 삐악삐악 운다. 쏙독새는 알이든, 알을 품은 어미 새든, 알에서 막 깨어난 어린것이든 모두 보호색으로 잘 무장되어 있다. 그래서 알과 어린것들은 거의 눈에 띄지 않는다. 알 하나는 아직 아무런 움직임이 없다. 그 곁에 반반하게 퍼진 이 작은 솜털 뭉치가 놓여 있다. 이 어린것이 나온 알껍데기 절반은 30센티쯤 비탈 아래로 굴러떨어졌다. 대부분 새의 어린것들이 그렇듯, 이 어린것도 전혀 풋내기 티를 내지 않는다. 이곳은 새가 알에서 나와 삶을 시작하기에 알맞은 곳이다. 이 작은 솜털 뭉치가 민둥산 비탈의 턱이 진 평탄한 곳, 알이 놓였던 바로 그 자리에 조용히 누워있다. 어미는 어디론가 가고 없으나, 어린것들을 품어주는 저 위의 온전한 하늘, 광대한 우주와 더불어.

6월 18일 토

새벽 4시에 보트를 타고 노쇼턱트 언덕과 '찔레 샘'에 가다.

안개는 끼지 않았고, 이슬도 거의 맺히지 않았다. 간밤에 살짝 비가 온 모양이다. 서쪽 맑은 하늘에 깨끗한 둥근 달이 걸렸다.

지금 들장미 꽃이 한창이다. 흔히 보는 장미꽃보다 작고 빛깔이 엷으며 향내도 그리 짜릿하진 않으나, 아주 미묘하고 흥미로운 꽃이다. 잎에서 나는 향내는 여름 내내 이어진다. 꽤 높다랗게 서서 몸을 굽힌, 점점이 꽃이 박힌 화환 같은 이 장미 덤불은 꽤나 멋진 모습이다. 해가 뜨자마자 꽃이 활짝 피어난다.

강물 수위가 쑥 낮아져 강 대부분이 말라있다. 이제 강가가 바싹 말라 내 발 아래서 파삭파삭 부서진다. 땅에서 반사되는 열기와, 풀과 잎의 메마른 냄새가 느껴진다. 이처럼 봄이 일찍 찾아온 곳에서는 벌써 가을이 시작되었다.

오후 8시 30분에 클리프스에 가다.

지금 서쪽 하늘이 연어 살빛에 가까운 엷은 자주색, 또는 옅은 암갈색의 초승달 모양이다. 풀이 이슬에 젖어있다. 바람 한 점 없다. 땅거미 속에서 쏙독새 한 마리가 거의 땅에 붙어서 퍼덕인다. 딱정벌레가 붕붕거리며 날아간다. 풀밭에서는 벌써 개똥벌레의 녹색 불빛이 보인다. 밤이면 하얀 클로버, 하얀 잡초 꽃과 같은 하얀 꽃이 특히 두드러져 보인다. 포탄의 바람처럼 하루의 낮이 바람과 함께 사라졌고, 이제 저 멀리 서쪽에서 터진다. 저 암갈색 하늘로 추적해 볼 수 있다. 이제 숲에서는 어떤 움직임도 느껴지지 않고, 어떤 소리도 들리지 않는다. 나는 숲길을 따라 걷는다. 멀리서 들리는 마을의 소리는 개가 짖는 소리와 짐마차가 덜컹거리는 소리뿐이다. 농부들은 이런 토요일 밤이면 읍내로 나가 장을 본다. 하지만 가까운 풀숲에서는 영원을 노래하는 귀뚜라미의 울음소리가 들린다. 모기 한 마리가 내 귀 가까이에서 앵앵 운다. 그리고 풍뎅이 한 마리가 윙윙거리며 마을의 온갖 소음을 잠재운다. 우주는 이렇게 넓고 여유롭다.

6월 20일 월

새벽 4시, 안개는 없고 하늘 대부분이 흐리다. 가뭄이 이어진다.

오후 8시에 노스강을 거슬러 올라가 노쇼턱트 언덕까지 간다.

보름달이 떴다. 상류를 바라보자 초승달 모양의 호수가 고스란히 숲에 안겨 있다. 검은 거울 같은 반반한 물밖에 보이지 않는다. 지금 강물 위 30센티쯤 높이로 푸르스름한 안개가 자욱하다. 바로 그 안개 표면에서 빼곡히 우거진 오리나무와 버드나무, 그리고 창백한 숲이 가파르게 경사져 올라간다. 이곳 강은 800미터가량 숲에 온전히 둘러싸여 있다.

지금 하늘에 낮게 뜬 달 가장자리에 부드러운 크림색 달무리가 졌다. 돌아오면서 메릭 씨의 목초지 옆 길게 뻗은 강의 직선 구역에 이르자, 남동쪽에 뜬 달과 강에 비친 달의 물그림자가 아주 또렷이 드러난다. 크림색 달무리 또한 그대로 온전히 강물에 비친다. 나와 달 사이의 수면 위로 곤충들의 통로가 불처럼 환하다.

오늘 밤은 올 들어 가장 무더운 밤이었다. 마을 가정의 창과 문이 모조리 열려 있었으나, 등을 켠 집은 드물었다. 앞뜰로 나와 돗자리를 깔고 앉은 가족도 적지 않았다. 보름달이 하늘에 낮게 떠 있었으므로, 나무와 집의 그림자가 길게 뻗어나가 멋진 격자무늬를 드리웠다.

6월 21일 화

오전 4시 30분경에 수련을 보러 강을 거슬러 올라가다.

보트를 놓아둔 곳마저 이슬이 전혀 맺히지 않았다. 어젯밤은 무척 건조한 밤이었다. 오늘은 틀림없이 불볕이 내리쬐는 더운 날이 될 것이다. 그러나 폰테데리아 잎 끝에는 굵은 물방울이 대롱대롱 달려 있다. 5시경에 몇 송이 수련 꽃이 피어나기 시작한다.

농부들이 건초 베기를 시작했다. 이 건초 만들기와 더불어 여름이 절정에 이른다. 잘 익은 일부 작물은 지금이라도 거둬들일 수 있을 것이다.

소나기구름 뒤로 해가 진다. 검푸른 빛이 도는 어두운 회색의 이 묵직한 구름장 사이로 찬연한 코발트블루의 맑은 하늘이 언뜻언뜻 보인다. 구름 사이로 보이는 푸른 하늘. 이처럼 해 질 녘 남쪽 하늘이 아니라면 이런 강렬하고 밝고 또렷한 푸른 하늘을 보지 못하는 것은 어째서일까? 이것 또한 눈[雪] 속의 푸른빛과 그리 다르지 않을 것이다.

6월 22일 수

5월 26일 이후 처음으로 오늘 오전 동쪽에서 천둥소리와 더불어 세찬 소낙비가 몰려와 15분가량 쏟아졌다. 하지만 마을 북쪽에까지는 이르지 못했다.

오후 5시 30분경에 월든 호수와 페어헤이븐 언덕에 가다.

해가 지는 동안 페어헤이븐 언덕을 넘어간다. 하늘은 흐리고, 경치는 어둡고 고요하다. 북쪽 잔잔한 강에 두 개의 빛 그림자가 떠돈다. 하나는 강물에 반사되는 빛이고, 또 하나는 강 양안에 넓게 테두리를 두른 부엽에 반사되는 빛이다. 이 반사되는 빛에 부엽 끝이 들쭉날쭉 흔들리며 나부끼는 유쾌한 모습이 드러난다. 이 부엽과 강의 관계는 꽃받침과 꽃의 관계와 같다. 이런 시각에 800미터쯤 떨어져 보이는 강은 아주 잔잔하면서 하늘보다 맑아 구름이 비치는 낙원 같은 모습이다.

언덕을 넘어오다 개똥지빠귀가 저녁 노래를 부르는 소리를 듣는다. 나를 감동시킬 노래를 부르는 새는 이 새밖에 없다. 그의 노래는 나의 환영과 상상과 사고의 흐름, 그리고 그 방향에 큰 영향을 미친다. 이 소리는 나를 고양시키고, 원기를 북돋우고, 고무시킨다. 이 소리는 나의 영혼이 먹는 영약이다. 내 눈을 맑게 하는 특효약이고 내 감각을 젊게 유지시키는 샘이다. 이 소리는 모든 시간을 영원한 아침으로 바꾸어 놓는다. 온갖 하찮은 것들이 사라진다. 나를 본래의 모습으로 되돌리고 창조의 주인으로 만든다. 개똥지빠귀는 궁정의 악장이다. 이 음유시인은 영웅의 시대를 노래한다. 마을의 어떤 사건도 동시대의 사건일 수 없다. 마을의 사건이란 모두 일시적인 사건일 뿐인데, 어떻게 개똥지빠귀의 노래와 동시대의 사건이 될 수 있겠는가. 영원하고 무한한 것이 어떻게 유한하고 일시적인 것과 동시대의 사건이 될 수 있단 말인가. 소 목에 단 방울 소리에도 이와 비슷한 어떤 울림이 들어있다. 농부가 먹는 우유보다 더 달콤하고 자양분이 많은 어떤 것. 개똥지빠귀의 노래는 스위스 목동이 부는 일종의 뿔피리 선율이다.

나는 오랫동안 야생을 그리워하며 살았다. 차마 내 발로 무심히 밟고 지나갈 수 없는 끝없는 자연. 개똥지빠귀의 노래가 쉴 새 없이 들려오고, 시간이 늘 아침에 머물러 있는 숲. 풀에는 이슬이 맺혔고 날은 영원히 새지 않는다. 나는 거기서 비옥한 땅을 주변에 두고 있을 것이다. 어쩌면 소 떼를 먹이고 있을지 모른다. 먹을 것과 입을 것과 잠자리만 주어진다면 거기서 죽을 때까지 아르메토스의 양 떼를 돌보아 줄 수도 있다. 해가 지지 않는 또 하나의 끝없는 뉴햄프셔.

6월 23일 목

오후 1시 30분, 화이트 호수로 간다.

축축한 안개 또는 낮은 구름이 하늘에 걸려 있는 이런 삼복 같이 무더운 날씨는 처음 겪는다. 따뜻한 남서풍이 바다에서 불어온 서늘한 바람과 마주쳤기 때문이 아닐까 싶다. 낮게 깔린 구름이 땅을 덮고 열기를 가두고 있기 때문이라 말하기는 어렵다. 여하튼 신선하고 서늘한 습기와 숨 막히는 열기가 기이하게 뒤섞인다.

지금 각종 잠자리들이 예년에 못지않게 많이 나와 있다. 어떤 작은 잠자리는 검은 날개에서 초록빛을 번쩍인다. 수없이 많은, 온갖 크기의 잠자리가 여기 이 숲속 호수 위를 떠다니면서 서로를 뒤쫓거나 먹잇감을 뒤쫓다가 이따금 호숫가 수풀에 내려앉는다.

나는 해마다 오늘처럼 더운 날이면 숲과 늪지를 걸으면서 처녀치마의 달콤하고 싱그러운 냄새를 맡곤 한다. 그러면 서늘한 느낌이 든다. 지금 처녀치마가 그 전성기에 있다.

6월 26일 일

아주 서늘한 날이다. 오후에 잠시 폭풍이 불고 우박이 쏟아졌다. 그렇다면 올해 겪은 가장 더운 밤은 6월 21일이었다. 24일부터는 서늘해지기 시작했다.

오후 5시 30분, 클리프스에서—

공기는 따스하나 폭풍이 불고 나서 놀라울 정도로 맑아졌다. 내

기억으로는 여기 공기가 이렇게 깨끗한 적은 없었던 것 같다. 사방을 둘러싼 산과 지평선이 아주 가깝게 또렷이 보인다. 북서쪽 산들은 구름으로 혼동될 만큼 테두리에 푸른빛이 짙게 어려있다. 빌레리카 마을이 베드포드 마을에 못지않게 가깝다. 남쪽 멀리서 낯선 산봉우리들이 보인다. 사방 지평선이 몇 킬로쯤 더 멀찍이 물러나, 이 굴러가는 지구 표면을 더 멀리까지 내다볼 수 있다. 어슴푸레한 윤곽으로 미루어 숲이 아닐까 추측하던 곳에서는 높은 산이 연이어지고, 그 사이사이에 듬성듬성 마을들이 들어서 있다.

7월 3일 일

나의 옛 월든 집터에서—

딱총나무가 지금 한창이다. 이제 미나리아재비는 거의 졌고, 클로버도 거무스름해졌다. 칼미아가 아직 우물쭈물 숲에 남아있다. 부드러운 붉나무가 막 꽃을 피웠고, 벌써 꽃 위를 꿀벌 떼가 북적인다. 호숫물 위에 순채의 꽃이 피어있는 걸 보니 지금 한창 때에 이른 모양이다. 잎과 줄기에서 분비된 두툼한 점액질이 인상적이다. 작은 가래가 희고 조그마한 구형의 꽃을 피웠다. 요즘 널리 꽃을 피우는 식물 중에 개정향풀을 빼놓을 순 없다. 방죽에 쑥국화가 피어있고, 캐나다엉겅퀴도 보인다.

잎이 타원형인 끈끈이주걱이 꽃을 피웠다. 가래, 야생 생강, 물미나리아재비, 거머리말 같은 풀들이 강에 그득해서 강 흐름이 거의 보이지 않을 정도다. 그래서 보트 통행을 심각하게 가로막는다.

오늘은 이름 없는 위대하고 아름다운 꽃이다 · · 219

지금 난의 일종인 심비디움이 한창이다. 봉선화가 피어났다. 담청색 테두리를 두른 어두운 강철색의 아름다운 나비들. 방풍나물들. 참피나무 몇 그루가 때 이르게 꽃을 피웠다.

7월 7일 목

몹시 메마른 날이다. 여행자, 말, 소 모두 먼지구름을 일으킨다. 기관차 화통에서 연기가 뿜어져 나오듯 발밑에서 먼지가 뿌옇게 피어오른다. 양 떼를 뒤따라가며 걷는 이는 수난의 고통을 겪는다. 지금은 전례가 없을 정도로 심각한 일이라고 늘 일컬어져 온, 해마다 겪는 가뭄이 한창이다.

7월 24일 일

어째서인지는 잘 모르겠으나, 여름을 생각하면 땅광과 같은 서늘함이 연상되곤 한다. 아마 무성한 잎의 짙은 그늘 때문이 아닐까 싶다. 요사이에는 작물이 가뭄을 겪더라도 6월처럼 심각하게 피해를 입지는 않는다. 이슬 맺힌 잎들이 땅에 그늘을 드리운다.

올해는 열기와 건조함 탓에 예년보다 봄이 훨씬 오래 전에 지나간 듯한 느낌이다. 4월과 5월에 꽃을 찾아다니느라 자주 걷던 길들에는 이제 거의 가지 않는다. 지금 그 길들에는 메마름과 가뭄과 쇠락이 있을 뿐이다. 축축함이 기세를 떨치던 나날은 오래 전에 끝이 났다. 올겨울은 유달리 눈이 적었고, 봄에는 오래 비가 왔다. 그러나 지금은 날씨가 완전히 바뀌었다. 되돌아보면 땅이 습기로 축축하고 언덕마다 제비꽃이 피어나던 때가 먼 옛날 같다. 봄은 물기가, 여름은 열기와 메마름이, 겨울은 추위가 기세를 떨치는 철이다.

오후, 해 지기 15분 전쯤에 페어헤이븐 언덕에 오르다.

우리가 사는 곳은 유리 궁전이 아니다. 하늘 창문은 늘 열려 있어 비바람이 들이친다. 밤바람이 일어난다. 언덕 동쪽 비탈에서는 벌써 땅거미가 진다. 공기가 시원하고 맑다. 서쪽 지평선의 대기가 붉어지면서 산들이 붉게 물든다. 암소 떼를 돌보던 아이가 집으로 돌아가고 싶어 "이랴, 이랴" 하고 외치는 소리가 들린다. 서서히 닫히는 서쪽 하늘 문 밑을 해가 지나간다. 이러는 사이에 버드나무 방죽과 숲 동쪽 비탈의 그림자가 길게 늘어나면서 밤이 아주 빠르게 세력을 늘린다. 이제 우리와 함께 걷던 빛나는 여행자가 제 갈 길로 가고 나면, 우리 또한 천천히 밤의 성채로 돌아가야 한다.

7월 29일 금

'대초원'이 건초 만드는 이들로 바쁘다. 움직이는 흰 셔츠 혹은 흰 점으로 미루어 적어도 30명이 넘는 농부가 풀을 베고 있다. 여기저기에 큼지막한 건초더미들이 널렸고, 짐마차 두 대가 부지런히 건초더미를 실어 나른다.

이번 달은 6월만큼 그렇게 덥지 않아서 지난해와 같이 자주 멱을 감지는 않았다. 우리 고장에서는 6월 후반부와 7월 전반부의 날씨가 가장 더운 것 같다. 그 이후에는 삼복 그늘로 열기가 많이 누그러진다. 특히 밤이면 서늘하기까지 하다.

8월 5일 금

구름 낀 무더운 날이다. 공기 중에 습기가 그득하고, 여기저기에 뜬구름이 몽롱한 영락없는 삼복더위로, 가만히 앉아있어도 땀이 줄줄 흐른다. 농부들도 들에 나갈 엄두를 내지 못한다.

일전에 한 농부가 '대초원'에서 풀을 베다가 어른 손목 굵기에 길이가 1.2미터가량 되는 커다란 늪살모사를 죽였다. 그 살모사가 그 농부에게 달려들었다고 한다. 이 살모사 종류는 가끔씩 건초더미에서 발견되곤 한다. 오늘 아침 그 살모사를 보러 갔으나, 아이들이 벌써 토막 내서 묻어버렸다. 아이들 말로는 배 안에 어린 새끼들이 많이 들어있었다고 한다. 얼마 전에는 건초를 내려 강가 초원으로 내려간 한 농부가 밤에 마을로 와서 새끼를 밴 늪살모사가 건초더미에서 무섭게 달려들었다는 이야기를 해서 온 마을을 벌벌 떨게 만들었다. 그는 늪살모사가 달려들어 달아났으나 계속 따라와 건초용 포크로 찔러 죽인 다음 한 건초더미에 던져두었지만, 다시 살아나 달려들었다고 한다. 이것이 그가 그날 저녁에 몇 군데 마을 가게에 들러 한 이야기다. 이 커다란 뱀은 말하자면 전설의 동물이다. 늘 사람의 팔뚝만큼이나 굵고 엄청나게 길다고 이야기된다. 그 독이 얼마나 치명적인지는 아무도 모른다. 하지만 풍문에 따르면, 아직까지 이 뱀에 물려 살아난 사람은 없다고 한다.

8월 6일 토

일주일 동안 무더위가 이어진다. 오늘 아침은 안개가 자욱하다.

며칠 전부터 앞뜰에 둥근 해바라기 꽃이 피어났다. 해바라기는 꽃의 나라에서 진정한 8월의 태양왕이다. 해바라기, 애스터, 미역취 등 8월과 9월의 꽃 대부분은 해와 별을 닮은 게 아닌가 싶다.

가을이면 얼마나 많은 식물의 잎이 진홍빛으로 바뀌는가. 말초리풀 이파리 일부가 어느덧 붉은빛으로 바뀌었다. 사실상 열매처럼 익어 선명한 적포도주 빛이다. 저녁 하늘의 홍조 같다. 지금 자연은 수많은 초목과 물과일의 와인을 들이키며 떠들썩한 잔치를 벌이고 있다.

8월 7일 일

빗속을 걷는 것은 보람 있는 일이다. 땅과 나뭇잎에 진주가 흩뿌려져 있다. 오후에 집을 나올 적에만 해도 구름이 잔뜩 끼고 이따금 가랑비가 내렸으나, 지금은 무척 고요하고 따스하다. 어둡고 잔잔한 강에 검은 구름이 어린다. 이윽고 안개가 굵어지고 보슬비가 내리면서 점차 비가 거세질 기세이나, 황금방울새가 지저귀는 소리가 들린다. 개천물이 둑 가득 흘러넘치고, 풀과 잡초들이 물에 잠긴다. 시원한 늦은 오후다. 조용한 그늘 속을 걸으며 생각에 잠기기 좋은 날이다.

자연 속 만물이 언어와 마찬가지로 시인에게 감명을 준다. 시인이 꽃을 보고 있다고 가정해 보자. 눈앞의 꽃이 아름답거나 감흥을 일으키는 까닭은 그 꽃이 그의 생각의 한 상징이기 때문이다. 어렴풋이 느껴지던 무언가가 꽃이라는 또 다른 생명으로 피어나 있기 때문이다. 내게 보이는 대상들은 나의 기분과 일치한다.

8월 9일 화

지난 비로 강물이 많이 불어나 물 흐름이 빨라지고 시원해졌다. 그러나 오늘 오후는 숨 막힐 듯 더운 열기로 꽤 뜨거웠다.

오늘 오전은 방에서 에세이를 쓰며 보내다가, 오후에 들과 숲으로 나가 우연히 인적 없는 외진 습지에서 커다랗고 아름다운 빌베리 몇 그루를 찾아냈다. 이 빌베리는 다양한 색상과 풍미를 지닌, 서늘하고 상쾌한 이곳 습지의 맛과 향을 대표한다. 나는 약간 신맛이 나는 저 푸른 열매가 좋다. 지금은 작은 열매의 계절이다. 나 또한 이 몇 달 동안 나 자신만의 독특한 맛을 전해 줄 풍미 좋은 어떤 작은 과일을 숙성시키고 있었다고 믿는다.

8월 11일 목

코난텀의 주인인 코난트는 의외로 수다스러웠다(그가 숨을 내쉴 때마다 럼주 냄새가 났다). 그는 아들들이 장가를 가지 않는다고 투덜거렸다. 자신이 몇 살에 결혼했고(30여 년 전 일이다), 아내가 어떻게 아이 여덟을 낳고 죽었는지, 그리고 어떤 면에서 여성다웠는지 등등을 이야기했다. 이런 사내에게 결혼 이야기를 한다는 건,

시 이야기를 하는 것에 못지않게 어렵다. 결혼의 장단점은 이들이 상상하는 모습과는 사뭇 다르다. 결혼을 한다는 건 적어도 삶에서 일종의 시적인 행위여야 한다. 대다수 사내들이 알고 있는 결혼이란 야수의 결혼보다 나을 게 없다. 꽃을 황소에게 먹일 건초감으로 생각하는 남자에게 꽃을 사랑하라고 설교하는 꼴이다.

강과 호수를 가라앉히고, 그림자를 길게 늘이는 저녁이 다가온다. 해 지기 30분 전쯤이다. 저물녘 이 시간이 무엇 때문에 매력적일까? 공기 중에 막 맺히기 시작하는 이슬 때문인가, 아니면 풍경에서 상쾌한 그늘이 늘어나기 때문인가? 호수 물결이 잔잔해진다. 온갖 소리와 광경이 말할 수 없이 아름다워진다. 한 느릅나무가 초원을 길게 가로질러 그림자를 늘인다. 한낮의 참기 어려운 열기와 소란이 끝나고, 땅거미가 깔리기 전인 늦은 오후 또는 이른 저녁, 이 엄숙하고 평온한 한때를 무어라 이름 붙여야 할까? 먼저 언덕 그늘이 불쑥불쑥 커지고, 산들바람이 가라앉기 시작하고, 새들이 다시 노래한다. 아직 풀잎에는 이슬이 맺히지 않았고, 하늘에는 별 하나 보이지 않는다. 지금은 오후와 저녁 사이의 전환점이다. 지금 멀리서 또는 가까이에서 들리는 몇 가지 소리가 향기롭다. 생각이 잠에 빠져든다. 온갖 소리가 넓고 깊은 침묵의 윤곽을 지녔다.

8월 13일 토

오후에 배를 타고 히비스커스를 보러 가다.

간밤에는 모기들이 들끓고, 찌는 듯 더웠다. 어제는 다리가 나타날 때마다 손으로 교각을 부여잡고, 약간의 그늘과 서늘함을 위해 다리 밑에 머무르곤 했다.

히비스커스가 손가락만큼이나 긴 원통 모양의 꽃봉오리를 막 빠르게 펼치고 있다. 힘겹게 말이 올린 분홍 시가 끝은 모습이다. 북동쪽에서 먹구름이 몰려와 서둘러 집으로 향한다. 공기가 약간 서늘해졌다. 다리를 지날 적에는 교각 사이를 쓸고 지나가는 상쾌한 산들바람이 강에 잔물결을 일으키며 무더운 공기를 식혀 준다. 먹구름이 온갖 바람을 몰고 어찌나 빠르게 다가오는지 금세 내 머리 위를 지나간다. 과수원 주인들은 하나같이 과일이 빠르게 썩는다고 걱정한다. 습도가 너무 높고 무더워서 사과와 자두가 익자마자 썩어버린다. 가시박 덩굴이 꽃을 피웠다.

8월 15일 월

간밤에 다시 비가 왔으나 지금은 날이 갰다. 내가 기억하기로는 이 축축하고 곰팡내 나는 무더운 날씨가 7월 중순부터 서서히 시작되어 거의 한 달 가까이 이어졌다. 이 찌는 듯한 더위에 뉴욕에서는 수백 명이 일사병에 걸려 쓰러졌다. 밤이면 모기가 들끓는데도 창과 문을 남김없이 열어젖히고, 그러고도 홑이불 한 장 덮기가 어려울 정도였다. 하지만 이제 마침내 약간 서늘해졌다.

8월 18일 목

어제에 이어 오늘 또 다시 비가 내린다. 계속해서 많은 비가 내려 요 며칠 간이 마치 열대의 우기 같다. 휘몰아치는 차가운 봄비와는 달리 하늘에서 곧장 떨어지는 따스한 호우다. '큰들'에 거의 다 가서 다시 폭우가 쏟아지는 바람에 우산 밑에 서서 우산에서 떨어지는 빗방울이 개울로 바뀌는 모습을 지켜본다. 이 개울이 여기저기 쌓인 솔잎 더미에 가로막혀 웅덩이로 고이면서, 언덕을 오르는 길이 온통 물에 잠긴다.

그런데도 올 한 해 남은 날들이 내리막길인 양, 갑자기 늦었다는 느낌이 드는 건 어째서일까? 아직까지 어떤 성취도 이루지 못했다면 지금은 영 그르친 것이 아닐까? 꽃의 계절, 약속의 계절은 끝이 났다. 지금은 열매의 계절이다. 그렇다면 나의 열매는 어디에 있는가? 한 해의 밤이 다가온다. 내게 주어진 몫으로 나는 무엇을 했는가? 온갖 자연이 나를 격려하기도 하고, 꾸짖기도 한다. 봄날 귀뚜라미의 울음소리는 나의 간담을 서늘케 하는 준엄한 책망이지만, 한편으론 제때 다가온 그 경고가 고맙기도 하다. 얼마나 빨리 쫓아갈 수 있을지는 문제가 되지 않는다. 나는 이미 돌이킬 수 없을 정도로 늦은 것 같다. 인생이 그렇듯, 한 해 또한 얼마나 짧은지를 알려 주는 경고로 가득 차 있다.

8월 19일 금

오전 9시에 채닝과 더불어 보트를 타고 서드베리 마을에 가다.

오늘은 이름 없는 위대하고 아름다운 꽃이다 ·· 227

날씨가 더 서늘해졌다. 간밤에 바람이 불고, 오늘 또 다시 비가 내린 후 지금은 다시 하늘이 훤해진다. 서쪽 초승달 모양으로 드러난 맑고 푸른 하늘이 서서히 넓어지고, 높이 물러난 구름 밑 숲 언저리에는 가을의 서늘함이 머물러 있다.

강물이 흘러넘치는 강에는 아직 수련과 폰테데리아 꽃 몇 송이가 남아있다. 우리는 상쾌한 북서풍을 받으며 강을 거슬러 올라간다. 쌀먹이새가 키 작은 버드나무 숲 주위를 날아가며 딸랑딸랑 울고, 제비가 쩍쩍 지저귀고, 물총새가 날갯짓하며 30센티쯤 물 위에 떠 있다.

정오경 해가 나오자 강 물결이 맑은 공기 속에 반짝 빛나고, 햇살이 부엽에 비친다. 삼복더위가 먼 과거 같다. 우리는 강 서안 도로 위쪽, 첫 번째 삼나무 언덕에 내려 점심과 수박을 먹는다. 거기 초원 위에 커다란 적갈색 개구리매가 빙빙 맴을 돈다. 비가 그친 뒤 풍경이 얼마나 상쾌하고 아름다운 녹색으로 바뀌었는가. 이제 가을 귀뚜라미의 그치지 않는 울음소리가 들려온다.

오늘은 기념할 만한 영광스러운 날이다. 우리는 아름다운 첫 봄날이 다가오면 일부러 밖으로 나가 경치를 감상하지만, 아름다운 첫 가을날은 대개 무시하고 지나간다. 비가 세차게 퍼붓고 난 뒤에 활짝 갠 날은 기대해도 좋을만한 특별한 날이다. 인간의 정신에 깊이 영향을 미치는 날인데도, 지금 이날을 즐기는 이는 오직 우리뿐이다. 노동하는 황소와 일꾼은 이 아름다운 날에 무슨 생각을 할까. 저 일꾼은 어두워져 집으로 돌아가면서 오늘이 그런 아름다운 날이었다는 생각을 할까. 폭풍이나 혹서는 흔히 일기장에 기록으로 남긴다. 하지만 오늘 하루의 날씨가 그 자체로 그야말로 위대한 현상임에도 오늘을 기리는 기록은 어디에 가야 찾을 수 있을지 모르겠다. 오늘은 이름 없는 위대한 아름다운 꽃이다. 이렇게 맑고 밝은 날, 서드베리 방죽에서 버드나무 가지를 손질하는 저 남자와 강가에서 풀을 긁어모으는 저 사내들은 과연 이날의 광채를 자각하고 있을까. 오늘과 같은 날은 인류가 자연의 영광을 찬양하며 보내야 하지 않을까. 자연의 안식일로 기리면서 세속에서 벗어난 생각에 바쳐야 하지 않을까.

8월 22일 월

오후에 애서벳강을 거슬러 오르다.

서쪽에서 소나기가 몰려올 듯한 조용한 오후다. 강가 야생 풀이 건초용으로 쓰기에는 너무 뻣뻣하므로 거의 대부분 낫질을 피해 남아있다. 지금 강가에는 미카니아Mikania, 붉은숫잔대, 소귀나물 등이 한창 꽃을 피웠다. 여기저기서 베로니카 꽃이 보인다. 우르릉하는 천둥소리가 들리더니 이내 빗방울이 강에 잔물결을 일으킨다.

요즈음에는 거의 새소리를 듣지 못했다. 칵칵대거나 쩩쩩 또는 삐악 하는 다급한 울음을 울 뿐, 노래하지는 않는다. 소나기가 쏟아질 듯 잔뜩 찌푸린 조용한 오늘 오후에 내가 듣거나 본 새들을 여기에 열거해 보겠다. 울새의 다급하고 불안한 울음. 이후에도 대여섯 번 더 들려왔다. 지금 울새가 어린것들을 데리고 날아간다. 피리새가 크고 날카로운 소리로 츠윙크 하고 운다. 저 너머에서 황금방울새가 지저귄다. 이후에도 두세 번 더 들렸다. 큰어치가 깍깍 운다. 이어 두어 마리가 쐐기 모양의 가지런한 꼬리를 흔들며 멋진 모습으로 날아오른다. 공중에서 쌀먹이새가 희미하게 링크, 링크 하며 우는 소리가 들려 깜짝 놀란다. 손새 한 마리가 강 위를 날아간다. 칼새들도 지저귀나, 하늘 멀리서 날고 있다. 강가 한 참나무에서 해오라기가 놀라 날아오른다. 딱새 한 마리가 어떤 다른 새보다도 노래하듯 지저귀는 소리가 들린다. 볼티모어꾀꼬리가 지저귀는 소리가 희미하게 들린다. 목둘레가 하얀 물총새가 쏜살같이 강을 가로지르더니 한 참나무 위에 내려앉는다. 가슴에 얼룩점이 난 참새 한 마리가 강가를 따라 날아가며 그 특유의 선율로 지저귄다. 관목 숲에서 이따금 멧종다리가 쩍쩍거린다. 외로운 오리 한 마리가 날아오른다. 그리고 쏙독새 두 마리가 강 위에 높이 떠 날고 있다. 소나기가 지나간 뒤 박쥐 떼가 날아오른다.

이것이 서너 시간 보트를 타고 강을 따라 내려가며 보고 들은 것이지만, 강의 고요함을 깨트릴 만큼 요란한 소리는 듣지 못했다.

8월 23일 화

코난텀을 거쳐 클레마티스 시내에 가다.

밝은 빛이 가득한, 아주 맑고 서늘한 아침이다. 우거질 대로 우거진 잎에 햇살이 비치면서 잎이 검게 보인다. 이런 잎들을 보니 이런 생각이 떠오른다. 이 잎들은 한 해의 이슬이 맺히기 시작하는 새벽인 봄에 포근한 은빛 회백색으로 빛나다가, 엷은 자줏빛 아침에는 황녹색이나 담녹색으로 바뀐다. 그다음 오전에는 가장자리가 빛나는 맑고 순수하고 번지르르한 녹색으로 바뀌었다가, 지금처럼 그늘이 길어지기 시작하는 오후에는 암녹색으로 바뀐다. 이어 저물녘 하늘처럼 노란색이나 붉은색으로 물들어 갈 것이고, 마지막으로 한 해의 밤이 다가오면 갈색이나 검은색으로 시들어 갈 것이다. 나는 하루, 이를테면 이 8월의 하루와 한 해가 완벽하게 대응하는 데 놀란다. 하루의 한때와 한 해의 계절이 나란히 진행되는 게 아닐까 싶다. 그래서 사람들은 중년이 되면, 아침과 봄에 그다지 관심을 두지 않고 살아가는 것이 아닐까.

계절이 지나가는 대로 각 계절 속에 살아라. 계절의 공기를 호흡하고, 계절의 음료를 마시고, 계절의 과일을 맛보아라. 각 계절의 영향력에 너 자신을 맡겨라. 계절이 너의 유일한 식품, 음료, 약초가 되게 하라. 8월에는 딸기를 먹고 살아라. 육포와 페미컨*으로 살아가려고 하지 말라. 그런 건 배를 타고 망망대해를 항해하거나 끝없이 이어지는 북부 사막 지대를 통과할 때에나 필요한 것이다.

땀구멍을 모조리 열고 사철 내내 자연의 온갖 시내와 대양과 조수에 멱을 감아라. 독기와 병마는 우리 내부에서 온다. 자연이 주는 거대한 영향력을 흡수하기는커녕 부자연스러운 생활만 계속하다가 거의 죽음 직전에 이른 환자는 특정한 풀로 끓인 차만 마시면서 여전히 부자연스러운 생활을 이어간다. 한편으로는 아끼면서 한편으로는 낭비한다. 그는 자연과 인생을 사랑하지 않는다. 그

---

* 말린 쇠고기에 지방, 과일을 섞어 굳힌 북아메리카 원주민의 휴대 식품.

래서 병들어 죽는다. 어떤 의사도 그를 낫게 할 수 없다.

봄에는 푸르게 자라나라. 그리고 가을에는 노랗게 익어가라. 계절의 영향력을 마셔라. 자연이 각별히 그대를 위해 온갖 치료약을 섞어 만든 진정한 만병통치약을 마셔라. 진정한 묵약을 마셔라. 여름의 음식이 그대를 병들게 하는 게 아니라, 지하실에 보관해 둔 음식이 그대를 병들게 한다. 과일주를 마셔라. 염소 가죽이나 돼지 가죽에 담근 술이 아니라, 자연이 싱싱한 딸기 껍질 속에 담가놓은 술을 마셔라. 자연이 음식 저장용 용기가 되게 하고 음식을 절이는 소금이 되게 하라. 자연은 우리의 건강을 위해 매 순간 최선을 다한다. 자연이 존재하는 이유는 바로 우리의 건강을 위해서다. 그 이외의 다른 이유가 있을 수 없다.

자연에 저항하지 말라. 일부러 건강해지려고 애쓰지 않을수록 병드는 일 또한 적어진다. 어떤 사람들은 길이 들지 않은 자연에서 몇 가지는 유익하나, 야생인 전부가 유익한 것은 아니라는 사실을 발견했다고 믿는다. 그렇다면 '자연'이 왜 건강의 또 다른 이름이고, 사계절이 왜 건강의 각기 다른 상태를 나타내는지 생각해 보라. 어떤 이들은 봄, 여름, 가을, 겨울 중 특정 계절이 자신의 몸에 맞지 않는다고 생각한다. 그들은 이것이 계절 탓이 아니라 자기 자신 탓임을 잊고 산다.

8월 24일 수

오늘도 가을처럼 서늘하고, 안개가 짙게 꼈다. 오전에 잠시 비가 내린 뒤 하루 내내 흐리다.

이제 농부들이 도랑을 치기 시작한다. 커다란 고비는 벌써 갈색으로 시들었으나, 대부분의 양치식물이 그렇듯 늦게 꽃을 피우는 나무고사리는 아주 싱싱하다. 나는 이 향기로운 나무고사리를 레이스 양치식물이라 부르고 싶다. 어떤 예술품도 능가하는 심각형의 고운 레이스 세공품이다.

8월 30일 화

강물이 7월보다 40, 50센티 더 높아졌다. 남서쪽에서 바람이 살살 불어오나 강은 아주 잔잔하다. 강가에서 자라는 흑버들, 세괄란투스, 마디풀 따위에 돋아난 잎이 약간 갈색을 띠면서 뻣뻣해졌다. 부엽은 대부분 벌레가 먹거나, 삭거나, 물러졌고, 폰테데리아도 거의 남김없이 시들어 검어졌다. 하얀 수련과 폰테데리아 꽃 서너 송이만 남아있다. 멱을 감으니 물이 차서 번쩍 정신이 든다. 초원에서는 주민들이 크랜베리를 긁어모으느라 바쁘다.

이제 산사나무 열매 일부가 익었다. 포도도 익어 그 진한 향기가 풍겨온다. 지금이 전성기인 애스터의 모습이 얼마나 다채롭고 아름다운지 당혹스러울 정도다. 지금 왜 이렇게 애스터와 미역취가 많이 돋아나는 걸까. 해가 땅을 비추고 있으니 미역취가 그 해의 열매다. 별들 또한 땅을 비추니 애스터가 그 별의 열매다.

해 지기 한 시간 전쯤 돛을 펼치고 집으로 향한다. 오늘 사그라지는 마지막 돌풍인 산들바람이 페이헤이븐 호수를 가로질러 내게로 시원하게 불어온다.

9월 1일 목

내 기억으로는, 지난달이 흐리고 무더운 여름날의 정점으로, 우기 내내 걸상버섯toadstool을 딸 수 있었다. 그 뒤 삼복이 이어지고 많은 비가 내리고 나서 약간 서늘해졌다. 그리고 나자 무성히 자라난 잎이 삭고 여무는 기색과 더불어 가을이 다가왔다. 지금은 익어가는 옥수수와 멜론과 자두와 조생종 사과(지금은 복숭아)와 무성한 잡초의 달이다. 7월이 봄의 면모를 지녔다면, 8월은 가을의 면모를 지녔다.

요즘은 초원을 뚫고 멀리 뻗어나간 강이 마치 거울 같다. 창문을 통해 붐비는 거리 너머의 풍경을 바라볼 때마다, 멀리서 반짝이는 강에 어김없이 강을 에두른 초목의 물그림자가 비친다. 거기에 얼룩 없고, 금 가지 않은 온전한 거울 하나가 놓여 있다.

9월 3일 토

지금은 꽤 귀하고 아름답지만 먹지는 못하는 야생 물과일의 철이다. 나는 사람들이 혀에 달콤한 물과일은 부지런히 따 모으면서도, 눈에 아름다운 저 물과일들은 그저 무심히 지나친다는 사실이 기이하게 느껴진다. 한 해 단 한 시간만이라도 마을 주민들이 이런 물과일을 따면서 보낸다면 얼마나 좋을 것인가. 이런 면에서 나는

적어도 1년에 한 번은 반드시 이런 물과일들을 따러 다닌다. 꽃 못
지않게 아름답지만 훨씬 덜 알려진 꽃의 열매들. 층층나무, 가막살
나무, 자리공, 아룸, 메데올라, 산사나무와 같은 다양한 종의, 이처
럼 무시당하지만 아름다운 열매를 바구니 가득 채워 넣는다.

9월 11일 일

서늘한 날이다. 열기가 답답하게 느껴지던 닷새 전인 6일에 비
하면 아주 커다란 변화다. 공기에 가을 기운이 감돈다. 이 기운이
다시 사라지지는 않을 것이다.

마일즈 씨가 개간 중인 늪지에서 간밤 서리가 내린 흔적이 보
인다. 감자 덩굴이 검어졌다. 여름의 뜨거운 열기가 느껴지던 이달
6일에서 석 달 전인 6월 1일 서리가 내린 날까지는 얼마나 긴 기간
인가. 하지만 돌이켜보면 고작 닷새 전이 아닌가.

9월 13일 화*

메인 숲으로 두 번째 여행을 떠나다.

---

* 이날 이후 2주 동안 쓴 일기에는 메인 숲 여행에 대한 보고가 적혀 있다. 이 이야기 대부분
은 소로 사후에 출간된 『소로의 메인 숲』「체선쿡」편에 수록되어 있으므로 여기에서는 생략
한다.

9월 28일 수

콩코드로 돌아오다.

느릅나무 잎이 진다. 어린 이디스 에머슨*의 말에 따르면, 술이 달린 용담 꽃이 일요일에 졌고, 그러고 나서 용담 그 자체도 일부가 시들었다고 한다.

서늘한 바람이 분다. 바람이 나무 사이에서 으르렁거린다. 적참나무에서 도토리가 떨어진다. 검둥오리 떼가 써레 모양으로 커다란 무리를 지어 북서쪽으로 날아간다.

엘런, 이디스, 에디를 데리고 매자를 따러 보트로 코난텀에 가다.

서리로 빳빳해지고 비틀린 갈색 포도나무 덩굴이 전보다 훨씬 더 돋보인다. 포도송이 일부는 아직 덩굴에 달려 있다. 매자를 25리터가량 땄다. 허클베리가 붉어진다. 꽃은 이제 드물다. 단풍나무가 붉어지고, 자작나무가 누르스름해진다. 대낮 그늘 속 조팝나물이 서리에 덮인 양 하얗게 보인다. 호박벌들이 애스터 위를 떠돌고, 각다귀들이 공중에서 춤을 춘다.

10월 9일 일

거센 남서풍이 분다. 채닝과 더불어 돛을 펼치고 강을 따라 내려간다.

꽃단풍이 붉게, 그리고 노랗게 물들었다. 싱싱한 은빛이던 은단

---

* R. W. 에머슨의 딸인 이디스Edith Emerson Forbes(1841~1929)를 말한다.

풍은 노란 빛으로 변해 가며 홍조를 띤다. 자작나무는 노란 잎을, 흑버들은 갈색 잎을, 느릅나무는 시든 갈색 잎을 파닥이고, 참피나무는 헐벗었다. 늦게 핀 세팔란투스도 나무 밑동에 약간의 잎이 남아 있을 뿐 대부분 잎이 졌다. 늪지 백참나무가 갈색을 띤 초록빛이고, 물푸레나무는 짙은 자주색으로 변해 간다. 볼스힐 쪽 은단풍은 불에 탄 듯한 잿빛이고, 백참나무가 연어 살빛으로 붉다. 온갖 잎이 지고, 사과나무에 잘 익은 붉은 사과가 달렸다. 사향쥐들은 여전히 집을 짓느라 바쁘다.

이 바람이 강 따라 우리를 빠르게 데려간다. 시속 10킬로쯤 되는 속도로 칼라일 다리 너머 빌레리카 마을의 첫 다리를 지나 히비스커스 강가에 이른다. 히비스커스 씨앗을 얼마쯤 모으고 백참나무 도토리를 줍고서 1.5킬로 이상 걸어 강 서안에 맞닿은, 잡목 우거진 바위 언덕들을 넘어 물방앗간과 그리 멀지 않은 곳까지 간다. 내가 오래 전에 포도 섬이라 부른 곳(예전 모습 그대로다) 건너편 어디에선가 포도 향내가 풍겨온다. 처음에는 잎이 진 탓에 포도 덩굴을 알아차리지 못하다가, 발밑에 잘 익은 싱싱한 포도알이 무수히 널려 있는 모습에 깜짝 놀란다. 잊히지 않을 너무나 진한 향내다. 거기서 우연히 깊은 숲속으로 들어갔다가 간신히 빠져나온다. 다시 바람을 거슬러 노를 저으면서 이날 나머지 낮 시간을 보낸다.

10월 12일 수

오늘 나는 가족을 이 나라로 데려오기 원하는 한 가난한 아일랜드인을 위해 돈을 모으러 다녔다. 이웃 사람들에게 기부금 청약서를 돌리러 다니기 전까지는 이웃에 사는 사람들이 정말로 어떤 사람들인가 알기 어려울 것이다.

이, 이 일로 그들과 관련한 슬픈 사실이 여럿 드러났다. 어떤 이에게는 이기적이고 비겁한 변명을 들어야 했다. 누군가를 도와야 한다면 자신과 함께 사는 아일랜드인 고용인을 도와야 하지 않겠느냐는 변명이었다. 그들은 그 아일랜드인을 도와줄 생각이 추호도 없는 것이다. 여론을 중시하는 어떤 이들은 이 일에 필요한 금액을 모으기 어려울 것이고, 따라서 다시는 이 일로 자신을 방문하지 않을 것이라고 생각하면서 결국 아주 적은 금액을 낸다.

은행에 돈을 쟁여놓고 사는 이들보다 오히려 형편이 그저 그런 가난한 이들이나 소위 미친 과부라고 멸시받는 여성들을 방문하는 편이 훨씬 좋았으리라는 생각이 든다. 이만한 모순이 또 어디에 있겠는가. 그래도 일부는 관대했다. 그들이야말로 이 마을을 타락에서 구하고 있다. 또 일부는 기부를 하지 못했지만 할 수만 있다면 반드시 했을 것이다.

10월 15일 토

간밤에 처음으로 서리다운 서리가 내렸다. 아침에 보니 펌프 밑에 고인 물이 얼어붙었다. 해가 뜨고 나서도 오랫동안 땅이 하얗다. 그리고 이제 아침 바람이 불면서 서리 맞은 나뭇잎들이 우수수 떨어진다. 간간이 바람 부는 부드러운 공기 속에서 갑자기 지면에 두툼한 침대 또는 카펫이 생겨난다.

10월 20일 목

낙엽이 깔린 길을 걷는 건 얼마나 신선하고 즐거운 일인가! 발밑에서 와삭와삭 부서지는 소리가 들린다. 낙엽은 신선하고 바스락거리는 건강에 좋은 어린 희춘차熙春茶이고 녹차다.

이들이 무덤으로 가는 길은 얼마나 아름다운가. 얼마나 부드럽게 땅에 떨어져 바람에 구르다가 흙으로 돌아가는가. 우리 흙바닥을 수천의 빛깔로 꾸며 살아있게 하기에 이보다 더 적합한 것은 없다. 낙엽들이 가볍고 쾌활하게 자신의 무덤으로 떼 지어 몰려간다. 이들은 상복을 입지 않는다. 땅 위를 이리저리 즐겁게 뛰어다니며 숲 전체에 자신의 이야기를 속삭이다가 적당한 무덤을 고른다. 머리 위 높은 곳에서 손을 흔들어 대다가 이제 얼마나 만족스럽게 자신의 몸을 낮추고 흙으로 돌아가는가. 하늘에서 퍼덕거리던 때만큼이나 얼마나 기꺼이 나무 밑동에 몸을 눕히고 썩어 새로운 세대를 위한 자양분을 제공하는가. 이들은 떡갈나무, 단풍나무, 밤나무, 자작나무 할 것 없이 모두 한데 어울려 다닌다. 이들이 땅에 막 자신의 너비만한 두께를 보태려 하고 있다. 우리는 이것들의 부패로 더 부유해진다. 자연이 낙엽 때문에 소란을 겪는 일은 없다. 자연은 완전무결한 농사꾼이다. 자연이 이 낙엽들을 갈무리한다.

10월 22일 토

일주일가량 이어지던 화창한 날씨가 간밤에 끝이 났고, 오늘은 비가 내린다. 그제는 꽤 따스해서 상의를 벗고 숲속에서 일했다.

요즘에는 낙엽에 대한 생각이 머리에서 좀체 떠나질 않는다. 강가를 따라 오리나무와 세팔란투스와 단풍나무 밑에는 1미터 가까운 폭으로 낙엽이 거의 빈틈없이 강물을 덮어 가리고 있다. 물살에도 느슨해지지 않는 질긴 섬유질로 된, 가볍고 마른 빈틈없는 보트다. 그 보트가 밀집해 있는 도시에서 강물이 일렁일 때마다 굽이치고 바스락거리면서 색이 바래가긴 하나 순수하고 미묘한 갖가지 빛깔을 보여 준다. 위대한 자연의 솥에서 말리는 차로, 이 명성에 걸맞게 오묘한 빛깔이다.

그러면 이제 여기저기에 흩어져 있는 나뭇잎 배의 이 거대한 선단을 보라. 태양이 부린 기술로 사방이 말려 올라간 가죽 보트처럼 잎 각각이 완만한 물 흐름을 따라 천천히 흔들린다. 누구나 합류해야 할, 뉴욕의 붐비는 큰 시장으로 들어가는 한 무리의 선단 같다. 이 선단이, 물이 깊고 물살이 둑을 갉아대는 곳에서는 커다랗게 원을 그리며 소용돌이를 따라 천천히 돌고 있다. 아직까지 어떤 강제도 행해지지 않았건만, 이 나뭇잎 하나하나가 얼마나 부드럽게 강물 위로 내려앉는가 생각해 보라. 이 두툼한 낙엽 더미가 거품처럼 떠가는 기슭 옆으로 뱃머리를 돌릴 때, 빠삭빠삭한 물결의 어떤 바스락거림이 들려오는지 들어보라.

해마다 얼마나 막대한 수확이 땅으로 떨어지는가. 이는 곡식 또는 씨앗 이상으로 한 해의 커다란 추수다. 이렇게 해마다 조금씩 쌓이는 쇠락과 죽음이 있고서 나무 전체가 쓰러져 흙으로 돌아간다. 나무가 잎을 떨구듯, 사슴은 뿔을 떨구고, 인간은 머리카락과 손발톱을 떨군다. 나는 영국종 목초나 옥수수보다 이 낙엽이 더 흥미롭다. 낙엽이 땅을 기름지게 하고, 내일의 옥수수 밭을 위한 깨끗한 흙을 마련한다. 우리에게 어떻게 죽어야 할지를 가르친다. 쉴 새 없이 퍼덕이다가도 얼마나 조용히 자신의 무덤에 눕는가. 얼마나 많은 층의 덮개를 이뤄 씨앗이 싹트도록 돕는가. 나무에서 수액이 올라오면 또 얼마나 미묘한 작용으로 다시 돋아날 것인가. 땅이 온통 이 낙엽들로 얼룩덜룩하다. 어느 곡식의 아름다움을 이 갖가지 아름다움에 비할 수 있겠는가.

어제 어두워질 때 소피아와 어머니를 배에 태우고 멀리 '콩코드 독립전쟁터'까지 갔다. 어부인 애꾸눈 존 굿윈이 최근 강에서 모은 유목 더미를 손수레에 실어 집으로 가져가고 있었다. 아름다운 저녁이었다. 맑은 황갈색 석양이 동쪽 강기슭을 밝게 비추었다. 마을 사람 대부분이 굿윈을 나쁜 놈이라고 욕하지만, 그가 하는 일은 나를 매료시킬 만큼 단순하고 분명하다. 누구나 겨울 땔감을 모으는 일과 같은 단순한 일을 하는 것을 무엇보다 좋아한다. 이런 일은 거의 어김없이 시적 풍미를 띤다. 나도 기꺼이 그 일에 한몫 거들고 싶다.

그의 일은 마을 주민들이 흔히 하는 일과는 달리 인공적이거나 복잡하지 않다. 땔감 중매인이 어떻게 땔감을 모으는지, 자신이 하는 일에서 어떤 즐거움을 누리는지, 그의 배와 손수레는 무엇인지 생각해 보자. 그는 절박한 삶을 뒤로 미루고 화차에 몸을 싣고 서둘러 보스턴으로 가서 자신이 싣고 온 땔감을 판다. 이런 일은 그다지 즐겁다고는 할 수 없을 것이다. 그러나 그는 이렇게 해서 돈을 벌고 그 돈으로 연료를 산다. 언젠가 이런 간접적이고 복잡한 서래글 하는 것인을 보게 된다면, 땐간을 무으는 기를 보면서 더이상 그 아름다움에 넋을 잃지는 않을 것이다. 나무를 내다 파는 일은 저 석양의 아름다움과는 그다지 어울리지 않는다.

아무튼 저 석양은 굿윈이 얼마간 지닌 천재성에 대고 얼마나 많은 충고를 하고 있는가. 나도 이제 그와 같이 나의 연료를 얻고 싶다. 나도 그와 같은 방식으로 약간의 연료를 얻은 적이 있다. 땔감을 마련하는 일이 즐거운 일이더라도, 나는 단순하고 직접적이지 않은 방식으로 땔감을 얻고 싶지는 않다. 인생에 필요한 물품을 돈으로 산다면, 어느 정도는 나 자신을 속이는 것이고 나의 기쁨을 나 스스로에게서 빼앗는 것이다. 그 기쁨은 우리의 원초적인 필요를 진실하고 단순하게 충족하는 데서 오는 보상이다. 그 보상은 말로 표현하기 어려울 정도로 값지다.

어떤 거래도 단순하지 않다. 인공적이고 복잡하다. 거래는 삶을 중단시켜 죽음으로 뒤바꿔 놓는다. 거래는 인간 본성에 어긋나는 짓이다. 그로 인해 첫 번째 세대가 죽지 않는다면, 세 번째나 네 번째 세대가 죽는다. 삶을 활기차게 이어가는 사람이 단순한 자작농이나 노동자의 후손이 아니라, 상인의 후손이라는 것을 나는 믿지 않는다. 어떤 통계학에도 아랑곳하지 않는다. 사실 그런 통계학은 그저 농촌의 희생을 대가로 부유해진 도시를 말하고 있을 뿐이다.

가장 연륜이 많고 빈틈없는 정치가가 가장 훌륭한 인간은 아니다. 그는 결국 회색 부둣가의 한 마리 쥐에 불과하다. 그는 법률적, 정치적 선악을 위해 도덕적 선악을 헌신짝처럼 내버리는 습관을 몸에 익혔다. 스스로 천천히 죽음의 길에 빠져들면서도 은퇴 후에 시골로 들어가 농장을 일구며 지낸다면 몸과 마음을 다시 살려 낼 수 있을 것으로 생각한다. 술에 절어 살면서 여러 번 감화원을 들락거린 부랑자가 거리에서 여전히 고개를 들고 다닐 수 있는 까닭은 그의 단순성 때문이고, 또 단순성이 주는 활력 때문이다.

상인은 이렇게 말한다. "날마다 보스턴으로 가서 아침부터 저녁까지 술을 판다면 머지않아 가장 좋은 연료를 원하는 대로 맘껏 살 수 있을 거야." 그 이야기가 맞을 수도 있다. 허나 강기슭에서 나무를 주워 올리는 기쁨은 영영 맛보지 못한다. 나무가 주는 따뜻함보다 더 값어치가 있는 것이 나무를 줍는 즐거움이다. 그것만이 그런 즐거운 노동을 되풀이할 수 있는 생명의 열기를 우리 안에 유지시켜 준다. 그것은 우리를 두 번 따뜻하게 한다. 그저 땔감으로 얻는 두 번째 따뜻함에 비해 이 첫 번째 따뜻함이 더 유익하고 기억에 오래 남는다.

내가 나무를 베고 콩밭을 매는 까닭은 단지 추위를 막고 굶주림에서 벗어나기 위해서만은 아니다. 그런 말만으로는 내가 하는 일을 제대로 설명하지 못한다. 우리는 노동의 가장 큰 값어치를 나무를 집으로 끌고 오기 전에, 콩을 거둬들이기 전에(또는 콩을 키질하여 고르기 전에) 이미 받는다. 굿윈은 굳건한 땅 위에 서 있다. 아니, 그가 발을 디디고 선 땅이라서 더 굳건해 보인다. 굿윈과 같은 이에게는 이익과 손실, 공급과 수요를 다루는 정치경제학이 아무런 쓸모가 없다. 굿윈에게는 정책이 전혀 필요치 않다.

복잡한 삶의 방식을 아무리 오래 익혀 왔더라도 나는 그 방식을 결코 좋아하지 않는다. 나는 어디에 가든 가능한 한 땅에 굳건히 발을 디디고 서 있을 것이다. 굿윈의 거래에는 태양의 운행처럼 아무런 비밀이 없고, 생계를 이어가는 방법에 어떤 신비도 없다. 심지어 그가 나무를 훔칠 적에도 비밀은 없다. 사람들의 거래에는 늘 속임수가 따르기 마련이나, 그의 생활에는 거의 아무런 속임이 없다.

굿윈은 가장 꾸준한 어부에 속한다. 그는 이즈음에 나오는 강꼬치고기 맛이 어떤지 잘 알고 있을 것이다. 그가 며칠이나 꾸준히 고기잡이를 나갈지는 내가 단언해 말하기 어렵지만, 여하튼 그는 고기잡이를 나갈 것이다. 한동안 거의 날마다 고기잡이를 나가는 그를 만난 적이 있다. 비가 올 때마다 기름이 흠씬 밴 비옷을 입고, 바구니와 장대를 들고 강으로 천천히 가고 있는 그를 보고 놀라곤 했었다. 며칠 전에는 그가 강기슭에 서서 낚싯대를 드리우고 있었고, 그다음 날에는 강 한가운데서 그물질을 하고 있었다. 나는 무언가에 홀린 사람처럼 그가 있는 쪽으로 노를 저어갔다.

굿윈은 겨울 낚시 미끼용으로 황어를 잡고 있다고 말했다. 그와 100미터가량 떨어져 노를 젓고 있을 때, 그는 전날 깜빡 잊고 보여주지 못했다고 외치며 1킬로그램짜리 강꼬치고기를 들어 올려 보여 주었다. 후에 말하기를, 그다음 날 아침에는 1.5킬로그램 나가는 강꼬치고기를 잡았다고 한다. 만일 강꼬치고기 양어장 위원회를 설치해야 한다면 위원 자리 하나쯤은 반드시 그에게 맡겨야 할 것이다. 그는 강꼬치고기처럼 좀처럼 죽지 않고, 비늘을 벗기기도 쉽지 않기 때문이다.

10월 24일 월

하루 종일 비가 내려 냇물이 넘쳐 난다. 어두워진 직후에 세찬 남풍이 불어오나 여전히 따스한 기운이 남아있다. 비바람이 창문과 지붕을 두드리며 집을 흔들어 댄다. 게다가 칠흑같이 어두워서 옆집을 찾아가는 일조차 버거울 지경이다. 해안으로 들어오려고 안간힘 쓰는 배와 난파선이 생각난다. 이 비에 얼마나 많은 나뭇잎이 질 것인가. 내일 아침 거리에는 빗물 고인 웅덩이 사이사이에 느릅나무의 썩은 가지와 낙엽이 무수히 흩어져 있을 것이고, 헐거운 굴뚝이나 낡은 헛간 따위가 쓰러져 있을 것이다. 어떤 이들은 지붕이 날아가지 않을까 염려하여 잠자리에 들기를 망설인다.

10월 25일 화

아침에 비가 그쳤다. 땅이 바람에 쓸리고 비에 씻겨 나갔다. 지금은 서늘하고 세찬 서풍이 분다. 참새가 바람에 맞서기 어려워 힘겨워한다. 어제의 비로 예기치 않게 시냇물과 강물이 많이 불어났다. 검푸른 강물이 출렁인다. 바람이 숲에서 윙윙댄다. 단풍나무 한 그루가 쓰러진다.

은단풍 잎이 거의 남김없이 졌다. 강기슭에 늘어선 마른 풀들이 서늘한 바람에 서걱거린다. 멀리 백참나무 숲에 높이 달린 잎이 햇빛에 은빛으로 반짝인다. 땅바닥에는 솔잎이 햇살처럼 흩뿌려져 있다. 여뀌 두어 종이 보인다. 이들은 된서리가 내리기 전까지는 이렇게 남이 있을 것이다. 냉이가 꽃을 피었다.

10월 26일 수

우리가 맑은 수정으로 남으려면, 세상에서 묻은 찌든 때로 빛이 비치지 않는 흐릿한 수정이 되지 않으려면 얼마나 많은 주의를 기울여야 하는가. 우리 마음속에 자유와 평화가 없다면 우리에게 주어진 권리가 무슨 값어치가 있겠는가. 우리 내면 깊숙한 곳에 홀로 선 인간이 썩은 물웅덩이와 같다면 우리의 자립이 무슨 소용이 있겠는가. 우리는 세상과 접하면서 너무 자주 마음이 흔들려 수정처럼 맑게 세상을 비추지 못하고 만다. 우리를 감동시키는 아름다운 온갖 것들은 그 자체로 충분히 귀한 것이다. 세상과 많은 관계를 맺었으나 시련을 잘 견디지 못하는 이들이 적대 세력이 되어 내게 영향을 미친다. 그들은 가시이고, 껍질이다. 그들은 부드럽고 무구한 고갱이가 사라진 껍질 같은 존재, 가시만 남은 고슴도치와 같은 존재가 된다.

아, 이 세상은 우리에게 너무나 버겁다. 우리의 영혼은 자신이 일하는 곳에서 염색공의 손처럼 착색된다. 빵을 얻는 과정에서 순결을 잃기보다는 차라리 굶어죽는 편이 나을 것이다. 여기 우리가 치료를 받으러 들어가기 전에 먼저 물결이 가라앉아 잔잔해져야 하는 베데스다의 연못이 있다. 만약 노인 안에 젊은이가 없다면, 즉 산전수전을 다 겪은 그의 몸 안에 순진함이 없다면, 그는 타락해 악마가 된 천사 가운데 하나에 불과하지 않겠는가.

나는 인생에 불만을 느끼고 좀 더 나은 인생을 열망한다. 그러자 어쩐지 기대에 차서 양심의 소리에 더욱더 귀를 기울이게 된다. 절제하고 겸손해진다. 속이 꽉 찬 견과처럼 갑자기 생으로 충만한 나 자신을 발견한다. 내 속에서는 어느덧 부드럽고 고요한 기쁨이 차고 넘친다. 나는 혼잣말로 중얼거린다. 먹을 것에 주의를 기울여야겠다. 아침 일찍 일어나 아침 산책을 가야 한다. 쾌락과는 당장 결별하고 나의 시혼詩魂에 온 마음을 바쳐야 한다. 나의 강을 댐으로 막고 내 머리 쪽으로 강물을 모은다. 나의 머리에 생각이라는 화물을 싣는다.

10월 27일 목

24일 밤에 그친 비의 영향으로 강물이 여전히 붇고 있다. 당시보다 수위가 60센티쯤 더 높아졌다. 지금은 한 해의 마지막 수확이자 가장 튼튼한 수확인 호두를 거두러 가야 할 때다.

언덕 비탈 개암나무에 핀 별 모양의 작은 자줏빛 암꽃이 살짝 고개를 내미는 봄, 자연이 모든 숨구멍마다 소생하는 저 우주의 영원한 봄을 기억하고 싶다.

10월 28일 금

어젯밤과 오늘 아침, 겨울을 예고하는 비가 내린다.

지난 일이 년 동안 나의 출판업자는(그에게 붙인 이 호칭이 사실 나로서는 터무니없는 명칭이다) 가끔씩 내게 편지를 보내 아직도 자신의 수중에 남아있는『소로우의 강』을 어떻게 처리해야 좋으냐고 물어오곤 했다. 마침내 그가 그 책이 보관된 지하실을 다른 용도로 써야 한다는 내용의 편지를 보내왔다. 나는 책을 모두 나에게로 보내달라는 답장을 썼다. 오늘 속달로 그 책들이 왔다. 짐마차 하나를 가득 채웠다.

나는 4년 전에 출판업자 먼로 씨에게서 돈을 빌려 그 책을 1,000권을 샀다. 그 이후 빚을 조금씩 갚아나갔지만 아직도 다 갚지를 못했다. 그런데 그 1,000권 중 706권이 드디어 나에게로 돌아온 것이다. 이로써 나는 내 구매품의 품질을 시험해 볼 기회를 얻었다. 이 책들은 소문보다는 내용이 더 충실했다. 내 등이 그것을 말해 주었다. 책을 등에 지고 층계참 두 개를 오가며 날랐다. 그 고향이라 할 장소로 말이다. 1,000권 중에서 되돌아온 706권을 빼면 294권이 남는다. 그중 76권이 기증본으로 나갔고, 나머지 219권은 팔렸다. 나는 지금 900여권의 책을 소장하고 있는데, 그중에서 700권이 넘는 책이 내가 쓴 책이다. 저자가 자기 노고의 열매를 보는 것은 좋은 일이 아니겠는가. 지금 나의 작품이 내 방 한구석에 내 키 높이로 쌓여 있다. 나의 전집이다. 이런 것이 저술업이다. 이것들이 내 두뇌의 작품이다.

이 모험에서 단 한 가지 행운이 있었다. 4년 전에 인쇄업자가 제본이 안 된 책을 튼튼한 포장지로 싸서 그 포장지에 다음과 같이 적었다. 'H. D. 소로 저, 콩코드강 50권.' 이를 본 먼로 씨는 '강'을 지우고 '매사추세츠'라고 쓰지 않을 수 없었다. 그리고 즉시 속달로 그 책들을 보내왔다. 나는 지금 내가 무엇을 위해 글을 쓰고 있는지, 즉 내 노동의 결과물이 어떤지 알 수 있다. 그럼에도 불구하고 오늘 밤 나는 움직이지 못하는 내 작품 덩이 옆에 앉아 내 경험과 생각을 적기 위해 펜을 든다. 내가 느끼는 만족은 전과 다름없이 크기만 하다. 실제로 나는 1,000권이 다 상품으로 팔려나간 것보다 이 결과가 더 좋고 마음에 든다. 이 결과가 나의 은둔에 해를 덜 끼쳤고, 나를 더 자유롭게 해주었다.

10월 30일 일

오늘 아침 하얀 서리가 내렸고, 해가 뜨고 나서도 얼마 동안 서리가 사라지지 않았다. 이 서리로 아직 생생하던 많은 초목이 결국 시들고 말 것이다.

비와 서리와 바람 탓에 꽤 많은 잎이 졌다. 잎은 이미 남김없이 졌다고 말해도 좋을 것이다. 아직 나무에 달려 있는 잎사귀도 마르고 시들었다. 지난 한 주 동안의 변화에 깜짝 놀란다. 이제는 멀리서 숲을 바라봐도 노란색이나 자주색은 찾아보기 어렵다. 상록수의 푸른빛을 빼고 나면 그저 무디고 메마른 붉은빛뿐이다. 가을의 색조는 사라졌다. 잎자루 끝에 간신히 삶이 남아있을 뿐이다. 숲은 이제 거의 대부분 겨울의 모습을 띠고 있다. 옅은 빛깔로 바스락거리는 시들고 거친 풀이 강가와 숲 주변을 에워쌌다.

이제 11월이다. 서늘한 햇빛과 조화를 이루는 이 가볍고 메마른 빛, 시들고 희어지는 풀과 잔털로 덮인 미역취의 회색 빛깔, 그리고 낙엽수에 여전히 달려 있는 잎의 희뿌연 빛깔이 다가올 11월의 특징이 아닐까 싶다. 눈 없는 풍경이 겨울을 맞을 채비를 한다. 이렇게 숲과 들이 맑은 겨울 빛을 띠게 되면, 우리는 자연스럽게 다채로워지는 석양 풍경을 보러 간다.

10월 31일 월

맑고 서늘한 11월 같은 아침이어서, 대기에 수증기가 약간 남아있는 기분 좋은 겨울날 아침이 생각난다(겨울날이라도 지금과 그리 다를 건 없고 그저 눈과 얼음에 덮여 있을 뿐이다). 초원으로 넘쳐난 강물 위 10여 미터 높이에 고운 안개가 떠 있다. 그 너머 마을 굴뚝에서 더 짙고 하얀 연기 기둥이 올라간다. 기운찬 광경이다.

오후에는 날씨가 따스하고 고요하고 아름다워 봄날 같다. 불어난 강물이 거울처럼 반반하고 맑아 홍수 진 고요한 4월의 어느 날이 생각난다. 시든 풀, 버드나무, 세팔란투스 등 강가에 서 있는 것은 무엇이나 놀라울 정도로 강에 또렷이 비친다.

11월 1일 화

해가 막 떠오르고 난 뒤 후미진 비탈길을 오르다가 새들이 지저귀는 소리가 거의 들리지 않는 데 흠칫 놀란다. 환호하듯 기운을 돋우던 새소리가 지금은 거의 사라졌다. 숲으로 날아가는 몇 마리 까마귀 소리만 들린다. 풀잎과 클로버 줄기가 뻣뻣해졌고, 길 위 바큇자국에 서리가 하얗게 내려앉았다.

나뭇가지가 산들바람에 흔들리면서 갓 생겨난 사과들이 물 위로 가볍게 내려앉았다가 소용돌이를 따라 밀려 올라간다. 다가오는 어느 겨울 저녁에 가족이나 이웃과 지낼 즐거운 한때를 상상하며(가끔 긴 나무 막대로 가지를 때려가며) 5,6리터쯤 호두를 모았다.

여기 자연을 거쳐 가는 파란 많은 삶이 없다면 자연에 무슨 의미가 있겠는가? 삶에서 겪는 온갖 기쁨과 슬픔이 자연이 보여 주는 가장 아름다운 빛과 그늘이다.

11월 7일 월

서리 내린 맑고 쌀쌀한 아침이다.

남쪽 멀리서 해가 떠오른다. 서쪽 불그스름한 참나무 잎과 푸른 소나무 잎에 첫 햇살이 비친다. 해가 낮 동안의 여행을 몇 시간만에 끝마치기 원하는 듯 산 위로 빠르게 솟아오른다. 그러나 해는 먼 길을 돌아가야 한다. 땅 위에 솟은 산은 하늘에 솟은 산에 견줄 바가 못 된다.

자연의 어떤 선물이라도 무시해서는 안 될 것이다. 나는 한 알의 견과가 주는 독특하고 자양분 많은 달콤한 맛을 특히 좋아한다. 가을철마다 밤과 같은 견과를 얼마간 모으면서 시간을 보낸다면 얼마나 유익할 것인가. 밤이 떨어질 정도로 밤송이가 벌어지려면 호된 서리가 내린 후의 햇빛과 바람이 필요하다. 많은 밤송이가 겨울 내내 나무에 달려 있다. 나무 꼭대기에 올라가 흔들어 보았으나 밑에서 ㅏ못까지만 흔들릴 뿐 견과는 떨어지지 않는다. 하지만 다람쥐가 어느 인간보다 앞서 이 견과의 진정한 주인이므로, 그의 것을 강탈하고 싶지는 않다. 근처 밭둑에서 줄무늬다람쥐가 마른 잎을 밟는 소리가 들린다. 이들은 아직 모아야 할 견과가 많이 남아있기에 서둘러 겨울 숙소로 들어가지는 않을 것이다.

오늘 아침 숲속 얕은 물웅덩이에 살얼음이 꼈고, 강가에 살짝 얼음이 얼었다. 저물녘이면 또다시 얼 것이다. 겨울 숙소로 채 들어가지 못한 파랑새 몇 마리가 쌀쌀한 바람에 용감히 맞선다. 이 새의 푸른 복장이 들을 사수하라는 명령을 받은 병사 처럼 보인다.

11월 8일 화

오전 10시, 남쪽에서 바람이 불고 첫눈이 내린다. 공기는 차고 축축하다. 숲이나 지평선 쪽에 내리는 눈을 바라보면 안개처럼 보이는 아주 가는 눈이다. 휴식 시간에 밖으로 나온 아이들도 환호하며 반긴다. 이제 갈아엎은 들판은 눈으로 하얗게 덮이나, 황갈색 풀밭은 그저 희끗희끗할 뿐이다. 이 계절에는 대체로 새들도 자연의 황갈색 옷을 입는다. 초목 못지않게 가을빛을 띤다. 나뭇잎과 새의 깃털에서 밝은 색조는 사라졌다.

체니의 정원에서는 여전히 별꽃이 피어있고, 냉이가 전보다 더 싱싱해 보인다. 그러나 이제는 꽃의 계절이 막바지에 이르렀다. 어제는 이 계절 마지막 귀뚜라미 울음소리가 들렸다. 귀뚜라미들은 점차 긴 간격을 두고 드문드문 울다가 결국 눈이 내리면 조용해진다. 어제 이 계절 마지막으로 줄무늬다람쥐를 보았다. 이들도 땅이 눈으로 하얗게 덮이면 결국 겨울 숙소로 들어가야 한다.

저녁에 이르자 눈이 비로 바뀌면서 내리쌓인 눈이 이내 녹아 사라진다.

11월 9일 수

간밤에 세찬 바람이 불고 비가 내렸다. 낮 동안에도 거센 돌풍이 일었으나, 남서풍이어서 날씨는 꽤 온화한 편이다.

오후에 채닝과 보트를 타고 페어헤이븐 언덕에 가다.

세찬 바람에 맞서 노를 저어야 했기에 거의 앞으로 나아가지 못할 때가 많았고, 공중에서 노를 휘두르기조차 어려울 적이 드물지 않았다. 채닝의 말마따나 어떤 뻥 뚫린 구멍에서 바람이 휘몰아쳐 오는 것 같았다. 그럼에도 우리는 천천히 강물을 거슬러 나아갔다. 물마루가 하얗게 일어나는 검은 파도에 보트가 위아래로 심하게 요동쳐서 꽤나 즐거웠다.

우리는 배에서 내려 코난텀 북쪽 숲으로 들어가 나무 사이에서 으르렁거리는 바람 소리를 들으며 앉아있었다. 그러는 사이에 이따금 내렸다 그쳤다 하던 비가 갑자기 퍼붓기 시작했다. 우리는 급히 건너편 페어헤이븐 언덕 비탈 단단한 땅으로 노 저어가서 오리나무 수풀이 비를 맞아 반짝이는 곳까지 보트를 끌어올린 다음, 보트를 뒤집어 놓고 안으로 기어 들어갔다. 그곳 축축한 땅에 반 시간가량 누워 두툰한 오리나무 가지를 뚫고 우리의 지붕을 두드리는 폭우 소리를 들었다. 하지만 비가 밤새 퍼부을 기세여서 다시 배에서 기어 나와 집을 향해 돛을 펼쳤다.

빗줄기가 갈수록 더 굵어졌다. 바람이 몹시 거센데다가, 강과 거의 직각으로 불어와 오래 돛을 펼치고 강을 따라 내려가는 게 불가능했다. 우리는 한쪽 뱃전이 용골로 기능하도록 둘이 나란히 앉았다가 배 안에 물이 들어차면 세팔란투스가 자라는 기슭으로 배를 몰고 갔고, 그런 다음 힘들여 반대편 기슭으로 천천히 나아가 다시 출발하곤 했다. 이때쯤에는 배도 옷도 흠뻑 젖었으므로, 비를 맞는 건 아무래도 좋았다.

드디어 비가 더욱더 세차게 퍼붓기 시작했다. 전에는 흩뿌리듯 내리던 빗방울이 우리의 손과 얼굴에서 우박처럼 느껴졌다. 이 굵은 빗방울에 바람이 가라앉고 강 물살이 잔잔해지는 듯한 느낌을 받았다. 이즈음 우리는 흠뻑 젖을 대로 젖어있었으므로, 채닝은 지갑에 든 지폐가 못 쓰게 되지 않을까 염려하여 지갑을 손수건으로 감싸 다시 주머니에 넣었다. 나는 지갑에 지폐를 넣고 다닌 적이 거의 없으므로, 옷이 홀딱 젖으면 지갑 속 지폐에도 영향을 미친다는 생각을 해본 적이 거의 없다. 어쨌든 우리 둘은 체온을 유지하려고 힘껏 노를 젓는 데 열중했고, 마을 집집마다 등불이 환히 켜지고 나서야 간신히 집에 이르렀다.

11월 12일 토

오후 8시에 보트를 타고 강을 거슬러 오르다.

달이 거의 다 찼다. 낮에는 하늘이 맑았다 흐려졌다 하면서 꽤 따스했고, 저녁에도 거의 여름날처럼 온화했다.

안개 낀 초원에 서리 같은 달빛이 비친다. 처음에는 강이 아주 고요해서 강가를 따라 잔물결이나 젖은 부목에 반사되는 희미한 빛밖에는 보이지 않았다. 이제 공기가 맑아지는 계절이 다가왔다. 강 양쪽 언저리에서 이렇게 가끔씩 반짝이는 것들이 내 주의를 잡아끈다. 나는 강에서 나와 우리의 작은 콩코드강을 메리맥강과 같은 커다란 흐름인 양 당당히 바라본다. 내게서 강가가 5미터 거리밖에 안 되지만, 땅과 강이 만나는 곳이 어둠에 묻혀 수백 미터 떨어진 듯하고, 근처 둑은 멀리서 솟아오른 언덕 같다. 눈의 감각이 얼마쯤 잠들어 있으나, 귀의 감각은 낮보다 더 환하게 열려 있다.

이제 바람이 일어나면서 보트 뱃머리에 찰싹이는 잔물결 소리가 또렷이 들린다. 새소리는 들리지 않고, 이따금 풍덩 하는 사향쥐 소리만 들린다. 구릿빛 달무리 진 둥근 달이 넓게 펼쳐진 구름장 속을 뚫고 천천히 나아가다가 어느 틈엔가 당당히 나타나 강을 두루 비춘다. 헐벗은 나무들이 하늘을 배경으로 서 있다. 둑 어둑한 곳에서는 아직도 귀뚜라미 한 마리가 들릴 듯 말 듯한 소리로 노래한다. 노래의 주제는 생명의 영원함이다. 이제 구름의 검은 편대가 달 표면을 급습하나, 달은 무사한 듯 당당히 꽃마차를 타고 나타난다. 검은 구름의 편대가 천지에 가득 퍼진 온화한 달빛에 서서히 희미해지다가 아침 안개처럼 흩어진다. 구름은 가 버렸고, 악몽은 잊힌다.

허버드 다리 근처 강가에 배를 대고 잠시 강가를 거닌다. 수개월 전에 강과 초원을 온통 울려대던 개구리 울음소리는 물론이거니와, 귀뚜라미와 모기기 내는 소리조차 들리지 않는다. 청개구리가 째째 우는 소리가 어쩐지 내 귀에 들리는 것만 같다. 청개구리의 한 해는 얼마나 짧은가. 이들은 얼마나 일찍 잠자리에 드는가.

자연이 거칠고 횅해졌다. 이제 문을 굳게 닫았다. 생명으로 넘쳐 나던 무더운 여름밤과는 얼마나 다른가. 강과 숲 가득 울려 퍼지던 생명이 이제는 자연의 자궁으로 돌아가 진흙에 묻혀 있고, 대다수 새들도 따뜻한 지대로 옮아갔다. 그렇지만 아직도 강꼬치고기가 이따금 물 위로 튀어 오른다. 하늘은 여전히 변하지 않았다. 별들이 늘 같은 자리에서 이런 삶과 죽음의 상태를 내려다보고 있다. 다음 봄철이 오면 진창에서 처음 눈을 뜬 개구리는 언제든 술래잡기를 하며 놀 채비를 갖춘, 빛나는 저 별과 눈이 딱 마주치게 될 것이다.

11월 14일 월
어제는 하루 종일 비가 내렸다.

오후에 아너스낵산과 삼목 늪지에 가다.

서풍이 세차게 부는 맑은 날이다. 어제의 폭우로 물에 젖은 축축한 땅이 어느덧 이 세찬 바람에 마르고 있다. 길이 쓸고 씻은 듯 매끄럽고 투명해 보인다. 모래가 많은 땅이어서 놀라울 정도로 빠르게 마른다. 강물이 1미터가량 높아진 비 내린 다음 날인데도 걸을 때 신발이 젖지 않는다. 암청색 강이 어수선하게 흘러간다.

아너스넥산을 오른다. 세찬 바람에 마른 참나무 잎들이 우수수 수 떨어진다. 이 잎은 겨울 내내 질 것이다. 어떤 나무는 가을 색조가 사라지고 시들자마자 잎이 거의 남김없이 지는 반면에, 어떤 나무는 겨울 내내, 심지어 봄까지도 바스락거리며 잎을 떨군다.

10월은 땅 어디에서나 꽃과 아울러 열매와 잎이 여러 색조로 물들며 익어가는 달이다. 그 색깔과 계절로 미루어 볼 때 땅이 황혼 녘 하늘처럼 물드는 한 해 첫 일몰의 달이다. 숲 어디에서나 추수철인 10월에는 사람의 줄기와 잎도 마찬가지로 익어간다. 두 해에 걸쳐 익고 시드는 강인한 소나무 색채를 지녔든, 첫 번째 가을에 흐릿해지는 찬연한 낙엽수 색채를 지녔든, 타고난 천재성이 그를 온통 물들인다.

10월은 인간의 생애에서 더 이상 일시적인 기분에 좌우되지 않는 기간에 해당한다. 온갖 경험이 지혜로 익어가고, 그의 온갖 뿌리, 줄기, 잎이 원숙하게 빛난다. 그가 봄과 여름에 지녔던 마음가짐과 행한 일들이 드러난다. 누구나 자신의 열매를 내놓는다.

불에 탄 아너스넥산 꼭대기에 누군가가 겨울 호밀 씨앗을 뿌려 놓았다. 거기서 돋아난 푸른 잎이 검은 땅과 대조를 이뤄 금세 눈에 띈다. 멀구슬나무, 가문비나무, 이제 잎이 진 낙엽송 등이 자라는 삼목 늪지를 지나간다. 측백나무 방울 열매에 넓은 날개가 달린 씨앗이 잔뜩 들어있다.

오후 6시 30분에 보트로 베이커 농장에 가다.

달이 찼고, 북서풍이 세차게 부는 맑은 밤이다. 우리는 돛을 펼치고 달빛을 받으며 빠르게 강을 거슬러 올라간다. 개밥바라기별이 밝게 빛나나 이내 지고 말 것이다. 하늘에는 구름 한 점 없고 보름날과 별이 빛나고 이따금 별똥별이 떨어진다. 뭍기는 보이지 않아 끝없이 광활한 바다 위를 떠가는 것만 같다. 늘어선 언덕들이 커다란 흑암 덩어리 같고, 어둠에 묻힌 기슭 근처 친숙한 언덕은 윤곽이 뚜렷한 먼 산 같다. 한구석에서는 달빛이 길게 번쩍인다. 우리는 하얀 거품이 점점이 떠오르는 검은 물살을 넘어 불가사의할 정도로 빠르게 강을 거슬러 나아간다. 자신이 어디에 있는지조차 모르면서 다만 기슭을 피해 이런 광활한 바다와 같은 곳을 빠르게 항해하는 건 유쾌한 일이 아닐 수 없다. 오늘 밤은 쌀쌀하나 습기가 적어 여름밤보다 더 안심하고 배에 오를 수 있는 날이다. 코난텀의 돌담이 하나의 검은 줄, 새까만 선이 되어 언덕 너머로 내달린다. 바람이 다소 잔다. 기이하게도 경치가 한 덩어리로 엉키면서 도리어 더 단순해진다.

11월 15일 화

어제는 바람이 세차게 부는 맑은 날씨였으나, 오늘은 바람이 자고 안개가 꼈다. 화창한 봄날 같다. 강물이 지난밤보다 더 불어나 허버드 초원을 힘들이지 않고 노 저어가서 아직 신선한 꽃을 피운 풍년화 한 그루와 매자나무 한 그루를 캐낸다. 매자나무의 질긴 잔뿌리가 헤진 플란넬 헝겊 조각처럼 바위 한쪽 면을 두툼하게 덮었다. 그 샛노란 뿌리가 흙속에서 어찌나 돋보이던지. 해 진 직후에 강이 갑작스레 잔잔해졌고, 서쪽 하늘의 맑고 노란 빛이 찬란하게 강에 비친다. 나는 강물 위에 떠서 내 위아래에서 퍼져나가는 석양 빛을 받는다.

11월 20일 일

여전히 어제처럼 꽤 따스하다. 간밤에는 얼음이 얼지 않았다. 물가 수풀에서 크랜베리를 긁어모으고 있을 때 청개구리의 울음 소리가 들린다. 단 한 마리가 우는 소리다. 날이 따뜻해진 탓이다. 갈퀴질을 하다가 황소개구리 두 마리에게 폐를 끼쳤는데, 한 마리 는 아주 작은 놈이다. 황소개구리 또한 날이 따스해진 탓에 깨어났 을 것이다. 이 둘은 무척 아둔해 보였다.

내가 이슬에 더 관심을 갖게 된 것은(나는 지금 여름을 생각하고 있다) 이슬이 비와는 달리 별이 빛나는 맑은 밤에 생겨나는 맑고 고요한 공기의 산물이기 때문이다. 비구름 위의 하늘나라처럼 맑 은 날씨가 내려주는 만나다. 이슬이라 부르는 밤비는 아주 낮은 공 기층에서 모여 떨어진다.

11월 22일 화

교목, 관목, 초목이 각기 특징적인 밝은 초록빛을 지니고서 점 차 익어가면서 황갈색이나 갈색으로 바뀌는 9월과 10월 가을에 어떤 견본이 되는 잎들을 모아두면 좋을 것 같다는 생각이 든다. 그래서 그 색채를 대강 설명하고, 그 모습 그대로 물감으로 색칠한 책을 내면 어떨까 싶다. 10월을 기념하는 책이니, 책 제목으로는 10월의 색채, 또는 가을의 빛깔이라 붙이면 좋을 것이다.

특히 나는 노랗게 물드는 은백양과 붉게 타오르는 단풍나무의 아름다움을 잊지 못한다. 가을 초엽에 잎, 인동덩굴, 담쟁이덩굴 등이 붉어지는 것을 시작으로 하여 뿌리 또는 땅속줄기에서 진홍빛으로 돋아나는 잎과 최근 참나무 잎까지 살펴 다루고 있는 그러한 책은 훌륭한 가을의 기념비가 될 수 있을 것이다.

11월 23일 수

오전 8시에 안개구름이 흩어지자 봄처럼 상쾌하고 고요한 아침이 드러난다. 창문 너머로 바라보니, 초원 멀리까지 넘친 강이 그지없이 평탄한 거울 같다. 하찮은 잡초조차 하늘을 배경으로 강물에 비친다. 이 사실은 땅이 하늘로 들어 올려지고, 땅이 하늘만큼 가벼워지며, 하늘로 땅을 삼는다는 걸 나타내지만, 안타깝게도 그 실체를 볼 수 있을 만큼 우리가 머리를 낮게 숙일 수는 없다.

자연과의 관계를 늘 변함없이 이어간다면, 보다 덕스럽고 청정한 삶을 살 수 있을 것이다. 수학 문제처럼 단순하고 명쾌한 문제다. 살아갈수록 흐트러진 삶이 아닌, 절제된 삶을 살아야 한다.

이 강은 얼마나 놀라운 엔지니어인가. 조금의 오차도 없는 수평기가 달렸기에 초원의 온갖 기복이 낱낱이 드러난다. 농부들은 이제 잘 마른 굳은 땅으로 건초 마차를 몰고 가려면 어떤 경로를 택해야 하는지, 어떻게 배수구를 내야 하는지, 어디에 더 많은 모래를 뿌려야 하는지 알 수 있다. 강은 분명 자연 기하학의 일부다. 나뭇가지의 온갖 특이한 곡선이 강물 어디에나 뚜렷이 비친다. 한 주가 넘도록 낮밤 가리지 않고 결빙이 일어나지 않아 샘과 늪지에 물이 그득하다.

이런 봄날 같이 화창한 날씨는 그 어느 곳보다도 우리 고장에서 두드러진 현상 중 하나다. 다시 꽃이 피어나고 청개구리가 개골개골 울고 이따금 희미하게 새의 울음소리가 들린다. 봄을 떠올리게 하는 봄의 회상, 아니 오히려 봄의 귀환으로, 한 해가 다시 젊어진 듯한 모습이다.

11월 24일 목

오전에 보슬비가 내리고 나서 정오경 세찬 북풍이 불어 날씨가 갑자기 등골이 오싹할 정도로 맑은 겨울 추위로 바뀌었다. 이제 겨울이 시작되는 모양이다.

오후 5시인데 보트 주위에 살얼음이 꼈고, 거리의 진창이 어느 틈엔가 단단히 얼어붙었다.

이번 달에는 대체로 오늘 저녁처럼 해 질 녘이면 푸른 하늘에 회색 구름이 떠가는 가운데 붉은 놀이 아닌 노란 저녁놀이 빛나는 맑은 하루를 즐길 수 있었다.

11월 25일 금

창에 성에가 꼈다.

오전 10시, 클리프스에 가다.

바람 부는 맑고 차가운 날이다. 초원의 물이 빠르게 줄어들면서 살얼음이 껴서 은처럼 하얗게 반짝이는 반면에, 얼지 않은 강은 암청색이다. 갈아엎은 들판에서는 석면 같은 얼음 결정이 간간이 보인다. 젖은 땅이 얼어붙으면서 빳빳해진 타래처럼 비틀려 울퉁불퉁하다.

이 맑고 빛나는 공기를 통해 언덕 비탈에서 서쪽 지평선을 바라보면 경치가 척박하게 느껴질 만큼 단순해 보이긴 하나 무척 아름답다. 맑게 반짝이는 햇빛에 황갈색 땅, 암청색 강, 암록이거나 거무스름한 상록수, 흐릿한 적갈색인 어린 참나무와 관목참나무, 회색 단풍나무와 잎이 진 다른 나무들, 그리고 하얀 자작나무 줄기가 보인다. 먼 산들이 가까이에서 치솟아 오른 듯 아주 또렷이 보이나, 아직 눈이 봉우리를 덮지는 못했다.

해 지고 난 직후에 동쪽 지평선에서 서쪽 지평선까지 뻗어나간 양털구름이 북쪽 하늘을 뒤덮는다. 서쪽 끝은 아름다운 장밋빛이다. 반 시간쯤 뒤에 이 양털구름이 갑작스레 남쪽으로 옮겨 가면서 북쪽 구름 너머로 맑은 하늘이 드러난다.

이제 어떤 이는 풍경을 다채롭게 해주는 얼음이나 눈도 없이 휑뎅그렁하고 척박하고 쓸쓸하기만 한 겨울 추위에 떨며 원통해할지 모른다. 그러나 요즈음에는 반짝이는 별이 우리의 위안이다. 별은 어두운 땅과는 달리 얼마나 밝게 빛나는가. 이제 날이 훨씬

짧아졌다. 거의 날마다 다니던 산책 길 끝에 이르기도 전에 벌써
해가 진다. 다음 달 이맘때쯤이면 날이 30분가량 더 짧아질 것이
다. 12월은 어느 달보다도 빛이 바짝 줄어드는 철이다.

11월 29일 화

　오늘 오후는 구름이 잔뜩 끼고 온화했으나, 서쪽 지평선 구름
너머에서 초승달 모양의 맑고 노란 하늘이 보이더니, 갑자기 금빛
햇살이 쏟아진다. 상록수와 바스락거리는 참나무와, 잎이 진 외로
운 나무와 황갈색 들판과 언덕 비탈 등 온갖 동쪽 풍경이 찬연하게
빛난다. 이 계절에는 공기가 맑을 뿐 아니라, 한 방향에서 쏟아지
는 빛이 공중에서 흡수되거나 흩어지지 않고 그대로 황갈색 땅과
구름에 비친다. 대단히 밝게 빛나기에, 동쪽 멀리 언덕 너머에 치
솟은 단풍나무 가지들이 놀라울 정도로 또렷하고 환하게 보인다.
이 계절에 특유한 일몰이다. 이 석양빛을 한 해의 마지막 황갈색
잔광이라 부르고 싶다. 따스하지는 않을지 모르나, 맑고 고요한 빛
인 건 틀림없다.

12월 1일 목

　풍경에 황갈색 빛이 그득한, 여름같이 온화한 오후다.
　나는 요즈음 누런 빛깔을 띤, 갖가지 우아한 모습의 시든 풀과
사초에 마음이 끌린다. 여름에는 거의 눈에 띄지 않던 사초와 거친

풀이 이제 저지대에 빼곡히 서 있다. 겨울새들의 곡창이다. 이렇게 늦게까지 남아있기에 일찍 시드는 꽃과는 아주 다른 쓸모를 지녔다. 이들은 풀 줄기에 마디가 있고 단단해서 겨울 돌풍을 견뎌낸다. 가을 빗깔을 거의 잃고 희어졌으나, 심재心材처럼 결코 썩지 않고 오래 버티면서 끈질기게 추운 겨울을 견뎌낸다.

겨울 내내 시든 잎을 달고 서 있는 관목참나무, 어린 백참나무, 적참나무, 흑참나무, 풀 줄기가 단단한 사초나 잡초, 서어나무나 어린 히커리와 같은 나무들이 낙엽수와 상록수 사이에 중간 지대를 이룬다. 이들을 상적수常赤樹라 불러도 좋을 것이다. 이들은 겨울 내내 잎을 떨구면서 토끼, 자고새와 같은 짐승과 새의 피난처를 마련해 준다. 작은 박새들도 이들 사이에 숨어 삐악거리며 내다보기를 좋아한다. 박새 떼가 맑은 유리잔처럼 은빛으로 짤랑이며 울다가 호기심에 깡충깡충 뛰며 내게로 가까이 다가온다. 이들은 겨울이 깊어질수록 우리에게로 더 가까이 다가오는, 우리 고장의 가장 정직하고 순진무구한 작은 새다.

잎이 지거나, 시든 갈색 잎을 바스락거리며 잎자루 아래 잎눈이 잠자고 있는 저 나무들을 보라. 황갈색으로 시든 벌판과, 풀 줄기가 마르면서 희어지는 온갖 사초와 잡초들을 보라. 현재는 자연과 우리의 관계도 이와 같다. 우리가 바로 그런 초목이다. 지금은 어떤 수액도 흐르지 않고, 푸릇푸릇함도, 눈부신 빛깔도 지니고 있지 않으나, 따뜻한 온기와 맑은 가락으로 절제된 활력과 고요한 영적 삶을 이어가야 하는 철이다. 지금은 겨울새에게 숨을 곳을 마련해 주는 차가운 상록수만이 여름의 모습을 간직하고서 우뚝 서 있다.

12월 4일 일

두어 주 만에 꽤 세찬 바람이 불고 구름이 없는, 맑고 아주 추운 아침이다. 간밤에 구스 호수 대부분이 얼어붙었으나, 밟고 다녀도 좋을 만큼 두껍게 얼지는 않았다(플린트 호수는 가장자리에 살얼음이 약간 꼈을 뿐이다). 벌써 구스 호수가 회색빛으로 얼어붙어 얼음 결정이 또렷이 보인다. 강 대부분이 얇게 얼었다. 오늘 정오경 눈이 보슬보슬 내리면서 강의 경치가 하얗게 변해 간다. 이젠 낮이 짧아져 황혼이 일찍 찾아온다. 낮게 깔린 구름 뒤로 해가 지면서 세상이 다시 어두워진다.

나는 한 아이가 돼지우리에 깔 낙엽을 모으면서 몰고 다니던 작은 건초 수레를 얻어 타고 숲에서 집으로 향한다(아이는 벌써 서너 차례 돼지우리에 낙엽 더미를 부려놓았다). 두 아이가 커다란 상자 덮을 양손에 하나씩 들고 함께 타고 가자고 청한다. 상자 덮으로 사냥을 하기에는 너무 춥고, 너무 늦은 시각이다. 두 아이는 올 가을에 사과를 미끼로 써서 토끼 세 마리를 잡았다고 말했다. 집에 이르기 직전에 갑자기 그윽한 노란빛이 대기 가득 넘쳐 난다. 지평선 구름 뒤로 해가 진 직후보다도 오히려 지금 사방이 훨씬 더 밝게 느껴진다.

12월 8일 목

해 질 녘 월든 호수에 가다.

요즘에는 붉은 빛이나 하얀 빛으로 맑고 가볍게 빛나는 아침과 저녁의 박명이 오래 이어진다. 하지만 해가 지자 이제 월든 호수가 하늘보다 더 밝다(나는 동쪽 기슭에 서 있다). 지평선 근처 하늘에 노란빛이 어리고 그 위쪽은 어슴푸레한 청색인 반면에, 호수는 은판처럼 희었다. 호수가 무척 잔잔한데도 어슴푸레한 나무 물그림자가 3분의 1쯤 더 길게 늘어난다. 이렇게 호수에 비친 물그림자가 늘어나는 것은 이 계절 특유의 현상이 아닐까 싶다.

전에 얼었다가 녹은 구스 호수가 이번에는 단단히 얼어붙었다. 15센티 폭의 좁은 수로가 빙판을 뚫고 10여 미터 넘게 호수 기슭 사향쥐의 집까지 곧장 이어져 있다. 분명 사향쥐가 만들어 놓은 수로다. 곧 눈이 내릴 것이다. 그리하여 박명을 늘려 놓음으로써 밤과 낮 사이의 균형을 어느 정도는 회복시킬 것이다.

12월 22일 목

지난 며칠간 측량 일을 하면서 보냈다. 이 며칠 동안의 일은 기대한 만큼의 성과를 낳지 못했다. 기껏해야 낡은 경계 표시 몇 개를 찾아냈을 뿐이다. 농부가 느리고 둔감함을 다시 한번 체감했다. 그들은 내가 너무 빨리 걸어서 쫓아갈 수 없다고 불평한다. 그들의 다리는 힘든 노동으로 뻣뻣해졌다. 나의 삶도 서둘러 해야 하는 이런 거친 일로 천해진다. 나는 먹는 일에서조차 태만해졌다. 좋아하는 일을 하자. 좋아하는 음식을 먹자. 이것이 내가 아는 규칙이다. 내가 선택한 목표로 다시 돌아가자. 결코 차와 커피를 마셔서는 안 된다. 고기도 먹어서는 안 된다. 어떤 계급이나 세대가 먹는 음식은 그들이 속한 지역과 하는 일의 자연스러운 결과일 뿐이다.

농부들과 대화를 나누는 일은 대체로 무익하다. 그들은 자신의 선행을 강조하면서 심각한 태도로 그 선행을 도덕화하기 일쑤다. 빈둥거리면서 사냥이나 낚시를 즐기는 이들이 더 좋은 동료일 수 있다. 우리는 자신의 자연스러운 천성을 해칠 정도로 너무 선하거나 마음씨 고운 사람이 되어서는 안 된다. 사회를 위해서도 그렇다. 때때로 악인은 자신이 얼마나 악한가를 보여 주기에 오히려 이로울 수 있다. 그러나 선한 사람은 자신과 이웃 사이를 중개하려고 뻔질나게 오갈 뿐이다.

귀족의 초상화를 그리며 여기저기 떠돌아다니던 영국의 화가 헤이던*의 일이 생각난다. 나도 농부와 지주의 집을 여기저기 떠돌아다니고 있다. 이것이 내가 하는 일종의 초상화 작업이다. 내게 좀 더 보람 있는 일에 몰두하고 싶지만 어쩔 수 없이 이런 일을 해야 한다. 나는 측량 일을 할 때보다는 강연을 할 때 훨씬 더 많은 정성을 기울인다. 그렇지만 강연을 하려 해도, 하지 못하는 처지다. 지난겨울에는 강연 요청이 단 한 차례도 들어오지 않았고, 올겨울에는 오직 한 차례 강연 요청을 받았을 뿐이다. 그것도 무보수였다. 그러나 측량 일은 꾸준히 들어온다. 우리 주County만 해도 100명쯤 되는 사람이 측량 일로 먹고 산다. 내가 다루는 주제에 대해 나

* 벤저민 헤이던Benjamin Haydon(1786~1846). 영국 태생의 화가이자 작가. 고전 양식으로 거대한 역사화와 초상화를 주로 그렸다. 후원자와의 다툼이 잦았고 빚 때문에 감옥에 갈 정도로 평생 금전적인 문제에 시달렸다. 작품보다는 독특한 인품으로 알려졌으며, 오랫동안 쓴 일기가 사후에 출판되기도 했다.

만큼 강연을 잘할 수 있는 사람은 뉴잉글랜드를 통틀어도 100명을 구하기가 어려울 것이다. 물론 대단한 자랑거리는 아니다. 하지만 나의 가장 고귀한 능력을 쓰도록 하지 않는 이들은 결국 후회하게 될 것이다. 그것이 결국 그들 스스로에게 형편없는 요구를 하는 것과 다르지 않기 때문이다.

12월 25일 일

오후에 페어헤이븐 호수 너머에 있는 강 위쪽까지 스케이트를 타고 가다.

오후 4시경, 해가 구름 뒤로 지면서 호수에서 우르릉 또는 그르렁 하는 소리가 난다. 어제 같은 시간에 플린트 호수에서도 이런 소리가 났다. 전에는 전혀 듣지 못했던 소리다. 오늘도 어제와 마찬가지로 바람 많은 맑고 추운 날이다. 이것은 일종의 트림이 아닐까? 이 소리가 밤까지 이어지지는 않을 것이다. 이것은 주로 해의 고도에 좌우되는 흥미로운 현상인 듯싶다.

12월 26일 월

오늘 오전 몇 시간 동안 눈이 펑펑 쏟아졌다. 사실상 올겨울 처음으로 내린 눈다운 눈으로, 7~8센티 정도가 쌓였다. 오후 2시 30분경, 눈이 그치자마자 밖으로 나간다. 지금은 바람이 불고 햇볕이 내리쬐기 전 서둘러 나무에 쌓인 온전한 눈을 보러 가야 할 때다. 구름이 다소 높아졌으나 여전히 이따금 눈이 내린다. 대기에 습도가 높아져 기관차가 뿜어내는 김이 올라가질 못하고 낮게 깔린다. 구빈원을 거쳐 월든 호수로 간다. 참나무, 단풍나무와 같은 낙엽수의 길게 뻗은 가지들이 제 두께보다 몇 배 두툼한 눈을 달고 있다. 부드럽게 내린 눈이 자디잔 가지에 수직으로 곧게 쌓였다. 나뭇가지 사이로 난 미로迷路가 그 어느 때보다 흥미를 자아낸다. 눈 쌓인 잔가지들이 언덕 비탈 못지않게 괴괴할 정도로 고요하다. 리기다소나무는 눈 덩어리에 덮여 작은 공 같은 모습이다. 이런 눈이 숲을 내리누르므로 나무와 풀이 가려지지 않는다. 땅에 새로이 생겨난 하얀 눈이 우리를 둘러싸므로, 우리도 어느 정도는 두더지처럼 지하 통로로 기어가야 한다. 언덕 비탈에 난 새하얀 길이 삶을 새로이 시작하라고 부추긴다. 나뭇가지가 무거운 눈을 지탱하느라 사방팔방으로 휘어있다. 이제 눈이 얼음을 덮었으니, 스케이트를 지치는 놀이는 끝이 났다. 헐벗은 언덕의 새하얀 윤곽이 안개 낀 하늘과 구분되지 않는다. 벌써 사냥꾼이 개를 데리고 짐승이 남긴 첫 발자국을 뒤밟아 가고 있다.

12월 27일 화

간밤에 바람이 세차게 불고 또 다시 눈이 내리쌓였다. 아침에 일어나니 축축한 눈이 창유리를 가려 방 안이 어둡다. 마을 거리에 울퉁불퉁한 눈 이랑이 생겨났다. 로키산맥이나 시에라네바다산맥의 고갯길처럼 거리가 거칠고 쓸쓸하다.

오후에 초원을 거쳐 강을 거슬러 올라 페어헤이븐 호수에 가다.

바람이 나무 사이에서 으르렁거린다. 무릎 높이에서 떠다니는 눈이 벌판을 가로질러 물보라처럼 휘날린다. 영락없이 폭풍 이는 마나와 같은 모습이다. 갈아엎은 들녘 대부분은 텅 비어있으나, 놀랍게도 돌담 남쪽에는 20센티가량 단단한 기둥 모양으로 눈이 내리쌓였다. 매복한 순찰 중대나 참호를 따라 퇴각하는 군대와 같은 모습이다.

이제 북서쪽 나무줄기에 여기저기 쌓인 눈을 빼고 나면 나무에 쌓인 눈이 바람에 내둘려 땅 아래 눈 위로 떨어지면서 작은 더미로 흩어진다. 이로 미루어 폭풍이 어느 쪽으로 부는지 알 수 있으므로 여행자는 어두운 밤에도 길을 찾아나갈 수 있을 것이다. 호수가 그르렁 우는 소리를 들으러 갔으나 어떤 소리도 들리지 않는다. 멀리 동편 하늘에는 구름이 걷혔으나 무지개는 보이지 않는다. 서쪽 지평선을 따라 쪽빛이 서린다. 구름이 거의 없이 맑고 차가운, 진정한 겨울의 해 질 녘이다. 땅거미가 시작되기 전 개밥바라기별이 떠서 반짝인다. 동쪽 지평선에 장밋빛 노을이 번진다. 지평선의 산들이 암청색으로 아주 가깝게 보이고, 그 윤곽이 놀라울 정도로 확고하고 또렷하다.

12월 29일 목

하루 종일 휘몰아치는 눈보라에 마차가 멎고 오가는 길이 막혀 주민 대부분의 발이 묶였다. 오늘은 학교도 모조리 쉰다. 창문 너머 100미터쯤 떨어진 옆집이 전혀 보이질 않는다. 문틈과 창틀 사이로 눈보라가 뚫고 들어온다.

오후에 눈신을 신고 밖으로 나간다. 발이 생각보다 깊이 눈 속으로 파고들어 앞에 쌓인 눈을 헤치며 걷는다. 20분쯤 지나 뒤돌아보니 내가 걸어온 자취가 흔적도 없이 사라졌다. 내 기억으로는, 이런 거센 눈보라는 처음 겪는다. 세찬 북풍에 눈보라가 거의 수평으로 날아온다. 몸이 얼어붙는 건 물론이거니와, 숨 쉬기조차 쉽지 않다. 휘몰아치는 눈보라에 한 치 앞이 보이질 않는다. 어느 지붕 밑에 피해 있더라도 눈이 펑펑 내리므로 앞이 보이지 않기는 매한가지일 것이다. 한 시간쯤 지나 살펴보니 내 방한 외투 양쪽 호주머니에 눈이 그득하다.

지난여름과 지금의 마을 거리는 얼마나 다른가. 당시에는 거리가 잎이 우거진 느릅나무에 깃든 때까치, 울새, 파랑새, 붉은찌르레기fiery hangbird 등의 노랫소리로 가득했고, 더위와 열기로 밖에 나가기 어려운 주민들은 활짝 열린 격자창으로 그 소리를 듣곤 했다. 지금은 거리가 노바젬블라Nova Zembla*의 거리 같다(그곳에도 사람이 사는 거리가 있다면 말이다). 나는 겨울 숲길을 가는 외로운 여행자처럼 눈길을 헤치고 우체국으로 간다. 눈에 무릎까지 푹푹 빠진다. 눈이 바람에 날려 담벼락에 내 머리 높이만큼 쌓여 있다. 거리 여기저기에 쌓인 눈 더미가 쭉 뻗어나간 눈 덮인 산맥 같다. 그 위를 걸어가다가 굳고 건너기 쉬운 너른 계곡 바닥으로 내려선다. 커

---

* 캐나다 누나부트준주의 북극해에 있는 무인도 제도.

다란 썰매가 지나간 자국만이 희미하게 남아있다. 설사 어느 집 앞에 길이 나 있더라도 오늘 그 집 주민이 나다닌 흔적은 보이질 않는다. 짐승의 자취조차 보이지 않는 숲길 같다.

지금은 오후 4시다. 서방 천기가 눈에 덮여 온통 하얗고, 어떤 인적도 찾기 어렵다. 밀담Mill-Dam*에는 한 농부가 읍내로 들어오면서 타고 온 안장 없힌 말 한 필 외에는 어떤 탈것도 보이지 않는다. 하지만 우체국 안은 여느 때보다 더 훈훈하고 유쾌하다. 여행자가 들어올 때마다 "열차가 다니나요? 상행, 하행 어느 쪽이든 상관없어요"라고 열차 소식을 묻거나, 눈이 현재 얼마나 높이 쌓였는지 묻는다.

거리를 내려가면서 울퉁불퉁한 눈의 방목장, 이리저리 바람에 밀려 쌓인 하얀 여백을 본다. 주민들이 봄여름에 각종 꽃을 심고 가꾸던 곳들이다. 손수레로 부려놓은 듯한 눈덩이들이 거리 어디나 쌓여 있다. 새하얗게 깔려 떠도는 눈이 담장을 넘어 집안 담벼락까지 경사를 이뤄 문 닫힌 집 앞은 온통 깊은 눈 둑이다.

어제는 테리엥을 만나 삶이 만족스럽냐고 물어보았다. 나는 그에게서 살아가는 기반이 되는 어떤 목적이나 일거리 같은 게 있는지 알고 싶었다. 그가 말했다. "지낼 만하고 말고. 누구나 형편에 맞춰 사는 게 아닌가. 어떤 이는 여유가 있어 등 따습고 배부르면 종일을 앉아있더라도 지낼 만하다고 말할 걸세. 그는 그게 좋은 거니까." 일전에 테리엥을 만났을 때, 그는 내게 사는 형편이 어떤지, 전보다는 나아졌는지 물었다. 나는 여러모로 궁리를 해보았으나 살

---

* 콩코드 읍내의 중심 상점가.

아가는 방식과 관련하여 테리엥에게 어떤 영적인 견해를 택하게 할 수는 없었다. 테리엥은 공부와 교육은 좋은 거지만, 자신은 이미 너무 늦었다고 말했다. 테리엥은 오직 편리함에 대해서만 생각할 뿐, 사람들이 포부 또는 열망이라 부르는 그런 것에 대해서는 아무런 관심이 없었다. 아무 것도 열망하지 않는 이를 겸손하다고 일컬을 수 있다면, 그야말로 겸손한 이였다.

테리엥은 나무를 땅바닥 가까이까지 바싹 자른다. 그런 그루터기에서 돋아나는 새순이 더 좋기 때문이다. 테리엥은 자신에게 영향을 미치는 주요 제도들을 거의 어떤 노력도 들이지 않고 어떤 철학자보다 더 잘 옹호할 수 있다. 그 제도의 값어치를 몸으로 터득하고 진심으로 받아들이기 때문이다. 테리엥은 어떤 억측도 하지 않기에 그런 제도가 널리 행해지는 진정한 이유를 댈 수 있다. 그가 주변 나무들을 둘러보면서 겨울날 숲속에서 혼자 나무를 하는 즐거움에 대해 이야기했다. 테리엥에게는 이보다 더 좋은 오락이 없을 것이다. 나무는 밤에 얼었다가 낮에 다시 녹기를 되풀이할 것이다. 이런 나무는 쪼개기는 쉬워도, 베어내기는 쉽지 않다.

나무에서 잎이 바람에 날려갔듯, 이제 여름과 가을에 대한 생각도 우리 마음에서 까마득히 멀어진다. 차가운 상록수는 늘 푸르고, 낙엽수의 시든 잎들이 얼마쯤 바스락거리며 남아있다.

12월 31일 토

간밤에 10센티가량의 눈이 더 내리쌓여 이제 쌓인 눈이 평균

60센티가 넘는다.

지금 들녘은 물론 마을마저 아주 조용하다. 마차가 덜컹거리거나 썰매 종이 딸랑딸랑 울리는 소리조차 들리지 않는다. 발을 양털보 감싸고 선고 있는 듯한 느낌이다. 너는 지금 철로 방죽 위에 서 있다. 로웰로 가는 기차의 기적 소리가 또렷이 들려온다. 오늘 같은 날에는 마찬가지로 아주 멀리서도 수탉의 울음소리를 분명하게 들을 수 있다.

간밤에 월든 호수가 꽁꽁 얼어붙었다. 눈이 세차게 내리는 동안 얼어붙었으므로 모조리 설빙이다. 눈 속을 걸어 호수 건너편 숲으로 간다. 내가 걷고 있는 곳은 눈이 쌓인 높이가 60센티를 훌쩍 넘을 게 분명하다. 눈이 옷에 달라붙어 녹기 때문에 숲속을 걷기가 녹록치 않다. 어제 거리를 걸을 때보다도 훨씬 더 힘들다. 통나무를 쭉 끌고 간 듯한, 사람이 지나간 자국에 못지않은 꽤 넓고 깊은 수달의 흔적이 보인다. 이 자국은 간밤에 눈이 내리기 전에 생겼을 것이다. 눈이 내리지 않았더라면 이 수달의 어떤 흔적도 찾아내기 어려웠을 것이다. 이처럼 눈은 위대한 계시자이기도 하다.

1854년, 37세

계절은 공연히 생겨난 것이 아니다

"인격의 파종기를 거치지 않고
어떻게 사고의 수확기를 기대할 수 있겠는가?"

2월 1일, 마을 공동묘지인 '슬리피 할로우'와 근처 새로 닦아놓은 도로를 측량하다. 이후 소로는 콩코드와 인근 마을 링컨, 칼라일 등지에서 십여 차례 식림 용지, 토지, 주택 용지를 측량한다.

3월 6일, 티크노 출판사와 『월든』 출판 계약을 맺다.

7월 3일, 티크노 출판사가 『월든』 2,000부를 인쇄하다.

7월 4일, 매사추세츠 프레이밍햄에서 '매사추세츠의 노예제도'라는 주제로 연설을 하다. 이 연설문은 7월 21일 매사추세츠 노예반대협회 기관지인 《리버레이터Liberator》에, 8월 2일 《뉴욕데일리트리뷴》지에 실린다.

8월, 젊은 영국인인 토머스 쳐먼디레이Thomas Cholmondeley가 R. W. 에머슨을 방문하여 여러 주 동안 콩코드에서 묵으며 소로와 우정을 맺다.

8월 9일, 『월든』이 출간되다. 이후에 《뉴욕데일리》, 《뉴욕타임즈》, 《보스턴데일리》를 비롯하여 메인, 오하이오, 펜실베이니아, 뉴저지, 뉴올리언스 등지의 각종 일간지, 주간지, 월간지에 안내문, 서평 등이 실리다. 이후 『월든』과 관련하여 몇 차례 강연 요청이 들어온다.

10월 7일, 플리머스에 가서 8일에는 레이든 홀에서 '달빛'을 주제로 강연을 하고, 9일, 10일, 11일, 초청자 왓슨Watson의 과수원 등지의 토지를 측량하다.

11월 20일, 강연을 위해 뉴욕을 거쳐 필라델피아에 가서 21일 '야생'을 주제로 강연하다.

12월 6일, 프로비던스에서 '나는 왜 숲으로 갔는가?'라는 주제로 강연하고, 26일, 뉴베드포드 문화회관에서, 그리고 다음 날 하이애니스를 거쳐 낸터컷으로 가서 같은 주제로 강연하다.

1월 1일 일

　오늘 아침에도 눈이 세차게 퍼부어 오전 10시경인 지금 벌써 축축한 눈이 15센티가량이나 내리쌓였다. 눈은 많은 것을 드러내는 계시자다. 눈이 아니었다면 알아차리기 어려웠을 생쥐, 수달 등의 자취가 드러난다.

　땅이 하얘지면서 잡초들이 거무스름하게 드러나고 그 사이사이에서 참새들이 옹기종기 모여 움직이는 모습이 보인다. 숲속에 살던 까마귀와 같은 새들 또한 먹잇감을 찾아 마을 가까이로 모여든다.

　우리는 눈 위에서 나 자신보다 위대한 생명의 발자취를 찾을 수 있다. 눈 덮인 광활한 평원과, 눈에 반쯤 파묻혀 나직이 엎드린 숲에 찾아든 박명이 어째서 우리에게 기쁨을 줄까. 이 풍경이 미덕, 정의, 순수, 용기, 관대함 따위를 말해 주고, 우리의 기운을 북돋우지 않는가. 눈[雪]의 의미를 알아챌 수 있다면, 밤에 나다니는 더 고귀한 생명의 자취를 밟아나갈 수 있지 않을까? 여우보다 더 고귀한 어떤 것을 쫓는 사냥꾼이 있지 않겠는가?

1월 3일 화

오늘 아침 나뭇가지 어디나 흰 서리가 내려 나무가 하얗다. 나무의 유령 같은 모습이다. 오전 9시에 눈신을 신고 허버드 숲으로 산책을 나가다. 흰 멧새 떼가 휘이익 하는 소리 파문을 일으킨다, 벌판 위에서 이따금 삐악 하는 부드러운 소리를 내며 지그재그로 튀듯이 날아간다.

오늘같이 추운 겨울날에 맞이하는 황혼 녘 하늘 색조가 가장 맑고 영롱하다. 하늘 빛깔이 찬란하진 않을지라도 수정같이 맑고, 엷은 황갈색 구름 또한 무척 아름답다. 언덕에 올라 겨울 풍경을 내려다보고 싶어진다. 요즈음은 산책을 나오면 발에 족쇄를 찬 듯한 느낌이 든다. 앞서 간 사람이 남긴 발자국을 디디며 조심조심 걷게 된다.

겨울이 꽤 깊어졌다. 우리는 눈 위 여기저기 남아있는 저 시든 초목이 봄에 어떤 모습이었는지, 어떤 꽃을 피웠는지 이미 까맣게 잊은 지 오래다. 언덕에서 겨울 풍경을 내려다본다. 눈 덮인 땅이 보이고, 축 늘어진 푸른 상록수가 보이고, 시든 잎을 단 적갈색 또는 가죽 빛깔 참나무와 잎이 다 진 단풍나무 같은 나무들이 보인다. 눈 위에서는 박명이 더 오래 머무는 것 같다. 그래서인지 갑자기 낮이 더 길어진 듯한 느낌이다.

해동이 시작되는 모양이다. 저녁에 처마에서 물 듣는 소리가 들린다.

1월 4일 수

하루 종일 눈과 얼음이 녹는다. 여기저기 처마에서 듣는 물소리가 비 내리는 소리 같다. 도로가 녹으면서 약간 질척질척해졌다.

1월 7일 토

해동이 끝났다. 간밤은 추웠다. 쌓인 눈이 단단해져 산책이 쉽지 않다.

높이 자란 헐벗은 낙엽송에 열매 맺지 못하는 꽃봉오리처럼 어린 눈이 점점이 박혀 있다. 아니, 구슬처럼 주르르 달려 있다. 지금 이 계절 가문비나무가 얼마나 알차고 빼곡히 솟아있는가. 스트로부스잣나무 숲보다 더 풍성한 모습이다. 가문비나무는 하얘지면서 연한 황록과 초록이 뒤섞인 듯한 빛깔을 띤다. 아직 씨앗을 모조리 떨구지는 않았다. 한 주가 넘도록 눈에 덮여 있던 숲이 이런 메마른 잎과 아린芽鱗*으로 얼룩덜룩해지고 어두워지기 시작한다. 바람과 해동이 가문비나무 마른 잎과 솔잎이라는 새로운 작물을 내놓는다. 오리나무 꽃차례의 줄기 없는 둥그런 작은 아린이 숲에 두툼한 반점을 찍어놓는다. 새를 닮은 자작나무의 아린이 나무에서 100미터 이상 떨어진 곳까지 바람에 실려 간다. 소나무 씨앗의 날개가 꼭 개미의 날개처럼 바람에 날리고, 다리 많은 거미를 얼마쯤 닮은 회색 미역취의 자디잔 솜털이 벌판을 날아다닌다.

---

* 꽃이나 잎이 될 겨울눈을 싸고 있는 단단한 비늘 조각.

1월 8일 일

오후에 J. 파머의 집 앞 '전나무 습지'에 가다.

이제는 강을 걸어 건널 수 있다. 이 새로운 길로 손쉽게 '전나무 습지'에 이른다. 5미터도 채 떨어지지 않은 한 사과나무에 솜털딱따구리 한 마리가 앉아있다. 딱따구리의 뒷머리에 난 핏빛 반점은 얼마나 괴상하고 자극적인가. 이놈이 왜 아직 여기에 남아있는지 물어도 눈 덮인 벌판은 어떤 답도 내놓지 않는다.

딱따구리가 뒤를 돌아다본다. 어깨와 등 사이가 터져 하얀 속옷이 보이는 검은 사제복을 입고 있는 듯한 모양새다. 놈은 죽은 나뭇가지를 쉴 새 없이 기운차게 두들겨대나, 한 군데를 두 번 쪼는 경우란 거의 없다. 소리를 듣고 안에 벌레가 있나 알아보려는 것이거나, 아니면 벌레를 놀라게 하려는 것이리라. 딱따구리는 긴 생애 동안 속을 알아보려고 얼마나 많은 나무껍질을 쪼아대는가. 나무 밑에 쌓인 눈 위에 나무껍질 조각과 이끼 따위가 흩어져 있다. 이놈은 분명 지의류학자일 것이다. 아니, 죽은 나뭇가지를 주로 다루므로 가장 좋아하는 연구 대상은 균류일 것이다. 놈이 이 나뭇가지에서 저 나뭇가지로 건너뛰며 기운차게 날아올랐다가 다시 나뭇가지 아래로 몸을 숙여 빙빙 돌다가 또 다른 나무로 휙 날아간다.

1월 11일 수

밤에 안개가 자욱이 끼고 나서 나무에 하얗게 서리가 내려앉았다. 흰 서리는 자작나무에 특히 잘 어울린다. 꽤 멀리 떨어져 있는

데도 잔가지가 빼곡히 자라난 우아한 자태여서 어떤 나무가 자작나무인지 금세 가려낼 수 있다. 허버드 숲이 거의 남김없이 흰 서리에 덮여 있다. 안개가 투명 그물에 걸려 있는 듯한 모양새다. 이 하얀 빛 위에 참나무 잎의 불그스레한 빛과 솔잎의 푸른빛이 비친다. 첨탑처럼 솟은 거대한 소나무를 올려다보니 온통 서리를 두르고 있다. 자연이 어느덧 겨울 왕국으로 들어섰다.

겸허한 잡초가 티 없이 맑고 깨끗하여 그지없이 아름답다. 각가지 잡초가 요정의 지팡이 같다. 눈 녹은 잿빛 모래사장에 돋아난 블루컬스가 특히 어여쁘다. 하얗게 서리에 덮여 백조 솜털처럼 미묘하게 떨고 있다. 자연이 이 추운 계절에 자신의 가슴에 흩뿌려놓은 솜털 같다. 나무나 풀 모두 요정의 성격을 얼마쯤 지녔다. 소나무는 깃털이 되고, 삼목은 첨탑이 된다.

1월 12일 목

오전, 여전히 이슬 같은 가랑비가 내린다. 땅이 투명 갑옷 같은 두툼한 유약에 덮인 듯 물기에 젖어 빛나고 있다. 겨울이면 호수 표면이 무거운 수레를 견뎌낼 만큼 30센티쯤 단단히 얼고, 뒤이어 눈이 다시 30센티쯤 높이로 호수를 덮는다. 그러면 호수가 어디인지 땅이 어디인지 분간이 가지 않는다. 이렇게 호수 또한 주변 언덕에 사는 마멋처럼 잠시 눈꺼풀을 닫고 동면에 들어간다.

오후에는 자욱한 안개 속에 제법 굵은 비가 내려 눈과 얼음이 녹는다. 이런 날에는 땅을 걷거나 강을 건너기가 여간 힘든 게 아니다. 땅이 군데군데 드러나기 시작하자 수탉이 꼬끼오 하고 운다.

1월 13일 금

봄처럼 따스해서 눈과 얼음이 녹는다. 간밤에 바람이 세찼으나 얼음이 얼지는 않았다. 겨울비가 내린 뒤 바람이 세차지는 건 좀처럼 보기 드문 현상이다.

지금 경치는 눈 덮인 하얀 땅과 눈 녹은 휑한 땅으로 덕지덕지 기워져 있는 듯한 모습이다. 이 누더기에 햇빛이 반짝이고, 물이 흘러내린다. 엊그제까지만 해도 모든 게 단단하고, 메마르고, 깨끗했다. 오늘은 맑고 밝긴 하나 모든 게 축축이 녹고 있다. 새날을 자랑하고 싶은 수탉이 꼬끼오 운다. 들과 숲 우묵한 곳에 녹색을 띤 누런 물웅덩이들이 많이 생겨났다. 하지만 머지않아 곧 얼어붙을 것이다. 이렇게 얼음이 녹는 날이 이끼의 날이다. 지금 녹색을 띤 푸릇푸릇한 이끼가 그루터기를 갈색으로 물들인다. 저 붉은 볏 이끼red coxcomb lichen는 쌓여 있는 눈과 얼마나 놀라운 대비를 이루는가. 월든 호수가 묽은 비눗물 같은 물웅덩이에 덮여 있다. 우중충한 설빙 위로 치솟은 나무와 언덕의 희미한 물그림자가 이 웅덩이에 비친다.

1월 27일 금

겨울 첫 눈보라가 두 번째 눈보라보다 훨씬 부드럽고 흥미로울 수 있다. 간밤에는 바람이 아주 거셌고, 오늘은 마른 참나무 잎이 얼어붙은 눈 더미 움푹 파인 곳에 두툼하게 깔려 있다. 이렇게 참나무는 늦은 시기까지 잎을 떨군다.

사랑은 사랑 자체를 높이고 맑히려 하므로, 정욕을 부끄러워하여 이겨낸다. 사랑을 이어주는 끈은 거룩함이다. 요즘은 날이 길어지는 게 현저히 눈에 띈다. 해 뜨기 전에 일어나 집 밖으로 나가 별빛을 받으며 겨울을 느껴보자.

오늘 고故 브라운 집사의 동산 경매장에 잠시 들렀다. 그의 부친이 살아있을 적부터 모으기 시작한 오래된 잡동사니 세간이 이제 반세기가량 그 집 다락 먼지 구덩이 속에 묻혀 있다가 불태워지기는커녕 또 다른 이웃의 다락으로 조심조심 옮겨진다. 이 잡동사니들은 그 이웃의 재산이 처분될 때까지 그 집 다락 먼지 구덩이 속에 파묻혀 있다가 또 다시 이 과정을 되풀이할 것이다. 브라운 집사의 동산 목록에는 말라비틀어진 촌충 한 마리 외에도 언급할 가치조차 없는 아주 다양한 품목이 들어있었다. 지금 세대가 신고 다니는 걸 한 번도 본 적 없는 오래 된 눈신 여러 켤레가 경매에 나오자마자 거의 순식간에 팔려 나갔다.

나는 친한 벗들과 헤어지면서 늘 실망하곤 한다. 그들은 내가 무슨 생각을 하고 무슨 말을 하는지 개의치 않기 때문이다. 하지만 어떤 벗이 내가 무슨 생각을 하는지 묻고, 그 대답에 귀 기울일 때 나는 더할 나위 없는 찬사를 받았다고 느낀다.

우리는 감각이나 수족부터 죽어가는 게 아니라 영적 능력부터 죽어가기 시작한다. 사지가 멀쩡하고 시각과 청각 또한 흠잡을 데 없으나, 타고난 소질과 상상력에서는 어느덧 쇠락의 조짐이 나타나기 시작한다. 당신은 나이가 들어서 안경 없이는 잘 보이지 않는다고 불평할지 모르나, 영적 능력에 어떤 부패의 조짐도 보이지 않는다면 그것은 그리 대수로울 게 없는 일이다.

1월 29일 일

수은주가 영하 18도로 내려간 추운 아침이다.

길은 마을로 향해 있다. 마을은 강의 호수처럼 넓게 펼쳐진 일종의 대로이자 여러 갈래로 길이 갈리는 곳이면서 여행자의 숙식을 돌보는 곳이기도 하다. 길이 팔과 다리라면 마을은 몸통이다. 마을village이라는 말은 라틴어로 집을 이르는 villa와 길을 이르는 via에서 왔다. 하지만 거주민들 자신은 여행하지 않으면서도 길을 오가며 마을을 스쳐 지나는 여행으로 피로에 젖는다.

1월 30일 월

오늘도 온도계가 영하 13도로 내려간 추운 아침이다. 어제 아침보다는 수은주의 기온이 몇 도 높은데도, 오히려 추위가 집 안으로 더 몰아친다. 전에는 한 번도 서리 낀 적 없는 집안 구석 곳곳에 하얀 서리가 꼈다. 잠자면서 얼굴을 덮었던 시트가 얼어붙었고, 마부 턱수염에 입김이 서려 하얗다. 어젯밤 9시경에 거리로 나가니 얼얼할 정도로 추웠다. 귀와 얼굴이 시렸으나, 별은 더 밝게 빛났다. 그러나 창문이란 창문은 모조리 흐린 유리처럼 서리에 덮여 굳게 닫혀 있었다.

지난주 내내 길거리나 지붕에 쌓인 눈마저도 전혀 녹지 않았다. 발아래서 마른 눈이 뽀드득 소리를 낸다. 기름칠이 필요한 듯 수레가 삐꺽거린다. 몹시 추운 날씨에 어울리는 소리다. 이제 추운 겨울이 굶주린 개 앞에 던져진 뼈다귀처럼 우리 앞에 던져졌으니, 여기에서 골수를 빼먹을 생각을 해보자. 이런 겨울 아침에 마을 변두리에 사는 목동이 해 뜨기 전 암소 수십 마리의 젖을 짜는 동안 우리는 겨울 자체의 젖을 짜보자. 지금 겨울이 비쩍 마른 암소 같고, 우리의 손이 곱은 건 사실이다. 물론 우리를 깨우러 올 이도 없다. 어떤 이들은 들판을 버리고 도시의 겨울 숙소로 들어간다. 그들이 오라토리오를 듣는 동안 우리 시골 사람에게 들리는 음악은 장화 밑에서 눈이 뽀드득거리는 소리뿐이다. 하지만 겨울이 우리에게 전혀 쓸모가 없는 것은 아니다. 우리는 온화함으로 이 추위를 녹여야 한다. 춥고 힘든 계절이지만 분명 그 열매는 농축된 견과의 맛을 낼 터이니. 호두가 익으려면 11월의 스산한 추위가 필요하듯, 우리 뇌의 고갱이가 영글기 위해서는 겨울 동안의 숙성을 거쳐야 한다. 그러기 전까지는 그 꼭지가 떨어지지 않는다. 계절은 공연히 생겨난 것이 아니다. 땅 위의 열매가 이미 익었으므로, 겨울에는 익어갈 열매가 없다고 생각해서는 안 된다.

계절과 제철 과일은 인간을 위한 것으로, 겨울은 인간 두뇌의 고갱이를 단단히 응축시키고 숙성시켜 그의 사고에 품격과 건실함과 일관성을 안겨 준다. 겨울은 한 해의 가장 큰 수확기, 사고의 수확기다. 겨울 이전의 수확이란 그저 꼴과 설익은 작물을 거둬들이는 것에 불과하다. 우리는 이제 질 좋은 월동용 기름을 태우듯 별처럼 순수한 불길로 타오른다. 인도양, 대서양, 태평양이라는 드넓은 생각의 대양에 뜬 섬이 된다. 프렌들리제도나 향료제도*가 된다. 그러니 우리가 11월이 되면 도시로 피난을 가야 할까? 설익은 견과가 나무에서 떨어져야 하는가? 한 해의 결실은 겨울에 맺히니, 한 해로 그 작물에 실망하게 해서는 안 되지 않겠는가. 나는 시골 사람으로 남을 것이다. 강가 갯버들과 소귀나무가 그렇듯, 겨울에도 도시에 가지는 않을 것이다. 노란 말채나무가 눈과 얼음을 뚫고 주근깨 박힌 비늘 모양의 싹을 틔우며 내게 응원을 보낸다. 늦게 맺혔으나 흠잡을 데 없는 찔레 열매가 아직도 세팔란투스 사이에 흔하다.

1월 31일 화

바람이 남풍이어서 등에서 햇살의 따스함이 느껴진다. 눈이 흐물흐물 녹고 있는 맑고 온화하고 아름다운 겨울날이다. 대초원 언저리 단풍나무 숲 가에 자고새의 흔적이 많이 남아있다. 바닥에 남긴 털이나 똥으로 미루어 보아 나무뿌리 근처나 나무줄기 사이에서 찔레의 눈을 먹으며 밤을 보낸 모양이다. 이런 생각을 하는 순간, 자고새들이 획 하는 예고와 함께 내 앞에서 날아 사라진다. 리

---

* 프렌들리제도는 뉴질랜드 북동쪽에 위치한 170여 개 섬으로 지금의 통가제도를 말한다. 향료제도는 지금의 인도네시아 말루쿠제도를 말한다.

기다소나무는 여전히 누르스름한 빛이나, 스트로부스잣나무는 차츰차츰 푸른 기운이 늘어나는 모양새다. 어떤 꽃도 피지 않고, 잎마저 거의 진 계절인데도 많은 식물의 눈이 흥미를 끌고 얼마쯤 기운을 북돋운다. 이 계절이면 언제나 처녀치마, 포플러, 소귀나무의 눈에 매혹되곤 한다.

우리 또한 나름의 해동을 거친다. 추운 겨울 동안 혹독한 일을 겪으면서 얼어붙었던 생각이 느낌과 가락으로 솟구쳐 나온다. 우리 안의 얼음이 녹고 수문이 터지면서 큰물이 두툼한 얼음 댐을 휩쓸어 간다. 하지만 아직까지 우리의 생각은 깊이 감춰져 있다. 자고새 한 마리나 간신히 먹일 솜털 아린에 싸인 눈과 같다. 일부는 잎눈이고 일부는 꽃눈인 이 생각들은 월계수의 눈처럼 이곳 자생 동물들의 먹잇감이 되긴 하나, 잎이나 꽃으로 피어나려면 여름이 올 때까지 기다려야 한다.

2월 5일 일
얼어붙은 강을 걸어 클레마티스 시내에 가다.

어제와 마찬가지로 눈과 얼음이 녹는 따스한 날이다. 하늘에도 추위가 누그러지는 기색이 완연하다. 대기에 여름날 저녁처럼 수증기가 짙어진다.

절벽 따스한 남쪽 밑에 앵초, 물레나물, 딸기나무 같은 식물의 뿌리에서 돋아난 잎이 얼마쯤 푸르스름하고, 바위틈에서 자라난 차꼬리고사리는 여전히 초록빛이다. 이 겨울 숲속 연못을 에워싼

층층나무의 붉은 잔가지와 갯버들의 노란 잔가지가 흥미로워 벌써 봄을 기다리는 마음을 갖게 된다. 이것이 한 달 전과는 너무나 다른 차이다. 1월이 가장 견디기 힘든 추운 달인 것 같다.

우리는 덫에서 벗어나려 자신의 뒷다리를 물어 끊는 사향쥐를 동정하거나 고통을 위로할 것이 아니라, 마찬가지로 죽을 수밖에 없는 우리의 운명을 생각하며 그 장엄한 아픔과 미덕을 찬양해야 하지 않을까. 우리는 죽음으로써 사향쥐와 형제가 되는 것 아니겠는가. 나는 교회의 오르간에서 울려 퍼지는 소리나 베이스비올이 떠는 소리를 들을 때마다 자신의 다리를 물어 끊는 사향쥐를 떠올리면서 그의 불행을 통해 우리 모두의 죄를 씻어달라고 기도한다. 이러한 위업에 대한 기도와 찬양은 너무도 당연하지 않은가.

나는 이런 장엄한 고통과 기쁨을 찾아 주위를 둘러보면서 이들의 고통과 기쁨에 공감하지 않을 도리가 없다. 온갖 동물이 살아가면서 끊임없이 겪는 비극을 생각할 때마다 그 비극이 우리를 하찮은 삶에서 벗어나게 해주는, 우주의 하프로 연주하는 슬픈 노래가 아닌가 하는 생각을 하곤 한다. 자신의 다리를 물어 끊는 사향쥐는 우리의 평범한 운명을 고귀하게 하려고 웅장한 선율이나 성가를 연주하는 하프의 채나 비올의 활이 아닌가 싶다. 인류의 위인들이 자신의 경험으로 인간의 생을 아무리 살 만한 것이라 주장한다 해도 나는 사향쥐의 예를 무엇보다 소중히 여기지 않을 수 없다.

2월 6일 월

날씨가 한두 주 만에 급격히 바뀌곤 한다. 따스한 공기에 눈과 얼음이 녹는 질척질척한 날씨였다가, 온도계가 영하 19도 이하로 내려가면서 발아래서 눈이 뽀드득거리는 소리가 들린다. 그러고 나면 날이 약간 풀리면서 다시금 눈이 내리고 썰매 타기 좋은 온화하고 쾌적한 날이 이어진다. 그러다가 어느 날 아침잠에서 깨어나 눈보라가 휘날리는 스산한 겨울 경치를 보게 된다.

오후에 클리프스와 월든 호수에 가다.

눈이 20센티쯤 내려쌓였으나 아주 가벼운 눈이어서 걷는 데 거치적거리지는 않는다. 나무에서 떨어진 낙엽과 쌓인 눈이 휘날리면서 숲 어디에서나 새로운 자국이 생겨난다. 바람이 떠돌면서 나무에 쌓인 눈을 흔들어 놓고 시든 잎을 떨군다. 이 잎사귀들은 눈과 번갈아 가며 층을 이뤄 쌓이기에 더 빠르게 썩어간다.

차가운 바람이 북쪽에서 쓸고 내려온다. 큰길 위든, 철로 위든 눈 쌓인 곳 어디나 가지런한 물결 모양을 만들면서 길과 초원과 강과 호수를 덮어 가린다. 온 누리가 쓸쓸한 눈벌판으로 바뀐다.

인류가 이 지구에서 어떻게 멸망할지, 불로 멸망할지, 물로 멸망할지 생각하느라 골머리를 앓을 필요는 없다. 북쪽에서 불어오는 바람이 조금이라도 더 매서워진다면 인류의 목숨 줄은 언제든 쉽게 끊어질 것이다. 조금이라도 더 추운 금요일, 조금이라도 더 많은 눈, 조금이라도 더 격렬한 돌풍으로도 인간존재는 이 지구상에서 종지부를 찍게 될지 모른다. 따라서 굳이 '대혹한의 금요일',

'대폭설의 날', '9월 대강풍의 날'까지 거슬러 올라갈 필요가 없다.

2월 7일 화

오후에 채닝과 더불어 강 따라 걸어 내려가다.

전에는 강이 이렇게 온통 눈으로 뒤덮인 적이 없었다. 눈이 땅과 강에 10여 센티 높이로 고르게 쌓였을 뿐 아니라, 땅에 쌓인 눈이 바람에 날려 강을 죽 가로질러 내려앉았다. 따라서 강임을 드러내는 어떤 기복도 보이지 않으므로 지금 선 자리가 강이라고 자신 있게 말하기 어렵다.

오늘 아침은 굉장히 추웠다. 이런 날씨에는 기관차의 기적 소리가 공기를 더 날카롭게 가르는 듯 달리 들린다. 감탕나무가 어두운 적갈색으로 변해, 멀리서 보면 검게 보인다. 우리는 길이 3킬로, 폭 1.5킬로가 넘는 평탄한 대평원이자, 쌓인 눈의 물결로 울퉁불퉁해진 대초원을 가로질러 간다. 뒤를 돌아보니 눈 덮인 빙원을 여행한 북극 탐험가들이 생각난다. 까마귀 몇 마리가 보이고, 청미래덩굴에 맺힌 열매 몇몇은 아주 싱싱하다.

2월 9일 목

간밤에 바람이 거세지더니 어제 오후부터 내리던 비가 지금은 그쳤다. 이 계절에는 폭풍우가 개고 나면 대체로 강과 호수가 마르는 나날이 시작되는 듯싶다. 하늘이 맑게 갠 아주 쾌적한 날로, 여전히 꽤 따스하다. 순수한 겨울은 1월에만 한정되는 게 아닐까? 그렇다면 12월은 가을에 해당하는 추운 11월이고, 2월은 봄에 해당하는 눈 덮인 3월이다.

　오전 9시, '소나무 언덕'에 가다.
　혹한의 날씨가 눈과 얼음이 녹는 날씨로 바뀌었다. 하늘이 시위를 당긴 활처럼 팽팽하다가 지금은 느슨해졌다. 오늘 아침 특이하게 대기가 밝고 부드럽다. 수증기 탓에 빛이 널리 퍼지기 때문인가 싶다. 곧잘 파랑새의 첫 지저귐을 듣곤 하던, 볕이 드는 따스하고 부드럽고 물기 어린 대기다. 땅에 질펀하게 퍼진 눈 녹은 물과 빗물이 햇빛을 비추면서 10배쯤은 더 화창해진 느낌이다. 수탉이 우는 소리와 학교 가는 아이들이 떠드는 소리가 봄의 소리처럼 들리고, 눈 녹은 빙판 위를 밟고 가는 말 발자국 소리가 포장도로를 밟고 가는 소리처럼 들린다. 들판으로 흘러들어 가며 잔물결을 일렁이는 수많은 봇물에 햇살이 반짝인다.
　요즘에는 테리엥이 도끼질 하는 소리를 거의 듣지 못했다. 테리엥이 나무 베는 터에 이르자 박새들이 반갑다는 듯 날아온다. 이 박새들은 정직하고 사귀기 좋아하는 특성을 지닌 작은 새다. 테리엥의 들통을 들락거리며 빵과 버터를 쪼아 먹는다. 내가 근처에 서 있는 동안에도 10여 차례나 오간다. 테리엥은 일전에 점심을 먹는 동안 수십 마리 박새가 날아와 "파리 떼처럼" 자신의 몸에 내려앉았다고 말했다. 어떤 놈은 그의 손가락에 앉았고, 또 어떤 놈은 그가 손에 든 빵 조각을 쪼아 먹었다. 이들은 테리엥의 소중한 동료다. 어느 한 놈이 '프브' 하고 억센 소리를 낸다. 이들은 막 쪼개진 나뭇조각 사이를 뛰어다니길 좋아한다. 오늘 해 지기 전까지는 테리엥의 개간지를 떠나지 않을 것이다. 테리엥이 박새 떼에게서 약간 떨어진 곳에 나뭇조각을 던지는데도 전혀 두려워하지 않는다. 나는 이들이 테리엥의 빵과 버터를 얼마나 많이 먹어 치웠나 보려고 들통을 들여다보았으나, 빵과 버터가 그다지 줄어든 것 같지는 않다. 테리엥은 박새 100마리 정도는 먹일 여유가 있을 것이다.

2월 11일 토

버들 꽃차례를 갖춘 오리나무, 버드나무 등속의 나무를 다룬 글을 읽어보면, 이 노란 꽃가루를 흩뿌리는 나무들이 자연의 가장 이른 순수한 새벽에 속하는 식물이라는 인상을 받게 된다. 해마다 이 나무들이 다른 나무들보다 일찍 꽃을 피우고 잎을 내듯이, 창조의 순서에서도 다른 나무보다 앞서는 게 틀림없으리란 느낌이 든다. 버드나무는 인간이 창조되기 훨씬 전부터 얼마나 오랜 세월 해마다 이 노란 꽃가루를 퍼트렸겠는가.

2월 12일 일

추운 아침이다. 지난 이틀 동안은 밤에 추웠고, 어제는 하루 종일 혹한이었다.

겨울날 산책은 다음과 같다. 먼저 맑고 추운 날씨에 발밑에서 뽀드득거리는 마른 눈 소리를 들으며 걷게 된다. 그다음 잠시 해동기가 와서 15센티 깊이 진창에 빠지게 된다. 그러다가 어느 날 갑자기 땅 표면이 온통 마르고 딱딱해지면, 얼어붙은 거친 땅과 빙판 위를 조심조심 걷게 된다. 이럴 때는 걷는 일이 약간 고통스럽게 느껴진다. 겨울에 어떤 신발을 신어야 하는가는 좋은 연구 대상이다. 나는 겨울 야외 활동용으로 세 종류의 신발 혹은 부츠를 쓴다. 먼저 주로 신는 신발은 마른 눈 위나 맨땅을 걸을 때 쓰는 소가죽 부츠다. 두 번째로, 눈과 얼음이 살짝 녹은 날이나 봄날 같은 날에는 짧고 가벼운 부츠나 탄성 고무 신발을 신는다. 세 번째로 1년에 일주일쯤 심하게 질척거리는 날이면 탄성 고무 부츠를 신는다.

오후에 스케이트를 타고 강을 거슬러 올라가 페어헤이븐 언덕에 가다.

집 밖으로 나오기 전까지는 오늘이 얼마나 좋은 날인지 알아차리지 못했다. 아침에 몹시 추워서 방을 덥히려고 나무를 땠으나 소용이 없었다. 그런데 어쩐 일인지 밖으로 나오자 날이 따스하고 쾌적해서 화들짝 놀랐다. 바람은 거의 불지 않는다. 게다가 여기 페이헤이븐 언덕 밑에는 전혀 바람이 불지 않아 여름 날씨가 생각날 정도다. 벙어리장갑은 전혀 필요치 않다.

지금은 찬연한 겨울 오후다. 대기가 고요해서 해의 열기가 곧바로 몸에서 느껴지는데도 겨울날의 맑은 기운은 조금도 손상을 입지 않았다. 남풍에 누그러지는 날씨와는 사뭇 다른 날씨다. 쌓인 눈이 밝게 반짝인다. 강의 빙판이 이따금 우르릉 하고 가볍게 울린다. 물고기에게 전하는 또 다른 봄의 약속이다. 언덕 맨땅이 드러난 자리에 미나리아재비, 조팝나물, 엉겅퀴 따위의 뿌리잎이 돋아났다. 우리는 볕을 쬐러 잿빛 바위 절벽 남서쪽 따스하고 마른 탁 트인 곳을 찾아간다.

이 호수는 저녁마다 천둥소리를 내지는 않는다. 나는 이것이 정확히 어떤 법칙을 따르는지 알지 못한다. 이 호수는 나로서는 거의 감지하기 어려운 날씨의 변화까지도 느끼는 듯하다. 그러나 언제 천둥소리를 낼지는 확실히 예측하기 어렵다. 이토록 피부가 두껍고 차가운 거대한 것이 이렇게나 날씨에 민감할지 누가 생각이나 하겠는가. 그렇지만 이 호수는 분명 봄에 돋아나는 새싹 못지않게 나름의 법칙을 따라 이렇게 으르렁 운다. 지구 전체가 살아있고, 예민하게 감각하는 촉수로 덮여 있기 때문이다. 거대한 대륙, 드넓은 대양이 온도계에 든 수은 방울 못지않게 대기 변화에 민감하다. 당신이 날씨에서 아무런 차이를 감지하지 못하더라도, 호수는 감지한다. 악어와 거북 또한 땅의 흔들림을 느끼면서 진흙 바닥에서 기어 나온다.

오늘처럼 완벽한 겨울날이 찾아오려거든 공기가 맑고 싱그럽게 반짝여야 한다. 혹한으로 눈이 빛나더라도 바람은 거의 또는 전혀 없어야 한다. 얼음을 녹이는 온기여서는 안 되고 해에서 곧바로 내려쬐는 온기여야 한다. 자연의 긴장이 늦춰져서는 안 된다. 겨울에는 땅이 휑할지라도 반드시 울림이 있다. 가끔 박새가 혀짤배기 소리로 딸랑딸랑 운다. 어치의 강철같이 준엄한, 차가운 외침이 들린다. 어치의 소리는 녹지 않는 얼음장 같은 소리이기에 결코 노래로 흐르지 않는다. 추위를 알리는 겨울 나팔 소리다. 하늘 못지않게 긴장한 단단한 소리다. 푸른 제복을 입은 겨울 악단의 소리다. 어치의 외침에는 손수레가 삐걱거리는 소리만큼이나 어떤 부화의 조짐도 찾아보기 어렵다. 어중간함이 없는 이런 소리가 우리의 고막을 찢으며 지나간다.

2월 14일 화

오후에 철로를 따라 걷다.

비를 알리는 구름 낀 물기 많은 오후다. 전봇대 어디에서나 전선이 운다. 한 줄로 된 하프라 할 미국 수금의 으뜸가는 선율이다.

'벡스토의 숲'에서 가슴이 희고 윗머리가 검은 동고비가 갸갸하고 운다. 나는 둑 위로 올라가 해자 울타리 옆에 선다. 곤줄매기 한 가족이 내 주변 땅과 나무로 날아들어 모이를 찾아 쉴 새 없이 움직이다가 이따금 서로를 뒤쫓는다. 뒷머리에 붉은 반점이 찍히고, 검은 사제복이 열려 하얀 속옷이 보이는 솜털딱다구리가 리기다소나무 위에 올라 쉴 새 없이 나무를 쪼아댄다. 작고 날쌘 갈색 나무발바리가 갑자기 모습을 드러낸다. 꽤 가냘픈 작은 새로, 꼬리가 길고 갈색 등에 검은 줄무늬가 나 있고 배는 하얗다. 이 나무발바리가 한 나무 밑동에서 눈 깜짝할 사이에 높이 날아오르더니 다시 새로운 나무 밑동으로 휙 날아간다. 한곳에 오래 머무르지 않고 이 나무에서 저 나무로 휙, 휙 날아다닌다. 이런 새들이 한데 모여 모이를 쪼아 먹으며 날아다니나, 그 중 박새가 가장 수가 많고 눈에 잘 띈다. 이렇게 어울린 네 종류 새 중에 박새, 동고비, 딱따구리는 검은 왕관을 썼다. 특히 박새, 동고비의 검은 모자가 눈에 두드러진다. 이들이 이렇게 활기차게 어울려 노래 부를 준비를 갖추게 된 것은 날이 풀리는 더 밝고 따스한 봄에 대한 기대와 관련이 있을 것이라는 생각이 든다.

곤줄매기는 가냘프게 칩칩 하는 울음소리를 쉴 새 없이 낸다. 한 마리는 이따금 활발하게 데, 데, 데 울고, 또 한 마리는 놀랍게도 두어 번 꾸르륵 하는 샘이 솟는 소리와 같은 아주 기이한 울음을 운다. 이 밖에도 멀리서 수탉이 우는 소리와 조화를 이룬 하늘의 전선 소리가 들려온다. 이 모든 게 봄을 약속하는 소리다. 박새는 아주 다양한 음조로 노래한다.

2월 16일 목

요즈음에는 맑고 싱그러운 아침이 드문 편이다. 미묘한 잎 모양의 서리는 이른 겨울에나 생겨나는 현상인 듯싶다. 겨울 대기가 그 순수한 청정함을 얼마쯤 잃어버리고 다소 흐려지고 너저분해진 듯한 느낌이다.

오늘 아침 다시 눈이 내린다. 지난달에는 날씨가 수시로 바뀌어서 단 3일이라도 같은 날씨가 지속된 적이 거의 없었다. 1월을 돌이켜보면, 눈과 얼음이 대대적으로 녹고 나서 혹한이 이어졌다. 하늘이 맑게 개서 눈은 내리지 않았으나, 날씨가 갈수록 매서워지면서 생기에 찬 춥고 맑은 나날이 좀 더 이어졌다. 하지만 1월 마지막 며칠과 지금까지의 2월은 눈이 녹다가 다시 얼어붙었고, 그러면서 눈이 내리기를 거듭했으며, 갈수록 눈과 얼음이 녹는 날이 길어졌다. 잘은 모르겠으나 빛과 온기가 늘어나면서 이런 차이가 생겨난 모양이다. 요즈음에는 땔감을 많이 들이지 않아도 난방을 할 수 있으므로 지금 쌓아둔 장작만으로도 겨울을 날 수 있을 것 같다. 봄을 알리는 나날들이 이어진다.

커다란 매 두 마리가 사냥감을 노리고서 월든 호숫가를 빙빙 돌고 있다. 12월 15일 이후로 처음 보는 매다. 호수 한가운데서 보니, 호숫가 언덕 비탈에 인디언들이 낸 오솔길이 꽤 뚜렷이 드러나 있다. 잡초나 잔가지 따위가 내리쌓인 눈에 덮이면서 한 줄기 흰 선이 길게 이어진다. 눈이 내리고 나면 눈을 밟고 다니면서 생겨난 오솔길 뿐 아니라, 눈 내리기 전에 생겨난 오솔길까지도 또렷이 드러난다. 전에는 알아차리기 어려웠던 흔적들이 드러난다. 눈이 가볍게 내려 쌓이더라도 벌판에 희미하게 남은 발자국이나 수레바퀴 자국이 드러나는 경우가 드물지 않다. 말하자면 내리쌓인 눈이 돋을새김한 하얀 활자로 그 흔적들을 다시 찍어내기 때문이다.

2월 19일 일

지난 2, 3주 동안 봄이 아주 가까워진 느낌이다. 하지만 아직까지는 그 조짐이 뚜렷이 드러났다고 하기는 어렵다. 그저 봄 쪽으로 가고 있음을 느낄 뿐이다. 이따금 하늘빛에 여름과 같은 온기가 서린다. 몇몇 종의 새들은 겨울을 지내면서 다시 북쪽으로 옮아갔다.

오후에 페어헤이븐 호수에 갔다가 철로가를 걸어 돌아오다.

바람은 차지만 하늘 높이 뜬 해가 열기를 내보내 갈아엎은 들판이 녹고 있다. 버드나무 잔가지가 강가 빙판을 뚫고 돋아났고, 어떤 잔가지에서는 아린 아래에 부드러운 은빛 털이 슬쩍 모습을 드러냈다. 이는 지난 가을 태양의 조화일 것이다. 지금 이 시기는 여름철에는 걷기 어려운 늪지, 강, 호수를 걸어야 할 때다. 싱싱하게 빛나는 물과일을 잔뜩 달고 오리나무 따위를 뒤덮고 자라는 청미래덩굴의 푸릇함에 마음이 끌린다. 사사프라스의 푸릇한 새순 또한 이에 못지않게 인상적인 모습이다.

2월 20일 월

호수 남쪽 기슭에서 자작나무 껍질과 참나무 잎을 불쏘시개로 하여 불을 지핀다. 먼저 얼음 위에 축축한 통나무를 깔아놓아야 좋다. 타다 남은 숯이 바닥에 깔려 있으면 불이 쉽게 꺼지지 않기 때문이다. 그러나 숯덩이가 얼음 녹은 웅덩이에 젖지 않도록 조심해야 한다. 어느 숲에 들어가든 마른 나무가 모자라서 불을 피우지 못하는 경우란 거의 없다. 스트로부스잣나무를 비롯하여 땔감으로 쓰기 알맞은 온갖 나무의 마른 껍질과 죽은 잔가지들이 바짝 말라 높이 걸려 있다. 이따금 딱딱 소리를 내는 불이 원기를 북돋운다. 솔송나무 가지 몇 개를 분질러 불에 올려놓는다. 그 잎이 빠지직 타는 풍부한 소리가 내 귀에는 마치 겨자 같다. 연대 병력의 발포 소리 같기도 하다. 죽은 나무는 불을 사랑한다.

2월 26일 일

오늘 아침 일찍부터 흩날리던 눈이 가는 비로 내리면서 얼어붙어 우빙을 만들어 내다가 오후에는 온전히 비로 내린다.

오후에 마셜 마일즈의 집까지 가다.

우빙이 잡초, 나무 따위를 뒤덮었다. 블루컬스의 꽃받침에는 차디찬 빗물 방울이 흘러넘친다. 자작나무, 사과나무를 비롯하여 온갖 나무의 잔가지가, 특히 소나무의 잔가지가 우빙의 무게로 굽어 있어 그 모습이 새롭다. 비를 맞고 서 있는 키 크고 깃 많은 스트로부스잣나무가 마치 비 맞은 수평아리의 꽁지 같다. 스트로부스잣나무와 리기다소나무 모두 가지가 아래쪽으로 처져 전나무나 가문비나무처럼 우듬지가 뾰족 튀어나와 있다. 갓 자란 어린 소나무는 중앙에 난 깃털 모양의 가지를 빼고 모조리 가지가 땅 쪽으로 굽어있어 전과는 사뭇 다른 모습으로, 어쩐지 풀이 죽은 듯 느껴진다. 비가 빠르게 우빙을 쓸고 지나간다. 바람이 일고 빗줄기가 굵어진다.

2월 27일 월

아침에 비가 그친 뒤 바람이 일고 물이 빠지면서 강 수위가 높아지고 초원이 물에 잠긴다. 빗물과 눈 녹은 물이 얼어붙은 땅을 거쳐 강으로 빠르게 흘러든다.

자연은 지금과 4월 사이에 눈을 녹이는 것 외에도 호수에 70센티 두께로 언 얼음을 깨 녹여야 하고, 나무를 심고 씨 뿌리기 전에 30센티에서 90센티까지 얼어붙은 땅 또한 녹여야 한다. 그 수고가 적지 않다.

마을 변두리에 사는 주민들은 집 바로 가까이에 숲이 있으면 꺼림칙하게 여겨 베어버린다. 숲이 풍치를 더해 준다기보다는 걱정거리를 늘린다고 보기 때문이다. 반면에 마을 대로변에 사는 주민들은 집 주변에 소나무를 가꾸기 위해 갖은 노력을 다한다.

3월 1일 수

달력에 따르면 오늘 아침이 첫 봄날 아침이다. 달력의 봄과 자연의 봄이 이렇게 잘 들어맞는다는 게 놀랍다. 지난 달 26일 아침은 분명 겨울이었으나 오후에 비가 세차게 퍼붓고 나서 어제와 오늘은 정말 봄날 같다. 오늘 아침에는 대기가 잔잔하고 꽤 맑은 데도 해 뜨고 난 직후처럼 누르스름한 빛이 동쪽 하늘 전역에 넓게 퍼져 있다. 햇살이 따스하게 느껴지고, 대기 낮은 곳에 엷은 수증기가 자욱하다. 딱새와 박새의 봄 선율이 들려온다. 어치가 외치는 소리가 숲에 부딪혀 그대로 메아리로 울린다. 지난 며칠간 눈이 씻겨 나가 빙판이 드러난 땅과, 눈 녹은 물과 빗물이 고인 땅에 햇빛이 반짝인다. 봄이 다가오는 신호 같다.

나는 넉넉히 시간 여유를 갖고 침착하게 원고를 고치는데도, 나쁜 문장과 더불어 좋은 문장까지 적지 않게 버리게 되는데, 그것은 무엇이 좋고 나쁜지 분간하기 어렵기 때문이다. 하지만 얼마쯤 시간이 흘러 줄거리가 잡히고 나면 비교 기준이 뚜렷이 세워지면서 내버린 문장들을 재음미해서 어떤 문장을 다시 집어넣어야 좋을지 쉽게 가려낼 수 있다.

3월 4일 토

어제와 오늘 공기가 유달리 부드러운 건 어떤 연유일까? 갑자기 하늘이 달라졌고, 대기 또한 달라졌다. 대기 전체에 아주 자디잔 수증기가 널리 퍼져 있는 것 같다. 남쪽에서 따스한 공기가 떠오나 물기를 머금은 공기다. 그렇지만 이 물기는 머지않아 비로 떨어져 내리거나 눈이나 우박으로 응결될 것이다.

구름이 잔뜩 낀 흐린 날이다. 오후에 허버드 숲을 지나 월든 호수에 가다.

지난주에 눈이 빠르게 녹으면서 이젠 제법 맨땅이 드러났다. 허버드 단풍나무 습지에 호자덩굴, 노루발풀과 더불어 황련의 상록 잎이 돋아났다. 폐 속 깊숙이 공기와 땅 냄새를 맡아본다. 저편 초원에서는 아직도 싱싱하고 흠 없는 낭상엽 식물의 잎이 보인다. 노란 세네시오golden senecio의 푸르스름하거나 불그스레한 뿌리잎 또한 지천으로 널렸다. 요즈음 땅이 드러나면서 초지나 돌담 밑을 살펴보면 가끔씩 1센티 폭의 균열이 100미터 이상 꾸불꾸불 뻗어나간 곳들이 보인다. 지난겨울이 남긴 일종의 땅의 상렬霜裂이다. 이제 메마른 초지 곳곳에 물레나물의 뿌리잎이 돋아났다. 위는 불그

스레하고 밑은 초록빛인 잎이 이슬 같이 맺힌 물방울에 휘어지면
서 예쁘게 빛나는 화환 같은 모습이다.

　3월 5일 일
　맨땅이 드러난 자리가 점차 넓어지고, 눈 덮인 곳이 갈수록 줄
어든다. 하룻밤 사이에도 그 차이를 확연히 느낄 수 있다. 바람이
일기 시작하는 맑은 아침으로, 올 처음으로 초원에 넘쳐 난 물이
푸르러 보인다.
　물레나물은 두 번의 생을 사는 게 아닐까? 겨울에는 쌓인 눈 아
래 땅 위를 납작 엎드려 기면서 뿌리잎을 내보내고, 여름에는 위로
싹을 틔워 꽃을 피우니 말이다.

　오후에 '밤들내'를 따라 올라가다.
　이 시내에서는 꽤 오래 전에 빙판이 녹아 사라졌다. 제니의 집
근처 시내 가장자리에 땅두릅 줄기와 애스터의 잔해들이 흩뿌려
져 있다. 불그스레한 자갈들이 듬성듬성 깔린 짙고 누런 바닥을 내
려다보며 시내를 따라 올라간다. 윗녘 들판에서는 시내 언저리에
소귀나무가 거의 수평으로 기울어진 채로 무성히 자라났다. 바닥
이 진흙인 이곳에서는 시냇물이 검은 빛을 띠고 천천히 흘러간다.
시내 바닥에 거북 한 마리가 기어간다. 아직 개구리는 깨어나지 않
았을 것이다. 날이 다시 쌀쌀해진다.

3월 7일 화

오후에 아너스낵 언덕에 오르다.

식물은 계절에 얼마나 충실한가. 어째서 과남풀은 9월 느지막이 꽃을 피우는 대신 봄에 일찍 꽃을 피우면 안 되는 것일까? 나로서는 온도에 그리 큰 차이를 느끼지 못하는데 말이다. 과남풀은 얼마나 짧은 기간 우리 곁에 머무는가. 횅한 경작지나 초지에 속껍질이 노란, 지름 3센티가 채 안 되는 작은 말불버섯이 우중충한 흰 색으로 돋아났다.

처음으로 파랑새가 '페-아-워' 하고 울다가, 멀어져 가는 듯 약간 떨리는 울음을 우는 소리가 들린다. 놀랍게도 40미터가량 떨어진 언덕 아래 과수원 가장자리 한 참나무 꼭대기에 앉아있다. 과수원 뒤쪽 멀리서 다른 새들이 재잘재잘 지저귀는 소리가 희미하게 들리는 데도, 파랑새는 아무런 소리를 내지 않는다. 이 파랑새는 날아오를 때에도 아무런 소리를 내지 않는다. 그리고 나자 겨울이 아직 많이 남아있어서 감히 입을 떼기 어렵다는 듯 복화술로 운 게 아닌가 하는 의심이 든다.

오늘 오후는 흐리고 습기가 많으나 꽤 따스하다. 파랑새가 다시 사과나무로 날아와 벌레를 잡는다. 아직까지는 먹잇감이 넉넉지 않을 것이다. 각다귀 몇 마리가 바람에 날리는 보풀처럼 공중을 날아다닌다. 자고새 한 마리가 감탕나무의 쪼그라든 검은 물과일을 많이 먹어 치웠다. 물과일에 양분이 그리 많지 않으니 아주 많은 양을 먹어 치워야 했을 것이다. 눈이 사라지자마자 어디에서나 젓가락나물의 뿌리잎이 초록으로 돋아난다. 노래참새 한 마리가 강가 오리나무 위에서 꼬리를 까딱이다가 강 건너 버드나무로 날아가더니 곧이어 팁, 팁 하는 익숙하고 메마른 울음소리를 낸다.

3월 9일 목

어제 하루 종일 비가 내리더니 저녁에는 번개가 내리쳤다. 오전, 날이 갠다.

어느덧 강과 초지의 얼음이 녹으면서 아침저녁으로 부드럽게 펼쳐진 물의 경치가 내다보인다. 식물학자 에드워드 터커먼*이 "존 프랭클린 경이 여행하면서 자주 먹었다"고 말한 바위이끼 한 줌을 물에 넣고 한 시간 이상 끓여 보았다. 찻잎을 끓여 낸 듯한 걸쭉하고 검은 펄프가 생겨났으나, 쌀이나 전분처럼 싱거운 맛이다. 우려낸 물은 쓴맛으로, 약간 끈적거린다. 펄프는 그런대로 먹을 만한 맛이다.

오후에 '대초원'에 가다.

길이로 3센티가 채 안 되는 무지개송어들이 퍼덕이다가 이내 숨어버린다. 강의 수로는 얼마쯤 열렸으나, 초원 어디나 최근 생겨난 살얼음이 껴 있다. 습기 차고 찌푸린 조용한 날로, 강 수면이 잔잔하다. 흰빛, 잿빛으로 얼룩덜룩한 덩치 큰 오리들이 떼를 지어 일정한 거리를 두고 한 줄로 열을 지어 날아간다. 꽥꽥하는 흔한

---

* 에드워드 터커먼Edward Tuckerman(1817~1886). 매사추세츠 보스턴 출생. 지의류와 여타 고산식물 연구에 중요한 기여를 한 미국의 식물학자.

울음소리도 들린다. 이 오리 떼가 비스듬히 내려앉았다가 다시 날아올라 당당히 제 갈 길을 가는 모습을 보는 건 유쾌한 일이다.

얼음 녹은 강에 언덕과 숲의 물그림자가 비친다. 오랫동안 보지 못했던 모습이다. 봄날 잔잔한 물에 비친 언덕과 숲의 물그림자에서 환해진 자연의 표정이 드러난다.

3월 10일 금

오전, 가랑비가 줄기차게 내린다. 적은 비나마 3일 연속으로 내리는 비다.

오후에 클램셸 언덕을 거쳐 C. 마일즈 로路에 가다.

안개가 끼고 비가 부슬부슬 내린다. 냉이의 싱싱한 뿌리잎이 자주 보이고, 냇가 일찍 돋아난 엉겅퀴에 걸린 거미줄에 안개 방울이 맺혀 있다. 공중에 안개가 자욱하나, 오리나무 꽃차례 끝마다 물방울이 영롱하다. 이 물방울이 얼굴로 훅 하고 끼쳐와 우산을 받쳐든다.

코너 로路를 따라 300미터가량 왔을 때 스컹크 한 마리가 보인다. 잔뜩 찌푸린 우중충한 날이어서 오후 4시가 채 지나지 않았는데도 평소보다 일찍 밖으로 나온 모양이다. 이 스컹크는 바탕이 검은색인 날씬한 놈으로, 머리를 낮추고 등을 활처럼 구부리고 엉덩이 쪽을 세우고서 뛰어간다. 전족을 한 중국 여인처럼 물결치는 듯한 독특한 걸음으로 뒤뚱뒤뚱 뛰어간다. 아주 천천히 뛰어가므로 거의 뛰지 않아도 뒤쫓아 갈 수 있다. 꼬리가 길다. 가까이 다가가면 틀림없이 꼬리를 꼿꼿이 세우고서 악취 나는 액체를 발사할 준비를 할 것이다. 꼬리 끝과 뒷머리와 얼굴에 난 줄무늬가 하얗다. 그리고 살색을 띤 코(그리고 내 기억으로는 발)를 빼고 나면 나머지는 모두 검다.

그러다가 20미터쯤 떨어진 담장 밑으로 기어 들어간다. 오래전에 어느 스컹크나 우드척이 굴집으로 쓰다 만 곳이다. 굴집 안, 또는 담 구멍이 막혀 있기에 놈을 가까이에서 여유롭게 관찰한다. 머리와 주둥이가 꽤 길고 좁고 뾰족하여 땅 깊숙이 좁은 구멍을 파 곤충을 찾아내기에 좋다. 눈은 푸른빛을 띤 검은빛으로, 어린아이 같이 순진무구한 기미가 엿보인다. 담장 밑 얼어붙은 땅을 앞발로 거듭해서 긁어대는 시끄러운 소리가 들린다(내게는 간신히 등만 보일 뿐이다). 곤충이나 벌레를 잡으려고 땅을 긁는 것이리라. 이놈이 지나간 흔적은 작고 둥글다. 지름 3센티가 채 안 되는 발자국에 발톱 자국이 드러나 있다. 6센티와 15센티 폭으로 번갈아 걸음을 내딛다가, 가끔씩 60센티가량을 건너뛰는 이런 모습에는 애처로운 무언가가 있다. 이 나라의 인간 원주민을 보는 듯한 느낌이다. 나는 스컹크를 가장 초라한 영역에 사는 존재로서 존경한다. 이들은 허락된 땅이 아니면 먹잇감을 사냥하지 못하는 게 분명하다. 그렇다면 겨울 내내 이들은 무엇을 먹고 지낼까?

날씨가 거의 4월 같은 날씨다. 이른 봄마다 이렇게 안개비, 보슬비, 가랑비가 내리는 날이 자주 이어진다. 그리고 나서야 갈매기 울음소리가 들린다.

3월 11일 토

사흘 연속 비가 내리고 나서 하늘이 맑게 갰다. 파랑새, 노래참새, 박새, 찌르레기 등의 노랫소리가 대기에 가득하다. 느릅나무에서 파랑새의 지저귐이 들려온다.

지난 7일 화요일에 처음으로 노래참새가 쩍쩍 지저귀는 소리가 들렸고, 이 오리나무에서 저 오리나무로 훌쩍 건너뛰는 모습이 보였다. 쾌적한 아침 강가에 늘어선 키 작은 나무에서 이들이 물보라 같은 노래를 터트린다. 이들의 노래가 날이 갈수록 아름다워진다. 꽃이 피어나듯 어김없이 아름다워진다.

오후에 클리프스에 가다.

겨울 어느 때보다도 강 수위가 높으나 초원에는 아직 빙판이 남아있다. 사향쥐들이 살던 굴에서 내쫓긴다. 허버드 다리 뒤쪽에서 풍덩 하는 소리가 들린다. 얕은 물에서 올라오는 물방울로 미루어 사향쥐가 어디로 가는지 알 것 같다. 도마뱀이 올챙이나 개구리보다 빠르게 몸을 흔들며 물속을 지나간다.

언덕에서 보니, 강과 초원이 온통 물과 얼음, 즉 푸르디푸른 물과 하얀 얼음 섬이나 얼음 대륙에 덮여 있다. 이 고장의 풍경은 땅이 거의 드러나 횅하나, 먼 산악 지대는 아직 눈에 덮여 하얗다.

3월 12일 일

오전에 철로를 따라 숲으로 가다.

요즈음에는 아침마다 하얀 서리가 내린다. 지금 찌르레기의 물보라 같은 선율이 노래참새의 짤랑 소리와 더불어 강 따라 울려 퍼진다. 찌르레기는 이렇게 자신의 노래가 울려 퍼지는 소리를 들으며 점차 목청껏 노래 부를 자신감을 얻는다. 아름다운 봄날 아침이다. 높이 솟은 참나무에서 울새가 높은 음조로 삑삑 우는 소리가 들린다. 하지만 아직은 노래가 아니다. 어치 한 마리가 페-페이 페-페이 하고 날카롭게 외치고, 박새 한 마리가 카랑카랑한 소리로 피비 하고 지저귄다. 종다리가 목초지 한가운데서 목을 길게 뽑고 꼿꼿이 앉아있다. 또 한 마리의 종다리가 멀리 날아가며 노래한다. 이들은 이렇게 오자마자 노래를 부른다. 이런 새들 모두 해가 뜬 직후 동쪽에서 강물이 반짝반짝 빛나는 밝고 조용한 시간에 지저귀길 좋아한다. 지금은 밖으로 나가 잔잔한 강에 이는 잔물결을 바라보면서 이들의 노랫소리에 귀 기울일 때다. 아침 황갈색 들판을 비추는 따스한 봄 햇살이 잊히지 않을 날이다.

오후에 강 따라 볼스힐에 가다.

흑백 얼룩의 작은 오리들이 보인다. 쇠오리 아니면 홍머리오리일 것이다. 이 넓게 펼쳐진 강물은 하늘보다 깊다. 녹색 지의류로 덮인 언덕에 올라 동쪽을 향해 가다가 내가 숱하게 거닐던 베드포드 쪽 초원 너머 3월 특유의 풍경을 바라본다. 언덕 북쪽 비탈에 아직 눈이 남아있고, 막 드러난 땅이 마르기 시작한다. 잿빛 낙엽수와 푸른 소나무가 3월 바람에 윙윙거린다. 지금은 어쩐지 눈이라는 동료에게서 버림받은 듯한 느낌이다. 이렇게 막 마르기 시작하는 이끼 덮인 휑한 언덕에 올라 초원을 흘러가는 푸른 강 너머 먼 곳을 바라보면서 우리는 겨울 숙소에서 나와 새해의 모험을 설계하기 시작한다. 풍경은 11월과 비슷하기도 하나 약간 다르다. 11월과 같은 척박한 황갈색이나, 메마르고 차가운 된바람이 아니라 부드럽고 축축한 산들바람 아니면 습하고 쌀쌀한 바람이 불어오기 때문이다. 어느덧 물의 치세가 다가왔다. 요즈음에는 물가 초원으로 까마귀가 많이 몰려온다. 강에서는 얼음이 놀라울 만큼 빠르게 사라졌으나, 초원 낮은 땅에는 여전히 얼음이 남아있다. 밤이 다가오면서 강 물살이 부드럽게 반짝인다.

3월 14일 화

어제 보스턴에 가서 8달러를 주고 망원경을 하나 샀다. 아침에는 맑다가, 오전에 비가 내릴 듯 날씨가 흐려진다.

오후에 '대초원'에 가다.

비를 예고하듯 안개가 짙어지면서 날씨가 쌀쌀해진다. 망원경으로 살펴보니, '슬리피 할로우' 북쪽 초원의 풀밭과 눈밭을 이리저리 오가는 울새가 40마리가 넘는다. 헤이우드 단풍나무 습지에는 여우빛깔참새가 큰 무리를 이뤄 모여있다. 이들은 수줍은 듯 나를 피해 바삐 날아간다. 이들이 습지 낙엽더미 사이에서 무리 지어 바쁘게 땅을 긁어대는 곳에서는 희미하게 살랑거림이 일어난다.

3월 16일 목

오늘도 쾌청한 아침이다. 이즈음에는 아침마다 강가 버드나무와 오리나무가 싱그럽다. 강이 최근에 열려 강물이 콸콸 흐르는 이때, 울새는 말할 것도 없고 노래참새, 찌르레기 등 새들의 지저귐 또한 우렁차다. 노래참새가 버드나무, 오리나무마다 깃들어 짝짓기를 하는지 서로를 뒤쫓는다. 이들이 한결같은 지저귐으로 대기를 가득 채운다. 멀리 오리 떼가 강물에 길게 자국을 남기고 초원 위로 날아오른다. 망원경으로 이들의 자유롭고 조용한 움직임을 지켜본다. 물가에서 딱새의 일종인 피비새의 첫 울음소리가 들린다. 계절에 비하면 놀라울 정도로 따스한 날이다. 측량하는 동안 너무 더워 외투를 벗어젖혀야 할 정도로 열기가 거의 5월같다.

오후 4시에 클리프스에 가다.

남쪽 강둑이 살짝 녹색을 띤다. 바람이 불어온다. 허버드 숲 뒤 시내 다리에서 보니, 작은 올챙이 한 마리가 헤엄쳐 다닌다. 오늘 이 초록의 기미는 열기의 영향이라기보다는 습기에 기인하는 것 같다. 메마른 횅한 둑이 아니라, 마지막으로 눈이 녹은 웅덩이에서 초록의 기미가 가장 도드라져 보인다. 페어헤이븐 호수는 가장자리 30미터가량만 열려 있다. 이런 날씨가 하루 이틀이라도 더 이어진다면 완전히 열릴 것이다. 저녁, 천둥비가 내린다.

3월 18일 토

오늘 오전엔 대기가 한동안 먼지구름으로 가득할 정도로 바람이 몹시 거세다. 집이 이렇게 바람에 흔들리는 건 처음 느껴본다. 창과 문 틈새로 먼지가 몰려 들어와 책, 난로, 선반 등에 내리쌓인다. 프로스트 씨의 집 굴뚝이 또 다시 쓰러진다. 창 너머로 초원에 넘쳐 든 강물의 물결이 보인다. 매우 보기 드문 짜릿한 장관이다. 콩코드 초원이 이렇게 성난 모습을 드러내는 건 아주 드문 일이다.

거리를 걸어 우체국으로 간다. 밖으로 나온 주민 수가 폭우가 쏟아질 때보다도 적다. 느릅나무가 흔들리고 구부러지면서 허공에서 몸부림친다. 느릅나무 밑을 조심조심 지나간다. 다행히도 거리의 나무 중 가지가 썩은 나무는 아주 드물다. 나무가 잎으로 덮인 여름과, 눈과 얼음으로 덮인 겨울에는 이런 격렬한 바람이 일지 않는다.

3월 24일 금

날이 다시 맑아지고, 눈이 녹는다. 방울새가 떼 지어 찌르릉 울며 날아간다. 느릅나무 새순은 이번 추위가 닥치기 전인 18일 이전부터 돋아나기 시작했을 게 틀림없다. 구스 호수가 반나마 열렸다. 플린트 호수에는 아직 6~8만 제곱미터쯤 빙판이 남아있다. 플린트 호수가 언제 완전히 열릴지는 아직 말하기 어렵다. 검둥오리가 거칠게 깍깍 울음을 운다. 가장 자주 눈에 띄는 이 오리들은 귀에 익은 울음소리와는 달리 어쩌나 수줍음을 많이 타는지!

3월 28일 화

바람 부는 추운 날이다. 오전에 보트를 타고 '대초원'에 가다.

노를 저으면서도 몸이 얼어붙는다. 오리들에게는 너무 춥고 바람이 거센 날이다. 이들은 바람이 미치지 않는 언덕 아래 잔잔한 물가에 모여있다. 가로대, 널빤지, 나무다리 따위에서 떨어져 나온 유목을 보트에 가득 싣고 돌아간다. 은단풍에 새순이 튼다. 마치 꽃눈이 달린 과일나무 같은 모습이다.

오후에 화이트 호수에 가다.

한 달 넘는 기간 동안 가장 추운 날로, 겨울날에 못지않은 혹한이나 호수 북동쪽은 열려 있다. 한 무리 방울새가 4, 5분 만에 잇따라 숲에서 나와 들판 위를 날아 멀어져 간다. 추위에도 불구하고 수천 마리가 날고 있다. 여우빛깔참새 또한 부드럽게 노래한다. 날개 아래쪽이 얼룩덜룩한 작은 암청회색 매가 날아간다. 아마 줄무늬새매일 것이다.

『월든』첫 교정쇄를 받다.

3월 30일 목

오전 6시, 3월 17일 오후 이후로 처음으로 조용한 시간이다. 올해 3월은 참으로 순한 양처럼 들어왔다가 사나운 사자가 되어 나간다. 3월 첫날부터 18일까지는 무척 쾌적한 날씨가 이어졌다. 새순과 새들이 기다렸다는 듯 활발해지는 초봄이 분명했으나, 돌연

모진 바람이 불고 혹한이 밀어닥쳤다. 밤에는 강 한가운데에 살얼음이 낄 정도로 추웠다. 실로 어느 해 봄이든 이토록 널리 영향을 미치는 세찬 강풍으로 시작한 추위는 드물었다. 이후 오늘 아침까지 바람이 한 번도 그친 적이 없다. 따라서 식물이 아직 싹을 틔우지 못하고 있다.

4월 1일 토

오늘은 비가 내리는 진정한 봄날이다. 뜨락에서 참새, 방울새, 노래참새가 유달리 밝고 명랑하게 지저귄다. 곧이어 물새가 가슴 뭉클한 향기로운 노래를 부르기 시작한다.

오후에 애서벳강을 거슬러 올라가 파머의 농장까지 가다.

4월은 또 하나의 계절 같다. 드문드문 소나기가 내리는 따스한 날이다. 가벼운 남서풍을 받으며 돛을 펴고 '큰바위'로 향한다. 이따금 해가 날 듯도 한데, 과연 그럴지는 모르겠다. 초원의 얼음이 거의 다 녹았다. 물보라 같은 찌르레기의 노래가 초원에 울려 퍼진다. 새들이 2주간의 추위 끝에 찾아온 이 소나기 잦은 따스한 날을 가락의 홍수로 경축한다.

방울새와 같은 새들이 강의 물고기처럼 떼를 지어 내 머리 위를 지나간다. 추위를 이겨낸 은단풍의 축축한 꽃눈의 싹에서 수술이 고개를 내밀려 하고 있다. 오리나무도 처음으로 따스하고 밝은 날을 맞이하여 서둘러 꽃을 피울 준비를 한다.

강물이 잔잔하고 어둡다. 이런 흐린 날에 물방울을 떨구는 솔송나무 밑을 노 저어 가니 즐거워진다. 솔송나무 밑을 지날 때면 소나무 밑보다 더 야생을 지나간다는 느낌이 든다. 강바닥에서 비단거북이 보인다. 올해 처음으로 사향쥐의 냄새를 맡는다. 어제에 이어 오늘도 딱따구리의 일종인 플리커가 까르륵 웃는 듯한 소리를 들으며 즐거운 연상에 잠긴다.

잡초 씨앗을 쪼아 먹는 검은눈방울새와 같은 산새들이 떨군 깃털로 파머 농장 여기저기가 하얗다. 검은눈방울새가 지금 가장 크게 무리를 짓는 새다. 북동풍이 불어오기 직전에 이들이 떼 지어 높은 초원을 넘어 눈송이처럼 하얗게 날아오는 모습을 볼 수 있다.

4월 5일 수

오늘 아침 뜨락에서 귀에 익은 지지배배 소리가 들려 위를 올려다보니 제비다.

칼라일 마을에서 호어 씨의 사유지를 측량하며 하루를 보내다.

어제와 오늘은 개구리매, 참매 등 많은 매를 본 즐거운 날이었다. 무척 따스하고 쾌적하여 숲에서 외투를 벗고 측량하다보니, 개구리의 코 고는 듯한 개골 소리가 서너 차례 들린다. 새싹이 돋아나는 마른 풀밭에서는 날개 테두리가 담황색인 크고 검은 나비와 작고 붉그레한 나비가 떼 지어 날아다닌다. 길섶에서 올해 처음 개구리를 보았고, 어느 풀숲에서는 청개구리 울음소리가 들려왔다. 부드러운 서풍 또는 남서풍이 불고, 날씨가 정말 따스하여 껴입은 외투가 답답한 이런 날, 나비와 개구리와 그리고 개구리를 잡아먹는 개구리매가 세상으로 나온다. 한 해 한 해가 이토록 단순하다.

나는 어느 해에나 이맘때면 숲에서 측량을 하다가 처음으로 겉옷을 벗어 나뭇가지에 걸어둔다. 뺨을 스치는 서풍이 유쾌하기 이를 데 없다. 마른 낙엽으로 가득 덮인 어느 못가에서 단 한 번 짧게, 졸린 듯한 개골 소리가 울려올 때 마치 이곳이 낙원 같고, 이러한 날 내가 늘 아드메토스의 가축을 돌보며 살아온 것만 같아 행운으로 느껴진다. 지금은 누구나 초원을 걸으면서 테두리가 담황색인 나비, 여러 종의 매를 비롯하여 많은 동물을 보게 된다. 그러니 들어보자. 내가 이 필드 노트를 적고 있는 동안에도 청개구리들의 카랑카랑한 울음소리가 멀리 숲을 지나 내게로 날아온다.

4월 8일 토

4일부터 6일까지 따스한 날이 지나고 나자 방울새, 참새와 같이 무리를 지어 활발하게 움직이는 새 떼가 더 이상 보이지 않는다. 아마 오리나무와 단풍나무의 싹을 틔우고 나비와 개구리를 세상으로 내보내는 따스한 날이 지나자, 이들 대부분이 신참자에게 자리를 비워 주고 북쪽으로 떠난 모양이다.

'밤들내'에서 사향쥐 한 마리가 시내로 풍덩 뛰어든 다음 모랫바닥에 숨으려 헛되이 애쓰는 모습이 양서류 동물 같다. 나는 몸을 굽혀 삐쭉 튀어나온 꼬리를 잡고 물가로 던져 올린다. 하지만 놈은 방향감각을 잃지 않았는지, 비록 내가 서 있던 쪽이긴 하나 곧장 시내로 몸을 돌려 뛰어 들어 진흙 속으로 기어 들어가더니 어디론가 사라진다. 오늘 노란반점거북yellow-spot tortoise이 많이 보인다. 노르스름하거나 불그스레한 오리나무들이 대체로 어여쁜 모습이다. '생강못'에서 개구리들이 물 밖으로 몸을 내밀고 몸뚱이를 부풀리며 개골개골 운다. 5센티 길이의 적갈색 또는 짙은 갈색 몸뚱이를 수면에 쭉 뻗고 있다가 헤엄을 치거나 서로에게 다가가거나 물속으로 풍덩 뛰어든다. 이들 대부분이 두어 차례 짧게 개골 소리를 낸다. 이러다가 갑자기 어느 순간 다 같이 잠잠해질 것이다.

　자기 글의 흠집을 찾아내려거든 어느 정도 거리를 두어야 한다. 예컨대, 보지 말아야 한다. 원고가 손에 미치지 않는 곳에 있을 때, 길지 않은 한 장章의 내용을 한 쪽, 한 쪽 마음에 떠올려 보면서 보다 엄정하게 판단할 수 있다. 측량 일을 하면 관점을 새롭게 하는 일이 가능해진다. 하루나 이틀의 측량 일이 긴 여행을 떠나는 것과 같은 효과를 낳는다.

　어떤 시인은 조로하여 일찍 죽는다. 그의 열매가 딸기 같은 맛을 내긴 하나 가을이나 겨울에는 구할 수 없다. 어떤 시인은 성장하기까지 오랜 기간이 걸린다. 그의 열매는 그다지 맛은 없지만 오래 두고 먹을 수 있는 식량이다. 여름 햇볕과 가을 찬바람에 단련되어서 겨울을 넉넉히 견뎌낸다. 전자의 시인을 빨리 익으나 곧 시드는 6월의 과일이라고 한다면, 후자의 시인은 황갈색 사과로 다음해 6월까지도 남는다.

4월 9일 일

일주일가량 여우빛깔참새를 한 마리도 보지 못했다. 언덕 북쪽 기슭에는 아직 빙설이 약간 남아있다. 방죽 기슭 언저리에서 가슴이 노란 홍방울새 무리를 두어 차례 만난다. 괭이눈의 두어 개 꽃줄기가 수면 바로 위에 돋아났다. 허버드 사유지의 눈동의나물은 햇살이 내리쬐는 따스한 첫 시각에 꽃을 피울 것이다.

놀랍게도 월든 호수가 완전히 열렸다. 언제 열린 것일까? 어느 누구의 증언에 따르더라도 6일과 9일 사이에 열린 게 틀림없다. 5일이나 6일에 페어헤이븐 호수가 깡그리 열렸으니, 월든 호수도 이와 거의 동시에 열린 것이다. 이는 월든 호수가 3월 전반부의 혹독한 추위에도 불구하고 꾸준히 녹고 있었음을 말해 준다. 즉, 월든 호수는 여느 호수와는 달리 한때 잠시 닥쳐온 더위나 추위에 거의 영향을 받지 않는다. 올해는 길게 이어지던 추위가 끝나자마자 거의 온갖 새순이 한꺼번에 돋아났다. 그러나 지금까지로 봐선 풍경이 대체로 11월과 같은 황갈색을 띠고 있다.

4월 10일 월

4월의 비다. 비가 내리면 거의 어김없이 참새가 뜨락으로 날아와 카나리아처럼 사랑스런 노래를 부른다.

오후에 보트를 타고 '대초원'에 갔다가 돛을 펼치고 돌아오다.

수많은 도요새가 초원에서 먹잇감을 찾는다. 가까이 다가가자 '크라-악 크라-악' 하는 거친 소리를 내며 날아오른다. 이들은 꽤 높은 곳에서 쏜살같이 내려앉기도 한다. 초원 물가를 따라 상당히 많은 수의 검정깃찌르레기가 종종거리며 나와 있다. 은단풍의 개암 같은 적포도주 빛 암술머리가 꽤나 근사한 모습이다.

4월 13일 목

각가지 밝기로 햇빛을 환하고 아름답게 비추는 강물을 바라보고 있자니 기분이 무척 상쾌해진다. 하루나 이틀 뒤면 꽃단풍이 꽃을 피울 것이다. 일부 꽃봉오리에서 꽃밥이 보이기 시작한다. 어느덧 무수한 꽃봉오리의 포엽이 드러나 먼 늪지를 붉게 물들인다. 검둥오리 떼가 꽤 높이 날아올라 빙빙 맴돌며 주위를 정찰한다. 이제 오리나무의 꽃차례가 금빛을 띤 갈색이다. 포플러는 2, 3일 안에 꽃차례가 열릴 것이다. 활짝 돋아난 미나리아재비의 두어 송이 꽃이 황갈색 대지에서 터져 나온 불꽃처럼 나를 놀라게 한다. 지금은 미나리아재비에 앞서 바위취가 꽤나 흔하고, 그 꽃자루가 쑥쑥 자라난다. 오후 5시 30분인 지금, 초원에서 '어-어-어-어' 하는 황소개구리의 울음 같은 희미한 소리가 들린다.

4월 15일 토

아침에 눈이 내려 10센티나 쌓였다. 어제는 매우 추웠다. 하지만 날은 곧 빠르게 누그러질 것이다. 많은 새가 어려움을 겪고 있을 게 틀림없다. 참새와 노래참새 몇몇이 남쪽 창턱으로 몰려왔다.

오늘 같이 눈 내리는 춥고 습한 날엔 새들이 유달리 자주 보이고, 또 가까이 다가가기에도 쉽다. 참새가 여느 때보다 훨씬 억세고 똥똥해 보인다. 깃털 또한 부풀어 오르고 더 검게 보이는데, 아마 젖어 있기 때문일 것이다. 마찬가지로 깃털이 부풀어 오른 울새와 파랑새가 맑은 소리로 가냘프게 지저귄다. 홍방울새 한 마리가 내게서 1.5미터도 채 떨어지지 않은 나뭇가지 위를 깡충깡충 뛰어다닌다. 13일에 처음으로 흰털발제비를 보았다. 느릅나무에 꽃이 피면, 그와 동시에 느릅나무 꽃을 먹고 사는 붉은양진이가 날아온다.

4월 16일 일

해는 거의 나지 않았으나 어제 내린 눈이 빠르게 녹고 있는 우중충하고 서늘한 날이다. 종종 창밖을 내다볼 때면 황갈색이나 초록색이 눈에 띄게 늘어나 있다. 처음에는 길 한복판에서만 맨땅이 보였으나, 빠르게 맨땅 폭이 넓어지면서 새들의 방목장이 늘어나더니, 들판의 풀 또한 고개를 내민다. 풍경이 다시 황갈색을 띠기 시작한다.

오후에 산사나무를 보러 가다.

냇가 풀밭에 여우빛깔참새와 검둥오리가 여전히 남아 떠돈다. 초원에 둥근동의나물이 네댓 송이 피었고, 채진목 꽃순이 활짝 돋아나 초록이나 노르스름한 빛을 내보인다.

요즈음 한 이웃이 불쾌감을 줄 정도로 품위를 내세우고 다닌다.

그를 만날 때마다 나는 마음속으로 이렇게 말한다. "안녕! 나는 자네가 태도를 바꿀 때를 기다리겠네. 당장 말 한마디에 자네의 명예가 무너질 수도 있는데 그렇게 수고스럽게 고상함을 뽐낼 필요가 뭔가? 나는 가볍고 가느다란 칼에 찔려 상처를 입는 것이 곤봉에 맞아 쓰러지는 것보다 더 낫다고는 생각하지 않는다네. 자네의 위엄이 하도 당당해서 나는 자네의 반경 3미터 안으로는 감히 들어갈 엄두를 낼 수 없을 지경이라네."

왜 사람들은 이렇게 상대방을 위압하려 애쓰는 것일까? 왜 단순하지 못할까? 왜 자기 자신만 값어치 있는 인물이라고 생각하는 걸까? 오, 나는 어째서 이런 성마른 이들, 낡아빠진 이들만을 상대해야 하는가? 그들은 내가 웃을 수 있는 존재라는 것을 모르는가? 반박할 수 없는 대단한 위엄을 지닌 위인들!

4월 18일 화

3, 4일간 라일락에서 초록 새순이 돋아난다. 내가 본 라일락 중 가장 일찍 새순이 돋아난 녀석들이다.

오후에 보트로 '돌무지'에 가다.

초원 가장자리에서 도요새들이 놀라 '크라-악 크라-악' 하는 비통한 울음을 울며 후닥닥 날아올라 특유의 기이한 지그재그 곡선을 그리며 멀어져 간다. 오후 3시인 지금, 그중 한 마리가 큰 소리로 운다. 이들이 초원 높은 곳에서 빙빙 돌며 지그재그로 날다가 갑자기 다시 내려앉는다. '애서벳 샘'에서 갈색지빠귀를 보고 놀란다. 이놈이 아주 가까이에서 물가를 따라 깡충거리며 내 뒤를 따라온다. 나무에서 떨어진 새순이 아린과 더불어 길거리에 흩뿌려져 있다. 이 계절에 어떤 가을이 이어지고 있는지가 드러난다.

4월 20일 목

오늘 아침 산기슭에 늘어선 버드나무에서 참새들이 '아-하-하하-힙-힙-힙-힙' 하는 모음만 소리 내는 듯한, 카나리아 울음소리와 비슷한 맑은 울음을 운다.

구석진 따스한 곳에 자라는 버드나무에 제법 꽃이 피어나 꿀벌들이 모여들어 윙윙거린다. 내가 아는 한, 올해 가장 앞서 꽃을 피운 버드나무다. 추운 날씨가 한동안 이어진 탓이다. 이제 각가지 벌과 파리 떼가 모여든다. 얼마나 즐거운 광경이며 여름다운 소리인가. 줄무늬 뱀 한 마리가 양지바른 둑 위를 기어간다. 오늘은 비단거북도 햇볕을 쐬러 나와 있다. 무척 쾌적하고 따스한 오후다. 대지가 기지개를 켜는 듯하다. 언덕 기슭 맑은 못에서 개구리들이 개골개골 운다. 햇빛 드는 못 속에서 작은 올챙이들이 발랄하게 움직인다.

어느 날 겪은 일을 그다음 날 기록하면 적지 않은 이점이 있다. 물구나무서서 풍경을 바라보거나, 물에 비친 풍경을 바라볼 때처럼 약간의 거리를 두고서 살펴보므로 보다 이상적인 관점에서 바라볼 수 있다.

별빛이 밝다. 눈을 뜨는 초원에서 코 고는 듯한 희미한 소리와 두어 마리 황소개구리의 '어-어-어-어' 하는 가냘픈 음조가 들린다. 이제 초원 높이 날아오른 도요새들이 저녁의 별빛 공기를 까부르는 소리가 멀리 마을 안까지 들린다.

4월 21일 금

오후에 '제재소 시내'에 가다.

오늘 라일락이 꽃을 피우려 한다. 눈은 온데간데없이 사라졌으나 파스향나무에는 여전히 반짝반짝 윤기가 흐른다. 덩치 큰 검은 개미들이 개밋둑을 부지런히 오간다. 숲은 얼마나 고요하고 적적한가. 박새 한 마리 보이지 않는다. 이 시냇가의 까치밥나무가 현재 내가 콩코드에서 찾아낸 가장 빨리 꽃을 피운 관목 중 하나다. 등 뒤쪽에서 나는 청개구리 울음소리를 들으며 시내 건너편 언덕을 오르다가, 땅에서 풍기는 꽃내음 같은 진한 내음을 맡으니 아네모네와 삼백초가 생각난다. 비비추가 싹을 띄웠다. 이들은 엄마 품에 안긴 아기처럼 솜털에 폭 싸여 땅에 납작 엎드려 있다. 바위에 한동안 앉아 주위를 둘러본다. 오리나무의 금빛을 띤 갈색 꽃차례가 시내 위에서 떨고 있으나, 잔가지에 잎이 나기에는 아직 이른 철이다.

다른 이들보다 잘 살 수 있는 방법을 그리 잘 알지 못하는 이를 어떻게 현자라고 일컬을 수 있겠는가? 그가 단지 더 약삭빠르고 지적으로 교활할 뿐이라면 말이다. 지혜는 쳇바퀴를 돌리는 다람쥐인가? 지혜는 실패를 모르는가? 예를 들어 지혜는 성공하는 방법을 가르치는가? 지혜는 치밀하게 논리를 가는 맷돌에 불과한가? 과연 플라톤이 동시대인들보다 더 나은 방식으로 '생계를 꾸리고' 성공적인 삶을 살았을까? 아니면 다른 사람들처럼 삶의 어려움에 굴복하고 말았을까? 그는 삶의 어려움을 무시하거나 단지 당당한 태도를 보임으로써 그 어려움을 넘긴 것은 아닐까? 그의 고모가 유언장을 쓸 때 그를 기억했기에 인생이 수월해진 것은 아닐까?

4월 23일

물총새가 '크-으-으-락' 하고 운다. 어제에 이어 오늘도 비가 내리나, 숲에서는 울새와 찌르레기가 울고 뜨락에서는 참새와 노래참새가 지저귄다. 참새는 비가 내려 뜨락으로 날아왔을 것이다. 4월에는 햇빛 밝은 날보다도 호우가 내리는 이런 축축한 날에 풍경이 더 고요와 약속으로 가득 차 있다. 황갈색 벌판에서 녹색 잎이 얼마나 무성하게 일어나고 있는가. 황갈색 땅이 차츰차츰 녹색을 띤 엷은 색조로 물들어 간다.

이제 조팝나무, 까치밥나무, 인동덩굴, 라일락과 같은 관목에 잎이 피어나기 시작했으니, 상록의 식물은 물론 생장에 좋은 곳에서 자라는 앉은부채, 남루한 진창을 좋아하는 누르스름한 개연꽃, 별이끼 등과 둥근동의나물, 매발톱꽃, 애기똥풀, 바위취, 민들레, 클로버, 노란 세네시오, 창포, 크리스마스로즈, 엉겅퀴, 냉이, 범의

귀와 같은 많은 초본식물이 제법 모습을 드러낸 셈이다.

새에 대해서는 이런 말을 하고 싶다. 아직도 까마귀가 초원을 자주 찾아오고, 종다리가 아침저녁으로 지저귄다. 찌르레기들도 떠나지 않고 초원 가장자리나 물가 버드나무, 단풍나무에서 째지는 소리로 재잘거린다. 이들은(까마귀, 울새와 마찬가지로) 맨땅이 막 드러난 초원에서 주로 먹잇감을 얻고 있는 듯 보인다. 아직까지는 이들이 가장 시끄러운 새다. 울새도 자주 떼 지어 초원을 찾아와 빗속에서 노래 부른다.

노래참새는 3월 후반과는 달리 아침마다 물가에 떼 지어 몰려와 소란스럽게 노래 부르지는 않는다. 노래참새는 얼마나 조심스러운 놈인지 모른다. 이들은 반 시간가량 교묘히 돌담이나 나뭇가지 뒤에 숨어 1분마다 사방팔방 온갖 군데를 다 둘러보므로, 당신이 돌이나 던져야 날아오를 것이다. 오랫동안 우리 곁에 머무는 검둥오리 떼가 지금은 4분의 1쯤 수가 줄어들었다. 이제 여우빛깔참새가 떠나고 말았는지 요즘에는 보이지 않는다. 전에는 검둥오리, 흰뺨오리, 푸른날개상오리, 원앙새 등이 자주 보였으나, 흰뺨오리는 가고 없는 듯싶다.

어제 동고비의 울음소리가 들렸다. 지난 한 달간은 어느 새보다 참새가 지상에서 가장 수가 많고 흔한 새였다. 지금은 플리커가 아침저녁으로 오랫동안 큰 소리로 호통을 치다 간다. 도요새 떼가 여전히 초원에서 먹잇감을 찾고 있다. 멧비둘기 한 마리가 길을 잃거나 짝을 잃었는지 혼자 외롭게 날아간다.

오후에 걸어서 '리의 절벽'에 가다.

하늘이 맑게 갰다. 냇가 양지바른 둑 위에 솟아나 햇빛을 듬뿍 받고 서 있는 소귀나무가 황갈색 꽃가루를 먼지처럼 뒤집어쓴 흥미로운 모습이다(어제나 그제쯤 꽃을 피웠을 것이다). 코난텀의 숲속 바람 없는 햇빛 속에 한동안 앉아 보이진 않으나 곱게 울리는 솔새의 노랫가락을 듣는다. 이 소리를 들으니, 흘러간 나날과 형언할 수 없는 일들이 떠오른다.

페어헤이븐 호수가 강으로 흘러드는 어귀에서 흰머리수리가 다시 나타났다. 하늘에 비춰지는 놈의 검디검은 날개와 몸통이 하얀 머리, 꽁지와 두드러지게 대비되는 멋진 모습이다. 놈은 처음에는 물 위를 낮게 날다가 서쪽 화이트 호수를 향해 차츰차츰 솟아오르며 맴을 돈다. 나는 망원경을 들고 땅에 납작 엎드려 있으므로, 어렵지 않게 놈이 비상하는 모습을 샅샅이 살펴본다. 비스듬히 바라보니 날개 끝이 파동 치듯 약간 위쪽으로 굽어있다. 놈은 강과 숲과 농장 위에 높이 떠서 서쪽 방향으로 빙빙 돌다가 결국 까마득히 높이 솟아올라 구름 속으로 자취를 감춘다. 사실상 하늘로 숨어버린 것이다. 이 땅 아래에서 터벅터벅 걸어 다니는 우리는 얼마나 많은 수리가 우리 머리 위를 날고 있는지 결코 알지 못한다.

멀리 떨어진 페어헤이븐 호수 위에 하얀 오리 한 쌍이 보인다(바다비오리 같다). 나는 처음에는 센 물결이 만든 물마루로 오인했다. 흰머리수리에 놀란 듯 이내 날아간다. 오리들이 흔히 그렇듯, 물 위에 낮게 떠 800미터가량 강 상류로 곧장 날아가다가 다시 방향을 바꿔 강 10여 미터 위에 떠 강 하류로 내려간다. 수놈이 앞장을 서서 까마득히 멀리까지 날아간다. 이들이 날아가는 방식을 어느 정도는 알 것도 같다. 이들은 먼저 한 방향으로 날아가다가 다시 다른 방향으로 내려앉아 사라진다. 이렇게 수놈이 앞장을 서서 강 아래로 내려가는 모습은 오리만의 독특한 비상의 아주 좋은 예이다. 이들은 한 줄로 열을 지어 한 놈이 앞장서고 또 다른 놈이 그 뒤를 따른다. 그렇지 않을 때에는 거의 정확히 평형을 유지한다. 이는 목과 다리가 길기 때문이고(목과 다리 중간쯤에 두 날개가 달려 있는 듯한 모습이다) 게다가 이 경우에는 물 위를 미끄러지듯 날아가며 익힌 기술인 듯 완벽한 수평 비행을 하기 때문이다. 이 직후에 초원에서 푸른 왜가리 한 쌍이 날아오른다.

4월 25일 화

무척 따스한 날로, 개구리들이 초원에서 드르렁 코 고는 소리를 낸다. 땅이 거의 느끼기 어려울 만큼 서서히 달궈지면서 여름이 다가오고, 새로운 새가 날아오고, 네발짐승과 파충류가 깨어난다. 길가 관목참나무에서 흰목참새가 가냘프게 쩍쩍 운다. 올 처음으로 두어 군데서 자고새가 파닥거리는 소리가 들린다. 구스 호수 근처 숲속에서 굴뚝새가 날아오른다. 숲은 벌레들이 잉잉거리는 소리로 가득하다. 이 잠잠하던 공간이 새와 벌레들의 노래, 개구리들의 울음소리로 가득차기 시작하고, 어디에서나 살아있는 초록 이파리들이 마른 잎 사이에서 기운차게 돋아난다. 내일쯤이면 은백양이 꽃을 피울 것이다.

4월 26일 수

오전 8시에 올 처음으로 두꺼비 특유의 꿱꿱 우는 요란한 소리가 들려온다. 소나기가 몰려올 것 같은 4월 아침 날씨다.

오후 2시 30분에 걸어서 '리의 절벽'으로 가다.

남서풍이 부는 따스하고 조용하고 흐린 날로, 이따금 이슬비가 흩뿌리더니 어느덧 해가 난다. 농부들이 바쁘게 쟁기질을 하며 나무를 심고 씨를 뿌린다. 맑은 날보다도 오늘처럼 따스하고 조용하고 흐린 날 새들이 하루 종일 노래한다. 청개구리도 저녁인 양 울어대고, 나무개구리도 오후 일찍부터 울어대기 시작한다.

오늘 대기는 새들의 노래로 가득하다. 덩달아 새싹들이 돋아난다. 나무에 잎이 나기 시작하고, 새들 또한 잎사귀 같은 날개로 날아오른다. 새싹이 나면 벌레가 나오고 이어 새가 날아든다. 송골매 한 마리가 들과 숲 위를 곧장 스치듯 휙 날아간다. 이런 따스하고 조용하고 흐린 봄날, 잔잔한 페어헤이븐 호수를 굽어보고 있자니 왠지 모르게 가슴이 벅차오른다.

오후 9시, 거리를 걷고 있는데 천둥이 치고 비가 쏟아진다. 번갯불이 환하게 일면서 낮과 밤의 대비가 드러난다. 하늘 서쪽에서 먹구름이 일어나 길을 찾기 어려울 만큼 온 천지가 어두워지더니, 돌연 섬광이 번쩍이면서 달빛은 저리가라 할 정도로 밝은 빛이 낮처럼 거리를 비추면서 100여 미터 앞서 보도 위를 걷는 행인의 모습이 드러난다.

4월 27일 목

클리프스 위에 서니, 안개로 몽롱한 공기 너머로 아침 햇살이 강물에 비친다. 숲지빠귀, 허클베리새가 노래하는 성스러운 시간이다. 나무발바리의 울음소리가 들린다. 갈색지빠귀는 얼마나 수줍음이 많은 녀석인가. 오전 7시인 지금 자고새가 퍼덕거리고, 올빼미가 부엉부엉 봄을 노래한다. 휘파람새의 희미한 노랫가락이 들린다.

자신의 생을 바쳐 해야 할 일에 어떤 짬도 내지 못하는 이가 유유부단하고 게으른 이다. 마땅히 해야 할 일에 몰두하고 헌신하라. 그러면 어떤 사고도 일어나지 않을 것이다. 그대를 홀려 갈팡질팡 헤매게 하는 것이 게으름이다. 마음에도 없는 의무 때문에 고귀한 소명을 뒷전으로 미뤄둬야 하는 운명을 타고난 사람은 어디에도 없다. 불운은 자신의 천재성을 배반할 때에야 찾아온다. 음악과 소음을 동시에 들을 수는 없다. 우리는 높은 데 올라감으로써 낮은 곳에서 일어날지 모르는 온갖 재난을 피할 수 있다.

사람들은 대체로 사업에 골몰하면서 삶 대부분을 보낸다. 영혼은 진공상태를 혐오하기 때문이고, 자신의 고귀한 능력을 꾸준히 발휘할 만한 일을 찾아내지 못했기 때문이다. 그들은 크게 실망에 빠지지는 않기에 그다지 한탄하지도 않는다. 잠시 노고에서 벗어날 때, 즉 잠시 게으름에 빠져들 때 병마와 죽음이 찾아온다. 아니면 가족과 그로 인한 의무와 미혹이 찾아온다. 따라서 인간은 누구나 자기 운명의 주인이다. 봄에는 아플 시간이 없다. 사건, 상황의 기원은 우리 자신 안에 있다. 사건, 상황은 우리가 뿌린 씨앗에서

싹튼다. 내가 아는 한 유럽에서 벌어지는 전쟁도 내 인생 일대기의 한 국면이나 모습일 따름이다. 터키에서 일본에 이르기까지 신문이 내게 알리는 외신 기사들 대부분도 나의 내적 사고의 한 부분일 따름이다.

백버들에 잎이 나기 시작했고, 길레아드발삼나무는 5센티 길이의 꽃을 피웠다. 오늘은 꽤 따스한 편이었으나, 오후에 바람이 동풍으로 바뀌어 바다에서 불어온 차가운 공기로 대기에 수증기가 맺히면서, 언제라도 비가 내릴 것 같았다. 하지만 한밤중까지도 비는 내리지 않았다.

4월 29일 토

하루 종일 내리는 비로 풀이 싱싱한 푸른빛을 띤다. 황갈색이 초록에 자리를 내주고 있다. 이제 비로소 풍경에 초록빛이 제대로 드러나기 시작한다. 언덕 기슭이 엷은 초록 색조로 물들기 시작한 건 이번 달 후반부터다.

오후에 안개비 속에서 보트를 타고 클리프스에 가다.

이틀 연속 비가 내리면서 올해 어느 때보다 강물 수위가 높아졌다. 제비들이 빗속에서 강물 위를 낮게 날아간다. 이 강은 얼마나 많은 즐거움을 주는가. 넓게 터진 틈으로 강물이 쉽게 흘러넘치기에 하루만 비가 내려도 풍경이 온통 새로워진다. 비가 하루 종일 세차게 퍼부으면 거의 1킬로가 넘게 강물이 넘쳐 난 곳들이 여기저기 생겨난다. 어제는 발을 적시지 않고도 봄꽃을 보며 걷던 곳에서 오늘은 상쾌한 산들바람을 받으며 보트를 타고 강을 따라 올라가니, 마치 내가 대서양을 항해하는 뱃사람이라도 된 듯한 기분이다. 푸른 왜가리 한 마리가 천천히 강 하류 쪽으로 날아가다가 한 바위에 내려앉아 한동안 꼿꼿이 서 있다. 점나도나물이 여기저기서 활짝 꽃을 피웠다. 점나도나물은 4월 빗속에서 진주 같은 물방울을 잔뜩 머금고 있는 지금의 모습이 가장 어여쁘다.

5월 1일 월

사흘 연속 비가 내린 뒤 맑고 상쾌한 아침으로, 온 누리가 맑게 씻긴 듯 밝아 보인다.

오전 9시에 클리프스를 거쳐 보트로 페어헤이븐 호수에 가다.

좋은 터에 자리 잡은 오리나무에는 벌써 잎사귀가 피어났고, 따스한 둑에서는 갈 길이 바쁜 뱀들이 흔히 보인다. '리의 절벽'에서는 철 이르게 양지꽃이 피어났다. 아로니아가 열심히 꽃망울을 터트리고, 일찍 자라난 장미에는 잎이 돋아나기 시작한다. 뚝향나무가 이제 막 꽃을 피웠으나 아직 암꽃밖에는 보이지 않는다. 강에 검둥오리 두 마리가 날아온다. '삼목 늪지'에서 상모솔새가 노래한다.

순수한 '객관적' 관찰이란 존재하지 않는다. 흥미를 끄는, 즉 의미 있는 관찰은 '주관적인' 관찰이어야 한다. 어떤 계급의 저자이든, 시인이든, 철학자든, 과학자든 그는 결국 인간의 경험을 글로 쓰는 것이다. 이 세상에서 가장 큰 사건은 자신의 삶이므로, 가장 활동적인 사람이 가장 과학적인 사람이다. 외적 사물을 아는 감각은 별 쓸모가 없다. 당신이 어디로, 얼마나 멀리 여행하는가는 그다지 중요하지 않다. 얼마나 민감한가가 중요하다. 멀리 여행하면 할수록 그 결과는 더 나쁠 뿐이다. 외적 사건을 인식하는 일이 가능하더라도 그 인식은 그다지 큰 의의를 지니기 어렵다. 행성이 폭발하는 사건이라도 말이다.

중한 일을 떠맡은 일꾼이라면 자신의 삶이 어떠했는지 말할 수 있어야 한다. 시인이 태어난 곳이 불모의 사막이면 어떠랴. 남들이 그곳을 사하라사막이라 부르더라도 그에게는 낙원일 수 있다. 그곳이 사막인 것은 단지 우리가 메마르게 살아왔기 때문이다. 시를 쓰든, 통계를 내든 활동을 계획한다고 진실한 시나 과학이 만들어지는 것은 아니다. 당신이 정말로 아픈 사람이라면 슬퍼해야 할 충분한 이유가 있다. 병들지 않았더라면 더 많은 일을 이룰 수 있었을 테니까.

아마 사람이 말과 행동으로 해야 할 유일한 일은 이러저러하게 사랑을 이야기하고 노래하는 것이리라. 그가 운이 좋아 오래 산다면 영원히 사랑 안에 머물 수 있을 것이다. 이것만이 끝까지 죽지 않고 사는 길이다. 이 거룩한 생명이 발이 차가워져서 고통을 받는다는 건 유감스러운 일이 아닐 수 없다. 게다가 그 냉기가 종종 그의 심장까지 이른다는 게 더 큰 유감이다.

나는 지금 어느 과학 협회가 펴낸 보고서를 훑어보고 있다. 보고서를 가득 메운 메마른 기술적 용어에 진저리가 쳐진다. 내용이 삶과 생생히 맞닿아 있다면 대중의 언어로 쉽고 자연스럽게 표현할 수 있었을 것이다. 이 학식 많은 교수들의 인생 또한 강우계나 자동자기기록계self-regtstering magnetic machine처럼 생기 없는 비인간적인 것은 아닐까 하는 의심이 든다. 그들은 36.5도의 체온에 이른 사실은 전혀 전달하지 못하고 있다. 그러니 격조 있는 글이 나올 리 없다.

5월 7일 일

4월 막바지에 사흘 연속 비가 내리고 나서, 다시 지난 3일과 4일에 올봄 마지막일 폭우가 내렸다.

버드나무, 개암나무와 같은 나무의 꽃은 날씨가 맑음을 알려 주는 계기판이다. 나는 언젠가 개암나무 꽃이 열리고 꽃가루가 떨어지길 기다린 적이 있었으나 좀체 꽃은 열리지 않았다. 그러다가 어느 쾌적하고 따스한 날에 외투를 벗고 숲에서 측량을 하다가 정오경에 점심을 먹으러 다녀오니, 길가 둑에 개암나무 꽃이 활짝 열려 내 외투가 그 꽃가루로 노랗게 물들었다. 인간도 맑게 갠 따스한 날을 고맙게 여기거늘 하물며 꽃은 더 말해 무엇 하겠는가.

오후에 보트를 타고 페어헤이븐 호수에 가다.

강물이 30센티 이상 낮아졌으나 아직은 배가 돌다리 밑으로는 지나가지 못하므로 어쩔 수 없이 보트를 강가로 끌어내야 했다. 그

후 남서풍으로 바뀐 순풍에 배를 맡겨 놓고 강을 거슬러 올라간다.

이렇게 물살이 넓게 펼쳐진 강을 오르는 건 아주 오래간만의 일이다. 특히 이 계절에 이런 물살이 없다면 지구가 얼마나 죽은 듯 보일 것인가. 우리는 물의 아름다움과 매력을 좀체 깨닫지 못한다. 흥미롭게도 물은 언제까지나 우리에게 알 수 없는 존재로 남아있다. 지구 표면에서 늘 살아있는 불후의 물이 이제 끊임없이 부풀어 올라, 나와 내 보트를 가지고 들까불며 생명으로 반짝인다. 그러면 나는 감격에 겨워 두리번거린다. 아무도 그 위를 걷지 못하고 발자국 하나 남기지 못하는, 유리처럼 티 없이 출렁이는 이 밝은 수면에서.

클리프스에서 바라보니, 해 어느 쪽에 서느냐에 따라 암청색, 점토색, 회색, 담청색 등 갖가지 빛깔로 바뀌는, 홍수 진 들판에 초록으로 물든 언덕이 경이롭게 솟아있다.

해 질 녘 잔잔한 물살을 헤치고 들을 가로질러 노쇼턱트 언덕으로 간다. 언덕 꼭대기에 이르자 붉게 타오르는 아름다운 지평선 언저리로 해가 막 지고 있다. 황혼이 짙어지면서 하늘 길을 가리키는 기둥인 산의 푸름 또한 더욱더 짙어진다. 이제까지로 봐선 저지대에서 검붉은 꽃을 피운 단풍나무가 땅을 옅게 물들인 곳을 빼고 나면 먼 숲의 모습이 겨울의 모습에서 그다지 변하지 않았다. 거리 느릅나무 꼭대기에 열매가 맺혔다.

5월 16일 화

　일부 채진목에 꽃이 지고 작은 열매가 맺혔다. 온갖 야생 식용 열매의 첫 조짐이다. 언덕 꼭대기에서 바라보니, 거의 모든 나무에서 잎이 돋아난다. 멀리 상록수 사이에서 참나무 숲이 짙게 깔린 안개처럼 붉고 노랗게 물들어 간다. 여전히 초원에 강물이 가득하나 이제 강 수위가 내려가면서 여기저기에 부엽이 나타나 퍼져나간다. 꾀꼬리가 둥지를 짓는다. 꽤 따뜻한 날이어서 암소 떼가 벌써 다리 그늘 아래 물속에서 더위를 식힌다. 세팔란투스의 잔가지 사이에 검정깃찌르레기가 갓 지은 두어 개 둥지를 들여다보니, 아직 알을 낳지는 않았다. 오늘은 맑고 밝고 생기 넘치는 퍽 근사한 날로, 사방팔방에서 돋아나는 밝고 부드러운 신록이 온화하고 기름진 느낌을 준다. 꽤나 싱그럽고 넉넉한 모습이다. 온 땅이 하나의 꽃처럼 향기롭다.

　허버드 초원에 넓게 펼쳐진 물속에서 강꼬치고기가 쏜살같이 달아나는 듯한 움직임이 인다. 가까이 가서 보니, 중간 크기의 악어거북이 바닥을 기어간다. 외투를 벗고 셔츠 소매를 걷어붙인 다음 팔을 어깨까지 물속 깊숙이 집어넣어 꼬리를 잡아서 다음 보트 안으로 집어던진다. 놈은 보트에서 벗어나려 버둥거리다가 내 신발코를 덥석 문다. 등딱지는 비늘 대부분이 가려질 정도로 녹색이끼 비슷한 것에 잔뜩 덮여 있고, 그 이끼 안에는 작은 거머리 몇 마리가 들어있다. 다리 비늘은 단단하지는 않지만 크고 거칠다. 개가 이를 가는 듯한 쓱쓱 소리를 내며 숨을 쉰다. 이 굼뜬 짐승이 무언가를 물 때는 얼마나 재빠른지 놀라울 정도다. 놈이 의자 밑에 엎드려 있기에 등을 쓰다듬어 주자 분노가 솟구쳐 오르는지 등딱지가 의자에 부딪칠 정도로 갑자기 고개를 쳐든다. 강철 올가미라도 끊어트릴 듯한 기세다. 어느 정도 예상하긴 했으나 어찌나 빠르고 격렬한지 깜짝 놀라지 않을 수 없다. 놈은 천천히 몸을 부풀리더니 격발장치처럼 돌연 찰깍 소리를 내며 등딱지 속으로 사라진다. 분명 두꺼비가 파리를 잡듯 이런 식으로 물고기를 잡을 것이다.

놈의 꼬리는 얇은 비늘조각으로 덮여 있고, 등딱지 뒤쪽 테두리에는 커다란 삼각형 점이 여럿 나 있다. 이처럼 자연은 진흙에 사는 거북의 등딱지에도 아름다움을 드러내길 잊지 않는다. 사향거북 몇 마리가 버드나무로 70, 80센티쯤 기어 올라가 대롱대롱 매달려 있다. 이들도 악어거북과 거의 동시에 나타났을 것이다. 여기저기서 비단거북이 햇빛에 등딱지를 반짝이며 따스한 볕을 쬐고 있다.

5월 17일 수

오전 5시 30분경에 보트를 몰고 톨 섬에 가다.

오늘 아침 노를 저으니 손에 닿는 강물이 미지근하게 느껴진다. 피비새가 날씨가 따스함을 알린다. 수면 위에 3센티쯤 뾰족 튀어나온 거북의 주둥이가 보인다. 그곳을 향해 노를 저어 간다. 놈이 수면에서 천천히 움직이며 등딱지와 머리 일부를 드러낸다. 꼭 수면에 돋아난 부엽의 부채꼴 테두리 같다. 좀 더 가까이 다가가자 바닥에 커다란 악어거북이 보인다. 지금의 강바닥과 아주 비슷한 갈색 진창을 닮아있다. 아기 머리만큼이나 큰 머리와 단단히 경계하는 눈을 하고 바닥을 철버덕거리며 달아나는 놈의 모습이 소름 끼칠 뿐 아니라 어느 정도는 악어처럼 무섭기도 하다. 마침내 두어 번 어깨까지 깊숙이 물속에 집어넣어 놈을 보트 안으로 집어던진다. 그다음 놈을 의자 아래 지렛대로 붙잡아 놓고, 뒤집어 잡아당기기 좋은 단단한 꼬리로 끌어당기면서 온갖 애를 써서 간신히 선착장에서 집까지 이른다. 놈이 맹렬하게 저항했기에 다리를 물리지 않도록 조심하면서 가까이 오지 못하게 해야 했다. 놈의 무게는 15킬로나 나갔다. 지금은 초원의 물이 얕아지고 부엽이 드문데다가 강물이 따스해지므로 이들을 사냥하기에 좋은 철이다.

오후에 애서벳강을 거쳐 '삼목 늪지'에 가다.

이제 은단풍나무의 녹색 시과가 똑똑히 모습을 드러냈다. 자작나무, 사시나무, 길레아드발삼나무에 잎이 활짝 돋아나면서 숲이 웅장한 모습을 드러낸다. 넓은 지역에 걸친 낙엽수 삼림지대가 새로운 계절을 알리듯 녹색으로 뒤덮인다. 부드러운 녹색 잎에서 반사되는 빛이 마치 햇빛 같다. 지난번 애서벳강을 거슬러 오를 때와는 풍경이 놀랄 만큼 달라졌다. 이제 들판은 짙고 풍부한 녹색에 뒤덮였고, 나무 우거진 강가는 바람에 펄럭이고 햇빛에 반짝이는 부드럽고 밝은 자작나무의 초록빛으로 온통 환하다. 꽃단풍의 시과가 자작나무와 같은 나무들의 부드러운 초록빛에 대비되어 멀리서도 붉게 익어가는 양상이 눈에 띈다.

돛을 펼치고 강을 거슬러 오르나, 이따금 강이 좁아지고 빨라지는 곳에서는 바람이 강 흐름을 이겨낼 만큼 그리 강하지 못해 거의 한 발짝도 나아가지 못한 채 무심히 앉아 바람과 물살 사이의 쟁투가 끝나길 기다린다. 그러다가 갑자기 바람이 세차게 불면 강이 넓어지고 느려지는 곳, 다시 말해 배의 돛이 가벼운 산들바람에도 강물에 맞설 수 있는 곳까지 나아간다. 강이 좁아지고 빨라지는 곳에서는 바람과 강 흐름이 팽팽히 맞선다. 이는 자연의 원소에 기인하는 아주 즐거운 지체로, 그동안 나는 강가 관목들을 살펴본다. 강물이 꽤나 깊어서 돌무지를 자세히 들여다보기는 어렵다. 이따금 사향쥐들이 아주 대담해져서 강 수면에 누워있다가도 정찰이라도 하려는 듯 보트를 향해 곧장 헤엄쳐 오곤 한다. 지금 화려한 로도라꽃Rhodora이 무수히 피어나 '삼목 늪지'가 그 풍부한 색채로 불타오른다. 이 로도라꽃은 무더기로 피어나므로, 멀리서도 우리의 눈을 사로잡는 첫 번째 꽃의 하나다.

5월 19일 금

이제 흘러넘친 강물이 많이 줄어들면서 초원의 풀이 쑥쑥 자라난다. 검정깃찌르레기가 둥지에 알 두 개를 낳았다. 개암나무가 어느새 완연한 녹색이다. 오리나무에서 천천히 잎이 돋아난다. 강가에 무리지어 녹색의 잎을 틔워 버드나무와 더불어 새 둥지를 가려준다. 새들은 이 가림막이 생겨나길 오랫동안 기다려 왔다. 내가 아는 한, 울새가 올해 가장 빨리 둥지를 짓고 알을 낳았다. 세팔란투스는 자세히 들여다보지 않으면 어떤 생명의 조짐도 찾기 어렵다. 이들이 가장 늦게 잎과 꽃을 싹틔우는 나무다.

키 큰 블루베리가 일찍 피워 올린 꽃에 벌들이 윙윙거리고, 아로니아의 잎이 묘하게 반짝인다. 자연은 우리가 모르는 사이에 얼마나 착실히, 얼마나 빠르게 나아가는가. 채진목에 꽃이 피어났고, 그중 두어 종은 벌써 꽃을 떨구고 녹색의 작은 열매를 맺었다. 세찬 바람에 강물이 일렁이고 만물이 반짝인다.

해 질 녘 북쪽 멀리 낮게 뜬 뇌운이 소나기를 흩뿌린다. 바람이 그리 세차지는 않으나 공기가 서늘해진다. 번쩍 번개가 내리치나 천둥소리는 들리지 않는다. 북서쪽 장밋빛 지평선 하늘에서 약간 폭이 좁은 험악한 먹구름이 일어난다. 이 계절의 가장 큰 특색 가운데 하나는 따스한 밤이 이어지면서 강 따라 날마다 두꺼비와 개구리의 울음소리가 꾸준히 늘어나는 것이다. 이들의 울음소리는 낮 동안 기온이 높을수록 더 크게, 더 멀리까지 울려 퍼진다. 이들이 우는 소리가 땅이 부르는 첫 노랫소리다.

아로니아가 꽃을 피우는 이 시기마다 빨래 말리기 좋은 바람이 불어온다. 맑은 날 산들바람에 사과 꽃 일부가 날려 떨어진다.

5월 21일 일

아침, 안개가 약간 꼈고 풀잎에 걸린 거미줄에 대롱대롱 이슬이 맺혔다. 나로서는 올해 처음 보는 모습으로, 이 또한 늦은 봄에 나타나는 특징적인 현상 중 하나다. 이 이슬 젖은 작은 그물 또는 망사는 한 해 중 가장 좋은 나날, 귀한 일을 하기에 가장 좋은 꽤 기나

긴 나날이 이어지고 있음을 말해 준다.

갑자기 천둥 번개가 치면서 소나기가 내려 오후 늦게까지 집에 머물러 있다가 딥컷까지 산책을 나간다. 삼백초가 들판을 하얗게 물들이기 시작한다. 쪽독새 한 마리가 날카로운 소리로 운다. 이제 상록수에 뒤지지 않을 만큼 낙엽수에도 잎이 무성히 돋아났다.

5월 22일 월

오전 5시 30분에 애서벳강을 거슬러 올라가다.

요사이는 아침 공기가 약간 후덥지근해서 파리와 같은 곤충들이 잉잉거리는 소리를 어렴풋이 들으며 일찍 일어나게 된다. 물속에 뛰어든 작은 오리 한 마리가 갑자기 바다비오리처럼 강가에서 솔송나무 위로 솟구쳐 올랐다가 큰 소리로 퍼덕이며 물결을 헤치고 나아가더니, 강 한가운데 물속으로 뛰어든다. 한동안 주의 깊게 찾아보니, 강 건너편 오리나무 사이에 머리를 내밀었다. 내가 집으로 돌아갈 때 다시 강 한가운데로 뛰어들더니 강물에서 반쯤 일어나 날개로 물살을 치면서 빠르게 달려간다.

오전 10시에 보트를 타고 페어헤이븐 호수에 가다.

수위가 내려가는 강물에 솟아난 풀잎, 수초, 잔가지에 크고 작은 잠자리들이 앉아 있다. 이들은 어리고 굼뜨고 연약해 보인다. 최근 강바닥에서 부화되어 저 줄기들을 타고 기어올라 해와 공기에 굳세어지기를 기다리고 있는 듯한 모습이다(그러나 몇 마리는 여느 때처럼 활발하게 강물 위를 날아다닌다). 풀과 골풀이 우거진 얕은 물가에서는 큰 잠자리들이 망사 같은 날개를 햇빛에 반짝이며 산들바람 속을 날아다닌다.

클램셸 언덕에서는 어느 사이엔가 민들레 꽃이 지고 열매가 맺혔다. 한 노래참새 둥지에서 솜털 같은 어린것들이 깨어났고, 그 가까이에서 여름 솔새가 노래한다. 까마귀 한 마리가 까악까악 우는 소리가 깊은 소나무 숲에 울려 퍼진다. 이제 돋아나는 잎들이 숲에 쏟아지는 햇살 같다. 맑은 공기에 온 누리가 반짝 빛난다. 봄비에 씻기고 난 뒤로 전혀 더럽혀지지 않은 듯한 모습이다. 먼 산조차 뚜렷이 보인다. 수영이 건강한 혈색으로 들을 붉게 물들이기 시작한다. 노란 나비들이 짝을 지어 점점 더 높이 날아오른다. 벌판의 어린 백참나무가 불그레해졌다. 리기다소나무에서 꽃가루가 풀풀 흩날린다. 정오인 지금, 소들이 숲 그늘을 찾아 비탈 아래로 달려 내려가는 소리가 들린다.

먼저 귀뚜라미의 울음소리를 알아들어라. 여기 바위 사이사이마다 그 소리가 들리지 않는 곳이 없다. 나는 귀뚜라미의 울음소리가 무엇보다도 흥미롭다. 이 소리는 이미 때가 늦었음을 귀띔한다. 그러나 우리는 시간의 흐름을 어느 정도 알고 난 뒤에야 비로소 영원을 자각하기 시작한다. 우리는 급히 서두르는 하찮은 일에서 늦을 뿐이다. 이 소리는 결코 늦지 않은 성숙한 지혜를 넌지시 알린다. 온갖 한때의 고려를 넘어서는 지혜다. 봄의 열망과 여름의 열기 한가운데서도 이 소리에는 늘 차가움과 성숙함이 담겨 있다. 귀뚜라미들은 새에게 이렇게 말한다. "아, 너희는 충동적인 어린애처럼 이야기하는구나. 자연은 너희의 입을 통해 노래한다. 하지만 우리에게 자연은 성숙한 지식으로, 계절은 순환하는 것이 아니다. 우리는 계절에게 자장가를 들려준다."

귀뚜라미는 풀뿌리에서 이렇게 영원을 노래한다. 귀뚜라미가 노래하는 곳이 천국이다. 귀뚜라미의 거처는 굳이 높을 필요가 없다. 5월이나 11월이나 늘 같다. 고요하고 현명한 귀뚜라미의 노래는 산문 같은 안정감을 지녔다. 귀뚜라미는 와인이 아니라 이슬을 먹는다. 귀뚜라미의 노래는 부화기가 끝나면 침묵하는 한때의 사랑 노래가 아니다. 하느님을 기리는 영원한 찬미이자 영원한 기쁨이다. 귀뚜라미는 계절의 순환에서 벗어나 있다. 진실이 그렇듯 귀뚜라미의 노랫소리는 늘 변함이 없다.

이 노래는 철학자의 머리에 붓는 향유다. 귀뚜라미는 영원히 온대 지방에서 산다. 온갖 소리들이 이 소리에 귀 기울임으로써 스스로를 조율한다. 인간이 늘 하는 일들마저 깡그리 무시된다. 귀뚜라미는 어떤 뉴스에도 전혀 관심을 두지 않는다. 귀뚜라미는 영원만을 알기에 뉴스 때문에 노래를 멈추는 일은 없다.

5월 23일 화
오후에 애서벳강을 거슬러 올라가 삼목 늪지에 가다.
우리는 곧 자연을 지나갈 것이다. 자연은 우리에게 무한한 기대를 일으킨다. 잡목 숲속에서 덤불을 헤쳐 나가는 단순한 아이는 낯설고 커다란 야성을 열광적으로 꿈꾸지만 자연은 아이에게 결코 그런 야성을 보여 주지는 않는다. 나는 붉은 풍금조가 내 동료의 끈에 묶여 숲 가장자리에 앉아있는 모습을 몇 차례 본 적이 있다. 나는 풍금조를 불멸하는 야성의 캠프 바깥쪽을 지키는 파수꾼이라 생각했다. 퍽이나 열정적이고 눈부신 야성의 보병이다. 하지만 숲으로 더 깊숙이 들어가면 풍금조보다 더 붉은 새를 만날 수 있을 것이라 기대했다. 그러나 여러 늪지대를 건너 이 숲을 거의 다 빠져나온 지금에도 풍금조보다 더 붉은 새는 말할 것도 없고 풍금조만큼 붉은 새조차 만나지 못했다. 풍금조는 자연에게는 종말이지만 하느님에게는 시작이다.

화이트산*도 나의 기대와는 달리 그다지 거칠고 험한 산은 아니었다. 우리는 부끄러움을 무릅쓰고 울퉁불퉁한 바위산을 오른다. 그 산을 칭찬하는 것은 오로지 우리의 지친 다리밖에 없다. 풍금조가 날아다니는 숲 가장자리는 땅에 속한 세계가 아니다. 나는 다양하고 풍부한 동물군動物群을 기대했다. 더 눈부신 색채로 더 미묘한 노래를 부르는 새를 기대했다. 한 해의 삽화처럼 봄만 되면 우리의 강에 죽어 떠다니는 빨대잉어의 모습을 얼마나 더 오랫동안 보아야 한단 말인가? 자연은 자신의 활자판에서 활자를 고를 순 없단 말인가? 내 주위에 지도처럼 펼쳐진 이 땅은 내 영혼의 안감이 밖으로 드러난 것에 불과하다. 지금 보고 있는 빨대잉어는 다름 아닌 내 안에 있다. 나와 전혀 연고가 없는 대상이 내 인식 속에 들어올 리 없다. 나는 빨대잉어에게 죄를 범했다. 나는 숲과 들을

---

* 뉴햄프셔주 북부에서 메인주 남서부 접경까지 약 140킬로에 걸쳐 뻗어있는 산.

돌아다니며 꽃을 보고 새의 노랫소리를 듣는다. 예전에는 아름다움과 음악이 내 안에 들어있었다. 조용히 앉아 내 생각에 귀 기울이면 내 안에는 노래가 있었다. 나는 몇 시간이고 틈날 때마다 희미하지만 흠 없는 음악소리를 들으며 앉아있곤 했다.

이삼일 전쯤 나도냉이에 꽃이 피어났다. 일찍 나온 노란딱정벌레가 강물 속에서 버둥거린다. 늪지백참나무에 벌새 한 마리가 앉아있다. 정원에 살면 알맞을 것 같은 이 작은 새를 이렇게 깊은 야생의 삼목 늪지 참나무에서 보게 되니 기이한 느낌이 든다. 오늘 뽕나무가 꽃을 피웠다.

5월 28일 일

여우빛깔참새, 방울새, 검은찌르레기, 참새와 아울러 붉은양진이도 모두 가 버렸다. 도요새의 우렁찬 노랫소리도 그쳤다. 최근에는 피비새의 울음소리도 듣지 못했고, 파랑새나 울새도 그리 자주 울지 않는다. 나뭇가지에 돋은 잎사귀 같은 참새, 방울새, 찌르레기의 떠들썩한 아침 합주는 이미 지나간 일이 되었고, 이후로는 삼림 합창단의 단원수가 늘어나기보다는 줄어들 것이다. 허나 또 한편으로는 6월 내내, 특히 밤에 두꺼비와 개구리와 벌레들이 높아지는 기온에 민감하게 반응하는 소리가 들려올 것이다. 이들의 울음소리는 특히 여름을 맞아들이는 음악이다. 이처럼 따스해지는 날 밤이면 두꺼비와 개구리가 더욱더 기운차게 울어대면서 대기를 소리로 가득 채운다. 하지만 황소개구리는 아직 본격적으로 울어대지는 않는다. 여기에 벌레들이 앵앵거리고 찌걱거리는 소리가 덧보태진다. 이들은 여전히 여름을 알리며 대기 중이다.

정오에 보트로 '리의 절벽'에 가다.

이제 낙엽송의 짙은 진홍빛 솔방울이 도드라져 보이고, 리기다소나무의 솔방울 또한 당당해졌다. 물옥잠, 창포, 통발, 종종 물살에 떠밀리기도 하는 가래 따위가 이제 강에 분명한 테두리를 두르기 시작하면서 강의 여름 한계가 드러난다. 부엽이 나오자마자 벌레에 먹히기 시작한다. 은단풍의 시과가 곤충의 날개처럼 떨어져 강 따라 흘러내려 간다. 언제부턴가 민들레와 점나도나물의 갓털이 바람에 날려 강물 위를 떠다닌다.

6월 3일 토

이제 다 자란 애벌레가 껍질 벗겨진 벚나무 안식처에 떼 지어 몰려 있다. 벌레혹은 동물과 식물 두 왕국의 결합 또는 공모를 보여 주는 놀라운 자연의 산물이다. 나무에 달린 많은 벌레혹이 열매 못지않게 나무 고유의 혹처럼 자연스러워 보인다. 이 유충들은 벚나무가 들인 양자다.

최근 급격히 늘어난 잠자리가 숲길, 개간지와 같은 곳을 무수히 날아다닌다. 앙상하던 숲이 2주도 채 지나지 않아 신록의 바다로 변했고, 어린 가지들이 서로 다투어 뻗어나간다. 마을 길 어디나 잎사귀들이 파라솔처럼 펼쳐져 그늘을 드리웠고, 새들은 그 아래 숨어 부지런히 생계를 이어간다. 하지만 벌레들 또한 무수히 꾀어들어 이 어리고 부드러운 잎을 먹으며 살아간다.

봄이 아주 멀어진 듯한 이런 덥고 메마른 날에는 정오의 귀뚜라미 울음소리가 무척 고요하고 서늘하여 새로운 가치와 의미를 지닌다. 이것은 노래의 정수가 얼어붙은 소리이자, 변조된 그늘이다. 지금은 빛깔이 고와지고 형태가 완전해진 잎사귀들을 살펴봐야 할 때다. 숲속 산벚나무 어린 가지에 초록으로 돋아난 어여쁜 달걀 모양의 잎사귀가 마치 희귀한 꽃 같다. 숲속 어린 참나무에 돋은 갖가지 모양의 잎이 막 녹색 칠을 하고 광을 낸 것 같아 흥미롭다.

오후에 뜰에서 어머니와 소피아를 기다리며, 서늘한 나무 그늘이 연한 황록색으로 테를 두른 채 물결치는 6월의 풀밭, 그늘진 만과 곶으로 이루어진 물결치는 기슭을 바라본다. 공기가 푸른빛을 띤 이내로 가득 찬다. 부드럽고 싱그럽고 푸른 이 순결한 만물의 그늘은 얼마나 올 한 해의 희망으로 가득 차 있는가.

6월 9일 금

꽤 오래 메마른 나날이 이어지다가 오늘 아침 안개가 짙어지더니 마침내 빗방울이 떨어진다. 지금까지로 봐선 이 가뭄으로 어느 누구도 해를 입진 않았을 것 같다. 풀이 무성하고 푸르다.

오전에 비가 그치고 흐리다가 해가 나자 약간 무더워진다. 새들이 아침처럼 노래한다. 숲속으로 들어가니 모기떼가 극성스러워

몹시 성가시다. 클로버가 들을 붉게 물들인다. 풀의 전성기가 왔
다. 활짝 핀 장미꽃을 보니 여름의 열기가 생각난다. 호숫가에 칼
미아와 가래와 네잎부처꽃four-leaved loosestrife이 피어났다. 해 질 녘
클램셸 언덕에 앉아 제비들이 낮게 떠 서로를 뒤쫓다가 언덕 비탈
맨땅에 내려앉는 모습을 지켜본다. 지는 해의 햇살이 떡갈나무 줄
기와 가지에 비쳐든다.

여름 강의 면모는 어제처럼 통발이 강 수면에 나타나면서 시작
된다. 철로 방죽을 따라 걷는다. 경작한 땅에서 잘생긴 종다리 한
마리가 노란 가슴을 드러내고 하얀 꼬리를 번뜩인다. 버드나무 갓
털과 씨앗이 바람에 불려 방죽 위를 날아다닌다. 황혼 녘 여전히
칼새와 갈색제비가 강물 위를 맴돈다. 이제 대기에 하루살이들이
나타나 북적이고, 물고기들이 앞다투어 수면으로 철버덩거리며
튀어 오른다. 강물에 달빛이 반짝인다. 보름달이다. 무더운 오늘
저녁 올 처음으로 개똥벌레가 나타났다.

6월 13일 화
오후 2시에 보트를 타고 '리의 절벽'에 가다.

멀리 남서쪽 지평선에서 먹구름이 몰려오고 희미하게 천둥소
리가 울린다. 강 곳곳에 노란 수련이 피어났다. 이 수련 잎이 요즈
음 가장 자주 눈에 뜨이는 부엽이다. 강이 굽어 도는 얕은 물 위에
빼곡히 돋아난 가래의 커다란 이삭이 돋보인다. 물가 몇 군데서
물 위로 솟은 미나리아재비과인 라넌큘러스에는 꽃이 지고 열매

가 맺혔다. 천천히 노를 저으며 옥수수밭과 감자밭을 괭이로 부지런히 일구고 있는 농부들을 지나쳐 간다. 어깨가 쩍 벌어진 건장한 농부인 가필드는 요즈음 자주 낚싯대와 바구니를 둘러메고 들판을 가로질러 강으로 간다. 가필드는 15센티가 넘는 은어를 낚싯바늘에 꿰면서 "정말 큰 강꼬치고기를 꼭 잡고야 말겠다"고 벼른다. 동쪽 뇌운은 남쪽으로 가 버렸고, 서쪽 뇌운은 온 천지에 비를 쏟아 붓는 엄청난 먹구름 다발로 바뀌었으나 이쪽으로 빠르게 다가오지는 않는다. 지금은 무엇보다 매화노루발의 고개 숙인, 작고 불그스레한 꽃봉오리가 어여쁘다. 난쟁이민들레krigia의 씨앗과 갓털이 날리기 시작한다. 미역고사리와 꼬리고사리에 작디작은 푸른 열매가 맺혔다. 해 지기 직전 칼미아의 한 어여쁜 꽃 위에 올해 첫 꽃무지풍뎅이rose-bug가 앉아있다.

6월 16일 금
　오전 5시, 철로를 따라 걸어 올라가다.
　하얀 수련의 꽃향기를 맡는다. 드디어 내가 기다리던 계절이 돌아왔다. 이런 온갖 경험이 여름을 치르는 데 없어서는 안 되는 것들이다. 이 향기가 암시하듯, 수련 꽃은 순수의 상징이다. 썩어가는 진창에서 자라 순수하고 고운 꽃을 피우고 달콤한 향내를 내뿜어 순수함과 달콤함이 어디에서 나오는지를 보여 준다. 이 고운 향기는 세상의 오물과 악취에서 나온다. 우리는 수련의 향기에서 희망을 확인한다.

나는 미국의 노예제도와 원칙이 결여된 북부의 비겁함에도 불구하고 세상에 곧바로 절망하지는 않을 것이다. 수련은 인간 행위에 달콤한 향내가 풍길 날이 반드시 올 것임을 넌지시 알린다. 우리의 행성이 풍기는 냄새도 그러할 것이다. 그렇다면 자연이 젊고 건강하다는 걸 누가 의심할 수 있겠는가? 자연이 해마다 이 방향을 낼 수 있다면, 자연이 여전히 활력으로 가득 차 있으며, 이 방향을 맡으며 기뻐하는 인간에게도 덕이 있음을 믿어야 할 것이다.

온갖 순수함과 달콤함과 덕행은 이처럼 세상의 오물과 부패에서 생겨나 꽃으로 드러난다. 덕이 부활한 것이다. 자연은 단연 미주리 협정*에 참여하지 않았음을 보여 준다. 하얀 수련 꽃향기에는 어떤 타협의 냄새도 나지 않는다. 이 향기에는 추잡함, 고약함과는 완전히 절연된 순수와 청정과 달콤함이 곁들어 있다. 매사추세츠 주지사나 보스턴 시장에게서 나는 엉거주춤한 기회주의의 냄새 같은 건 나지 않는다. 온갖 선한 행동이 이 향기에 이바지한다. 따라서 내 행위의 내음이 대기 전반의 달콤함을 드높일 수 있도록 행동하자. 냄새 또한 도덕의 질을 알리는 한 형태에 지나지 않는다. 불결한 진창은 인간의 나태와 악덕을 나타낸다. 거기서 돋아나는 향기로운 꽃은 그 한가운데서 솟아나는 청정과 용기를 나타낸다. 이 광경, 소리, 향기가 합쳐질 때 우리는 불멸성을 깨닫게 된다. 온갖 증거에 반하여 믿을 사람은 아무도 없을 것이다. 우리의 외적 감각은 우리의 내적 감각과 일치한다. 나는 이 향기를 맡으며 다른

---

* 1820년 미국 자유주自由州와 노예주奴隸州의 세력 균형을 위해 남북 양 지역이 타협한 협정.

모든 이들이 쓰러지더라도 한 사람만은 꿋꿋이 서 있을 수 있음을 확신한다. 페스트가 지상에 만연하더라도 적어도 한 사람만은 살아남을 것임을 확신한다. 자연의 특질은 손상되지 않았다. 자연의 꽃은 언제나 어여쁘고 향기롭다.

13일, 14일, 15일 연속 3일간 동쪽에서 천둥 번개가 몰려오면서 곧 비를 쏟을 것 같았으나 우리 마을에까지는 이르지 않았으니, 동쪽에서 일어난 뇌우인 게 거의 분명한 것 같다. 해안에서 생겨난 국지적인 현상으로 여겨진다.

이제는 새들의 노래가 그다지 자주 들리지 않는다. 피비새가 드문드문 울음을 울고, 강에서는 어쩌다가 길 잃은 오리가 눈에 띌 뿐이다. 파랑새도 대부분 어디론가 가 버려 보기 어렵다. 메추라기가 날갯짓하는 소리가 들려온다. 딱따구리도 봄만큼 눈에 띄지는 않는다. 왜가리는 올여름 이곳에 남아있을 것 같지 않고, 숲지빠귀도 예년과 달리 수가 많이 줄어들었다. 여기 물 맑은 월든 호수와 애서벳강에 특히 물총새가 흔하고, 흑백 나무발바리가 자주 찾아온다. 개똥지빠귀와 여름 솔새, 휘파람새가 여전히 노래하고, 쌀먹이새도 전보다 뜸하긴 하나 기운차게 노래한다. 정오경에 붉은눈비레오red-eyed vireo의 노랫소리가 꾸준히 들리고, 황금방울새가 여느 때처럼 지저귄다.

좋은 정부는 삶을 더 값어치 있게 만든다. 나쁜 정부는 삶을 더 값어치 없게 만든다. 우리에게는 철도와 같은 물질에 불과한 자본을 평가 절하할 여유가 필요하다. 그것만이 우리를 더 경제적으로 단순하게 살도록 도와준다. 그러나 우리는 이제 우리 삶의 값어치를 평가 절하해야 한다. 조금이라도 애국심을 지닌 뉴잉글랜드인이라면 누구나 지난 3주 동안 말할 수 없이 큰 손실을 입었다고 느낄 것이다.

나는 미국 정부를 단 한 번도 존경해 본 적이 없다. 나는 바보스럽게도 이곳에서 나 개인의 일에 몰두하면 그다지 큰 어려움 없이 생계를 이어갈 수 있을 것이라 생각하여 정부를 잊고 살았다. 그러나 이제 내가 오래 전부터 해온 가장 값어치 있는 일의 상당 부분이 매력을 잃게 되었다. 최근 매사추세츠주가 죄 없는 앤서니 번즈를 강제로 다시 노예로 되돌린 이래*, 이곳에서의 내 삶의 투자 가치가 수십 퍼센트는 하락했다. 나는 전에는 내가 천국과 지옥 사이 어딘가를 지나는 삶을 살고 있다는 망상 속에서 살았다. 그러나 지금은 오로지 지옥 속에서 살고 있음을 깨달았다. 밀턴이 상상했던 것처럼 매사추세츠주라는 정치단체가 화산 암재巖滓와 분석噴石을 내게 뒤집어씌웠다. 우리나라의 통치자와 국민이 사는 곳보다 더 파렴치한 지옥이 있다면 그곳을 방문해 보고 싶다. 삶 그 자체의 값어치가 현저히 떨어졌기에 삶을 이어가게 하는 모든 것들도 값어치가 떨어졌다.

이렇게 가정해 보자. 당신이 작은 서재를 갖고 있다. 벽에는 멋진 그림들이 걸려 있고, 창 밖에는 푸른 정원이 넓게 펼쳐져 있다. 당신은 과학적으로 값어치가 있거나, 문학적으로 값어치가 있는

---

*　버지니아주에서 노예로 태어났던 번즈는 1853년 고향을 떠나 자유쥬였던 매사추세츠 보스턴으로 도망친다. 하지만 1850년 통과된 도망노예법에 따라 1854년 보스턴에서 체포되어 버지니아로 이송됐다.

어떤 일에 몰두하고 있다. 그런데 갑자기 당신의 집이 지옥 한가운데 있으며, 법정의 치안판사가 갈라진 발굽과 꼬리를 가진 악마의 하수인이라는 사실이 밝혀진다. 그럴 때 당신에게 값어치 있어 보이던 집이 돌연 값어치를 잃게 되지 않겠는가? 당신은 그 집을 헐값에 내놓고 싶어 하지 않겠는가?

나로서는 국가가 내가 하는 떳떳하고 올바른 일에 끼어들어 돌이킬 수 없는 해를 입혔다는 느낌마저 든다. 국가는 볼일이 있어 '법원 거리'를 지나가는 나를 가로막았을 뿐 아니라 앞을 향해 가던 나와 다른 모든 이들의 길을 방해했다.* 모두가 곧 '법원 거리'를 지나갈 수 있을 것이라 믿고 있을 때 말이다. 내가 굳은 땅이라고 생각한 곳이 실은 뻥 뚫린 구덩이였다.

아무 일도 없었다는 듯 자신의 일에 열중하는 주민들을 보고 나는 놀라지 않을 수 없었다. 나는 나 자신에게 말했다. "안됐군. 저 사람들은 소식을 듣지 못했어." 그렇지 않았다면 지금 막 말을 타고 가다가 만난 농부가 그렇게 정신없이 소들을 잡으려 뛰어가지는 않았을 것이기 때문이다. 막 사온 그 소뿐 아니라 그의 온갖 재산이 위험에 처해 있기 때문이다. 만일 그가 그 소들을 붙들어 매고, 또 그 소들이 다시는 달아나지 않는다 해도 그는 전 재산을 몽땅 빼앗기게 될지 모르기 때문이다. 어리석은 자. 그는 예년에 비해 올해 옥수수 낟알의 값어치가 형편없이 떨어졌다는 걸 모르고 있다. 지옥의 제국이 눈앞에 있는데 추수가 유익한들 무슨 쓸모가

---

* 번즈가 도망노예로 체포되었던 장소가 바로 '법원 거리court street'였다.

계절은 공연히 생겨난 것이 아니다 · · 353

있겠는가? 이러한 상황에서 신중한 사람이라면 돌로 된 집을 짓지 않을 것이다. 오랜 시간이 필요한 평화적인 사업에 투자하지도 않을 것이다. 예술은 지금도 변함없이 오랜 노력을 요하지만, 올바른 길로 나아가기가 이전보다 더 어려워졌고, 값어치도 더 적어졌다. 지금은 우리의 선조를 들먹일 때가 아니다. 알 속의 흰자위를 다 먹어 치운 어린 새처럼 선조가 물려준 자유를 다 탕진했다. 지금은 휴식의 때가 아니다. 우리가 생명을 구하고자 원한다면 그들과 맞서 싸워야 한다.

결국 우리 미국인들이 어떤 식으로 살고 있는지가 낱낱이 드러났다. 미국인들은 끊임없이 배금拜金의 신을 숭배한다. 일곱째 날에는 미합중국 전체가 소란을 피우며 하느님을 저주한다. 며칠 전에 나는 온순하고 단정한 악마인 어느 교회 감독이 하는 말을 들었다. 그는 번즈를 버린 법과 질서를 칭찬했다. 나는 식탁에 앉기 전에 그 자리에 감독이라 자칭하거나 감독이라 불리는 사람이 있는지부터 알아본다. 감독이 있다면 그와 나 둘 중 한 사람은 그 자리를 피해야 하기 때문이다. 나는 그런 이에게는 사제처럼 감독의 모자와 옷을 입혀 우리 모두가 알 수 있게 했으면 한다.

인간이 천할 때 자연의 아름다움이 무슨 의미가 있겠는가? 우리는 호수에 비친 고요한 자신의 모습을 보러 호수로 간다. 자신의 모습이 잔잔하지 못할 때에는 호수에 가지 않는다. 통치자와 피통치자 모두 아무 원칙 없이 사는 나라에 무슨 고요가 있을 수 있겠는가? 정치가의 비속함이 자꾸만 생각나 산책에 방해가 된다. 국가가 내 생각을 죽이고 있다. 나는 자연을 보려 하나 다 헛된 노력

일 뿐이다. 내 생각은 어쩔 수 없이 국가에 모반을 꾀하는 쪽으로 향해 간다. 나는 정의로운 사람이라면 누구나 이 모반에 동참할 것이라 생각한다.

2, 3일간 오후마다 서늘한 동풍이 불어와 아지랑이 또는 이내가 자욱하다.

6월 17일 토

오전 5시에 언덕을 오르니 안개가 서늘하다. 이런 날 아침에 풀밭을 걷는 이는 허벅지까지 푹 젖기 십상이다. 땅 전체가 젖어 이슬방울이 떨어진다. 안개가 끼고 서늘한 날이지만 놀랍게도 연못물은 꽤 따스하다. 이 물속에 몸을 담근 개구리들이 즐거워하는 모습이다. 오늘 아침 풀밭에 숱하게 쳐진 거미집에 이슬이 맺혔다. 여기서 원앙새 한 마리가 새끼들을 키운다. 나는 동쪽에서 해가 막 떠오르고, 저 아래 땅에서 나무들이 하얀 안개에 싸여 검은 형체를 드러내는 모습을 보면서 젊고 발랄했던 아침을 생각한다. 안개가 빠르게 동쪽으로 물러나면서 안개 속에서 나무 우듬지가 드러난다. 해가 애서벳강에서 언덕 꼭대기까지 빛을 비추면서 흩어지는 안개 속에서 강물이 특유의 일렁이는 금빛으로 반짝인다.

오후에 구빈원을 거쳐 월든 호수와 클리프스에 가다.
또 다른 주목할 만한 흐린 날로, 시야가 좁아져 지평선이 가깝고 산은 보이지 않는다. 7~8킬로 떨어진 곳의 수목 덮인 어두운 산마루와 계곡이 안개에 가려져 있다. 메마르고 몽롱한 6월 날씨다. 이즈음 우리는 하늘에서 멀어지고 땅과 가까워지면서 거친 자연의 요소 속에서 살아간다. 땅의 연무로 깊숙이 들어간다. 새들의 노래조차 발랄한 생기를 많이 잃어버렸다. 희망과 약속의 계절은 지나갔고, 어느덧 자디잔 열매의 계절이 돌아왔다. 우리는 희망과 성취 사이의 간극을 보면서 약간 슬퍼진다. 하늘의 전망을 빼앗기는 대신 몇몇 작은 물과일을 선사받을 뿐이다.

지는 해가 여름 꽃처럼 붉게 타오른다. 봄의 노란 해가 6월 가뭄의 붉은 해로 바뀌었듯, 희고 노란 봄꽃들이 한여름 뜨거운 열기의 산물인 둥글고 붉은 장미, 나리 같은 여름 꽃에 자리를 내어준다.

6월 18일 일

오후에 실고사리를 보러 가다.

누르스름한 색, 크림색이 붉은색과 어우러진 콩과식물인 테프로시아가 퍽 흥미로운 모습이다. 메마른 둑, 모래 둑 어디에서나 스컹크가 핥아먹어 쭈그러든 거북의 알이 보인다. 돌소리쟁이가 주름이 약간 펴진 밝은 녹색의 잎을 피워 올렸다. 고비의 열매가 꽤 익었고, 초원에서는 딸기가 막 맺히기 시작한다. 이제 이 '밤들'에는 막 꽃을 피우기 시작한 풀들로 가득하다. 시냇가를 따라 안젤리카가 어느 사이엔가 활짝 꽃을 피웠다.

작은 메뚜기들이 마른 풀밭을 떼 지어 뛰어다니나, 늦게 피는 양치식물인 실고사리는 아직 꽃망울과 잎이 충분히 돋아나지 않왔다. 큰잎부들이 조금만 흔들려도 유황 같은 꽃가루를 어찌나 많이 떨구는지 내 손과 옷을 누렇게 덮는다.

국가에 대한 나의 충고는 간단하다. 즉각 노예 소유주와의 유대를 끊으라. 국가가 노예 소유를 인정하는 법을 제정하고 판결을 내리더라도 나는 그런 법과 판결이 정당하다고는 도저히 믿어지지 않는다. 매사추세츠의 주민 개개인에게는 국가가 자신의 의무를 미루고 있는 한, 국가와의 유대를 끊을 것을 권한다.

북쪽에서 하늘의 대포처럼 섬광과 굉음이 일면서 천둥비가 내린다. 갈수록 이 섬광과 굉음이 점점 더 높은 곳에서 울려온다. 드디어 천둥 번개가 하늘을 가로질러 사방 지평선 어디에서나 몰려오는 것 같아 서둘러 집을 향해 노를 젓는다. 먹구름 자락이 마법처럼 내 주위로 모여들더니 불쑥 머리 위로 나타나 예상치 못한 시간과 공간에 비를 흩뿌린다. 비 내리는 바로 앞 늪지백참나무가 빛에 덮이고 녹색 그늘이 드리워져 매우 아름다운 모습이다. 북쪽에서 돌풍이 불고 굵은 빗방울이 떨어지면서 새들이 방향을 잃고 이리저리 날아다니고, 나무가 휘어지고 비틀린다. 비가 우박처럼 창을 내리치고, 지붕 위에서 시내처럼 흘러내린다. 3주 사이에 처음으로 내리는 비다운 비다. 채진목 물과일이 붉어진다.

6월 23일 금

열흘가량 삼복처럼 아지랑이가 자욱하다. 오늘은 꽤 추워서 화롯가에 앉는다. 한 달 전과는 달리 흐린 날인데도 새들이 노래하지 않는다. 3월 말경이 새들이 가장 활발한 시기인 것 같다.

오후에 월든 호수와 클리프스에 가다.

숲이 베어져 나간 곳에서 호자덩굴 꽃향기가 복숭아 과육처럼 달콤하고 싱그럽다. 조팝나물은 대체로 낮에 꽃을 피우지 않으나, 오늘 흐린 오후에 일부가 꽃을 피웠다. 호숫가 진들피는 꽃망울이 맺혀 수그러져 있으나 아직 꽃을 피우지는 못했다. 철로 방죽가 울타리에서 어린 제비들이 나는 법을 배우고 있다. 비 내리는 쌀쌀한 날이 지나자 드디어 공기가 맑아졌다. 클리프스에서 바라보니 숲이 번지르르한 초록빛으로 반짝인다. 이렇게 하늘 밑에 여유 공간이 있기에 지평선을 바라보는 일이 적지 않은 위안거리이다.

7월 2일 일

새벽에 울새가 기운차게 울어댄다. 해가 떠오르고, 강 안개가 엷게 기슭의 느릅나무와 단풍나무를 휘감는다. 이제 뚜렷한 여름이다. 수탉이 떠들썩하게 울어대며 갈증 나는 긴 여름날을 맞아들인다. 황소개구리 몇 마리가 울어댄다.

오후에 채닝과 플린트 호수에 가다.

산딸기, 방풍나물이 꽃을 피웠다. 잎이 기다란 끈끈이주걱, 물레나물, 노루발풀도 며칠 내로 꽃을 피울 것이다. 키 큰 블루베리 물과일이 여물었다. 산지 마른 목초지에 붉은 나리가 무더기로 피어났다. 붉은 황혼 녘이 무더운 열기를 예고하듯 이 꽃은 메마른 6월의 강렬한 여름 열기와 더불어 나타난다. 붉은 나리가 이렇게 많이 피어난 것은 1년 전쯤 이 초원을 휩쓸고 지나간 들불과 관련이 있을 성싶다.

한여름 더운 날씨의 영향을 받으며 강과 강기슭에 부엽과 수초가 자라나고, 폰테데리아가 꽃을 피우기 시작한다. 강 양안 1.5킬로가량이 부엽에 둘러싸여 햇빛에 반짝이고, 그 뒤에는 암녹색 폰테데리아가 빼곡히 서 있다. '쉽싸리 초원'에 루드베키아가 꽃을 피웠고, 열흘 전쯤 꽃을 피운 봉선화에 어느덧 열매가 맺히기 시작한다. 해가 서쪽으로 기우는 가운데 잎이 빼곡히 돋아난 백버들, 늪지백참나무, 단풍나무의 우듬지와 가지가 잎 아랫면을 드러내며 은빛으로 반짝인다.

7월 10일 월

그젯밤처럼 어젯밤도 몹시 무더웠다. 오늘 아침에는 이슬이 거의 맺히지 않았다.

마른 들판에 꿀풀과 같은 영구화가 피어나 청량한 향기를 내뿜으며 생각을 곧추세워 준다. 이제 땅이 타들어 가고, 옥수수 잎이 둥글게 말리고, 까치수염 등이 말라 시들기 시작한다. 검은개똥지빠귀가 여전히 노래하고 두꺼비가 운다. 클로버 이삭이 말라 갈색으로 변했고, 아게라텀 또한 마르고 있다.

오후에 보트를 타고 페어헤이븐 호수에 가다.

지금 폰테데리아가 멋진 모습이다. 검정깃찌르레기 암놈과 어린것들이 재잘거리며 강 위를 날아간다. 호수 기슭에 순채가 아주 흔하다. 봄에 그렇게 푸릇푸릇하던 절벽의 바위들이 가뭄으로 바싹 타들어 간다. 옻나무, 벼룩이자리 등이 메마른 갈색이다. 페니로열, 산딸기, 양치식물 또한 시들어 간다. 허나 바위틈에 돋아난 개머루와 개물통이는 2, 3일 내로 꽃을 피울 것이다. 코난트가 들판 관목 숲 언저리에서 호밀을 베고 있다. 벌써 추수가 시작되었다. '밤들'을 나올 때 해가 진다. 거대한 구름장이 남쪽에서 나와 이제 내 머리 위 서남서에서 동북동까지 뻗어나간다. 해가 지고 나자 부드러운 엷은 황갈색 빛이 풍경에 반사되면서 바싹 마른 휑한 언덕 비탈을 조화로운 빛으로 밝게 비춘다. 이 부드럽고 그윽한 담황색 빛깔은 마치 땅 자체에서 나오는 빛 같다.

7월 12일 수

이번 달부터 이끼풀 종류의 치세가 시작되어 강 흐름을 가로막는다. 어린 제비들이 강 너머 죽은 버드나무에 떼 지어 앉아있다. 푸른 알락해오라기 한 마리가 비틀거리는 어색한 걸음으로 푸드덕거리며 얕은 진창을 건너간다. 꽤 커다란 강꼬치고기 한 마리가 내 보트 가까이에서 아주 잔잔한 강을 거슬러 올라간다. 놈은 가슴지느러미를 끊임없이 흔들고 배지느러미로 물결을 일으켜 강 물살에 저항하며 뒷지느러미로 방향을 잡아 나아가다가 마침내 꼬리지느러미를 퍼덕여 빠르게 올라간다.

두어 주 전 6월 가뭄과 열기가 한창일 적부터 귀뚜라미의 희미한 울음소리가 들려왔다. 정오 더운 날씨 속에서 붉은눈비레오, 풍금조, 피비 등의 새소리가 들린다. 초목이 말라 시든다. 잎이 마르면서 물과일처럼 익어간다. 자작나무 잎이 노랗게 변해 떨어진다. 이제 노란색이나 크림색으로 물든 서리 같은 밤꽃이 활짝 피어나 눈길을 끈다. 꽃이 자리를 비우는 기간이 있다면 그것은 물과일이 익어가기 시작할 때이다.

7월 15일 토

깨어나니 비가 부슬부슬 내린다. 거의 한 달 만에 내리는 정말 반가운 비다. 이런 서늘하고 조용한 날씨는 내 정신에도 소중한 영향을 미칠 것이다.

이따금 비가 멎곤 하다가 이슬같이 가는 비가 내린다. 이 비가 불그스레한 가는 풀잎 위에 희뿌연 아침 거미줄처럼 촘촘히 내려앉는다. 이는 여름비로, 땅이 이슬에 젖어든다. 바위취와 조팝나무는 2, 3일 내로 꽃을 피울 것이다. 여기저기서 물레나물의 붉은 삭과가 보인다. 이것은 비 내리는 조용한 날, 가을로 향해 가는 현상의 하나다.

오후에 '허버드 다리'에 가다.

오전까지 비가 내리다가 이제는 구름만 잔뜩 꼈다. 어제와 오늘은 들판이 꽤 황량하다. 들판 어디에서나 건초용 풀이 무더기로 자라난다. 일부는 베어져 산책자에게 길을 열어준다. 비 내린 뒤 조용하고 서늘한 날씨는 가을날처럼 우리의 정신을 맑게 한다. 울새가 여전히 노래하고, 황금방울새가 자주 지저귀고, 쌀먹이새가 빈틈없는 곡조로 '링크, 링크' 울고, 귀뚜라미들이 가을날처럼 찌르륵 울어댄다. 이 온갖 소리가 우리 마음에 평온을 가져온다.

지금 우리는 봄과 가을 사이에 그어진 선을 넘어가고 있다. 이제 이 선을 넘어가 겨울로 향하는 긴 비탈을 내려가기 시작한다. 들판이 온통 고요에 잠겼다. 이렇게 흐린 날인데도 담장 옆에 탑꽃이 빛을 가득 품고 환하게 피어나 익히 아는 향내를 풍긴다. 굳이 이 냄새를 맡을 필요는 없으니, 이 향기를 기억하는 것 자체가 내 마음의 방향芳香인 까닭이다.

이제 가을처럼 잔잔해져 동서로 흐르는 넓은 강이 매혹적이다. 초원 가장자리에 암녹색 폰테데리아, 마디풀 등이 폭넓게 열을 지어 섰고, 빛을 반짝이는 부엽이 잔잔하고 고요한 강을 에둘렀다. 구름과 나무들이 이 잔잔하고 고요한 강에 비치면서 내 생각이 점차 내면으로 향해 간다. 모기들이 앵앵 우는 소리에도 영성이 들어 있다. 과꽃과 미역취의 갖가지 줄기와 잎이 돋보이기 시작한다.

7월 16일 일

간밤에 자욱하게 낀 안개가 오늘 아침 늦게까지 이어진다. 나로서는 처음 보는 현상이다.

나무가 아침 안개 속에서 찬연한 햇살을 받으며 서 있다. 흙먼지가 뽀얗게 내려앉은 간선도로를 따라 늘어선 느릅나무 잎이 물기에 젖은 듯하고, 그중 일부 잎은 노랗게 변해 간다. 어째서 대기에 안개와 물기가 이렇게 늘어난 것일까? 극락조, 노래참새, 메추라기가 활기차게 울어댄다. 수레국화는 아직 꽃을 피우지 않았다.

지금이 한창인 폰테데리아에 노랑나비와 같은 나비들이 북적거린다. 강 양안 부엽 가장자리 아래서 폰테데리아의 길고 푸른 이삭이 반짝이며 하늘을 가리킨다. 이처럼 맑은 물그림자로 인해 땅이 마치 얇은 껍질이나 막에 지나지 않은 것 같다.

13일에 강물 수위가 가장 낮았으나, 가뭄에 이어 비가 내리고 나서 약간 높아졌고, 오늘 오전에는 바람이 약간 불긴 하나 잔잔한 강물에는 물그림자가 가득하다. 이즈음이면 강물이 더 어둡고 잔잔하고 투명해진다. 클로버와 톱풀 위에 노란 나비들이 떼 지어 날아다닌다. 참기생꽃이 잿빛 열매를 내놓았다. 몇 차례 비가 내리고 간밤 안개가 끼고 나서 다소 무더워지면서 숲길에서 흙내 같은 축축한 곰팡내가 난다. 정오경 뻐꾸기가 운다.

오후에 보트를 타고 배럿의 제재소에 가다.

대기에 무더운 짙은 안개가 끼고, 땅과 강물에 드리워진 그늘이 기묘하게 견고해지는 뜨거운 한여름 날이다. 한밤중에 침대 커튼을 밀어젖힌 것처럼 갑자기 드러난 잔잔하고 고요한 강과 그 위에 드리워진 느릅나무 그늘이 땀을 많이 흘린 듯 늘쩍지근한 모습이다. 이제 멀리 떨어진 나무들에 대기의 푸르스름한 색조, 연한 황록빛이 어린다. 아침 간선도로마냥 어느 정도는 타락한 모습이다. 따라서 지금은 이 계절의 위기다. 약간 떨어진 일부 나무의 우거진 잎이 거의 검다시피 하다. 햇빛이 강바닥까지 뚫고 들어갈 정도로 강물이 맑아서 강이 오히려 그다지 아름답지 않은 것은 왜일까? 물고기들이 숨을 만한 곳이나 있을까 모르겠다. 보트가 강 따라 떠내려가므로, 사방팔방에서 강바닥과 후미진 곳들이 드러나고, 물고기와 수초와 조가비가 보인다. 햇빛 드는 강물 속을 들여다본다. 잎이 우거질대로 우거져 줄기 대부분이 가려지는 한여름에는 붉은 버드나무가 가장 아름답다. 이제 이 나무가 돛대, 활대가 가려질 만큼 잎이라는 돛을 활짝 펼치고 빛의 덩어리로 강물 위를 가볍게 떠가는 듯 보인다.

과꽃과 미역취가 일찍 숙성하는 잎처럼 한여름 열기와 더불어 꽃을 피우기 시작한다. 일찍 핀 봄꽃은 이미 지기 시작했으니, 이제 이 '해의 아이들'을 찾아 나서야 할 때다. 온갖 관목과 가시나무에 열매가 맺혔다. 싱싱하게 우거진 블랙베리, 허클베리, 산딸기로 길가가 물과일의 정원 같다. 어떤 가뭄의 흔적도 남아있지 않다.

바위틈에서 자라난 멋진 블랙베리가 잎 속에서 반짝이며 살짝 나를 엿본다. 여기는 이슬이 풍부해서 풀이 시들지 않는 곳이다. 금불초에 곧 꽃이 피려는지 노란색이 보이기 시작한다. 놀랍게도 길가 금불초 옆에 향수박하Monarda fistulosa가 1미터쯤 되는 높이로 자라나서 커다랗고 매우 화려한 적포도주 빛 꽃을 달고 달콤한 향내를 풍긴다.

7월 19일 수

오후에 벡스토의 농장과 월든 호수에 가다.

혹서의 숨 막히는 열기와 더불어 메뚜기 철이 시작되었다. 흉내지빠귀가 관목참나무에 둥지를 짓고 청록색 알 세 개를 낳았다.

북서쪽에서 우르릉하며 뇌운이 일어나 이따금 번개가 두어 갈래로 갈라지며 내리친다. 험악한 바람이 불어와 귀가를 서두른다. 어느덧 비가 목마른 초원을 덮치면서 온갖 잎에 고맙고 부드러운 힘을 쏟아내자 공기가 약간 서늘해진다. 허나 갖가지 천둥 번개의 수레가 재빨리 휩쓸고 지나가자 이제 남동쪽에서 섬광이 비친다. 이즈음에야 옥수수가 꽃을 피운다.

7월 22일 목

간밤이 올 들어 가장 더운 밤이었다.

어제는 야외 활동을 하기가 어려워 밖으로 나온 주민을 거의 보지 못했다. 이런 날 햇볕 속에서 일을 하는데 자주 그늘로 들어가지 않는다면 일사병에 걸리기 십상이다. 드디어 서쪽에서 잠시 소나기가 몰려와 공기가 약간 서늘해진다. 가축들이 큰 고통을 겪는다. 요사이는 아침마다 거의 어김없이 안개가 몰려온다. 하긴 일주일 전부터 옥수수밭에서 메마른 냄새가 느껴졌으니.

이제 온종일 땅위에 낮게 떠다니는 아침 안개처럼, 비를 내릴 것 같지 않은 구름이 하루 종일 낮게 걸려 있다. 수레국화 두어 송이가 작게 피어났다. 동쪽에서 서늘한 바람이 불어온다. 동쪽으로 걸으면 시원하나 서쪽으로 걸으면 덥다. 애기병꽃의 잎이 흐릿한 붉은색이거나 초록색이다. 막 벌어진 모시풀의 꽃봉오리를 핀으로 살짝 건드리자 수술이 불쑥 솟아나며 꽃가루를 흩어놓는다.

노래참새가 몇 마리씩 무리지어 울타리를 따라 바스락거린다. 19일 이후로 메뚜기 우는 소리가 더 자주 들려온다. 메마른 곳에서 자라는 개암나무 잎이 노랑 또는 갈색으로 변해 간다.

7월 24일 월

지난 4, 5일간은 퍽이나 더웠고, 오후마다 뇌우가 쏟아질 것 같아 멀리까지 산책을 나가기가 어려웠으나 거의 비는 내리지 않았다. 오후 2시인 지금, 다시 서쪽에서 먹구름이 보이면서 천둥소리가 크게 울린다. 먼 하늘의 암청색 구름과 대비되는 작고 하얀 구름이 머리 위를 지나간다. 우엉 꽃이 피었다.

7월 25일 화

어제와 오늘, 5월 이후로는 겪어보지 못한 폭우가 몰아친다. 6월, 그리고 7월 전반부에는 이렇게 이틀 연속으로 비가 내린 적이 없다. 게다가 바람마저 꽤 심하다. 멧비둘기가 탁 트인 초지에서 가냘프게 지저귀며 급히 날아간다. 밤꽃이 길에 흩뿌려진다.

오후에 루드베키아를 보러 석회가마터에 가다.

호즈머가 김을 매는 양파밭에 비름이 많이 돋아났다. 비름 줄기 아래쪽에 난 잎 뒷면이 보기 드문 옅은 진홍색이다. 이런 잡초가 가장 흥미롭다. 이제 거의 모든 관목이 도보 여행자에게 자양분 많은 맛난 먹거리를 제공한다. 키 큰 블루베리 일부에는 크랜베리 못지않게 큰, 상쾌한 신맛의 물과일이 달렸다. 여러 종류의 허클베리와 키 작은 블랙베리 변종 두어 개에도 많은 물과일이 달려, 막 날기 시작하는 어린 새들에게 먹을 것을 대준다.

이달 중순경에 여름이 절정에 이른 것 같다. 그 전에는 한 해가 막연한 기대에 차 있었으나, 첫 강렬한 열기가 몰아친 후에는 여름 마루턱에 이르러, 올해 많은 희망의 성취를 뒤로 미루고 한 해의 오후이자 내리받이인 겨울로 향하는 긴 비탈을 내려가기 시작한다. 오늘 저녁은 꽤 서늘하다. 가을을 노래하는 귀뚜라미의 울음소리가 또렷이 들려온다.

8월 2일 수

링컨 마을에서 측량 일을 마치고, 오후 5시에 걸어서 코난텀에 가다.

나는 한 달 동안 고미다락방을 나와 가족과 함께 아래층에서 생활해야 했다. 나의 삶을 깊게 해야 한다고 느낀다. 나의 사적 자유를 키우고 넓혀야 할 필요를 느낀다. 사람들과 너무 지나치게 어울리면 삶이 흐트러진다. 채닝이 말했듯 사회에서 사람들과 어울리기 위해서는 사고가 무뎌져야 한다. 나와 교제하는 이가 퍽 훌륭한 인격을 갖췄더라도 나는 산과 숲과 달빛 속을 거니는 산책을 희생하면서까지 어울리고 싶지는 않다.

요즈음 자주 저녁에 산책을 나가 생각에 잠기곤 한다. 봄날에는 아침이, 가을날에는 저녁이 산책하며 생각에 잠기기 좋은 시간이다. 내게 7월은 평범한 달로, 더위로 시작하여 가뭄이 이어지다가 중순경 약간의 비가 내려 가을을 기대케 했으나 20일경 다시 더워졌다. 7월은 뜨겁고, 강 수위가 낮고, 건초를 만드는 잡초의 계절이다. 어린 새들이 자라나 몇 마리씩 무리 지어 날고 있으나, 삼림 성가대가 부르는 노랫소리는 꾸준히 줄어들어 왔다.

해가 지는 동안 나무 그늘에 둘러싸인 언덕을 오르며 저녁 상쾌한 정적에 마음이 가라앉는다. 언덕 위에서는 바람이 분다. 15분가량 지평선에서 해가 진다. 손가락 같이 긴 구름이 북쪽 지평선을 따라 해가 사라진 지점까지 뻗어있다. 강 건너 숲 남쪽에 어두운 그늘이 생겨난다. 귀뚜라미의 울음소리가 크고 카랑카랑하다. 땅에서 솟아나는 실개천 같은 깊은 울림이다. 잠시 후 서쪽 하늘이 갑자기 하얀빛에 덮이면서 멀리 언덕 동쪽 히코리들이 검어진다. 무척 아름다운 모습이다. 낮이라면 땅에서 이런 흥미로운 모습을 보기 어려울 것이다. 몇 마리 참새가 봄날 아침처럼 지저귄다. 그러는 사이에 초닷새의 조각달이 떠오른다. 이제 갑자기 그 손가락 같은 구름과 몇몇 흩어진 구름이 해와의 마지막 작별 인사로 붉게 빛난다. 볼록한 땅 아래로 오래 가라앉고 있는 해의 광선이 튀어나온 구름 모퉁이에 밝게 비친다. 이제 조팝나무 줄기에 달린 잎이 첫 별빛을 받으며 일어선다. 쏙독새가 땅 위를 스치듯 낮게 날아간다. 초원에 몇 마리 개똥벌레가 나타났다. 아주 크고 밝은 빛으로 높이 떠다녀 개똥벌레인지, 유성인지 알 수 없다. 그러니 유성이 곧 창공의 개똥벌레다.

오늘 티크노 출판사가 『월든』 견본 1부를 보내왔다. 이번 달 12일경에 출간할 예정이라고 한다.

8월 4일 금

이따금 부드러운, 8월의 비가 내리고 구름 많은 고요한 날이다. 비와 안개로 지평선이 바짝 다가와 가까운 데 작은 대상에게로 눈길이 가게 된다. 감자밭에 개망초 따위의 풀이 높이 자라나 감자풀을 덮기 시작한다. 꿩의다리 꽃이 진다. 이제 가을을 알리는 민들레가 꽤 흔하다. 한 장미나무에 늦게까지 꽃이 피어있다. 꿩고비가 우거진 늪지 숲에서는 조팝나물이 어느덧 지고, 썩어가는 냄새가 나기 시작한다. 해 진 후에 낮게 엎드린 두툼한 하얀 안개가 초원 위에서 뿌연 밤을 맞아들인다.

8월 5일 토

오전 8시 30분에 보트를 타고 '기생초 여울'에 가다.

새벽에 넓게 깔렸던 안개가 8시경에 흩어지고 나서 공기가 온화하고 강물이 잔잔했으나, 이후 이따금 산들바람이 불어온다.

지금은 한창 건초를 말리는 철이다. 거의 모든 초지마다 풀을 베어내고 갈퀴로 긁어 들이는 농부들이 보인다. 여섯 명이 한 조로, 몇몇 조는 가지런한 동작으로 온 힘을 다해 씩씩하게 일을 하고 있고 몇몇 조는 그늘에서 쉰다. 그 사이에 아이들은 풀을 뒤집어 햇볕에 말린다. 오늘 내가 지나쳐 온 초지만 해도 70, 80명에 가까운 일꾼들이 일하고 있다. 강가에 꽂아놓은 잎 달린 가지는 풀 베는 일꾼들이 고용주의 소유지를 넘어가지 않게 인도하는 안내판이다. 질긴 풀을 베어내는 소리가 강가 내 귀에까지 들려온다. 노를 저어가자 점점 더 가까이 들려온다.

말과 황소가 땅이 굳고 그늘진 곳에서 기다리고 있다가 곧 육중한 건초더미를 헛간까지 운반해 갈 것이다. 조를 이루어 풀을 베는 이들이 종대로 늘어서서 가지런히 풀을 베어 넘긴다. 일꾼들은 가끔씩 일어서서 낫을 갈기도 하면서 넓은 초원을 대각선으로 가로질러 간다. 몇 차례 낫질이 끝나면 그늘진 곳으로 가서 쉰다. 한 건장한 낫질꾼은 떡갈나무 그늘 아래 황소 무리 틈에서 대자로 드러누워 잠을 청하고, 또 한 일꾼은 샘물을 뜨러 항아리를 들고 숲 깊은 곳으로 들어간다.

리의 농장 근처에서 커다란 알락해오라기 한 마리가 작은 새들을 뒤쫓다가 폰테데리아 옆 낫질한 초지에 내려앉는다. 그곳까지 노 저어 갔으나 어디론가 숨어 보이지 않는다. 이제 리와 그의 일꾼들이 점심을 마치고 건초를 만들러 초지로 돌아오다가 들판 큰 떡갈나무 밑 우물에 잠시 멈춰 서서 물을 마신다. 요즈음 농부들은 강물이 흘러넘치기 전에 초지 건초를 긁어모으느라 바쁘다. 그끄저께 하거 씨는 건초 일을 끝마쳤고 지금은 과수원 잡초를 뽑는 일 따위가 남았다고 말했다. 예전에는 농부들이 건초 만들기가 끝나면 할 일을 마쳤다고 생각하고 3주가량 낚시를 가곤 했다.

8월 6일 일

오후에 보트를 타고 '타르벨 언덕'에 가다.

배를 띄우고 나서 바람이 꽤 세차게 불어오면서 날이 서늘해졌다. 오늘 이후로는 바람에서 대체로 서늘한 기운이 느껴질 것 같다. '대초원' 대부분이 베어졌다. 연초록의 민감한 양치식물들이 둑에서 돋아나 햇살을 잔뜩 받고 있다. 어린 은단풍 일부가 붉게 변해 가면서 어렴풋이 홍조를 띤다. 바람이 제멋대로 불어닥쳐 돛이 종잡을 수 없게 펄럭인다.

'타르벨 언덕'에서 내리다.

이곳 땅은 허클베리 언덕, 골짜기, 소 떼의 길, 쇠락한 옥수수밭 등이 아기자기 어우러져 그 어느 땅보다 기분 좋은 모습이다. 울퉁불퉁한 비탈과 기복이 서로 잘 조화되어 있고, 마른 땅에서 반짝이는 빛이 꽤 유쾌하다. 드디어 하늘이 흐려지더니 언덕 뒤편 바람이 잔잔해진다. 허클베리가 마르면서 다소 쭈그러들었다. 높이 자란 가라지들이 강가 여기저기서 물결치는 모습이 흥미롭다.

8월 7일 월

　고미다락방에서 여름 더위에 오래 시달리다가 드디어 서늘함을 느끼며 바람이 윙윙 부는 소리를 들으니 기분이 새로워진다.

　그대는 그대 안에서 봄과 여름의 열매가 씨앗을 맺기 위해 익어가는 것을 느끼는가? 그대의 생각은 변치 않는 성숙한 풍미에 이르렀는가? 인격의 파종기를 거치지 않고 어떻게 사고의 수확기를 기대할 수 있겠는가? 새들에게 가장 먼저 먹거리를 대주는 산딸기처럼 우리의 작은 생각 중 일부는 이미 영글었다. 봄을 보낸 삶의 열매다. 다른 생각들도 때 이르게 여물어 여름 가뭄을 느끼는 키 작은 풀잎처럼 밝게 반짝인다. 계절을 맞이하는 우리의 마음은 떨고 있는 하프의 현과 같다. 저마다의 사고 속에서 어떤 오라토리오와도 견줄 수 없는 거룩한 노래를 듣는다.

　오후에 월든 호수에 가다.

　리아트리스가 꽃을 피웠다. 여전히 가을을 떠올리게 하는 서늘한 기운이 담긴 산들바람이 분다. 시스투스가 자라는 들판을 걷는다. 땅과 풀잎에서 햇빛이 눈부시게 반짝인다. 지금 쑥국화가 한창이고 일찍 핀 미역취의 노란빛이 짙어진다.

　여름에 우리는 흙먼지를 뒤집어쓰고 흙의 일부가 된다. 이제 우리는 얼마간 자신을 일으켜 세우고 흙 위를 걸어보려 한다. 지나간 몇 년이 생각난다기보다 그보다 훨씬 앞서 있었던 나의 존재가 생각난다.

8월 10일 목

어제 보스턴으로 갔다. 『월든』이 출간되었다. 딱총나무에 물과 일이 맺혔다.

오전 4시 30분에 클리프스에 가다.

안개가 자욱하다. 큰앵초꽃이 돋보인다. 이 계절에는 숲이 꽤 조용한 편이다. 오전 5시 전에 울새, 피비새, 물총새, 까마귀 등 몇 마리 새가 가냘프게 우는 소리가 들리더니, 이후 딱새, 뻐꾸기, 어치 소리가 들리고, 돌아갈 때는 쌀먹이새와 황금방울새의 울음소리가 들린다. 이즈음 듣는 쌀먹이새와 황금방울새의 딸랑이는 노랫가락은 이 계절에 특유한 현상의 하나다. 이 노랫가락은 소리의 풍요로운 꽃이라기보다는 소리의 견과, 즉 잘 익은 씨앗이다. 자연의 바구니에서 익어 출렁거리는 곡식이다. 강물의 반짝임처럼 빠삭해진 공기의 마찰로 생긴 소리다.

오후에 보트를 타고 코난텀에 가다.

7월 중순경까지는 두꺼비 울음소리가 자주 들려왔다. 오늘은 평소와 달리 세찬 바람을 맞으며 노를 젓는다. 남서풍이다. 가막사리가 허버드 농장 아래 강가를 노랗게 물들였으나 대체로 꽃을 피우지는 않고 있다. 요즈음에는 황금방울새가 씨앗을 먹으려 엉겅퀴에 자주 내려앉는다. 엉겅퀴가 널리 퍼지기 시작하는 시기는 땅이 해의 열기 대부분을 흡수하고, 멜론과 조생 사과와 복숭아가 익어가는 한 해의 오후 3시경이다. 크랜베리의 두 볼이 붉어지고, 개암나무 열매가 익어가면서 열매껍질 가장자리가 붉어진다. 어느 덧 한 해가 벌써 노랗게 익어간다.

8월 13일 일

열흘가량 가을 같이 약간 선선한 날씨가 이어졌으나, 오늘은 분명 무더운 삼복더위로 구름이 몽롱하다.

나는 올봄과 올여름을 고통 없이 기억할 수 없다. 나는 일찍 일어나지 못했다. 내 마음이 사회의 악덕에 휘둘리면서 지치고 거칠어졌다. 차와 커피를 마시면서 값싸고 천박해졌다. 나의 날들은 온통 정오였고, 거룩한 아침과 저녁이 존재하지 않았다. 이제부터는 일찍 일어나련다. 나의 존재를 높여 주는 숭고한 것들과 교류하련다. 음식에 무관심하지 않도록 깨어있는 생각과 꿈을 가지련다.

오후에 철로를 따라 걸어서 링컨 마을 '베어힐'에 가다.

어째서인지 7월 중순 이후로 황소개구리가 우는 소리를 거의 듣지 못했다. 오늘은 다시 무더워졌다. 이제 어린 꽃단풍 몇 그루가 엷게 홍조를 띤다. 먼 산이 삼복 아지랑이에 가려지고, 어두운 숲 능선들이 안개 자욱한 계곡을 끼고 연이어 솟아있다. 다람쥐들이 개암나무 열매를 먹기 시작한다. 땅에 떨어진 개암나무 열매의 마른 껍질이 불그스름한 갈색이다. '개똥지빠귀 숲'에서는 놀랍게도 반절 넘는 자작나무 잎이 노랗게 물들었다. 숲길에는 가죽 빛깔 자작나무 잎이 두툼하게 쌓여, 이곳은 영락없는 가을의 모습이다.

8월 14일 월

비는 내리지 않았으나 먼지 쌓인 길이 간밤에 떨어진 빗방울 자국으로 얼룩져 있다. 오늘 아침에는 꽤 서늘하고 세찬 바람이 분다. 8월에 접어들면서 바람이 꽤 자주 불어오는 편이다. 요즘 길에는 6, 7센티 두께로 먼지 가루가 내려앉아 온갖 풀과 관목이 추레해 보인다. 여행자는 잡초와 관목의 먼지 때문에 들길을 걷기가 꺼려진다.

낮에는 지저귀지 않는 새들이 이제 아침마다 봄처럼 가냘프게 노래한다. 노래참새나 뻐꾸기처럼 종일 울어대는 새는 말할 것도 없고 때까치, 울새, 꾀꼬리, 파랑새, 플리커 등이 지저귀는 소리가 들린다. 미나리아재비는 이제 꽃이 거의 다 져서 그 균형 잡힌 모습을 강가에서 보기 어렵다. 지금은 이렇게 이미 한 해가 저물었다고 느끼기 전, 초지의 풀이 베어지고 언덕과 벌판의 풀이 고동색으로 시들기 전, 미나리아재비의 꽃이 지고 미카니아 꽃이 피어나기 시작하는 시기이다.

하얗게 피어난 매화오리나무 꽃이 요즘 가장 눈에 띄는 꽃 가운데 하나다. 멀리 초지가 불타면서 푸른 연기가 올라온다. 해가 진 후 언덕 능선에 앉아 귀뚜라미의 울음소리를 듣는다.

아, 나는 고독이 필요하다. 인간보다 웅장한 존재와 만나 이야기하기 위해 석양에 언덕을 올라 저기 지평선에 걸린 산맥을 바라본다. 이 원경遠景과 소탈함 자체가 무한한 격려다. 내가 고독을 구하는 것은 나의 무한한 열망과 동경 때문이다. 그러나 내가 사회를 구하는 것은 나의 온순함과 허약함 때문이다.

해가 지고 반 시간쯤 지난 7시 45분경이 된 지금, 어두운 풍경 속에서, 강이 하늘에서 흐르는 은빛 띠처럼 빛으로 가득 차 밝게 빛난다.

8월 18일 금

아침에 때까치 한 마리가 지저귄다.

지금은 몹시 메말라서 낚시용 지렁이 몇 마리 찾아내는 일조차 쉽지 않다. 여기저기 뒤져봐도 축축한 땅을 찾기가 어렵다. 두어 주 동안 가뭄이 심하다. 올해는 농부들이 건초를 만들다가 비 피할 곳을 찾아 뛰어간 적이 단 한 차례라도 있었을까 의문이다. 옥수수 농사와 감자 농사는 거의 망쳤다. 6월에는 촉촉이 비가 내려 덩굴을 마구 뻗어나가던 수박이 지금은 덩굴째 말라죽으면서 극심한 고난을 겪는다. 조그맣게 영근 열매들이 익으면서 죽어간다. 땅을 파더라도 거의 어디나 먼지뿐이다. 야생 블랙체리와 산벚나무 열매까지 익기도 전에 마르면서 쭈그러든다. 적지 않은 주민이 반쯤 여문 감자를 캐내고 있다. 최근에 돋아난 어린 나무와 늙은 나무가 숱하게 죽어간다.

나는 과학의 이름으로 상자거북의 목숨을 빼앗는 절차를 막 끝마쳤다.* 그러나 나는 이 살해를 용서할 수 없다. 아무리 과학에 도움이 된다 하더라도 시적 지각과는 어긋나는 것으로, 이 결과가 나

---

* 당시 소로는 해양생물학자인 알렉산더 E. 애거시를 위해 상자거북을 수집하고 있었다.

의 관찰에 영향을 미칠 것임을 깨닫는다. 나는 지금보다 자연 속을 좀 더 사념 없이 고요하게 걷고 싶다. 나의 이 행위는 어떤 합리화로도 용서받을 수 없다. 이것이 나의 하루에 해를 끼친다. 나는 자존의 일부를 잃어버렸다. 살인을 저질렀다고도 할 수 있다.

8월 22일 화

오늘 오전 바람에 몰려다니는 안개가 어찌나 자욱한지 해가 구름 속에라도 들어가 버린 듯 보이지 않는다.

오후에 강둑을 걸어 '대초원'을 거쳐 벡스토의 농장에 가다.

어린 물레나물의 잎이 붉어지기 시작한다. 강물이 7월만큼 따스하지는 않다. 작은 물총새 한 마리가 부엽 틈새에서 사방을 두리번거리다가 물로 뛰어든다. 이렇게 철 늦도록 애서벳강에 홀로 남아 떠돌고 있다. 며칠 전에 익은 아로니아가 마르면서 검어진다. 지금은 개암나무 열매의 시절이다.

산책은 걷는 방향에 따라 과학이 될 수 있다. 나는 온 땅이 타들어가는 이런 계절이면 평소에 가기 어려웠던 곳들을 찾아 다시 '대초원'으로 간다. 어떤 곳들은 특정 계절에 찾아가면 그 즐거움이 더욱 커지고, 이로움 또한 갑절로 늘어난다. 각 장소마다 그런 계절이 어떤 계절일지 생각해 보는 건 무척 가치 있는 일이다.

오늘처럼 이렇게 죽 강과 초원 가장자리를 따라 걷는 건 처음 있는 일이다. 이는 일종의 초원의 산책으로, 강과 굳건한 땅 사이

계절은 공연히 생겨난 것이 아니다 · · 377

초원 낮은 곳에서는 진흙 물웅덩이, 연못 따위에 노란 수련, 폰테데리아, 까치수염, 여뀌바늘 등속이 자라난다. 이런 초원의 표면은 샘 위에 떠 있는 섬과 같으므로, 지금 온갖 것이 마르는 계절인데도 못에 꽤 많은 물이 남아있다.

　지름 1~2미터에 깊이 10센티밖에 안 되는 얕은 진흙 물웅덩이에서 놀랍게도 꽤 큰 물고기들이 몸을 숨기려 이리저리 요동을 친다. 물이 거의 마른 한 작은 진흙 웅덩이에서는 3센티 길이의 작은 잉어와 강꼬치고기 몇 마리가 살아있고, 어느 웅덩이는 거의 진흙밖에 남아있지 않은데도 6~7센티 길이의 잉어들이 여전히 살아있다. 어린 잉어, 강꼬치고기, 베도라치가 수십 마리씩 죽어나간 말라붙은 웅덩이들이 적지 않다. 이곳에서는 수만 마리는 아니라 할지라도 적어도 수천 마리의 물고기가 올 가뭄 탓에 죽어나갔을 것이다. 한 웅덩이에서 푸른 왜가리 한 마리가, 또 다른 웅덩이에서 알락해오라기 한 마리가 날아오른다. 진창에는 왜가리의 흔적이 꽤 많이 남아있다. 이 작은 웅덩이 대부분에서 마디풀이 무성히 자라났고, 이 초원 어디에서나 작은 습지개구리Rana palustris와 얼룩 반점이 멋진 표범개구리halecina가 뛰어다닌다.

　8월 25일 금
　오전 11시, 내 고미다락방 창문 너머로 전에는 겪어보지 못한 짙은 아지랑이가 꼈다. J. 호즈머의 집이 전혀 보이지 않고, 그 뒤편 어두운 숲의 윤곽만 보인다.

오후에 보트를 타고 페어헤이븐 호수에 가다.

세찬 남서풍을 받으며 강을 거슬러 오른다. 강 양안 너른 수면에 무수히 돋아난 하얀 수련의 부엽이 바람에 뒤집히면서 밝은 적포도주 빛 뒷면을 드러내 보이며 강 흐름을 아름답게 꾸며준다. 이는 대단히 건강에 좋은 색이다. 고요한 여름을 보낸 후에 이 세찬 바람 소리를 들으며 우리의 생각도 서늘해지고 단단해진다. 빳빳해지고 검어진 폰테데리아 꽃은 몇 송이만 남았다. 단풍나무가 올 가뭄으로 큰 영향을 받았다. 강가를 따라 서 있으나 물푸레나무를 빼면 그 어떤 나무보다 심하게 고난을 겪은 것 같다. 줄기 3분의 1쯤 위쪽으로 돋아난 잎은 거의 모조리 말려 올라가 뒤집혔다.

지금 강가 여뀌가 전성기에 있다. 늪지백참나무는 일부 잎이 누르스름한 갈색이고, 반들가막살나무는 초록, 진분홍빛 또는 짙푸른 빛깔의 물과일을 주렁주렁 달고 있다. 지금이 반들가막살나무의 전성기인 것 같고, 작은 물과일이 무척 달콤하나 씨앗이 커서 먹기에 그리 좋은 편은 아니다. 이런 다양한 색상의 물과일이 흥미롭게도 같은 관목, 같은 송이에 주렁주렁 달려 있다. 아로니아 또한 흔하게 널려 있으나 대개는 말라 검어졌다. 넓은 들판에 가득 들어찬 렉시아Rhexia가 이젠 거의 꽃을 떨궜으나, 꽃 대신 그 주홍빛 잎사귀가 들판을 불그스름하게 물들인다.

8월 26일 토

초원이든 숲이든 가리지 않고 주변 곳곳에서 큰불이 났다는 소식이 들린다. 메인주와 뉴욕주도 마찬가지다. 주민들은 요사이 자주 끼는 아지랑이가 이런 큰불로 생겨난 연기와 어떤 관련이 있을 것이라 믿고 있으나 석연치는 않다.

오후에 '던건 황무지'에 가다.

철교를 건너가는데, 피비새의 노랫소리가 들린다. 죽어가는 여름의 소리다. 이제 강에 남은 부엽은 거의 대부분이 하얀 수련의 부엽이다. 루드베키아가 여전히 활짝 꽃을 피웠고, 붉은눈비레오 한 마리가 울고 있다.

땅속에는 얼마나 많은 알이 은밀히 묻혀 있는가? 우리는 여름 내내 천천히 부화되는 진흙거북의 알 위를 스쳐 지나가곤 한다. 이 알들이 묻힌 지점은 완전히 메말랐고 진흙거북의 어떤 흔적도 남아있지 않을 뿐 아니라, 그 위로 블랙베리 덩굴이 지나가고 잡초들이 무성히 돋아나 있다. 우리 시대에 더 이상 일리아드는 쓰여지지 않지만 진흙거북은 부화되어 완성에 이른다. 어린것이 난생 처음 우주로 비범한 머리를 내민다. 그리고 천천히 좌우로 움직인다. 조그마한 눈을 떠 처음 보는 빛에 눈을 반짝이며 어슴푸레한 열망을 드러낸다. 이 세상의 시련을 한 세기 이상 견뎌온 것만 같은 모습이다. 이렇게 온갖 자연의 부추김을 받으며 꾸준히 완성으로 향해 가는 이 진흙거북을 볼 때마다 이들에게는 틀림없이 못 견딜 정도로 매혹적인 숙명이 있음을 느낀다. 자연은 이토록 끈질기게 자신의 아이디어를 붙들고 놓지 않는다. 땅속에 묻혀 천천히 부화되는 알을 만져보니 온기가 없다. 식물의 씨앗을 닮았다.

오후 늦게 전신으로 포틀랜드와 뉴욕에 비가 내린다는 소식을 듣는다. 저녁이 되자 지평선에서 번개가 번쩍 내리치더니 곧이어 온화한 비가 내리며 촉촉이 땅을 적신다.

8월 27일 일

아침에 깨어나니 진흙거북을 보고, 그 소리를 들었던 기억이 난다. 꿈속의 일이었는지, 실제로 일어난 일이었는지 아리송하다. 천천히 머리를 들고 베갯머리 너머로 곁눈질하여 탁자 아래에 뒤집힌 채 놓여 있는 커다란 진흙거북의 껍데기를 본다. 그 껍데기에서 툭 튀어나온 늑골이 보인다. 내가 깨어난 이 세상이 어떤 세상인지 깨닫는다. 의혹을 느끼기 전까지만 해도 나의 훌륭한 천재성은 이 사실에 얼마나 거창한 의의를 부여했던가. 우리가 깨어나면서 처음으로 접하는 대상이 속이 빈 진흙거북의 껍데기라니! 내가 이로 인해 속취俗臭가 물씬 풍기는 존재로 바뀐 것은 아닐까? 아니, 이것이 내가 땅에서 나서 땅으로 돌아가는 존재임을 가르치고 있는 것은 아닐까? 생명과 인격을 보호해 주던 이 껍데기가 지금은 거꾸로 뒤집힌 채 아무런 쓸모없이 놓여 있다. 나는 이 껍질에 난 구멍 속으로 어떤 종류의 거북이라도 집어넣을 수 있다. 이 거북 또한 한때는 알로 유아기를 보냈다. 나는 진흙거북의 껍데기를 보고 난 다음에 내가 꿈을 꾸고 있는 것이 아니라 깨어있음을 확실히 깨닫는다. 이보다 더 땅에 속한 사실이 어디에 있겠는가. 진흙거북은 등으로 대지를 나른다. 그의 삶은 동물과 식물의 삶 사이에 있고, 씨앗처럼 땅속 깊이 심어져 여름 내내 땅속에서 자란다. 진흙거북이 동물의 삶 못지않게 식물의 삶을 사는 것도 당연하지 않겠는가.

오후에 채닝과 더불어 월든 호수를 거쳐 '소나무 언덕'에 가다.

적참나무 도토리가 많이 떨어졌다. 월든 호수로 가는 길가에 자라는 단풍나무의 이파리 일부가 노래졌고, 밤나무 잎 일부는 갈색을 띠면서 시들어 간다. 멀리서 보이는 '소나무 언덕' 꼭대기가 놀랍게도 10월과 같은 가을의 모습이다. 단풍나무 잎이 노랗게 물들고, 꽃단풍 잎이 붉게 변해 가면서 풍경 여기저기가 홍조를 띤다.

지난 15일에 그랬듯, 하루 종일 벌판을 가로지르며 꽤 힘들여 산책을 다닌다. 물컹거리는 목초지와 늪을 여럿 지나 간신히 길을 찾아 나선다. 때론 진흙탕에 빠져 무릎까지 진흙투성이가 되기도 한다. 도랑은 건너뛰고 시내는 걸어 건넌다. 관목이 촘촘히 자라난 축축한 월귤나무 늪지를 뚫고 가고, 자작나무가 쭉 뻗은 숲을 헤치고 나아간다. 자작나무는 녹색이끼투성이다. 옷과 팔다리가 온통 녹색이끼로 뒤덮인다. 자작나무보다 더 큰 나무들이 자라는 곳에서 긴장을 푼다. 발밑에 걸리는 것이 없기 때문이다.

소귀나무가 자라는 바위투성이인 언덕 중턱을 끼고 1.5킬로가량 나아가다가 최근 나무가 많이 잘려나간 곳을 지나간다. 나무꾼들이 나무를 할 때 떨어져 나갔거나 깎여 나간 잔가지 때문에 발 디딜 곳이 마땅치 않다. 이번에는 가벼운 발걸음으로 대로를 가로질러 간다. 소나무가 빼곡히 자라난 숲을 지나 고약한 냄새가 나는 마른 늪지로 내려선다. 늪지에는 우리 키를 훌쩍 넘는 꿩고비가 자라고, 여기저기 옻나무가 무리 지어 서 있다. 이제 키 작은 떡갈나무로 덮인 울퉁불퉁한 언덕을 오른다. 1킬로가량 몸을 숙이고 이리저리 길을 찾다가 여러 차례 옷이 찢기고, 앞길이 막히는 난처한 일을 당하기도 하면서 마침내 언덕 꼭대기로 올라가는 길도, 반대편으로 내려가는 길도 사정은 마찬가지라는 걸 알아낸다.

옥수수가 대각선으로 줄 지어 늘어선 옥수수밭을 지나고, 뒤이어 수풀에 은밀히 감춰진 수박밭을 지나간다. 우리가 이따금 찾아가던 언덕인데도 모르는 길로 헤매고 다닌 탓인지 아주 생소하게 느껴진다(당신 집에서 그리 멀지 않은 곳에 있는 집이라도 당신이 모르는 집이라면 멀리 떨어진 집처럼 여겨지고, 아는 집이라면 꽤 가까이에 있는 집처럼 여겨지게 마련이다). 이윽고 비둘기 횃대가 놓인 탁 트인 고지대로 올라선다. 이곳은 우리가 언덕을 오르다가 숨을 돌리는 장소이기도 하다.

8월 29일 화

어제 아침은 화롯불이 그리울 정도로 무척 쌀쌀했다. 오늘 아침 역시 안개가 짙은데도 어제 못지않게 서늘하다. 소 떼가 산지에서 몰려 내려온다. 이렇게 서늘하고 맑은 대기 속을 걸으며 벅찬 즐거움을 누린다. 무덥고 흐렸던 대기가 맑고 서늘한 대기로 바뀌면서 멀리까지 내다보이고, 온 누리가 밝게 빛난다. 꾸준히 동풍이 불어

오면서 날씨가 서늘해진 덕분이다. 아직은 창문을 열고 잠을 자긴 하나 새벽에 일어나면 온몸이 으슬으슬해서 잠시 부엌 화로 곁에 서 있곤 한다.

J. 호즈머의 집 뒤편 강가에 줄풀이 꽤 빼곡히 자라났다. 폰테데리아, 수련, 줄풀과 같은 여러 물풀이 이제 꽃을 떨구고 열매를 맺으면서 이동하는 물새들을 먹일 준비를 한다. 다람쥐가 리기다소나무의 솔방울 껍질을 벗겨 내는 통에 여기저기 솔방울 비늘이 흩어져 있다. 요즘에는 많은 새들이 야생 블랙체리에 기대어 살아간다. 여새, 울새, 극락조 등이 끊임없이 오간다.

며칠 동안 아침 일찍부터 도리깨질하는 소리가 들린다. 이 농부처럼 내가 봄과 여름을 근면하게 보냈는지, 농부만큼 풍부한 경험의 열매를 모았는지 스스로에게 물어본다. 만일 그랬다면 내가 가을과 겨울 내내 쭉정이로부터 알곡을 골라내는 도리깨질 소리가 귀 있는 자의 귀에까지 들릴 것이다. 그 소리는 틀림없이 그들의 기운을 북돋울 것이다. 가뭄이 농사를 망쳤더라도 추수를 포기해서는 안 된다. 당신은 탈곡을 시작했는가? 강연자는 8월이면 탈곡을 시작해야 한다. 그래야 질 좋은 밀가루를 겨울 고객들에게 나눠 줄 준비를 할 수 있다. 가을비가 내려 제분용 곡물을 가는 물방아에 쓸 물을 넉넉히 대줄 것이다. 우리는 가을 내내 아침 일찍부터 밤늦게까지 그가 도리깨질하는 소리를 들을 수 있다. 이 도리깨는 호두나무보다 더 단단하고, 칠성장어 껍질보다 더 질긴 정신으로 묶여 있다. 그에게는 옥수수 껍질 벗기기 모임* 같은 것은 없고, 오로지 혼자서 맨손으로 일을 해야 한다. 밤에는 헛간 문을 닫아걸고 등잔 불빛에 의존해 일을 해야 한다. 등 뒤에 쌓인 곡식 껍데기를 연료 삼아 몸을 덥혀야 한다. 요즘 새로 나온 탈곡기가 없다는 게 유감이긴 하나, 그는 손으로 이 일을 하면서 한 이삭, 한 이삭 되에 가득 채워 넣은 다음 쭉정이를 바람에 불리기 위해 노랗게 익은 곡식을 한 움큼 쥐어 올려 밑으로 떨어뜨린다. 그는 되에 알곡이 가득한 것을 보고 행복하게 잠자리에 든다.

8월 30일 수

오늘 아침 짙게 낀 안개가 오전 8시 30분까지 이어진다. 메마르고 덥던 날씨가 갑자기 쌀쌀한 날씨로 바뀌면서 이런 짙은 안개가 생겨났다.

구름 많은 고요한 날로, 오전과 오후에 이따금 보슬비가 내린다. 이 비에도 느릅나무와 버드나무 잎이 많이 떨어진다. 참새들이 뜨락에서 부지런히 잡초의 씨앗을 쪼아 먹으며 쩩쩩거린다. 붉은 말채나무에 잘 익은 물과일이 잔뜩 달려, 우리 고장의 둑길과 강가를 멋지게 꾸며준다.

---

* 친구나 이웃이 와서 돕는데, 일이 끝나면 보통 댄스 등을 즐긴다.

9월 2일 토

오후에 보트를 타고 허버드 다리 근처까지 가다.

잔뜩 흐린 구름이 온통 대지를 덮고 있으나 비는 내리지 않고 고요하다. 강 따라 피어난 창포 잎이 주맥에만 가늘게 녹색을 남긴 채 노랗게 변해 간다. 폰테데리아 잎도 절반은 시들어 갈색이다. 강에 남은 부엽 중에는 하얀 수련만이 돋보인다. 세팔란투스도 거의 대부분 노랗게 변해 가면서 가을의 색조를 띤다. 강가에서 특히 눈에 띄는 건 민들레다. 개정향풀 꽃은 아직 지지 않았다.

쌀쌀한 날씨와 비, 특히 어제 아침에 내린 비로 강물이 놀랍도록 차갑다. 이는 가을로 접어들었음을 알려 주는 중요하고 두드러진 지표로, 아마 강물이 다시 따스해지진 않을 것이다. 8월 4일에 부드러운 비가 내린 이후(8월 26일 땅을 촉촉이 적신 비를 빼고 나면) 처음으로 내린 어제와 오늘의 보슬비로 나뭇잎이 많이 떨어지고 강과 호수의 물이 차가워졌다.

9월 6일 수

오전 6시에 애서벳강을 거슬러 올라 '샘 배럿의 못'까지 가다.

해가 거리 끝에서 곧장 떠오른다. 아직 추분에 이르지는 않았다. 느릅나무에서 여전히 때까치가 운다.

물풀들이 많이 삭았고, 하얀 수련을 빼면 부엽이 거의 남김없이 져서 강물 수위가 올라간 듯한 착각이 든다. 강 양안의 부엽 무리 끝에 물풀의 잔해가 떠다닌다. 강 중류에서 무성히 자라는 흑삼릉

이 그중 대부분을 차지한다. 즉, 이 풀이 처음으로 강가 잔해에 중요한 기여를 한다. 아직 푸른빛이 남아있긴 하나 삭아 떨어져 바람과 강물을 따라 강가로 밀려나 있다. 무리 지어 떠 있는 흑삼릉 잔해에 여뀌와 폰테데리아의 잔해가 이미 뒤섞여 있다. 야생 생강과 마찬가지로 가래도 많이 떨어져 바람에 밀려 엉켜든다. 이런 강가에 한 붉은숫잔대 위에 벌새 한 마리가 떠 있다.

체커베리 열매가 막 붉어지기 시작한다. 초원 옆 숲 가장자리를 따라 자라난 꿩고비는 황갈색으로 변했거나 바싹 시들어 갈색을 띤다. 지금은 관목참나무 도토리를 모아 선반을 장식해야 할 때다. 한 그루터기에 다람쥐들이 도토리를 까먹고 껍질을 남겨 놓았다. 둥굴레의 물과일이 붉어진다. 제비가 모조리 떠나버렸는지 보이지 않는다.

오후 9시, 내가 본 뇌우 중에서 가장 강렬한 뇌우의 하나일 성싶은 뇌우가 쉴 새 없이 번쩍이며 서쪽에서 다가온다. 천둥소리는 거의 들리지 않으므로, 적어도 30킬로는 떨어져 있을 것이다. 거의 쉴 새 없이 번쩍이는 섬광에 구름 위아래의 가장자리가 드러난다. 이 먹구름은 지평선 아득히 멀리 남북으로 뻗어있다. 거의 매 분마다 번쩍 번개가 일면서 쏜살같이 땅으로 내리치거나 먹구름 가장자리에서 갈라진다. 아직까지 천둥소리는 거의 들리지 않으나 갑자기 찬바람이 느껴진다.

1시간이 넘도록 때론 구름 가장자리에서, 때론 지평선 멀리서 섬광이 번쩍이며 구름 밑 비가 떨어지는 금빛 공간이 또렷이 드러난다. 처음에는 남서쪽 멀리 지평선에 걸린 작은 구름장 하나에 지나지 않았다. 천둥소리는 들리지 않고 그저 섬광을 번쩍이며 주위 윤곽을 드러낼 뿐이었다. 마치 뱃전에서 포를 쏘는 한 척의 배 같았다. 그러나 점차 다가오면서 뻗어나가더니 지평선 남북의 다른 구름들과 합쳐지기 시작한다. 어느덧 천둥소리가 울리고 바람이 빠르게 다가오더니 드디어 빗방울이 떨어지나, 폭우는 아니다. 천둥소리가 그리 크지는 않으나 잇따른 섬광으로 주위가 환해진다.

9월 7일 목

해가 진 직후 노를 저어 베이커 농장에 가다.

간밤의 비로 느릅나무와 플라타너스의 잎이 많이 졌다. 해가 처녀자리에 있고, 이달 23일에는 천칭자리에 들어가므로 지금 보름달이 바로 그 중추절의 밝은 달일 것이다. 바람이 잔잔해진, 고요하고 따스한 맑은 밤이다. 해가 진 직후, 달은 아직 떠오르지 않고 별 하나(목성일까?)만 보인다. 거기에 박쥐가 떼 지어 머리 위를 날아가고, 소금쟁이가 저녁 강물에 무수히 잔물결을 일으킨다. 해 지는 아름다운 황금빛 하늘에 구름이 흘러가고, 이 온갖 모습이 강물에 비친다.

한 느릅나무가 마치 이끼나 담쟁이덩굴에라도 덮인 듯 노란 박명 속에서 아주 우아한 모습이다. 어느덧 박명이 암갈색 붉음을 잃고 희미해지며 강둑을 어슴푸레 비춘다. 오늘 저녁엔 개똥벌레가 보이질 않는다. 밤은 들어야 하는 시간이기에, 초원과 마을의 온갖 소리에 귀 기울인다. 처음에는 기관차가 끼익하는 소리와 마차가 덜컹거리는 소리가 주로 들렸으나, 얼마 지나지 않아 귀뚜라미가 찌르륵 울고 땅강아지가 '비이-비이' 우는 소리, 가끔씩 희미하게 암소가 음매 우는 소리와 멀리서 컹컹 개 짖는 소리가 들리고, 두어 번 개구리가 덤벙 물속으로 뛰어드는 소리가 들린다. 달이 떠오르길 기다리며 이 온갖 소리에 귀를 기울인다. 드디어 작지만 두툼한 구름장을 뚫고 천천히 달이 빛을 뿜으며 나타난다.

강가 나무와 언덕이 완연히 검고, 따라서 강물 또한 검게 번뜩인다. 노를 저어갈 때 강가 야생 포도나무에서 잘 익은 포도의 향기가 밤공기를 타고 가볍게 떠온다. 거의 알아차리기 어려운 가벼운 서풍이 떠오고, 멀리 언덕 꼭대기를 지나는 솔바람 소리가 들리고, 가만히 귀 기울이면 멀리서 여전히 개 짖는 소리가 아련히 들린다. 밤을 다스리는 소리다.

이제는 폐가가 된 베이커의 집으로 걸어 올라간다. 높은 곳에서 바라보니 달빛이 비치는 호수가 하늘 못지않게 푸르다. 창턱에 앉아 예전에 살던 거주민을 생각하며 주위 소리에 귀를 기울인다. 근처 작은 과수원에서 사과 한 알이 떨어지고, 소나무 숲에서는 쏙독새 한 마리가 울고 있다.

9월 10일 일

오후에 보트를 타고 페어헤이븐 언덕에 가다.

강에서 낚시를 하던 가필드와 이야기를 나누었다. 가필드는 지금까지 이 강가에서 내가 만난 거의 유일한 주민으로, 이 주변을 속속들이 알고 있으니 여기 강가는 그의 이름을 붙여 주어야 마땅할 것이다. 가필드는 100여 년 전 이 강이 이름난 수달 사냥터였고, 초원을 낀 고요한 시냇가에 사슴이 자주 출몰하곤 했다는 옛 노인네들의 말을 잊지 않고 가끔씩 들려주곤 한다.

어제와 오늘 올가을 처음으로 몰아친 폭우로 느릅나무, 플라타너스, 사과나무의 잎이 무수히 지고, 강과 시내의 수위가 많이 올라갔다. 이달 1일과 2일은 이따금 보슬비 내리는 구름 많은 고요한 날이었고, 6일 저녁에는 뇌우가 몰려왔다. 이 폭우는 오랜 가뭄 끝에 내린 첫 가을비다. 초원과 언덕의 풀들이 더 푸르게 보이고, 이 비 오는 어두운 날 온 경치가 더 짙고 푸릇푸릇하다. 적갈색, 황갈색이던 언덕이 얼마쯤 녹색을 띠기 시작한다. 지난해에는 8월 마지막 3주 동안 숲에 온통 균류가 썩어가는 냄새가 가득했으나, 올해에는 균류를 보기 드물었고 곰팡내도 거의 맡지 못했다. 그러나 어떤 생물에게는 이것이 적지 않은 문제였을 것이니, 개구리와 두꺼비는 이 사태를 더 분명하게 자각했을 게 틀림없다.

9월 12일 화

폭풍이 몰려올 것 같은 쌀쌀하고 어두운 날이다.

이틀간 차가운 비가 내린 후 어제는 대기가 아주 청명하고 결이 고왔다. 그러고 나자 땅거미가 하얗게 지면서 서리를 예고하는 진정한 첫 가을 저녁이 다가왔다. 우리는 이렇게 1주일가량 저녁이 유난히 길어지면서 여름의 게으름을 벗어던지기 시작한다. 땅거미가 지고나면 별들이 전보다 더 밝은 빛을 쏟아낸다.

오후에 허버드 사유지에 가다.

꽃의 빛깔을 제대로 보려거든 가끔씩 이렇게 구름 많은 쌀쌀한 날이 필요하지 않을까 싶다. 햇빛이 없으므로 차갑고 축축한 암록 땅과 견주어 꽃 특유의 빛깔이 기분 좋게 두드러진다. 강 중류의 물풀 대부분이 강물에 떠내려와 강기슭으로 밀려 올라간다. 이윽고 이런 잔해에 나사말과 야생 생강의 잔해가 덧붙여진다.

비가 부슬부슬 내려 우산을 펴고 걷는다. 오늘 같이 쌀쌀하고 구름 많은 날이면 귀뚜라미 울음소리가 훨씬 더 분명하게 자주 들린다. 백참나무 도토리가 많이 떨어져 있고, 키가 크고 작은 갖가지 흑참나무 도토리도 떨어져 있다. 가장 먼저 떨어지기 시작하는 도토리는 적참나무 도토리다. 이제 산사나무 열매 대부분이 영글었고 감탕나무 물과일이 붉어져 눈에 잘 띈다. 하얀 자작나무와 밤나무 잎도 갈색으로 변해 무수히 지고 있다. 비가 내리고 나서 드디어 숲에 균류가 썩어가는 곰팡내가 느껴진다.

9월 14일 목

돌풍이 부는 꽤 쌀쌀한 날이다. 강가, 꽃 지고 열매 맺힌 여뀌에 거미가 새로이 집을 짓는다. 이제 주민들은 건초를 만드는 대신 크랜베리를 긁어모으느라 바쁘다. 강에 뜬 잔해에 라넌큘러스의 줄기와 잎이 덧보태진다. 어느덧 폰테데리아 꽃이 대부분 졌으므로, 마디풀 꽃이 강가에서 가장 흔히 눈에 띄는 꽃이다. 그러나 현재 가장 뛰어난 강가의 꽃이자 장식품은 득의양양한 가막사리로, 화려한 노란색이어서 실제보다 더 커 보인다. 세팔란투스 또한 어디에서나 노랗게 익어가나, 갈대는 여전히 푸른빛이다.

　오후에 강연 원고의 초안을 잡고, 올겨울 이 원고를 읽기 위해 멀리 마을 밖으로 나가야 한다는 생각을 하면서 내가 오랫동안 누려온(지금도 여전히 누리고 있다 해야 할) 무명과 가난이 얼마나 유익한 것인지를 깨닫는다. 나는 지금까지 어떤 일에도 얽매이지 않고 어떤 염려도 하지 않으면서 군주보다 더 꺼릴 것 없는 시인의 여유를 지니고서 오랜 세월을 살아왔다.

　나는 나 자신을 자연에 맡겼다. 해마다 봄, 여름, 가을, 겨울을 살면서 마치 계절을 사는 것 이외에는 다른 할 일이 없는 사람인 양 살아왔다. 예를 들어 나는 주로 꽃과 함께 이 3년을 보내기도 했다. 꽃 피는 모습을 보기 위해 나를 속박할 아무 직업도 갖지 않았다. 나뭇잎의 빛깔이 바뀌는 모습을 바라보면서 가을 한철을 보낼 여유도 가질 수 있었다. 아, 나는 고독과 가난으로 얼마나 풍성한 삶을 살 수 있었던가!

　내가 결코 허풍을 떨고 있는 건 아니다. 그러나 지금은 세상이 기대하는 바에 따라 나의 무명과 가난이 상실될 위험에 처해 있으니 어떻게 해야 이 이점을 즐길 수 있을지 모르겠다. 내가 강연을 하러 멀리 마을 밖으로 나가게 된다면 잃어버린 겨울을 어떻게 되찾을 수 있을까? 그것은 나의 휴가였다. 내가 커지고 자라나는 성장의 계절이었고, 일종의 연장된 젊음이었다.

9월 21일 목

간밤 집 뜨락에 첫 서리가 내렸다. 머스크멜론 덩굴이 햇볕에 검어진다. 지대가 낮은 곳은 한 주가량 서리로 하얗다. 오전에는 쌀쌀해서 화롯불을 피웠으나 맑게 갠 화창한 날이어서 오후에 산책을 나간다. 벌판을 건너다보니, 결이 고운 대기가 가물거리면서 인디언서머가 다가왔음을 일깨워 준다.

이제 이 첫서리와 더불어 숲의 풍경이 전체적으로 바뀌기 시작한다. 특히 저 멀리 꽃단풍이 불을 밝혔고, 일부는 노랗게 변해 간다. 숲길에서는 참나무, 떡갈나무, 밤나무 등의 많은 나뭇잎이 바야흐로 갖가지 색채로 울긋불긋해진다. 숲에서나 거리에서나 동고비가 자주 보이고, 되새와 갈색지빠귀의 울음소리가 들린다.

나는 나의 작은 성공이 나의 악덕에서 말미암았다고 생각될 때가 드물지 않다. 나는 여느 사람과는 견주기 어려울 정도로 옹고집이다. 뜻을 이루기 위해서는 희생도 마다치 않는다. 그게 다른 이들의 행복일지라도 그렇다. 정말로 선한 일들은 얼마간 악덕의 도움 없이 이루어질 수 없는 일인 양 느껴지는 것은 어째서일까?

9월 22일 금

오늘 아침에도 된서리가 내렸다. 그럼에도 안개가 꼈고, 이후에는 어제처럼 날씨가 화창하다. 폰테데리아가 서리에 특별히 영향을 받지는 않은 듯 꾸준히 지고 있다. 팽나무 이파리가 노랗게 변해 간다. 언덕 꼭대기에서 사방을 둘러보면서 한 해 중 이보다 더 좋은 날은 없을 것이라는 생각마저 든다. 대기가 무척 맑고 상쾌하여 경치에 어떤 신선한 푸름이 곁들여진다. 감나무에서 감이 익어가듯이 한 해, 한 철이 서리에 여물어 간다.

해가 막 지평선 아래로 지려할 때 마이닛의 집 뒤편 언덕을 오른다. 서쪽 지평선을 따라 남북으로 뻗어나간 아지랑이가 자줏빛을 띤 엷은 색조로 빛나며 먼 산악을 적신다. 서리가 내리기 전 따스한 날씨에는 보기 어려운 현상이다. 이 또한 시절이 익어간다는 또 하나의 증거가 아니겠는가.

9월 29일

오후에 '리의 다리'까지 갔다가 코난텀을 거쳐 돌아오다.

어제는 꽤 따스하여 얇은 외투 한 벌로 충분했으나 오늘은 무척 쌀쌀하다. 어떤 곳에서는 느릅나무 잎이 절반 이상 떨어져 두툼한 침대처럼 땅을 뒤덮은 채 바스락거린다. 오늘 저녁은 9월 저녁답게 하얀 박명이 오래 이어지면서 산들바람이 불고 꽤 추워진다.

하루나 이틀 전까지만 해도 찬란하게 빛나던 꽃단풍의 잎이 지면서 놀랍게도 벌써 땅, 강, 호수를 두툼하게 뒤덮었다. 샘 배럿의 제재소 근처 니사나무 잎이 온통 주홍으로 변했다. 니사나무는 사사프라스와 더불어 현재 가을의 변화를 두드러지게 보여 주는 나무 중 하나다. 어느덧 도토리 대부분이 갈색으로 변해 떨어지면서 땅에 흩어져 있다. 옻나무의 밝은 주홍색 맑은 잎이 둥글게 말리며 축 처진 채 늘어져, 병사의 장례식과 붉은 어깨띠를 떠올리게 하는 슬픈 인상이다. 옻나무는 검은 상장喪章을 떠올리게 하는 피의 나무이기도 하다. 노래참새와 찌르레기가 여전히 남아있다.

10월 22일 일

거리에 늘어선 느릅나무와 물푸레나무의 잎 대부분이 졌고, 꽃단풍 또한 멀리서 보면 잎이 무수히 졌다는 게 뚜렷이 느껴진다. 솔잎 또한 지고 있다. 이즈음에는 밤마다 된서리가 내린다. 간밤에 무수히 잎이 져서 애서벳강이 그 잎의 선단에 뒤덮였다. 이제 숲속을 걸으면 낙엽이 바스락거린다. 참피나무가 헐벗었다. 허클베리 관목의 단풍도 그 전성기가 끝났다. 박새가 리기다소나무의 솔방울에서 씨앗을 쪼아 먹는다. 날씨가 추워지고 숲이 고요해지면서 박새가 양지바른 곳에서 기운차게 우는 소리가 들린다. 참피나무, 물푸레나무, 느릅나무, 단풍나무와 마찬가지로 사과나무도 대부분이 헐벗었다.

11월 6일 월

갑자기 날씨가 추워지면서, 디디고 다녀도 깨지지 않을 만큼 못물이 꽁꽁 얼어붙었다. 땅도 얼어붙어 쟁기질한 밭에 말뚝을 박는 일이 불가능하진 않더라도 쉽지 않다.

11월 13일 월

이달 10일 금요일에는 강물이 여전히 여름철 수위였으나 엊그제부터 오늘까지 세차게 비가 내린 뒤 드디어 강물 수위가 부쩍 높아져 초원으로 넘쳐 난다. 폰테데리아, 흑삼릉 따위의 잔해가 강가로 밀려와 있다.

12월 3일 일

어제 저녁에 북동풍이 불고 물기 많은 눈이 내렸다. 사실상 올겨울 첫눈으로, 밤에 세찬 바람이 몰아쳤다. 오늘 아침에 깨어나 보니 15센티가량 눈이 쌓여 있다. 오후에는 정원의 하얀 눈밭에서 흰 멧새 떼가 날아다닌다.

12월 6일 수

강연을 하러 프로비던스에 가다.

올겨울 두 차례의 강연을 마친 후에 나는 내가 성공적인 강연자가 되려고 함으로써, 다시 말해 청중의 흥미를 끌려 함으로써 나 자신을 값싸게 만드는 위험에 빠졌음을 깨닫는다. 나는 나 자신이 소중하게 생각하는 가치 대부분이 청중에게 별 관심을 끌지 못함을 알고(아니 오히려 역효과였음을 알고) 실망하고 있다. 심지어 청중의 호기심마저도 끌어내지 못했다. 나 자신과는 사뭇 다른 모습으로 청중 앞에 섰다면 청중에게서 더 많은 호응을 이끌어 낼 수 있었을지 모른다. 세상은 독창성이나 두드러진 개성을 요구하기보다는 평균적인 사고와 방법을 요구한다는 느낌을 받는다. 세상은 평균적인 인물을 원한다. 그들과 같아지고 공감하지 않고서는 그들의 흥미를 끌 수 없다. 나는 내가 청중에게 다가가기보다는 청중이 내게 다가오도록 만들 작정이다. 다시 말해 강연을 하느니 차라리 책을 쓰겠다. 강연은 거칠고 성긴 반면에 책은 곱고 촘촘한 편이다. 내가 고향 마을에서 위안을 받던 순수한 생각들을 부화뇌동하기 쉬운 혼잡한 청중에게 들려주는 것은 거위를 살찌우기 위해 좁은 우리에 처넣는 것만큼이나 폭력적이다. 또 그렇게 한다고 해서 그들이 살찌는 것도 아니다.

12월 8일 금

오후에 얼음이 언 강과 초원을 걸어 허버드 다리를 지나 월든 호수에 가다.

어느 틈엔가 겨울이 내 곁에 와 있다. 그동안 글을 쓰느라 몹시 바빠서 겨울이 오는 줄도 몰랐다. 이런 삶의 태도는 대부분 사람이 자연에 대해 갖는 삶의 태도와 다를 바 없다. 나에게 익숙해진 삶과는 너무나 다른 삶이다. 면직물 공장의 물레 가락보다 더 나을 것이 없는 급하고 거칠고 하찮은 삶이다. 내게 익숙한 삶은 꽃처럼 여유 있고 고우며 찬란한 삶이다.

우리는 첫 번째 삶에서 단지 생계를 얻을 뿐이나, 두 번째 삶에서 자신의 길을 따라 나아간다. 길에서 넘어지거나 위험에 빠지는 일 없이 약간 경사진 길을 무난히 여행한다. 그리고 아름다운 곡선의 행로를 그리며 언덕을 스쳐 지나간다.

요즘에는 맑고 고요한 겨울 해가 일찍부터 눈 덮인 하얀 세상을 넘어간다. 오후 서너 시경이면 맑은 유리 같이 푸른 서쪽 하늘숲 뒤로 해가 진다. 해가 짧아지면서 하루 전체가 아침과 저녁의 박명으로 이루어진 듯한 느낌이다. 어두워지기 전 하루의 할 일을 서둘러 하지 않으면 안 된다. 박새, 어치, 까마귀 울음소리를 빼고 나면 거의 어떤 새의 울음소리도 들리지 않는다.

12월 20일 수

지금까지로 봐서는 오늘 아침이 올겨울 가장 추운 아침이라 하겠다. 간밤에 강이 꽁꽁 얼어붙어 단단한 얼음 다리로 바뀌었다. 해가 동쪽 낮은 둑 위로 떠오르기 전 지평선에 높이 걸린 구름에 얇은 진주 빛깔이 어린다. 동쪽 지평선 위의 하늘이 해 질 녘과 마찬가지로 푸른빛을 띤 맑은 유리로 이루어진 보석 같다. 오전 7시인 지금, 벌써 까마귀 몇 마리가 과수원에서 아침거리를 찾고, 청설모 한 마리가 꾸짖는 소리가 들린다. 해 뜨기 전 나무꾼들이 두툼한 헝겊으로 귀와 손을 꽁꽁 감싼 채 차갑게 마른 눈을 뽀드득뽀드득 밟으며 서둘러 일터로 향해 간다.

오늘은 공기가 무척 맑고, 땅 어디나 하얀 눈에 덮이고, 얼음장이 반짝이는 찬연한 겨울날이다. 햇볕이 곧장 내리쬐고, 낙엽이 부스럭거리는 소리조차 거의 들리지 않을 만큼 바람이 자서 날씨는 춥더라도 등에서는 따스한 기운이 느껴진다.

12월 21일 목

오늘 아침 잠시 눈이 내려 1센티 정도 높이로 땅을 덮었다. 나는 요즈음의 경치가 한 해 중 가장 좋을 때라고 말하고 싶은 유혹을 느낀다. 페어헤이븐 호수를 예로 들어보자. 아직까지 어떤 낚시꾼도 발 디딘 적 없는 그지없이 평탄한 설원이 눈 덮인 언덕, 어두운 상록의 숲, 잎이 불그스레해진 참나무에 둘러싸여 있다. 대단히 맑고 고요한 모습이다.

맑고 깨끗한 날이나 그리 춥지는 않다. 소나무가 한층 검어지면서 소나무 그림자가 하얀 눈 위에 쪽빛으로 어린다. 백참나무 잎은 황갈색이고, 흑참나무와 적참나무 잎은 불그스레한 갈색이거나 가죽 빛깔이다. 벌판에 생쥐와 토끼와 여우의 자취가 보인다. 자고새 한 마리가 오리나무 사이에서 파닥이며 일어나 바로 앞 넓은 강을 미끄러지듯 건너간다. 꽤나 보기 좋은 모습이다. 크랜베리 초지 가장자리에 어제 아침 이후에 생겨난 수달의 자취가 보인다. 얼마나 자랑스러운, 고요하고 평화로운 겨울 경치인가! 베이커 농장에 떨어지는 마지막 햇살이 맑은 분홍빛으로 반짝인다.

자연에서 찾은 삶의 희망

『소로의 일기-청년편』에 이어 내놓은 전성기편은 소로가 1852년부터 1854년에 걸쳐 쓴 일기 2,000쪽가량(휴턴 미플린 출판사에서 펴낸 14권의 일기 중 제3권 170쪽에서부터 제7권 98쪽까지)에서 옮긴이가 가려 뽑아 엮은 것이다.

소로는 대학을 졸업한 해인 1837년부터 거의 매일, 꾸준히 일기를 썼다. 하지만 1850년까지 쓴 일기는 단편적으로만 남아있을 뿐이다. 그 이유는 소로가 《다이얼Dial》, 《미학Aesthetic Papers》과 같은 잡지에 기고하기 위한 에세이를 쓰거나, 그의 생전에 출판된 2권의 저서 『소로우의 강』, 『월든』을 집필할 때 노트에 써 놓은 일기를 오려 편집하는 것이 시간을 아끼는 방편이라 생각했기 때문이다. 그러나 소로는 1850년 11월부터 이런 집필 방법이 잘못되었다고 후회하고, 일기를 온전히 남겨 두었다.

이 책에서 다루는 3년간은 어찌 보면 소로의 창조력이 최고조에 달해 있던, 소로 생애의 전성기라 할 만한 기간이었다. 이 동안 소로는 자연을 관찰하여 그 결과를 일기에 적고,『월든』초고를 수정해 출간하고,『코드 곶Cape Cod』,『캐나다의 양키Yankee in Canada』,『소로의 메인 숲』등을 저술하는 데 매진했다.

하지만 다른 한편으로는 이 기간이 소로에게 위기의 시기이기도 했다. 일기에 나오듯 어떤 벗과도 진실한 우정을 맺기 어려워 일찍 벗들과 헤어져야 했고, 첫 저서『소로우의 강』이 거의 팔리지 않은 탓에 출판업자와 맺은 계약에 따라 소로로서는 실로 엄청난 빚을 져야 했다. 이 시기에 한동안 소로가 측량 일에 열중했던 것은 이 탓이었다.

사실 소로는 고집 세고 완고한 성품인 데다가 다소 초연한 태도, 침묵을 높이 치는 자세 때문에 사람과 가까이 하기 어려웠을지 모른다. 이에 소로는 문명화된 사람에게서는 찾기 어려운 정신적 공감대를 얻고자 자연으로 점점 더 깊이 들어가면서 새로운 삶의 희망을 찾는다. 이번에 펴낸 일기 곳곳에서 소로의 그런 생각을 읽을 수 있다.

자연에 바탕을 둔 기쁨은 작은 기쁨마저도 얼마나 끝없고 순수한가! 자연이 주는 기쁨은 사랑하는 이가 털어놓는 솔직한 사랑의 말 한 마디에 빗댈 수 있을 것이다. … 나는 나 자신만의 여유로운 공간을 갖고 있으니, 그것은 자연이다. 인간 정부의 재판권이 미치지 못하는 곳이다.(142쪽)

나는 인간과 인간이 만든 제도가 우주에서 아주 커다란 몫을 차지하고 있고, 우리가 그런 인간적인 영역에 가장 많이 주의를 기울여야 한다는 생각에 찬성하지 않는다. 인간은 단지 내가 서 있는 자리일 뿐이다. 내 앞에 펼쳐진 전망은 무한하다.(57쪽)

저 하늘빛이 세속 더러움에 물들지 않은 내 내심의 투명한 청정이다. 내 밖에 보이는 것이 내 안 어떤 것의 상징이고, 멀리 떨어져 보이는 것이 내 안 깊은 곳의 상징이다. 그렇기에 명상하는 이는 하늘을 깊이 들여다본다. 깨끗한 생각과 고요한 마음이 하루하루를 맑게 한다.(20~21쪽)

그렇다고 소로가 마을 사람들을 잊은 것은 결코 아니었다. 이 일기에는 읍의 술고래 빌 휠러, 가난한 아일랜드 이민자 부부의 아들 조니 료단, 구빈원 출신의 마음씨 착한 거지, 덕지덕지 기운 외투를 입고 다니는 낚시꾼 서드베리 헤인즈, 강가에서 유목을 모으는 애꾸눈 굿윈, 벌집 사냥꾼 라이스, 수레 목수 브리검, 슬기로운 농부 호즈머, 일을 즐기는 겸손한 나무꾼 테리엥, 그리고 무엇보다도 강에서 멱을 감는 아이들이 등장한다. 소로는 콩코드 마을의 소박하고 정직하고 거친 주민들을 누구보다도 사랑했다. 소로는 이 시골 마을 사람들과 자연에서 꾸리는 이들의 삶에 깊이 관심을 갖고, 글 속에 펼쳐놓는다. 실로 소로가 아니라면 기대하기 어려운 글들이다.

또한 이 일기에서 빼놓을 수 없는 주인공은 바로 자연의 동식물이다. 느릅나무, 오리나무, 사시나무, 버드나무, 가문비나무 등등의 무수히 많은 목본식물, 그리고 앉은부채, 바위취, 미나리아재비, 등등의 무수히 많은 초본식물이 등장한다. 여러 동물은 물론이고 바위 밑에서 영원을 노래하는 귀뚜라미와 햇살이 맑은, 탁 트인 데를 나는 나비들 또한 빼놓을 수 없는 존재이다. 이 책 어디를 펴더라도 찾을 수 있는 이런 묘사 또한 소로가 아니라면 어디에서도 찾기 어려운 것이다.

글을 맺기 전에 이 일기가 가진 중요한 특징을 하나 꼽고 싶다. 무엇보다 독자들이 이 글에서 계절의 흐름을 느낄 수 있다는 점이다. 소로가 사계절과 더불어 일어나는 온갖 변화에 꾸준히 관심을 기울이며 자연과 교감하는 일에 몰두했기 때문이다.

소로는 아래처럼 제안한다. 그 목소리에 귀 기울여 보자.

계절이 지나가는 대로 각 계절 속에 살아라. 계절의 공기를 호흡하고, 계절의 음료를 마시고, 계절의 과일을 맛보아라. 각 계절의 영향력에 너 자신의 맡겨라. 계절이 너의 유일한 식품, 음료, 약초가 되게 하라.(231쪽)

끝으로 어려운 시기임에도 이 책을 출간해 주신 갈라파고스 출판사 사장님과 교정에 애쓴 편집직원 모두에게 머리 숙여 감사의 인사를 전한다.

2020년 7월
윤규상

"인생에는 많은 시간을 써야 얻을 수 있는 어떤 순간들이 있다.
이때의 시간이란 일하는 데 걸리는 시간이 아니라
대부분이 준비와 초대에 걸리는 시간이다."